如将星
上
千山茶客 著

图书在版编目（CIP）数据

女将星：全3册 / 千山茶客著. -- 南京：江苏凤凰文艺出版社，2025.6（2025.7重印）. -- ISBN 978-7-5594-9419-1

Ⅰ. I247.5

中国国家版本馆CIP数据核字第2025UN3230号

女将星：全3册

千山茶客 著

责任编辑	曹波
责任印制	杨丹
特约编辑	稀饭团子
封面设计	46设计
出版发行	江苏凤凰文艺出版社
	南京市中央路165号，邮编：210009
网　　址	http://www.jswenyi.com
印　　刷	河北鹏润印刷有限公司
开　　本	700毫米×980毫米　1/16
印　　张	51
字　　数	943千字
版　　次	2025年6月第1版
印　　次	2025年7月第2次印刷
书　　号	ISBN 978-7-5594-9419-1
定　　价	108.00元（全3册）

江苏凤凰文艺版图书凡印刷、装订错误，可向出版社调换，联系电话025-83280257

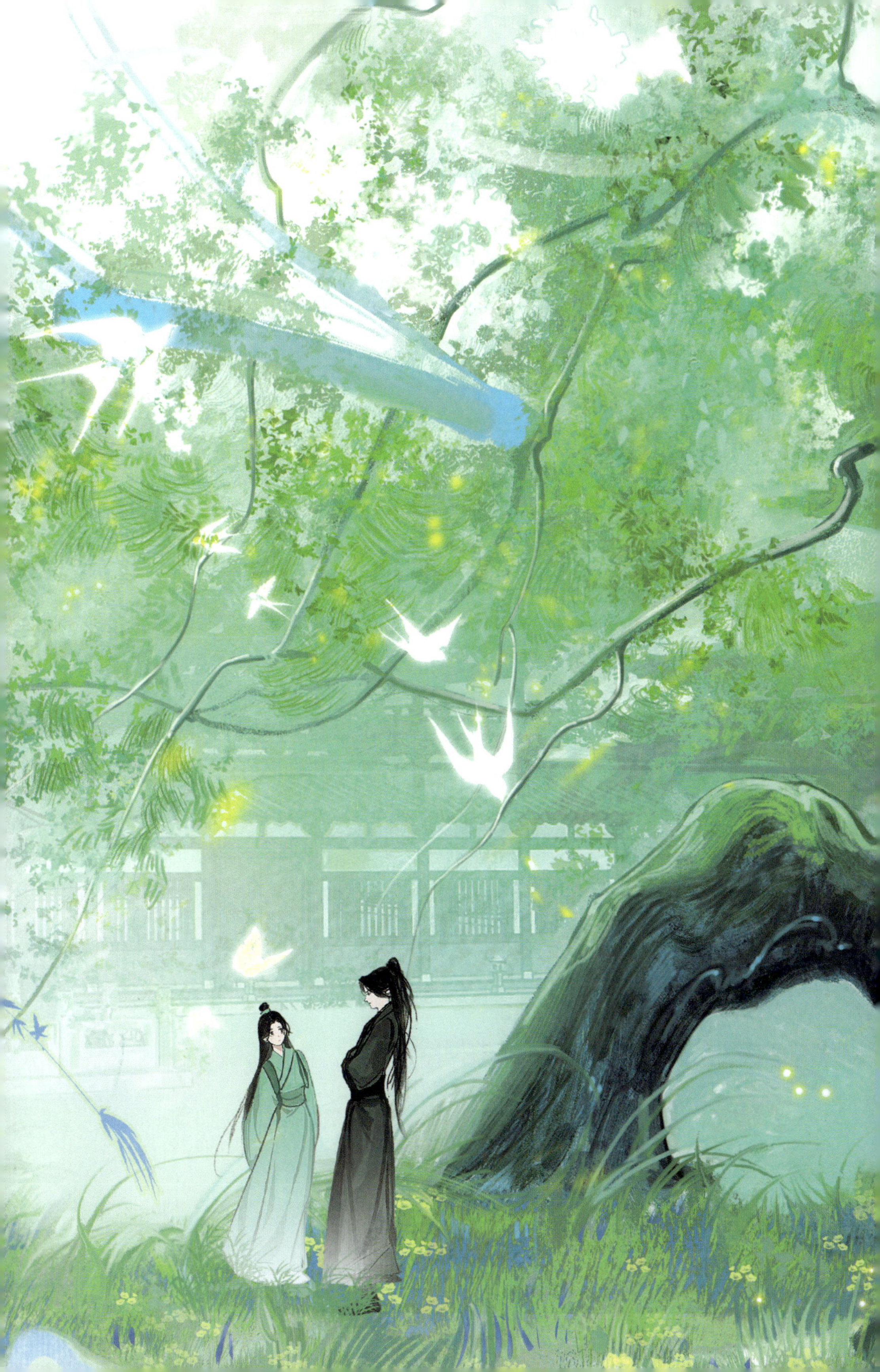

目录

第一章　女将　001

第二章　同窗　029

第三章　投军　057

第四章　新兵　083

第五章　比试　113

第六章　擂主　141

第七章　屠狼　169

第八章　争旗　197

第九章　胜出　225

第十章　醉问　249

第一章

女将

大魏庆元三十八年，春三月，雨蒙蒙，城里的新绿笼在一层烟雾中，淅淅沥沥润湿一片土地。

京城许氏的宅子，房顶瓦片被雨水洗得透亮，显出一层匀净光彩。这是从云洲运来的半月瓦，据说有月时，月光照上房顶，似萤火栖住。这瓦烧制工艺复杂，价钱也不便宜，满满一屋顶瓦片，便是平常人家数十载的辛劳。

不过京城许氏，绸缎生意布满全国，一房瓦片至多九牛一毛。许大人乃当今太子太傅，育下二子，长子许之恒单特子立，年纪轻轻已是翰林学士，京城人人称赞。许之恒亦有妻室，十八岁时，娶了京城禾家二爷的嫡女禾晏。禾家大爷的嫡长子禾如非乃当今陛下御封飞鸿将军，一文一武联姻，也算门当户对。

"夫人，您想要什么？"丫鬟递上一杯热茶，脆生生地道。

"我出去走走。"禾晏回答，将茶水一饮而尽。

"可是外面在下雨……"

"无事，我打着伞。"

丫鬟望着面前的年轻女子，许家是书香门第，女子打扮皆是清雅风流，许大奶奶也是一样，只是碧青的羽纱缎衫穿在她身上，总有种格格不入的小气。其实许大奶奶长得很好看，五官分明英气，一双眼睛如被洗净了的湖水，澄澈而悠远……可惜是个盲人。

许大奶奶也不是天生眼盲，是在嫁入许家的三个月后，突患奇疾，高热两天两夜，醒来就看不见了。许家遍请神医，仍然束手无策，后来许大奶奶就不常出门了。一个盲人出门，总归是不方便的。

禾晏走到了院子池塘的凉亭里。

她嫁进许家一年，三个月就瞎了眼，之后的日子，她学着不用眼睛生活，适应得很好。只是偶尔会怀念看得见的日子，比如现在，她能听见雨水落进池塘荡起涟漪的声音，感觉到水里红鲤争食，但什么都看不见。

看不见的春光才是好春光，如同看不见的人。

大概瞎得太早了，以至于她连许之恒现在的样貌也记不大清了。能记起的，是十四岁的时候看见的许之恒，一身青衣的少年笑容和煦地对她伸出手，现在的许之恒是不会对她伸出手的。虽然他也待她温和有礼，可是隐隐隔着一层什么，禾晏能感觉出来。

但她不会说。

年少时候多年的行伍生活，让她学会了用男子的身份与男子打交道，却不懂如何做一个女子。所以她只能看着许之恒同姨娘贺氏温柔缱绻，既伤心又厌倦。后来索性看不见了，连带着这些伤心的画面也省去，自得了许多清闲。

她安静地坐在凉亭里，忽然又想起少年时的那些随军的日子。也是这样的春日，雨水蒙蒙，她坐在军士们中间，微笑着饮下一碗烈酒，感到浑身都热起来了。

这热意霎时间席卷了她的全身，禾晏扶住栏杆，喉间涌出阵阵甜意，"噗"地吐出一口鲜血来。

有人的脚步声慢慢逼近。

禾晏问道："小蝶？"

没有回答，脚步声停住了，禾晏微微皱眉："贺氏？"

片刻后，女子的声音响起："夫人好耳力。"

胸口翻腾起奇妙的感觉，多年的直觉令她下意识地做出防备的姿势。贺氏一向温婉小意，与她在府里也没说过几句话，忽然前来，这般隐含得意的语气，令禾晏感到不安。

但她也很奇怪，她不是称职的主母，在府里更像是一个摆设，阻止不了贺氏邀宠，一个盲人对贺氏也没有威胁，贺氏没必要，也没理由对付她。

"何事？"

贺宛如抚了抚鬓边的发簪，那是许之恒昨日送她的，忽然又想起面前的人看不见，遂有几分遗憾地收回手，道："夫人，您怀孕了。"

禾晏愣在原地。

"前几日替您看眼睛的大夫把过脉，您是怀孕了。"

禾晏在不知所措中，生出一丝欣喜，她正要说话，听见贺氏又叹息了一声："可惜。"

可惜？

禾晏嘴角的笑容隐没下来，她问："可惜什么？"

"可惜这孩子留不得。"

禾晏厉声道："贺氏，你大胆！"

她柳眉倒竖，目光如刀，虽是盲人，却神色慑人，贺宛如一瞬间汗毛直起。不过片刻，她稳了稳心神，只道："这可不是我一人说的，禾将军。"

"禾将军"三个字一出，禾晏头皮一麻，她问："你知道什么？"

"该知道的我都知道了，不该知道的我也都知道了。禾将军，这么大的秘密，你说，禾家和许家，怎么敢容下你呢？"

禾晏说不出话来。

禾家在没出飞鸿将军这个武将时，和大魏所有的勋贵家族一样，甚至濒临没落。十九年前，禾家妯娌二人同时分娩，大奶奶生下禾如非，二奶奶生下禾晏。

爵位是该落在禾如非身上的，可禾如非生来体弱，大夫断言活不过三岁。若禾如非死去，禾家的爵位就会被收回，整个家族就真的一无所有了。

禾家人商量了一下，做出了一个胆大包天的决定，让禾晏代替禾如非，禾如非则谎称是禾晏，因天生体弱被送到庙里长养。

禾晏就顶着禾如非的身份长大，她虽生在二房，却长在大房。她自小就当自己是男孩子，喜欢练武，十五岁时，背着家人投了抚越军，渐渐在战役中声名鹊起，甚至得陛下嘉封，赐号"飞鸿将军"，得到了机会进宫面圣。

也就是这个时候，送到庙里"养病"的禾如非归来了。

禾如非没死，甚至平平安安活到了十八岁，看上去身姿敏捷，康健俊美。于是一切归回原位。

禾如非见了陛下，成了飞鸿将军，禾晏还是禾晏。一切并没有想象的那么困难，为了预防今日出现的情况，禾家早就规定，禾晏过去戴面具示人，没有人见过禾如非的长相。而禾晏，被禾家人安排着，嫁给了当今翰林学士，青年才俊许之恒。

许之恒英俊温柔，体贴有礼，婆母亦是宽厚，从不苛待，对女子来说，当是一桩再好不过的姻缘。禾晏也曾这么以为，直到今日。温情的假面被撕开，血淋淋的真相，比她在战场上遇到过最难的战役还要令人心凉。

"当初那碗毒瞎你的汤药，可是你族中长辈亲自吩咐送来的。只有死人才会守住秘密，你活着——就是对他们天大的威胁！"

"你服药的时候，大少爷他就在隔壁的房间看着呢。"

"你死了，禾家和许家只会松一口气，这只怪你自己。"

禾晏扬声大笑。

怪她？

怪她什么？

怪她不该为了家族利益顶替禾如非的身份？怪她不该痴迷武艺学成投军？怪她不该在战场上蹈锋饮血，杀敌致果？还是怪她不该得陛下御封飞鸿将军，让禾如非领了她的功勋？

怪她，怪她是个女子。因为是个女子，便不可用自己的名字光明正大地建功立业。因为是个女子，便活该为禾家、为禾家的男子铺路牺牲。说到底，她高估了禾家的人性，低估了禾家的自私。

而许之恒……她应该早就瞎了眼，才会觉得他很好。

"你笑什么？"贺宛如皱眉问道。

"我笑你，"禾晏朝着她的方向，一字一顿道，"我笑你可笑。我因秘密而死，你以为你知道了这个秘密，还活得了吗？"

贺宛如冷笑一声："死到临头还嘴硬，来人——"

迅速出现的护卫将禾晏团团围住。

"杀了她！"

柳枝，是可以成为兵器的。柔且韧，如同女子的手。分明是轻飘飘的枝丫，上面还带着新生的嫩芽，却像是绣着花的宝剑，轻易便能将对手的刀拂开。

贺宛如也是听过飞鸿将军的名号的，她知那女子骁勇善战，不似平凡姑娘，可如今亲眼见到，才知道传言不假。

禾晏已经瞎了，可她还能以一当十，一脚踢开面前的护卫，仿佛要从这阴森的宅院中突破重围，驾马归去，无人可拦。

可倏而，她就如中箭的大雁，从半空中跌落，吐出的血溅在草丛里，如星星点点的野花。

那杯茶……小蝶递给她的那杯茶。

她失去了视力，现在连五感都失去了，成了一个真正的盲人，作困兽之斗。

他们为了杀掉她，还真是做了万无一失的准备。

"一群蠢货，趁现在！"贺宛如急道。

禾晏想抬头，"啪"的一声，膝盖传来剧痛，身后的人重重击打在她的腿上，她双腿一软，险险要跪，可下一刻，背上又挨了一拳。

拳头噼里啪啦地落下来，雨点般砸在她身上，五脏六腑都在疼。

他们不会用刀剑伤她，不会在她身上留下可当作证据的痕迹。

有人扯着她的头发把她往池塘边上拖，将她的脑袋粗暴地摁了下去，冰凉的水没过眼睛、鼻子、嘴巴，没过脖颈，禾晏再也说不出话来。身体沉沉下坠，她挣扎着向上，水面却离她越来越远，一瞬间像是回到了故乡，恍惚听见行军时候唱的歌谣，伙伴们用乡音念着的家书，伴随着贺氏惊慌的哭泣。

"来人啊，夫人溺水了——"

她，想回家。

而她无家可归。

春日的雨像是没有尽头，下个不停。

屋子里却很温暖，炉火烧得旺旺的，上面煮着的药罐盖子被水汽顶得往上冒，发出"咕嘟咕嘟"的响声。

女孩子坐在镜子面前，铜镜里显出一张稍显苍白的小脸，长鬟减翠，瘦绿消红，嘴唇像个小小的菱角，抿着，清秀而疏离。一双杏眼黑而水润，像是下一刻要聚起水雾的山涧，云烟淡淡散去，露出瑰丽的宝石。雪肤花貌，娟娟二八，是个漂亮的姑娘，但，也仅仅是漂亮了。

她当然很了解自己的美丽，是以不大的梳妆台前，已经满满摆上了胭脂水粉、香料头膏。脂粉气息萦绕在身边，禾晏耸了耸鼻子，忍不住打了个喷嚏。

铜镜顿时被呼出的热气覆上一层白霜，连带着那张脸也变得看不清楚，禾晏有一瞬间的恍惚，仿佛又回到了当年第一次卸下男装的时刻，也是这般坐在镜前，看着镜中女子模样的自己，恍如隔世。

她被贺氏带着的人马溺死在许家的池塘，可是醒来，她就变成了禾晏。不是当今飞鸿将军禾如非的妹妹、许之恒的妻子禾晏，而是这个破败小屋的主人，九品武散官城门校尉禾绥的大女儿，禾晏。

都是禾晏，身份地位云泥之别。

"晏晏，醒了怎么不说一声？"伴随着外面的声音，门帘被掀起，人影带着冷风卷了进来。

来人是个络腮胡的中年男子，国字脸，黑皮肤，身形高大，如一头笨拙而强壮的熊，笑容里带着一丝小心翼翼的讨好。他见屋里没人，便大声喊道："青梅，青梅呢？"

"青梅捡药材去了。"禾晏轻声道。

男子挠了挠头，道："哦，那爹爹给你倒吧。"

白瓷的药碗被他托在掌心，男人倒得分外小心，满屋子顿时盈满药草的清苦香气。禾晏看着药碗边上的梅花，目光移到男子的脸上，这就是禾晏的父亲，城门校尉禾绥。

"父亲"这两个字，对禾晏来说是陌生的。

她的生父应当是禾家二老爷禾元亮，但因为顶了禾如非的身份，她只能叫禾元亮二叔。而她的养父禾元盛，实际上是她的大伯。

养父和她的关系不甚亲厚，在她最初提出学武时，更是一度降到冰点。在她挣了功勋，拿到皇上嘉奖后才变得热情起来。而过去的那些年，大房虽然没有短她吃喝，到底也不甚了解她心里究竟在想什么。禾晏幼年时曾以为是因为不是亲生父亲，可生父禾元亮待她也是淡淡的。大约是当送出去的女儿泼出去的水，既然没有养在身边，情分也就淡了。

是以，关于父亲的模样，在禾晏的脑海里，还不如她的兄弟、属下来得清晰。

面前的禾绥已经将药倒进碗中，小心地捞走漂浮在水面上的一点残渣，再轻轻吹了吹，送到禾晏面前，就要喂她。

禾晏接过药碗，道："我自己来。"

男子收回手，讪讪道："好。"

汤药发出袅袅热气，禾晏迟疑地看着面前的药碗，她想到了之前贺氏说的话："那碗毒瞎你的汤药，可是你族中长辈亲自吩咐送来的。"

族中长辈，是禾元盛，还是禾元亮？或者是其他人？许之恒是知情的，其他人呢？

她又想到小蝶递上来的那杯热茶。旁人送上来的东西，谁知道是不是居心叵测之物。

禾绥见她迟迟不喝，以为她是嫌药苦，笑着哄道："晏晏不怕，不苦的，喝完药就好了。"

禾晏不再迟疑，不等禾绥继续说话，将唇凑到碗边，仰头将一碗药灌了进去。

"等等……"禾绥来不及说完，禾晏已经将空碗搁在桌上，他才吐出嘴里剩下的字——"烫"。

"不烫。"禾晏答。

禾绥一时间也不知道说什么，嗫嚅了几下，轻声嘱咐道："那你好好在屋里休息，别到处乱跑，爹爹先去武场了。"说完将空了的碗一并拿走了。

屋子里又剩下禾晏一个人，她微微松了口气，到底是不太习惯和人这般亲密地交流，尤其是以女子的身份，还是这样一个被娇宠着捧在掌心长大的少女。

婢子青梅还没有回来，如今的城门校尉不过是个武散官，没什么实权，禾绥每月的差银少得可怜。全家人靠禾绥一人的银子养着，连婢子都只请得起一个，而其他的银子，大概都变成了禾小姐堆满桌子的胭脂水粉了。

禾晏站起身，走到了门前。

这副身体软绵绵的，香香嫩嫩，于她而言全然陌生，没有力量便不能保护自己，若说有什么特别好的，便是一双眼睛干净明亮，能让她重见许久不见的人间光明。

"咚"的一声，身后传来重物落地的声音，禾晏转头，站在她面前的少年正将肩上捆着的柴木卸下。

少年年纪不大，穿着一件青布收腰襦衣，下着同色步裤，腿上绑着白布条，是为了方便干活。他肤色微黑，眉眼和禾晏有五分相似，清秀分明，下巴却略窄一些，显得神色坚毅，看起来倔强又骄傲。

这是禾大小姐的弟弟，禾绥的小儿子禾云生。

禾晏躺在床上这几日,禾云生来过几次,都是过来送水端火炉,没有和禾晏说过一句话。他们姐弟二人的关系似乎不太好,不过……禾晏看看禾云生身上粗制滥造的不合身布衣,再看看自己身上青缎粉底的小袄裙,微微了然,却又诧异。

在那个禾家,女子皆是为男子铺路,男子便是天便是地,仿佛是世上的中心。然而在这个家却不同,看起来,这亲生的小儿子倒像是捡的,禾家吃的穿的好的全都紧着禾大小姐一人,这又是为何?

禾晏挡在禾云生面前,没有挪动一步,禾云生将柴堆到屋檐下,开始劈柴。

这家人是真的很穷,唯一的下人便是婢子,而亲生的儿子却做着小厮做的活。

禾晏的面前就是柴堆,禾云生劈了两下,微微皱眉:"劳驾让让,你挡到我了。"

连个"姐姐"都不叫。

禾晏一动不动,既没有让开,也没有如往常一般尖酸刻薄地嘲讽他两句。禾云生忍不住抬起头,对上禾晏认真的目光。

禾晏道:"你这样劈柴,不行。"

禾云生皱起眉,问:"你说什么?"

禾晏认真地重复道:"我说,你这样劈柴,不行。"

少年不耐烦了:"禾晏,你有病就回屋里去,别在这儿找碴。"

"你这样劈,天黑也劈不完。"禾晏纹丝不动。

禾云生像是突然来了火气,斧子脱手滑落,重重砸在青石板上,发出一声巨响。他上前一步,怒道:"如果不是因为你生病花钱,爹也不会遣走小厮。你还知道要劈到天黑,你没劈过柴就别指手画脚,你这么会劈你来劈啊!"

禾晏心中微动,看眼前少年的模样,对这位姐姐也是积怨已久,噼里啪啦一通冷嘲热讽,真是一点情面都不留。

禾云生说完就等着禾晏跳脚骂人了,不过出乎他的意料,这一次,禾晏没有骂人,而是弯下腰,捡起了那把被他丢在地上的斧头。

她被这沉重的斧头坠了一坠,纤细的皓腕像是经不起摧折似的,看着令人心惊。

禾晏看着自己的手,也微微皱了皱眉,连把斧头都举不起,比起她以前来,实在差得太远了。

禾云生愣了愣,狐疑道:"你干什么?"

"我劈给你看。"禾晏回答。

禾云生一听，更生气了，怒道："你别在这儿胡搅蛮缠，你……"

他话还没说完，"砰"的一声，打断了他的声音。

禾晏已经抡起斧头干脆利落地将面前的柴木一劈为二。

"你看。"她说，"很简单，你不能握着斧头的前端，得握着斧柄的末端，顺着木头的纹路劈，会省力得多。"

禾云生呆呆地看着她，片刻后，这少年脸色涨得通红，语气几乎是出离愤怒了，他指着禾晏道："你你你，你果然别有居心！你的手……爹回来看到一定会骂我！禾晏，你真是心机深沉，刁滑奸诈！"

"嗯？"禾晏不解，下一刻，一个惊慌的女声响起："姑娘，你流血了！"

禾晏下意识地低头看去，掌心不知什么时候被磨破了皮，血迹藏在掌心，鲜明极了。

她只是握着斧头劈了一根柴而已，这就把手磨破了？这副身体到底是有多娇嫩？从小到大，禾大小姐究竟有没有提过稍重一点的东西，她是用棉花和豆腐做的吗？

禾晏陷入了沉思，婢子青梅已经冲过来拉着她往屋里走，急急地开口："得先用膏药擦一擦，不知道会不会留疤……"

禾云生恨恨地瞪了她一眼，扔下一句"禾晏你就作吧，迟早把自己作死"，就转身跑了。

禾晏哭笑不得，还是第一次有人说她"作"。

青梅将禾晏的手托在自己膝头，拿指尖细细抹了膏药擦在禾晏掌心，罢了又落下眼泪："这要是留疤了可怎么办，得想办法弄点祛疤膏才行。"

"没事，"禾晏见不得姑娘流泪，便宽慰道，"留疤就留疤，好了就行。"

青梅睁大眼睛，泪水都忘了擦，盯着禾晏说不出话来。

"怎么了？"禾晏问。

"没、没怎么。"青梅擦了擦眼泪，站起身来，"姑娘不生气就好。"

这话里的语气……禾晏再看看梳妆台前摆着的脂粉、首饰，心中大概明了几分。原先的禾大小姐极为爱美讲究，这一身细嫩皮肤想来是要娇养的，要是平常磕破了个口子，就算是天大的事。

上天是不是看她过得太过粗糙，不曾体会过当女子的感受，才给她找了这么个娇花身体，风雨都受不得。

青梅问："姑娘，奴婢给您倒杯热茶吧，刚刚外面在下雨，别受了寒气。"

"等等。"禾晏叫住她，"我想起一件事，之前我醒来，有些事情记得不大清楚……"她看向青梅，"我是怎么生病的？"

青梅闻言，大惊失色，一把抓住禾晏的手，险些又要落下泪来："姑娘，您已经为范公子伤心过一回，可不能再折腾一次了。您就算不为了自己，还得为老爷和少爷想想！"

范公子？男人？

禾晏问："哪个范公子？"

"姑娘，你这话是什么意思……是了，范公子如此无情，并非良配，姑娘忘了他也是对的。奴婢不会再主动提及范公子了，只要姑娘好好的。"说完，青梅又擦起了眼泪。

这个小婢子也实在太爱哭了，她营帐下那些刚进来的新兵第一次上战场都没这么爱哭。还没问几句话，衣襟已经湿了大片，这样下去，不出一炷香就能水漫金山。

"好吧。"禾晏无奈地道，"那就不提，你先去换件衣服，你衣服湿了。"

青梅瞪大眼睛看向禾晏，见禾晏神情平静，并没有要崩溃的样子，犹豫了一会儿道："那奴婢这就去换……姑娘等等奴婢，奴婢马上就回来。"这才一步三回头地走了。

屋子里又安静下来。

禾晏伸出手，对着自己摊开掌心。

青梅擦的膏药还粘在手上，她看着这只纤细幼嫩的手出神。女子力气天生弱于男子，当年为了练习手劲，禾晏幼时起，就每日天不亮从府里后门溜出，爬到京城东皇山上帮寺庙里的和尚挑水劈柴，一开始也是如这般磨破手皮，待渐渐生出茧子后便好了，再然后，两个水桶也能轻松扛起，还能在手腕上悬着石头打拳。

她不聪明，只能用笨办法，日积月累，便也有了能和男子一较高下的资格。

只是现在，一切又回到了原点。且不说拿回原本属于自己的东西，光是这副柔弱的身躯，也无法承负她今后要走的，布满荆棘的路。

"那就练吧。"禾晏对自己道，"就像从前。"这也许是上天给她的考验，作为她重获新生的代价，不过那又有什么可怕的。

只不过是从头再来而已。

第二日雨便停了，是个大好的晴天。院子里的青石被晒得泛起暖暖的绿。

鸡叫第三声的时候，禾晏就醒了，青梅醒来的时候发现禾晏不在床上，吓了一大跳，四处去寻，发现禾晏坐在院子里的石墩上发呆才松了口气。

"姑娘怎么起得这样早？是不是被子薄了发冷？"青梅问。

"无事，我睡不着。"禾晏答道。

她没有起懒的习惯，在兵营里，每一刻都无法放松，即使是夜晚，也要提防着敌方的突袭，是以时刻保持警惕。再者，少年时候她要练武，倒是真的闻鸡起舞。后来嫁到许家，仍旧改不掉习惯，反被人背后嘲讽，不过瞎了后，她便不再起那么早了，白天和黑夜对她来说没有分别。仍旧是鸡鸣时醒，只是要等到院子里的人全都窸窸窣窣起来后，才跟着起来，显得自己不那么格格不入。

"父亲呢？"她问。

"老爷已经去校场了，少爷也刚刚起来，姑娘换件衣服来用饭吧。"青梅说着，便先小跑着去厨房了。

屋子里只有一个婢子，活却不少，总有人手不够的时候。

等禾晏到了堂厅，禾云生已经在饭桌旁坐下开始吃饭了。

少年仍如昨日一般，穿的衣服如贩夫走卒，十分不讲究。他见到禾晏，只是看了一眼就移开目光，端起碗喝粥。

饭菜是简单的清粥小菜，禾家这般家境，也吃不起什么精致菜肴，纵然这样，桌上也有一盘点心，看起来不甚精致，香气粗劣，一看就是禾绥特意为女儿准备的。

禾晏也跟着端起碗来喝粥，她喝得很快，青梅与禾云生微感诧异。从前的禾晏挑三拣四，不肯好好吃饭，一碗粥到了最后，不情不愿吃许久才能吃完，哪像今日这般干脆。喝完了粥，她并没有立即去拿碟子里的点心——禾绥给她准备的，青梅不会吃，禾云生更不会。

禾云生将碗搁在桌上，站起身来，禾晏抬头问："你去哪儿？"

禾云生蹙眉："干吗？"正要不耐烦几句，突然瞥见禾晏掌心的痕迹，声音就顿住了。

他还以为禾晏昨日会向回家的禾绥告状，谁知道今日一早风平浪静，看来禾晏没去挑拨离间，禾绥还不知道禾晏受伤。

少年的语气缓和了一点："上山砍柴。"

在禾云生的脑海里，听完这句话的禾晏，应当没什么兴趣地离开，回到她的屋子里摆弄她的那些胭脂水粉，再精心打扮出门逛逛踏青，谁知道禾晏却目光一亮，兴致勃勃道："真的？我也一道。"

禾云生还没开口，青梅就先开口了："姑娘，您去做什么？山上下过雨，路不好走，到处都是泥，若是摔着了怎么办？"

"就是。"屋里难得还有个正常人，禾云生马上接道，"别自找麻烦。"

两人都以为禾晏是一时兴起，禾晏却转头对青梅道："父亲白天都在武场，夜里才会回家。青梅你有那么多活干，也不能时时跟着我。禾云生，"她叫禾云生的名字，听得禾云生一个激灵，"你如果不带我去，我就自己去。"

"喂！"禾云生气急。

"这屋子里还有第三个可以管着我的人吗？"她不紧不慢地问。

禾云生无话可说，别说是第三个人，这屋子里根本就没人能管得了禾晏的性子。就是因为禾绥的娇宠，禾晏什么人的话都不肯听，哦，除了那个范公子。

"你想去就跟着去。"少年怒道，"不过你摔在半路，哭着想回家的话，我可不会把你送回来。"

禾晏耸了耸肩。

禾云生怒气冲冲地走了，他想不明白，生一场病，禾晏怎么变得越发讨厌了。如果说过去的禾晏是矫揉造作的小姐脾气，如今的禾晏，还多了一丝无赖，更加难对付。

她果然是他禾云生的冤家！

……

龙环峰山路崎岖，地势险要，来这里的多是砍柴采药的穷苦人。

路边生长着不知名的野花，点缀在草丛之中，煞是好看。可惜毕竟不是真正踏青赏花的地点，脚踩着的石头贴在崖壁上，往下看去，叫人两腿发抖。

这条路禾云生走过无数遍，知道上山没那么容易。他等着听禾晏的抱怨和哭泣，可从头到尾，也没见禾晏吭一声。

禾云生忍不住回过头，惊讶地发现，禾晏并没有落下他多少，几乎是与他并肩而行了。

这怎么可能？

这条路男子走尚且吃力，何况禾晏还是一个娇滴滴的小姐，从前走路走远了都要揉膝盖的那种。她什么时候体力这样好了？

"你看我做什么？"禾晏奇怪地盯着他，"不继续走吗？"

禾云生二话不说回过头，继续往前走。

一定是她装的，她肯定马上就撑不住了！

禾晏看着自己的腿，叹了口气。

这腿上的力气，真的很小。她和禾云生走这一段路，竟然久违地觉得乏累。看这样子，还得磨合。

"在这儿就行了。"禾云生停下脚步，从腰间取下斧头。

这里杂木很多，禾云生选的都是细小的树木，砍起来也方便一些。他对禾晏指了指旁边的石头："你就在这坐一会儿吧，我得砍一个时辰。"

"就这里吗？"禾晏点了点头，将身上背着的布包取了下来。

禾云生眼睁睁地看着她从布包里也掏出一把斧头。

"你……你你干什么？"禾云生脑子一蒙，话都说不利索了。

他还以为禾晏背着的布包里装的是水壶,结果她装了一把斧头?她背了一把斧头还走了这么远的路,并且没有被他落下,禾云生怀疑自己是在做梦。

接下来发生的事让禾云生更加确定自己是在做梦了。

他看见自己娇滴滴的姐姐,平时捧个茶杯都要嫌重的禾晏,毫不犹豫地抡起面前的斧头,一斧头下去,砍下一丛树枝,动作利索得像是做了千百回。

她说:"我来帮你啊,很快。"

禾云生总觉得自己这个梦做得太长了一点。

他的姐姐今日一早跟着他上了山,砍了柴,最后掏出布包里早晨没有吃的点心分给他一个。禾云生本想拒绝,可是甜腻腻的香气充斥在鼻尖,禾晏已经低头咬自己的那份,鬼使神差地,禾云生就伸出手接了过来。

他咬了一口,点心很甜。

禾晏见他吃得很慢,将剩下的几个全塞到他手上,道:"剩下的都给你,我吃饱了。"

禾云生不知所措。

禾家只有他们姐弟二人。禾绥当年不过是个来京运送货物的镖师,路途中恰巧遇见山匪抢劫,救下了京城秀才府上的小姐,遂结美满姻缘。秀才家也只有这么一位小姐,禾绥又无父无母,于是自愿成为上门女婿。

虽是上门女婿,一双儿女却还是跟了夫姓。

后来秀才夫妇二人相继病逝,禾夫人也成日郁郁,禾云生三岁的时候禾夫人便撒手人寰,剩下他们三人相依为命。

禾绥与夫人伉俪情深,禾晏生得很像禾夫人,大约因为这一点,禾绥格外疼爱禾晏。禾家虽然并不富裕,禾绥却总是尽力满足禾晏的需求。久而久之,禾晏也变成了一副令人讨厌的性子,至少禾云生是对这个姐姐爱不起来的。

可是自从她病了后,她的许多行为变得匪夷所思,禾云生也不知道怎么去面对她了。

"你每日就上山砍柴?"禾晏问他,"下午做什么?不去学堂吗?"

禾云生比禾晏年幼一岁,今年十五,这个年纪的孩子,应当还在念书。

"回去后做大耐糕,下午在棚里售卖,学堂就算了。"禾云生随口道,"家里没有银子,我也不是那块料,随便识几个字就得了。"

说到这里,虽然他极力掩饰,禾晏还是在这少年眼中看到了一丝遗憾和渴望。

顿了顿,她问:"你以后想做什么?"

"你问这个干什么?"禾云生狐疑,不过片刻后他还是回答了禾晏的问题,"我现在每日也去武场,日后只要过了校验,就能去城守备军中,慢慢地也做个校尉，就能拿差银了。"

"就这样？做个武散官？"禾晏笑了，"我以为你会想做点别的。"

"怎么做别的？"禾云生自嘲道，"难道要像飞鸿将军一样吗？同样是姓禾，他可比我们厉害多了。"

冷不丁从禾云生嘴里听到自己的名字，禾晏愣了一下。她沉默了一会儿，才问："你知道飞鸿将军？"

"自然知道！大魏谁不知道，当年飞鸿将军平西羌，封云将军定南蛮，北禾南肖，方有我大魏盛世太平！少年侠骨，意气风发！我若能成为他们这样的人，就是死也值得了！"

禾晏"扑哧"一声笑了出来。

禾云生气急败坏："你笑什么？"

"光是砍柴和卖大耐糕，可成不了这样的人。当年飞鸿将军和封云将军，也不是在武场里随便学学就能成功的。"

"我自然知道。"禾云生涨红了脸，"可是我……"

哪个少年不渴望建功立业，禾云生正是热血的年纪，况且就如眼下这样，实在是太耽误他了。

禾晏道："明日起，我每日都跟你一起上山砍柴和卖大耐糕。"

"什么？"禾云生从石头上跳起来，"禾晏，你是不是疯了？"

今日之事可以说是她一时兴起，日日都来……禾晏怕不是生了一场病连脑子都坏掉了？

不等禾云生再说话，禾晏已经站起身来，拍拍身上的尘土："吃好了就继续干活吧，春光不等人。"

禾云生："……"

春雨过后，接连十几日都是好晴天。

青梅最近有心事。从前总是指挥着她做这做那，让她贴身伺候的大小姐如今再也不找她了。白日里和禾云生一起出门，到了晚上青梅要伺候禾晏梳洗时，禾晏也将她打发出去。唯一能用得上的，便是早上起来给禾晏梳头。

青梅忧心忡忡，这样下去，是不是她也会像被禾绥遣走的那些小厮一样被扫地出门，毕竟大小姐不需要她了呀！

同样心事重重的还有禾云生。

半月余了，禾晏每日清晨都跟他一起上龙环峰砍柴。起得竟然比他还要早，禾晏上山也就罢了，还在手脚上各绑上一个沙包，禾云生偷偷掂量过，很重。禾晏就是这样每天背着这么个鬼东西跟他一块儿上山砍柴的。

她没有抱怨过一句，好像不知道累似的。不过禾云生看见她的掌心，细嫩的皮肤被磨破了不知多少回，她索性在手上缠上布条。

这样做的好处是显而易见的，因为半月下来，禾晏已经走得比他快了，砍柴也砍得比他多。禾云生心里想着，那沙包是否真的这么神奇，要不他也偷偷绑两个？

两个人砍柴是比一个人砍柴快，多出来的时间，便可以多卖点大耐糕。禾晏毕竟是女子，做这种抛头露脸的营生还是不大好，禾云生也提醒过她，不过禾晏自己却浑不在意。禾云生感到很头疼，如果禾绥知道禾晏这些天跟他在一起，不是上山砍柴就是出门卖糕，一定会拿鞭子抽他的。

好在禾绥还不知道。

禾绥不仅不知道，甚至每日乐呵呵的，一向总是争执不休的儿女最近关系亲密了许多，能坐在一张桌子上吃饭了，有时还会闲谈几句。禾绥很满意，在校场上对新来的小军都和蔼了许多，家和万事兴嘛。

此刻的禾晏，正坐在梳妆台前。

青梅惴惴不安地看着她。最近府里用度十分窘迫，禾晏这个时候要买新口脂，可拿不出银钱。

禾晏翻动着桌上的香粉头膏，觉得有些头疼。这些东西已经用过了，是卖不了钱的。她又翻了几下，找到了几支发簪和其他首饰，都是银制的，成色一般，不如她从前在许家用的，不过现在也管不了那么多了。

她把首饰全部找了出来，递给青梅。

"把这些拿到当铺当了吧，死当，银钱多一点。"

青梅睁大眼睛："可……可……"

"我们现在很穷。"禾晏解释，"这些不能吃。"

她得把首饰当了，再去弄点银子，最好能凑够禾云生上学堂的钱。等把这些打点好以后，她才能安心做自己的事。

出门的时候，禾云生问："你今天怎么这么晚？等下抢不到好位置了。"

"有点事情。"禾晏道，"抢不到好位置也没事，我们的糕更好吃。"

禾云生无言以对。

棚子搭在城西商贩一条街上，对面就是京城最大的酒楼醉玉楼，客来客往，人流如织，这边的小生意都很好做。只是棚子就那么大，得提早过去占个好位置。

禾云生将笼屉里的大耐糕摆出来。

大耐糕是一种糕点，把生的大李子去皮剜核，以白梅、甘草汤焯过，用蜜和松子肉、榄仁、核桃仁、瓜子仁将李子中的空隙填满。放进小甑蒸熟，酸酸甜甜很可口，也不贵。禾云生过来卖大耐糕，一月赚的钱也能补贴家用。

日头暖洋洋的，晒得人很舒服，不时有人过来买一两个，等到日头转过醉玉楼东面的时候，大概就可以卖完。

禾晏看着禾云生干活，不得不说，禾云生很能干，让她想起了从前在兵营里的那些孩子，入兵营的孩子大都是穷苦人家出身。在此之前，什么活都干，什么也都能干。

她虽然不曾穷过，但也是那么过来的。

"哎，给我来个……这不是禾大小姐吗？"一个声音打断了禾晏的思绪。

她抬眼看去，面前的是个长脸男子，发髻梳得锃亮，生得獐头鼠目，穿着一身白衣，却是不伦不类。他抬手就要来搭禾晏的肩，禾晏侧身躲开了。

那人扑了个空，有些遗憾地缩回手，道："好久不见啊禾大小姐，你这几日都不怎么出门了，原来是和禾少爷来卖糕……你怎么能做这种事情呢，多辛苦啊。"

听语气仿佛两人很熟。

禾晏不解，看向禾云生，禾云生满面怒气，斥道："王久贵，你离我姐姐远点！"

"臭小子，你姐姐都不介意，你吵什么。"叫王久贵的男子说完，又觍着脸笑眯眯地上前，从怀中掏出一样东西，递给禾晏："禾姑娘，在下可是心里一直念着你。这不，前些日子买的胭脂，正想送你，今日恰好遇见了，送给你，不知能不能赏脸和在下去泗水滨踏青？"

一个小癞子模样的人，偏偏要做翩翩公子的形象，禾晏只想笑。她遇到过不少人，好的坏的都有，这般调戏自己的，没有。

"我要卖糕，可能无法与公子踏青了。"禾晏婉拒，"这盒胭脂，公子还是送给别的人吧。"

王久贵愣住了。

他和禾家住在一条街上，本来嘛，禾晏有个校尉爹，旁人是不敢招惹的。可禾晏并不是安分守己的姑娘，又喜欢贪小便宜。寻常给她个胭脂水粉，便能讨她一声"久贵哥哥"，今日当着这么多人的面，却打了他的脸。

王久贵有些挂不住面子，笑容不如方才真心，他说："禾大小姐该不会还想着范公子吧，人家范公子都要娶妻了，你又何必……"

"闭嘴！"话音未落，"咚"的一声，王久贵脸上挨了一拳，被人揍得跌倒在地。

禾云生站在他面前，指着远处怒道："给我滚！"

十四五岁的少年，已经像头小牛犊子，浑身都是力量。王久贵早已被酒色掏空了身子,哪里是禾云生的对手,只觉得头疼脸也疼,浑身上下臊得慌。他连滚带爬地站起来,再看禾晏,并没有赔礼道歉的意思,甚至还有几分兴味,顿时一股无名之火涌上心头。

"你们……"他抖着手指着禾晏。

禾云生挡在禾晏面前,冷笑一声:"我们怎么了?"

王久贵不敢上前,心里也有些犯嘀咕,这两姐弟关系自来不好。平日里禾晏没少跟他抱怨,禾云生也是从来不管禾晏的事,今日这两人怎么在一起,禾云生还为禾晏出头?

"你给我等着!"他一跺脚,跑了。

看热闹的人群散去,棚里恢复了平静。禾云生阴沉着脸把大耐糕装好,一言不发。禾晏瞅着他。

"你看什么?"禾云生没好气地问。

"你刚刚出手很不错,"禾晏沉吟了一下,"就是下盘有些不稳,基本功不太扎实,还得在家多练练马步。"

"去去去。"禾云生不欲多谈,"你又不是武教官!"

禾晏打量着禾云生,禾云生是个可造之才。可能是因为从小干力气活,根骨不错,是个好苗子。他不该在这里卖大耐糕,应该去更好的学堂武馆学一身本领。

"那我换个说法,范公子是谁?"

禾云生"啪"的一下把帕子摔在桌上,瞪她:"你还敢说!"

"范公子怎么了?"禾晏瞥他一眼。

禾云生提起"范公子",仿佛有天大的怒气:"怎么了?若不是他先来招惹你,你怎么会被他骗!那种公子哥,本就到处拈花惹草,也只有你才会相信他。他要成亲了,你居然还为他绝食,你在这边为他要死要活,人家还不是迎娶新人过门!倒是你,成了京城的笑话,你居然还提起他,你是不是要气死我!"

三言两语,禾晏就大概知道事情是怎么样的了。

禾大小姐娇生惯养,心比天高,怎能泥盆养牡丹,一心想高嫁,做高门贵妇。偶然踏青遇到了勋贵人家的公子哥,两人暗生情愫。只是禾大小姐一颗芳心全盘托付,对方却只是闹着玩而已,勋贵人家的少爷,断然不会娶一个武散官的女儿。

范公子的家中早已为他觅得一桩门当户对的亲事,就要完婚。禾大小姐怎会甘心,亲自上门去要个说法,结果被无情扫地出门,一时无法接受,想要绝食自尽。就是在奄奄一息的时候,禾晏醒来了,成了禾大小姐。

难怪,自禾晏醒来后,禾家所有人都待她小心翼翼,怕是担心不小心她又去寻了短见。

禾云生还在絮絮叨叨地说，骂禾晏头脑不清醒，他却不知道，他真正的姐姐，早已不在人世。禾晏心中扼腕，禾大小姐千不该万不该，不该为了一个骗子男人毁了自己的一生，生命十分宝贵，为了不值得的人，是一种浪费。何况她这样去了，背叛她的人仍然活得潇洒，真正爱她的人却会痛不欲生。

亲者痛仇者快，何必？

她和禾大小姐的经历，倒是有一些相似。同样遇人不淑，只是她和禾大小姐又有所不同，禾元盛、禾元亮、禾如非以及许之恒、贺宛如，她会一个一个亲自上门，把他们欠她的拿回来。

为此，她做了很多努力。

每日早晨绑着沙包前行是为了找回力量，而每日下午在市井中贩卖，则是可以从形形色色的人之中，打听到禾家和许家的消息。

譬如瞎了眼的许大奶奶前段日子不慎落水溺亡，许家大爷悲伤欲绝，卧病不起。禾家举家悲恸，禾家二老爷一夜白头。飞鸿将军与妹妹兄妹情深，亲自操持堂妹丧事，丧事办了三天三夜，全城皆知。

这些似真似假的消息雪花一样飞进禾晏的耳朵，她只能付之一笑。

真相被掩盖了，而她必须揭开真相。在此之前，她得好好活着。

……

夜里，风从窗户的缝隙钻了进来，将烛火吹得微微晃动。人影在墙上被拉得东倒西歪，禾晏看着面前的碎银子，问道："就这点？"

"奴婢已经求掌柜的多给点了。"青梅为难道，"但掌柜的说那些首饰最多也就能当这么多。"

禾晏点头："那你先下去吧。"

青梅退了出去。

禾晏将碎银一颗颗捡起来放进掌心，总共也就两颗，她觉得她的心好像也跟着一起碎了。

她想到赐给飞鸿将军的那些金银珠宝，随便拿一件过来，也能让这个禾家解了燃眉之急。可她现在偏偏又不在那个禾家。

禾晏重重地叹了口气，总算明白了什么叫"一文钱难倒英雄汉"。

银子是银子，还有一件事，就是她也想去校场。每日上山砍柴固然能强身健体，但也仅仅是增强体力，要想恢复到从前，去校场与人交手、射箭骑马才是最快的办法。不过这样一来，不知道爱女心切的禾绥会不会同意。

她吹灭蜡烛上了榻，不管如何，一切等明日再说了。

第二日，砍完柴下山，用过午饭，禾云生要去卖糕了。

禾晏看着他装了满满一大笼屉，问："做这么多，能卖得完吗？"

"天气热了起来，来买的人多得很。"禾云生道，"再过段日子，就该卖别的了。"

禾云生真是为这个家操碎了心，对这些生意上的事倒是很清楚，禾晏肃然起敬，拍了拍他的肩："那走吧。"

禾云生身子一僵，禾晏这个动作，还真是……十分有男子气概。

等到了棚里，因来得早，商贩们不多，两人便寻了一个靠近街边的好位置，将大耐糕摆了出来。

正是四月初，下午的时候太阳便有些夏日的味道了。大耐糕酸酸甜甜，亦有李子的清香，这个时节买来做零嘴正好。不出禾云生所料，生意很好。禾云生捡糕，禾晏收银子，两人正忙得不可开交时，忽见一群人气势汹汹地冲着他们的位置而来，为首的正是昨日的王久贵。

"啪"的一声，王久贵两只手捶在桌上，周围的人连忙退了开去，不愿遭这池鱼之殃。

禾云生倒是无所畏惧，怒道："你干什么？"

"干什么？"王久贵冷哼一声，"昨日你打了我，你以为就能这么算了？"

禾云生挽起袖子，面若寒冰："你想打架？奉陪！"

"好小子，你有种！"王久贵稍退一步，身后的小喽啰们便将禾云生团团围住，"我劝你不要太猖狂！"

禾云生不为所动，正在这时，禾晏道："住手！"

禾云生和王久贵齐齐朝禾晏看来。

王久贵见了禾晏，又笑起来，他道："这小子不懂事，不过是你弟弟，禾大小姐的面子，在下还是要给的。要是禾大小姐愿陪在下同游踏青，这件事也就算了，我大人有大量，不跟小孩子一般计较。"

"我看你是狗嘴里吐不出象牙！"禾云生勃然大怒。

"慢着。"禾晏一把攥住禾云生的手，禾云生想挣开，但任凭他怎么努力，禾晏的手依旧牢牢钳住他，禾云生不由得发怔，禾晏的力气什么时候这么大了？

"有什么事别在这儿说，吓到了周围的人。"禾晏淡淡道，"我们去那边说吧。"她指了指远处，醉玉楼靠里头的一处小巷。

"不行！"

"好啊！"

禾云生同王久贵一起开口。

禾云生急道："你一个姑娘家，怎么能和他们……这些人不是好人！"

王久贵却笑了："看来还是禾大小姐懂事，咱们还是走吧，我今日还带了给禾大小姐的礼物……"

禾云生还要闹，禾晏凑近他的耳朵轻声道："你以为我这些天跟你上山砍柴是白砍的，放心吧，不会有事的。就一盏茶的时间。"

少女的声音轻轻柔柔，带了一丝莫名笑意，禾云生不由得愣住，等他回过神来时，禾晏已经跟着王久贵一帮人走过去了。

禾云生想要追过去，可一想到方才禾晏对他说的话，又生生忍住停了下来。

就相信她一次，一盏茶的时间，一盏茶的时间她还不回来，他就去找她。

另一头，禾晏和王久贵走到了小巷。

小巷的上面，就是醉玉楼的酒肆。隐约能听见里面的管弦琴声，悠扬悦耳。禾晏对此向往已久，但一次也没去过。她回京不久，禾如非就归来了，她着裙待嫁，进不得这等地方。

"禾妹妹，"王久贵笑嘻嘻地凑上前，"你是想和我说什么啊？"

"我弟弟。"

"你说禾少爷呀，"王久贵稍感意外，不过很快便笑容满面，大度挥手，"我怎会和他一般见识，你知道的。"他从怀里掏出一个鸭蛋青色的圆形粉盒，另一只手去摸禾晏的脸，"我心里有你，以后咱们就是一家……"

王久贵的话没说完，就被一声惨叫替代。

醉玉楼里，琴弦因这声惨叫而微微一抖，拨错了一个音，仿佛美玉落下划痕，突兀而遗憾。有人疑惑开口："什么声音？"

纱帘被扇柄掀起一角，茶盏玲珑，竟不及捧茶的修长手指如玉。

禾晏松开手，王久贵的胳膊软绵绵地垂下来，他面带惊恐，禾晏淡淡一笑，一扬手，那盒鸭蛋青的粉盒便朝王久贵兜头砸下，砸了他一脸白末。

"谢谢你的礼物，不过，我不喜欢这种劣质的脂粉，记住，以后别送我这种东西。"

"贱人！给我打！"王久贵哀号着，还不忘一声令下。

妙龄华年的少女闻言，好似听到了什么笑话，眼睛弯了弯，笑声脆如山泉。她是真的开心，春风吹起她的裙角，黑发雪肤，杏眼明仁，像足了哪家踏青路上的娇美小娘子。

可她说的话却令人胆寒。

她揉了揉手腕，微笑道："你最好别后悔。"

王久贵觉得自己一定是在做梦。他使劲掐了掐自己的大腿，顿时疼得"哎哟"一声叫出来。

不像是在做梦。

可若不是在做梦，如何解释眼前发生的这一切。

不过须臾，他的那些喽啰便横七竖八地倒了一地，而始作俑者一脚踏在石阶上，正在掸落衣裳上的尘土。感到王久贵的目光，她便望过来，眸光清亮，让王久贵浑身发抖。

他没见过这样子的禾晏。

禾晏不是这个样子的。禾晏漂亮刻薄，贪慕虚荣，爱占小便宜。这样的女子，京城中数不胜数，大多心比天高，命比纸薄。好的，便真能攀上一门富贵人家做个妾；不好的，便是嫁个普通人，一辈子哀哀怨怨地活。禾绥养她跟大户小姐一样地养，禾晏这辈子也没摸过什么锐器，那一双手不是抚琴就是作画，至少不是用来打人的。

可在刚刚，王久贵却亲眼看到那双手合拢成拳，一拳便将他身边的壮汉打倒在地。他还记得禾晏刚刚握住他的胳膊，他的身子还没来得及酥麻，就觉得胳膊一痛，嗷嗷大叫起来。这哪里是手指，比斧头还利。

这女人太可怕了，她是吃了什么药，一夜之间力气变得这么大，能一个人干翻他十几个人？

王久贵有点想哭。

他还没想好接下来应该怎么求饶，就见那少女朝他走过来。

"姑奶奶饶命！"理智在这一刻烟消云散，王久贵脱口而出，"是我有眼不识泰山，您大人有大量，放过我吧！"

"以后不要送我这种礼物了。"禾晏温声道，"我不喜欢。"

"好、好好好好。"王久贵一连说了好几个"好"字，生怕禾晏不相信，还补充道，"您喜欢什么告诉我，我买了送给你……可以吗？"

"那倒算了，无功不受禄。"禾晏笑起来，"都是街坊邻居，以后不要再开这样的玩笑了。"

"是是是。"王久贵感激涕零。

"不过，我还有件事想要问你。"她道。

片刻后，禾晏丢下一地残局，轻松地离开了，留下满地的呻吟。她走得轻快，并不知道在她走后，醉玉楼上的某层，有人松开执扇的手，纱帘掩住了楼下的狼藉。

"京城里的女子何时变得这般勇猛凶悍了？"这是个轻快的声音，含着满满的戏谑，"难道这就是舅舅你迟迟不愿定亲娶妻的原因？"

他的话并没有得到回答。

这人便再接再厉："舅舅，要不去打听打听方才是哪家姑娘？若是不错，收下做你帐下的女护卫如何？到了夜里，还能红袖添香……"

"砰"的一声，有人的指尖轻叩桌面，那半杯茶上盖着的茶盖"嗖"的一下，准确无误地飞进了他嘴巴里，堵得他哑口无言。

"呜呜，呜呜——"那人不甘心地张牙舞爪。

"你若再多一句废话，我就把你从这里扔下去。"慵懒而漠然的嗓音打断了对方接下来的控诉。

屋子里安静下来。

琴弦拨动的《流光》缓缓流淌过雅室，遮住了窗外的春光。茶继续饮，有人小声地嘟囔了句"小气"，很快被琴声淹没了。

……

禾云生看见禾晏安然无恙地回来后松了口气。

"你没事吧？王久贵他们人呢？"禾云生没看到王久贵的身影，问道。

"我对他们晓之以理，动之以情，他们就走了，并且说改日会来赔礼，以后也不会做这样的事了。"禾晏道，"别管他们了，继续卖糕吧。"

禾云生怀疑地看着她。

王久贵要真那么讲道理，也就不叫王久贵了。可禾晏一副不欲多说的样子，看她也像是没受什么伤害，禾云生到底是个少年，很快也就将这事抛之脑后。

到了夜里，一同用过晚饭，禾云生要去睡了，被禾晏一把拉住。

"什么事？"

"你有没有干净的衣服？"禾晏问。

禾云生一脸不理解。

"我想看看你的衣服上有没有需要缝补的地方。"禾晏道，"我晚上可以帮忙缝补。"

禾云生的表情都要裂了。

从出生到现在，禾晏还是第一次提出要为他缝补衣服。一瞬间，少年心中涌起一阵陌生的感动，不过……他迟疑地问："你摸过针线吗？"

他好像记得禾晏不会做女红，针线都是青梅做的。

"这你就小看我了。那是当然。"当然不会。

禾晏推了他一把："你快去拿，能拿的都拿过来。"

禾云生果然乖乖地寻了一堆衣服过来，禾晏扛起衣服就往屋里走，禾云生还有点犹豫："要不让青梅做吧？"

"青梅做的哪有我做的可心，你快睡吧，明日还要早起。"禾晏道。

打发了少年，禾晏回到屋子，挑挑拣拣，才寻了一件栗色的圆领窄袖长衣。禾绥大概真的将银子都给了女儿，禾云生连件像样的衣服都没有，都是些布衣马裤，唯一这件长衣，大约还是别人穿剩下的，洗得颜色都陈旧了。

好在她和禾云生个子差不多，穿在身上，也算勉强合身。再将头发绾成男子发髻，随手在门外掐了截树枝插好，将自己肤色弄黑些，眉画粗些，禾晏看向镜子，好一个青葱少年郎。

她扮男子早已炉火纯青。可惜了，本想做个翩翩公子，可这身衣服一穿，倒像是家道中落的少爷，勉强看着顺眼。

她在屋子里踱了几步，自觉万无一失，才偷偷打开门，走到院子里，身子矫捷地一跃，翻墙而过，来到了街上。

这个时节的京城没有宵禁，正是热闹繁华的时候。禾晏顺着灯火最盛处走去，沿岸船舫歌舞悦耳，两边小贩高声吆喝，春意盎然，一派盛世夜景。

她许久没这样出过门了。从禾如非回到禾家开始，从她嫁入许家开始，从她双目失明开始。

这些热闹的、繁华的、美丽的东西似乎已经离她很遥远了，可今夜，随着湖边吹来的夜风一同失而复得，她自由了。

脱离了那个禾家，一切从头开始，她在心中感激苍天。

离醉玉楼不远处，明馆外，娇艳如花的姑娘们正在笑容满面地招待客人。

这并非秦楼楚馆，而是京城里最大、最出名的赌坊——乐通庄。

禾晏在乐通庄前停下脚步。门口一名头戴花簪的女子拦住禾晏，娇声道："公子，这里是赌庄。"

"我知道。"禾晏颔首，从袖中摸出一块碎银在她面前晃了晃，"我是来赌钱的。"

女子愣了愣，还不等她说话，禾晏已经走了进去。

站在赌场外的女子便是赌妓，乐通庄来往皆是富贵人家，因此她们也学会了看人下菜。有那看起来不甚富裕的，便劝说着让人退离。一来穷人家在里面走动，不太好看，踩脏了绣花的地毯。二来穷困人家在乎银子，输不起，一旦输了哭天抹地赖账，扰了贵人兴致得不偿失。

禾晏这一身洗得发旧的衣裳，断然不像是富贵人家的少爷。可惜赌妓还没来得及拦住他，他已经不请自入了。

赌坊里人声鼎沸，个个红光满面，赢了的自然志得意满，输了的则满脸不甘心，从怀中掏出一沓银票，吼道："再来！"

禾晏边走边看，今日她将王久贵给教训了后，问了王久贵一个问题，便是这京城里，最大的赌坊是哪家。王久贵这种街头混混，不会不知道，果然，王久贵就跟她讲了乐通庄。

禾晏没去过赌庄，她在投抚越军之前，因身份特殊，人越多的地方越是不能去，赌坊就更别说了。等投了抚越军，打了胜仗回京，禾如非又回来了，她成了禾家二房的嫡小姐，更不能去这种三教九流的地方。

乐通庄里什么都有，牌九、弹棋、象棋、斗草、斗鸡……她看得眼花缭乱，心中惊叹的同时又有些可惜，这些她都不会。

有人在猜骰子，将骰子放在碗里猜点数，这是最简单的，围观参与的人也是最多的。一场下来银子哗啦啦地流，晃花了禾晏的眼睛，禾晏嘴角终于绽开了一丝笑意。

禾家实在是太穷了，可禾云生还得入学堂武馆。当的首饰换不得几个钱，离束脩还差得远。纵然做大耐糕去卖，也要攒很久。思来想去，禾晏只能想到赌坊，钱生钱，虽然是投机取巧，不过眼下也顾不了这么多。

"哎小哥，你挡在这里做什么，不赌别站这儿。"他周围的人推搡了一下禾晏，眼中有一丝不屑。

禾晏道："赌。"

这周围的人俱是穿金戴银，非富则贵，陡然间见进来了一个衣衫半旧的少年，不由得纷纷看过来。禾晏从袖中将唯一的两块碎银掏出来，放在了桌上。

有人嘲笑道："小子，你可想清楚了，这可不是闹着玩。我看你身上也没别的银子了，要不别赌了，真输了哭鼻子，旁人可不会把银子还给你！"

不是没有这样的事发生。赌博是会上瘾的，越输越赌，越赌越输，有些人将地契、妻儿输了个干净，最后后悔耍赖不成，被乐通庄的人轰了出去，在这里时有发生。

他们看禾晏的目光带着怜悯，穷人在乐通庄里，从来没有第二个结局。

禾晏微微一笑："没事，赌着玩玩。"

众人"轰"的一声大笑起来，这笑声里究竟是善意还是看热闹，已经无人得知了。

骰子入碗，扣过来，庄家左右摇晃，骰子声清脆，一声一声，伴随着热闹的人声仿若乐鸣，还可以听到有粗犷的汉子大声谈笑。

禾晏想起了那些年在兵营中的日子。

她入兵营，从小兵到副将，从副将到将军，全是靠自己一身伤痕挣下来的。边境苦寒之地，并无其他娱乐。那些兵营里的汉子憋不住，便私下里偷偷地赌钱。

禾晏每次看到都会军令处罚，架不住他们私下里赌得欢腾，禾晏也无奈，最后只得规定，不得赌银子，可以赌别的，一只鸡腿、一块干粮，或是一张毛皮。

他们倒也不是真的想赌，只是实在无聊得慌。操练打仗之外，这大约是唯一的乐趣了，禾晏不忍剥夺。他们便让禾晏一起，有时候禾晏兴之所至，便也跟着来一两局，每次都是大败。

她身上的那些小玩意儿几乎都输了出去，倒也不恼，只是觉得果真术业有专攻，赌博一事，也不是人人都会。

清脆的骰子声戛然而止，庄家落碗，看向她。

"大。"禾晏道。

"开——"

碗被打开，桌上两粒骰子静静躺着，众人屏息凝神，看了过去，两粒骰子，一个五，一个六，的确是大。

众人些微意外，片刻，方才嘲笑禾晏的男子大笑道："你倒是好运气，拿着这些钱去裁件好衣服吧！"

一些零零散散的银子和银票堆在了禾晏面前。

禾晏把银子重新推了出去。

众人看向禾晏。

"再来。"她微笑道。

有人忍不住了，道："嘿，这小子，有点嚣张啊！"

"小哥，你还是见好就收吧，赢了就不错啦。"这是充满好意的劝解。

"真以为自己会一直这么好运？哈哈哈，小孩子就是天真！"

嘲讽声、规劝声、看热闹的声音充斥在耳，人声鼎沸，禾晏眼里却只有那两粒骰子。

禾云生上学堂和武馆需要束脩，青梅一个婢子干不完所有的活，禾家还是应该增加一个小厮。再过几个月就要到夏日了，雨季将来临，禾家门房上瓦片缺了一些，一定会漏水……里里外外，都需要用银子。

她想要打听许之恒同禾如非的事，也少不了银子。

银子这东西，不需要很多，但绝对不能没有，否则寸步难行的时候，便知生活艰难。

"你想好了？"摇骰子的中年男子捋一捋胡须，笑容慈祥温和。

禾晏也回他一个礼貌的笑。

"再来。"

银子大把大把地堆在桌上，有人将自己的玉佩放了上去。一个初出茅庐却好运连连的青涩小子，自然惹人注意。不多时，这里便围满了看热闹的人。

"大。"

"开——"

"公子请选。"

"小。"

"再来。"

"开——"

"再来。"

"开——"

"再来。"

"开——"

禾晏的面前，堆满了银票。方才嘲笑禾晏的人此刻早已噤声，傻子都能看出来，这少年并非第一次来玩的生手。若不是乐通庄声名在外，旁人简直要怀疑他是和庄家联手做局来哄骗外人了。

外面打更的声音隐隐传来，禾晏道："时候不早，我该回去了。"

"公子，"长胡子的老头儿微微一笑，"再赌最后一局吧，换个赌法如何？"

禾晏抬眼看他："怎么赌？"

"不赌开大开小了，我瞧公子是个中高手，要不来猜骰子数字怎么样？"他将桌上所有的珠宝、银票往桌中间一推，"若是公子胜了，这些都是公子的。"

禾晏看向桌上的银票。

她已经赢了不少，也知道这样会引起别人的注意。本该见好就收，不知怎的，眼前却又浮现禾云生说起学堂时向往的眼神，以及自己身上这件唯一的、洗得发白的长衣来。

"好啊。"她说。

人群哗然，气氛陡然高涨。

猜大小和猜数字，是截然不同的两回事。

猜大小靠的是运气，结局无非就是两种，大或者小。可猜数字却要精确到一个数，错了就是错了，赢的机会实在太小。除非是真正会扔骰子的人，否则大抵不会这般做，况且庄家的手法也各有不同。

禾晏将面前的银票全部推了出去。

若是她这把输了，今晚的所有便当是一场空。若是赢了，三五年内，禾家的吃喝、禾云生的束脩是够的了。

众人见此情景，纷纷加码："我也来！"

"这是我的银子，我押这位兄弟赢！"

"怎么可能，我还是押对家吧，哈哈哈！"

筹码越重的局，看的人也就越多，一夜暴富、一夜潦倒这种戏码，比京城最好的戏班子还叫人欲罢不能。

长胡子老头将碗缓缓端起,赌场里安静下来,似乎只能听到骰子在铜碗里碰撞的声音。

禾晏微微出神。

她赌钱的技术,实在是很烂。至少在她回到京城之前,在她嫁入许家之前,一如既往地差。新婚不久后,也曾作为许大奶奶在各种宴会上和别家夫人打叶子牌,每次都输得惨烈。那时候,许之恒总是笑道:"你呀,怎么这般傻?"

那是他难得对她露出促狭的时刻,她以为她捕捉到了这个清俊男子的温柔和亲密,她很高兴,也曾暗下决心,一定要好好学习技艺,在下次宴会上给许之恒长脸。

可惜的是,没等她认真学好叶子牌,她就瞎了。

无论是家宴还是外宴,许家都不可能让个盲人代表大房的女主人。她不再出门,可待府里实在无聊得发闷,她又看不见,便只能学着听声音。

她想要行动自如,即使看不见亦不必别人帮忙,她一向好强,便重新练起。先听声音,学会听声辨形,再慢慢起来行动,等行动差不多的时候,便拿府里的树枝做剑,偷偷比画。

她就是在那个时候,学会了听骰子的声音。

骰子比叶子牌简单多了,禾晏觉得。越是精巧的东西越考验耳力,她就这样听,骰子落下每一面细微的差别。她晃动竹筒里的骰子,倒在桌上,心里默念着数字,再拿手指试探地摩挲。一开始总是出错,直到有一次她默念完毕,摸到骰子后,终于露出笑容。

她成功了。

许家的下人偷偷议论她,说大奶奶瞎了后就疯了,成日拿个竹筒在屋子里摇晃。可他们渐渐地发现,禾晏即便不要人帮忙,也可以完成衣食住行。她能准确地凭借声音分辨每一个许家的下人,知道每一件器具摆放的位置。

她简直和正常人没什么两样。

许之恒夸她厉害,握着她的手称赞她,禾晏很高兴,高兴之余又有些淡淡的失落。她不知道自己在失落些什么,但总觉得,或许不该是这样的。

现在想来,她那个时候耳力已经练得出神入化,大概也听出来了许之恒同她说话时候的冷淡和敷衍,只是情感令她下意识地回避了这个念头。

禾晏垂眸,到底是……当局者迷。

摇骰子的声音戛然而止,"砰"的一声,碗扣在桌上。

一粒,两粒,两粒骰子都落定。

众人看向禾晏,禾晏闭着眼睛,仿佛回到了在许家的日子,她就坐在桌前,独自摇晃着,独自揭开,独自拿手摩挲过骰子的每一面,企图在黑暗里抓住那一点光明。

"二、五。"她睁开眼,道。

扣着的碗被揭开,两粒骰子赤裸裸地落在众人眼前。

先是安静,半晌,有人轻轻地惊呼一声,接着,惊呼声此起彼伏。离禾晏最近的一个锦衣公子哥抓着禾晏的手臂,大呼道:"高人,从今日起,你就是我的师父了!请受徒儿一拜!"

禾晏无奈地将他抓着自己胳膊的手掰开。

长胡子老头儿笑容微僵,不过须臾,便抚须笑道:"公子好技艺,这些银子,都是公子的了。"顿了顿,他又道,"敢问公子尊姓大名,可否赏脸与小老儿喝杯茶再走?"

禾晏将那些银票、珠宝通通揣进自己怀中,婉言谢绝:"无名小子,不足挂齿。今日实在太晚,茶的话,改日再喝吧。"说完,便越过众人,极快地走出乐通庄。

赌坊里的人惊叹着方才的赌局,长胡子老头儿笑容不变,转身走到了楼上。有人在他面前低头,他道:"跟着他!"

另一头,面色阴鸷的大汉按了按手指,冲身后的家丁一挥手,跟着走出了乐通庄。

"赢了我的银子就想跑?世上哪有这么便宜的事,蠢蛋!"

第二章　同窗

夜色四合，小巷里看不到人，偶有野猫轻快跳过，一声绵软的叫声飘荡在京城的春夜里。

少年捂着怀中鼓鼓囊囊的东西，鬼魅一般穿行在小巷中。

匹夫无罪，怀璧其罪，她在乐通庄里赢了这么多银子，难免会惹恼旁人。若是走大路被人跟踪，暴露了禾家可就得不偿失，她可不想给禾家添麻烦。

不过……越怕什么越来什么，禾晏停下脚步。

小巷的尽头是临路的街道，这边不如乐通庄那头热闹，多是小商铺和酒馆，此刻早已大门紧闭，一片漆黑，一个人也没有。只有星月落在地上，照亮一点点光。

禾晏回过头，蹲下身捡了几个石子儿，沉吟片刻，猛地回头掷了出去。

石子又快又利，如脱了弦的箭，"噗噗噗"几声，有人从隐没的夜色里跌落下来。

"别跟着我了，"禾晏道，"你们追不上我。"

"那加上我们呢？"又一道声音响起，小巷的另一头，走出来几人，为首的彪形大汉打着赤膊，他的手看上去能一把将禾晏的脖子拧断。

"臭小子，看来你的仇家还挺多。"那大汉哈哈大笑，"没有人教过你，第一次去赌坊，别太引人注目吗？"

禾晏拢了拢怀中的银子，平静回答："我既然是第一次进赌场，自然没有人教过。"

"死到临头还敢嘴硬，"大汉勃然大怒，"今日老子就教你做人，我要把你的胳膊拧下来，让你跪着叫爷爷！"

禾晏立在小巷中，前有赤膊大汉和他的家丁，后有不明来路的跟踪人，前后夹击，避无可避。

可她连个武器都没有。

"那就看你有没有这个本事了。"她慢慢握紧双拳。

"嚣张！"那大汉一招手，周围家丁一哄而上，他自己也冲过来，倒是没什么章法，抬手朝禾晏的背部劈来。

却见月色下，那少年一个矮身，灵巧躲过，大汉只觉得眼前一花，背上便挨了重重一拳，这下可是火上浇油，他狂怒地大吼一声，再看那少年，已经跃上巷子的围墙。

"抓住他！"

那头跟踪禾晏的人似乎也明白过来，有人抓着禾晏的衣服将他扯下来。"刺啦"一声，长衫的下摆被人拽出一道口子。

"哎呀。"她叹息一声，十分痛惜，"坏了。"

"还有心情担心你的衣服？"大汉气得鼻子都歪了，更怒，"我今天非打死你不可！"

他朝禾晏扑来，这人身形庞大如小山，行动之间仿佛能感到地面在颤动，加之家丁众多，过去要想教训个毛头小子轻而易举，不过今日却头一次踢到了铁板。这少年看上去年纪不大，不知怎的竟如一条泥鳅，滑不溜秋，无人能抓得到他。他在这群人中穿梭，出手倒也不多，却次次都击中要害。不多时，家丁兼护卫便被他揍得倒地不起。

禾晏躲过大汉迎面来的一拳，翻了个身，一脚踢向对方的腹部，不巧，动作有一点歪，大汉霎时间惨叫起来。

"不好意思，我不是故意的。"她有点心虚。

毕竟这副身子与她的身手磨合得还不甚默契，不能拳拳到位。大汉捂着下身倒地呻吟，那声音在夜色里，叫人听得无端心里发毛，却又心酸。

禾晏弯下腰去捡地上散落的银子，她忙活了一晚上，还打了一场架，好不容易才挣到的银子，不能便宜了其他人。

月光如水，满地都是碎银珠宝，少年弯腰捡拾，倒像是哪卷精怪神话里，误入仙境的书生偶然见到遍地财宝，忍不住据为己有的画面。

禾晏想到此处，觉得好笑，便笑了起来。

她捡完银子，看了一眼满地东倒西歪、哼哼唧唧的人，正要跑路，忽然听得一个柔和的声音响起："这位小兄弟，你的银子掉了。"

禾晏回头一看。

但见那熄了灯的酒馆门口，站着一人，是个年轻男子。他穿着一件靛青色的广袖宽袍，衣袍在风里晃荡，越发显得身姿清瘦。青丝以蓝玉冠束起，长眉细眼，极其温润脱俗，翩然若仙子。他噙着笑意，上前一步，手掌处有一块碎银，当是方才打斗途中，禾晏掉下来落到那边的。

她早感觉到酒馆处还有别的人，不过对方一开始就在这里，没出来，也没有要参与这场打斗的意思，大约只是个路人，她便也没管。不承想此刻见到此人。

禾晏见过的男子不少，大多是如今夜大汉那般的勇武男子，谈不上英俊，更勿提貌美。许之恒倒是清俊风雅，是她见过称得上"好看"的男子，但和眼前这男子的姿态相比，似乎又逊色一筹。

方才还在想，她去捡银子时，像极了神话传说的话本。眼下看来就更像了，贫苦少年遇到了真正的仙人，为仙人的容色所惊，接下来便是仙人给这少年指点灵台修炼吗？

走近了，越发觉得这男子出尘得好似壁画上的仙人一般，仙人见她不说话，便又提醒了一句："小兄弟？"

禾晏回过神来。她从对方手里拿走这块差点丢掉的碎银，笑道："多谢。"

那男子又笑了："不客气。"

禾晏转身走了，没有回头。

她走得很快，如野猫在围墙上横掠一般，几下便不见踪影，也追不上了。

夜色里，又有人走出来，走到方才的蓝衣公子身边，低声道："四公子，那少年……"

"应是偶然路过，不必管他。"仙人微笑道，似乎是想起了什么好笑的事，笑意又扩大了一点，"挺机灵的。"

禾晏揣着银子回到家中。

青梅并没有发现。禾晏摸索着将桌上那个装胭脂水粉的小匣子扣过来，将里面倒了个干净，又将今夜赢来的碎银珠宝一股脑丢进去，才摸黑上了床。

大概是赢了银子心情很好，又解决了后顾之忧，这一夜，她竟然睡得分外香甜。梦里是她和营帐里的兄弟们博戏，汉子们扯着嗓子喊："开！开！"禾晏面露难色，有人大笑起来："将军，你怎么又输了？"

"这一晚上将军有赢过一次吗？"副将装模作样地摇头，"哎呀，将军在这方面不行。"

"滚，什么行不行的，没听过一句情场失意，赌场得意？将军这是在赌场失意，情场纵横无敌，你个老光棍懂个啥！"

禾晏闻言，大笑起来。

她笑着笑着，便觉有人在推自己，睁开眼，是青梅的脸："姑娘是做了什么好梦，笑得这样高兴？"

日光已经探进窗台，一室明亮。她伸出手背挡住晃眼的光，心中有些讶异，竟然晚起了。

果然是春日正好眠。

又想到昨夜里的那个梦，不觉唏嘘。当年的汉子们说她赌技烂所以情场得意，倒是全然猜错。不过从某方面来说也没错，如今她能在乐通庄里大杀四方，赌场得意，情场自然失意，才会如此一败涂地。

门外传来禾云生不悦的声音："禾晏，都已经日上三竿了，你今日还去不去了？"

从一开始的极力反对到现在习惯了她与自己一道去砍柴，似乎也没用多长时间，禾云生也想不明白自己怎么就和禾晏成了现在这种局面。

"你等等我。"禾晏赶紧换了件干净衣服。

青梅捧着净水盆出去了，禾云生抬脚走了进来，道："你今日怎么磨磨蹭蹭的……禾晏？！"

"什么事？"禾晏正在绑沙包，一抬眼便对上禾云生愤怒的表情。她不解道："怎么了？"

禾云生一指椅子上："怎么了？你看看怎么了？！"

少年语气出离愤怒，禾晏顺着他手指的方向看去，椅子上搭着的，正是昨夜禾晏"借用"禾云生的那件栗色长衣。她回到屋后，便随意一脱，扔在椅子上，早上醒来到现在，还没记起此事。

不等禾晏作何反应，禾云生上前一步，将那长衣抖开。长衣本被禾晏揉皱成一团，污迹斑斑，眼下被这么一抖，便露出那一道口子，像是被谁从衣衫中部划了一道，十分凄惨。

"这就是你替我补的衣服？"禾云生怒火中烧，亏他昨夜还感动一回，眼下看来……她真是上天派来惩罚自己的！

"这是个误会，我可以解释。"禾晏试图让这孩子冷静下来。

"解释，怎么解释？你知不知道……"禾云生说到这里，声音忽然哽咽，眼眶也红了，"这是我唯一一件长衣……你把它剪碎了，我怎么办？"

禾晏头大如斗。

她是真的、真的、真的很怕看到人的眼泪。尤其是这样像小牛犊般气势汹汹的少年，忽然委屈巴巴的眼泪。

禾云生也是很委屈。

少年人都爱面子，家贫无事，只要他孝顺知礼，顶天立地，就是好儿郎……话虽如此，可虚荣心人皆有之。这件栗色长衣是一位师兄送给他的，他缝缝补补穿了许多年，只因他自己的衣服全都是便于干活的短衣步裤，这件长衣不论如何，穿起来总像个"少爷"。

禾晏的衣裳虽然比不过大户人家的小姐，可每年时兴的款式，都会买一两件，禾绥宠着她，禾云生也不能说什么。女儿家爱美，男儿家怎么能注重这些身外之物呢？

可是此刻，禾云生突然委屈了起来。

禾晏结结巴巴地道："这、这件衣裳坏了，我们再买一件，找京城最出名的裁缝，给你做件全新的，绣花纹的那种？料子也要好的，别、别哭嘛，我也不是故意的……好不好，云生？"

禾晏从未这般好言好语地哄过他，不知为何，禾云生的气忽然间消散了大半，只是到底还有些怨愤，道："我们又没有银子！"

"谁说的？"禾晏将妆匣打开给他看，"我们有的是银子。"

禾云生原本只是随意一瞥，定睛之下却愣住了，道："你哪里来的银子？"

"嗯？"

下一刻，禾云生突然冲上前，惊道："你的脸……"

脸？禾晏一惊，心想难道脸还会变？不会啊，她昨夜回家前在门口水缸里洗了两把脸，应该把脂粉都洗干净了。

她刚冲到镜子前，便听禾云生急怒的声音在身边响起："你被谁打了？"

但见镜中姑娘眉目清雅秀致，一双剪水瞳盈盈秋波，并无变化，不过……禾晏的目光下移，姑娘的唇边多了一道浅浅的瘀青，在白嫩的皮肤上格外显眼。

方才青梅叫她起床，她以手遮面挡太阳，青梅并没有看到。此刻却被禾云生看到了。

她昨夜是好像挨了谁一拳，但不痛不痒，便也没放在心上，不想今日就给脸做了个标记。

禾云生还在追问："你到底是怎么回事？这些银子……这件衣服……"他忽然悚然，目光悲切，"你……"

看这少年越想越不像话，禾晏轻轻敲了一下他的头："你想到哪里去了，昨夜我穿你的衣服去了赌场，赌了两局，赢了银子，有人找麻烦，我教训了他们一顿，不小心挂了彩而已。没事，明日它就消了。"

她说得轻描淡写，却不知这一番话带给眼前的少年内心怎样的震动。

"你……我……"

禾晏去赌场？禾晏去赌场还赢钱？禾晏赢钱后被人找麻烦还教训了对方一顿？

无论哪一件，都是禾云生无法接受的。他怀疑自己的姐姐是不是被人调了包，怎么做的这些事如此匪夷所思。

"是啊，"禾晏心平气和地解释，"因为我们实在太穷了，所以我想去赌场撞撞运气，谁知道运气实在很好，大概是老天保佑。那些找麻烦的人我本来很害怕，不过最近跟你去上山砍柴，力气大了不少，侥幸赢了他们。"见禾云生还是一副目瞪口呆的模样，禾晏继续道，"你若是不信，自己去乐通庄打听，昨夜是不是有个穿栗色长衣的少年赢了不少钱，我可没骗你。"

禾云生脑中一团糨糊，见禾晏信心十足的模样，像是所言不假。

"可……可……"

"哎，对了，"禾晏笑了笑，"既然现在我们有钱了，从今日起，就不去卖大耐糕了。"

"那做什么？"禾云生喃喃问道。

"自然是去校场，你想不想去学堂啊，云生？"她问。

……

一直到出门，禾云生的脑海里都回想着禾晏方才的那句话。

"你想不想去学堂啊，云生？"

想，自然是想。学堂有文书先生、武馆先生，他能和同龄的少年们一道学习，待时令一至，科考也好，武举也罢，都能凭本事谋一份前程。而不是如眼下这般，自己胡练一气，实在是很糟糕。

从前是他们家没有银子，可如今他们有银子了，禾云生心底被压抑的渴望又渐渐生出来。

他偷偷看一眼走在身侧的少女，禾晏……自从禾晏病好后，好像家中的一切都好了起来，不再是沉沉如一潭死水，这潭水不知什么时候被风掠过，荡起涟漪，陈旧之气一扫而光，花红柳绿。

是春天哪。

禾晏注意到他的目光，忽地抚上自己脸庞上的面纱，再次警告道："说好了，等下见到父亲不许露馅，知道吗？"

"……好。"禾云生艰难回答。

校场在城门东头的一大片空地处，禾晏一次也没去过。她行军回京以后，禾如非代替了她，之后所有一切"飞鸿将军"的活动，她都没能参与。只是曾作为许大奶奶踏青之时，偶然路过一次，那时候她是很向往的。

京城的校场还是很大的。旗杆台上旗帜飞扬，有时候将官会在此阅兵，那就非常气派了。不过近年太平盛世，校场便几乎成了富家子弟们玩乐骑射的地方。四处都设有箭靶和跑道，兵器架上的兵器琳琅满目。

禾晏一走到此地，便有些移不开眼。

她曾有一把剑，名曰青琅，无坚不摧，削铁如泥，伴随她征战沙场多年，出嫁许家时，她没有带上，即便她很想。

禾元盛对她说："许家是书香门第，你若带剑前去，只怕你夫君和婆母不喜。"

她的亲生父亲禾元亮也"关心"地指点她："这样不吉利。"

所以她便把青琅留在家中，嘱咐家人好好保管。可是成亲回门的时候，青琅便挂在了禾如非腰间。

她质问禾如非，禾如非还没说话，禾元盛便道："如非现在是飞鸿将军了，若是佩剑不在，别人会怀疑的嘛！"

"对嘛对嘛，反正你以后也用不上了。"禾元亮帮腔。

她回门的一腔欣喜如被冷水浇灌，从头凉到底，也就是那时，她突然意识到成亲意味着什么，将"飞鸿将军"这个名号交出去意味着什么，意味着从今以后，她是许家的大奶奶、禾家的二房嫡女，在家相夫教子，和夫君举案齐眉，那些佩剑、骏马、战友、自由，以及用血拼来的功勋和战绩，都将拱手让给另一个人。

并且无人知晓。

先是她的青琅，然后是她的战马，接着是她的部下，她的一切。过去数十年的辛劳，为他人作嫁衣裳。

她一无所有。

禾云生问："喂，你怎么了，脸色这么难看？"

禾晏一怔，回过神来，笑道："无事。"她左右看了看，"怎么没看到父亲？"

"他好像在那边，"禾云生指了指另一边的跑道，"大概在驯马。"

校场时常买回新的马匹，有些性子桀骜，不服管束，需要驯养一段时间。如今的城门校尉品级极低，不巡城的时候，从某方面来说，几乎成了勋贵子弟来校场骑射的陪练。

"我们过去吧。"禾云生道。

禾晏点头，忽又停下脚步，从兵器架上端拣了根铁头棍握在手中。

禾云生："你拿这个做什么？"

"感受一下。"禾晏道，"走吧。"

两人朝马厩旁边的跑道走去，还未走近，便听得一阵喧哗。两人抬眼看去，两匹马从面前疾驰而过，一匹马上坐着一名锦衣公子哥，另一匹马上坐着的人如黑熊般壮实黝黑，却是禾绥。

禾绥这是在和谁赛马？

"公子好厉害！"旁边还有观看的小厮，一脸兴奋，"三场了，每次都赢！"

嗯，已经三场了吗？禾晏抬眼看去，顿时皱起眉。

禾绥身下的那匹马，大概还没来得及经过驯养，一看便野性难驯，禾绥骑这马本就勉强，那锦衣公子还特意用自己的马去撞禾绥的马，禾晏甚至看到，他的马鞭抽到了禾绥的马屁股上。

野马活蹦乱跳，几乎要把禾绥甩下来，禾云生叫了一声："爹！"心狠狠揪了起来。

锦衣公子却哈哈大笑。

这一场总算结束了，禾绥的马停了下来，停下来时亦是勉强，在原地挣扎了好一会儿才安静下来。

锦衣公子早已被人搀扶着下马，得意开口："禾校尉身手还欠了些啊，一匹马都驯服不了。不过这局比刚才那局有长进，至少没摔下来被马踢两脚。"

摔下来？踢两脚？

禾晏抬眼看向禾绥，但见这大汉脸上鼻青脸肿的，衣裳上还留着一个马蹄印子，显然摔得不轻。这家伙……她不由得有些生气。

锦衣公子笑嘻嘻地抛出一锭银子："不错，不错，本公子很高兴，这是赏你的。"

银子掉在了地上，禾绥不顾众人目光，弯腰去捡，随即笑呵呵地道谢："多谢赵公子。"

从未见过父亲如此卑微的一面，禾云生大怒，气得高喊："道什么谢，没看见他在耍你吗？"

"云生？"禾绥这才看到禾晏二人，他问，"晏晏，你们怎么来了？"

"这小子是谁？"赵公子问。

"这是犬子云生。"禾绥赔笑道。

"哦——"赵公子道，"你儿子看起来好像对我很不服气啊。"

"哪里的事？小孩子不懂事。"禾绥按住禾云生的脑袋："快跟赵公子说对不起。"

"我不——"禾云生挣扎着。这个赵公子分明就是在折辱禾绥，拿禾绥当下人耍着玩，可是凭什么，禾绥品级再小，好歹也是个官儿，又不是赵家奴仆，凭什么该受如此侮辱？

禾云生梗着脖子，抵死不认。

赵公子瞅着瞅着，像是来了兴趣："这样吧，我本来打算让你爹再跟我来一场的，不过我现在改主意了，你跟我来一场，本少爷再赏你一锭银子。"他伸手，家丁便递上一锭银子。

"不可！"禾绥先是一惊，随即弯腰讨好地笑道，"云生没摸过马，还是我陪公子练马吧。"

禾绥平日里虽然偏疼禾晏，但并不代表不爱这个儿子。这赵公子不是什么好人，不过富家子弟的这些折辱，他平日里受得多也就习惯了。他没有别的本事，除了卖力气，便只能讨这些公子哥高兴，赚点银子了。

不想，今日却被一双儿女看到了自己卑微狼狈的模样，禾绥的心里又羞惭，又难过。

云生少年血气，受不住这些侮辱，但不知人心险恶。以他的身板，今日要真和赵公子赛马，不丢半条命才怪。要知道这匹马是今日新来的烈马，一次也没有驯过，别说赛马，能骑上这匹马都不容易。

"我来就好了。"禾绥笑着道。

"那可不行。"赵公子摇头，"我就要他。"

禾绥的笑容僵住了。

僵持中，清脆的声音打破了沉默："要不，我来跟你比一场吧？"

众人侧头一看，那一直没说话的人突然开口，大家才发现这儿还站着一个少女。她穿着浅朱白团花荷边短袖外衣、绯色下裙，袅袅婷婷，面覆白纱，只露出一双秀美的双眸在外，一副笑眼弯弯的样子。

"你又是谁？"赵公子问。

"我啊，"少女双手负在身后，还握着一根铁头棍，调皮地悠悠晃动，语气轻松，"只是一个驯马的。"

"晏晏？"禾绥怔了一怔，随即小声斥责道，"你在胡说些什么！"

禾晏却看也不看禾绥，只是盯着赵公子，道："公子愿不愿意？"

赵公子是个怜香惜玉之人，这少女虽然以纱覆面，可一双眼睛却也能窥出容色不差，声音清脆，想来也是个美人，况且伸手不打笑脸人。

"姑娘不知，这马性烈，若是姑娘因此负伤，在下就要懊恼万分了。"他好心提醒，自觉风度翩翩。

话音刚落，便听见少女笑了一笑，下一刻，只觉眼前一花，那团朱色衣裙翻飞仿佛芙蓉，带起一阵香风。再抬眼看去，禾晏端端正正坐在马背上，手握缰绳。

那马匹原本是被禾绥拉着的，禾绥也没料到禾晏会突然翻身上马，手一松，绳子落下，烈马受惊，顿时长嘶一声，原地抬腿跃起。

"晏晏——"禾绥惊叫一声，禾云生也吓了一跳。

禾晏不慌不忙，索性丢开缰绳，只抓住烈马脖子上的鬃毛，她抓得牢而紧，任马挣扎亦不掉落，顺势伏低身子，耳朵贴在马耳边，嘴里咕噜噜发出一串奇怪的声音。

奇怪的是，渐渐地，烈马不再挣扎，跃起的前蹄也收回原地，慢慢安静下来。

众人惊讶极了。

"晏晏，快下来——"禾绥一颗心总算落了地，急切地朝禾晏伸出手，"别摔着了。"

禾云生也终于回过神来，少年咬着嘴唇，脸色有些发白，声音颤抖："你……快下来！不要命了是不是？"

"哈哈哈哈，"一直发呆的赵公子却突然大笑起来，"没想到姑娘真是个中好手。既然如此，"他也翻身上马，"陪姑娘一场又如何。"

端的是很有风姿。

禾晏微微一笑："那公子就要小心了，我说过，我是个驯马的。"说完这句话，她便伸手，一拍马屁股，马儿扬尘而去！

"竟然不用马鞭吗？"赵公子喃喃道，随即一抽鞭子，"走！"

两匹马在跑道上溅出滚滚烟尘，留下一众目瞪口呆的人。

禾绥缓缓转头，看向禾云生，禾云生连忙辩解："别问我，我也不知道她什么时候学会骑马的！"

禾绥如在梦中。

他自己的女儿，自己最清楚。琴棋书画勉强会些，穿衣打扮个中翘楚，但说起骑马舞剑之类，别说熟练，只要一听名字，不翻白眼就不错了。禾晏喜欢那些风流清雅的公子哥，喜欢品茶论诗月下赏花，这些大老粗的东西，她敬而远之，生怕弄破了她娇嫩的皮肤。

可她翻身上马的姿态如此熟练，像是早已做过千百回，习以为常，甚至比他这个父亲有过之而无不及。那匹烈马也是，在她手下乖顺如小猫，她竟然不用马鞭？她是怎么做到的？

禾绥朝跑道上的身影看去。

禾绥无法驯服的烈马在禾晏身下矫捷如风，她姿态优美，因为穿着不大方便的长裙，便将长裙拨开，露出里面的步裤，非但不粗野，反有种难以言喻的潇洒。

赵公子赶不上她，有些恼火。

他来校场是为了出风头，不是为了丢脸的。方才禾绥逗得他很开心，可这个丫头是怎么回事？他总不能输给一个女人，而且这女人骑的马还是一匹未被驯过的烈马，难道他要被人看笑话不成？

绝对不可能！

陡然间，赵公子生出一颗好胜之心，他更加用力地抽打身下的骏马，骏马吃痛，急奔向前，眼看就要超过禾晏。

是了，就是这样，望着越来越近的禾晏身影，赵公子不免得意，他七岁就学骑马，这么多年，怎么还会比不过一个女人？

他的马终于超过了禾晏。

赵公子大笑出声："姑娘，你可得加把劲！"

"公子好神勇，"禾晏的声音里带着一点惊讶，"我也是第一次被人追上呢。"

说话间，她手指抚向腰间那把晃动的铁头棍，赵公子的马在前，她的马在后，便是这么不偏不倚，铁头棍的一端就捅到了马屁股。

谁也没有察觉到这细微的不对，除了赵公子身下的那匹马。

马匹受惊，陡然间一个趔趄，赵公子猝不及防，手上一松，马鞭便滚落下来。下一刻，身下的马便不听指挥，狂奔向前，赵公子不知所措，勒紧缰绳，但全然无用。

"停、停下来！"他惨叫道，在马背上被颠得头晕眼花。

身后传来女子急切的声音："赵公子？赵公子您还好吗？"

"救……救救我！"赵公子吓得声音都变成了哭腔，"叫它停下来啊！"

远处，禾云生蹙眉道："出什么事了？我怎么听到那个姓赵的在喊救命？"

禾绥一惊，但见跑道尽头，回头往他们这边奔来的两匹马中，赵公子的马在前，但他手中并无马鞭，反而紧紧抱着缰绳哭天抹泪。身后的禾晏焦急呼唤，在马背上却稳如泰山？

"赵公子的马好像受惊了。"禾绥连忙去马厩里牵马，"我去帮忙！"

"公子……公子哟，"小厮脸都青了，"您可不能有事！"

赵公子在马背上鬼哭狼嚎，声音凄厉，禾晏腾出一只手掏了掏耳朵，好吵。

这么狂妄的小子，不把他吓死，她就不叫禾晏。当年军中新兵，不乏自以为高人一等、天资卓绝的，最后还不是乖乖认清现实。这世上，到底天外有天，人外有人。做人，还是低调一点好。

待欣赏够了，远远地看见禾绥牵马过来了，禾晏才又一拍马屁股，马匹停下脚步，她飞身下马，身姿如电，一手横铁头棍于赵公子的马脖颈之前，马匹陡然受阻，脚步一顿，原地站起。禾晏拉住缰绳，喝道："吁——"

马匹安静下来。

风动，卷起面上的白纱，惊鸿一瞥，露出女子的脸，只一瞬，很快被蒙蒙白色覆盖。

"好了。"她朝趴在马背上流泪的男子道，"你可以下来了，赵公子。"

"呜呜——呜呜——"赵公子嘤嘤哭泣起来。

哭泣的赵公子一边拿手背去抹眼泪，一边小声骂骂咧咧，下马的时候腿脚发软，还差点摔了一跤。

小厮连忙过去搀扶住他，道："公子，公子你没事吧？"

赵公子一脚踢过去："你看我像是没事吗！"

"方才真是吓死我了。"禾晏道，"都是我不好，若不是我执意与公子赛马，公子也不会被惊吓。"她满怀歉意，十分诚恳地道歉，"还望公子不要计较。"

计较？他能计较什么？对方是他的救命恩人，他能怎么计较？赵公子勉强笑了笑，到底心中憋着一口气，再看那还在低头啃草皮的罪魁祸首，怒不可遏，一挥手："这吃里爬外的畜生，差点害本少爷受伤，拖出去砍了！我要把它大卸八块，做成马肉干！"

禾云生眉头微皱，禾晏的笑容也冷下来。

马匹，对于一位将领来说，不仅仅是坐骑，还是同生共死的战友。它们不会说话，但会载着士兵冲锋陷阵；不会交流，却会在主人死后悲戚地嘶鸣，甚至绝食而去。

富庶之地的公子哥不曾领略沙场的残酷，因此也无法明白人与战马之间的同袍之谊。人在他眼中尚且分贵贱，一个畜生，更不值得他为此犹豫，杀就杀了，还管其他做什么。

"这是一匹好马，"说话的是禾绥，他劝慰道，"公子还是三思而行。"

"这是本少爷的马。"赵公子正愁气没处发，狞笑一声，"我想怎么样就怎么样。"他从腰间拔出一把匕首，寒光闪闪，道，"我不仅要杀，还要在这里杀！"

匕首柄上镶嵌着一枚鸽子蛋大的红宝石，刀鞘亦是用金子打造的，华丽无比。而今这刀尖对准了正在啃草皮的骏马，马儿还不知道主人已经对自己起了杀心，甩着尾巴，一派悠然。

赵公子眼中杀机毕现，自觉想到了一个好办法。既然这马让他受了惊，还落了面子，就在此地宰了它，一来为自己出气，二来也显得自己勇武，挽回一些颜面。

他冲小厮吼道："给我抓住它！"

禾晏手指微动，不自觉地攀上腰间的铁头棍。

她不能……不能看见这马因她而死。但如若动手，也没有理由。

马被几个小厮按住了，为首的小厮转头喊道："公子，公子，我们按住它了！公子现在就动手吧！"

赵公子手持匕首走上前来，对准马脖子，刀含着冷光就要落下——

"砰——"

清脆的一声，仿佛金石相撞，有什么东西掉在地上，禾晏悄悄缩回伸出的手。但见赵公子手中的匕首已经落下，赵公子正握着手腕，"哎哟哎哟"地叫起来。

"谁？是谁？"他一边疼得跳脚，一边不忘骂人，"谁他娘的弹我！"

"是我。"有人的声音自身后传来。

这个声音……禾晏心头微动，转身看去。

但见身后不知何时又来了两人，俱是骑在马上。左边的那个少年穿着甘草黄的圆领斜襟长袍，这般挑人的色彩竟被他穿得极其灵动，唇红齿白，神采奕奕，瞳仁亦是清亮，罕见地带着孩子气的童真，是个神采飞扬的小郎君。

而右边的那个年轻男子……禾晏眼前一亮。

适逢春日，柳色如新，冰雪消融，一城春色里，有人分花拂柳踏花行来。

那黄衣少年已然生得十分俊秀，这青年眉眼竟比他还要秀丽几分。面如美玉，目若朗星，一双眼睛看似温柔，却在眼尾微微上扬，如秋水照影，本是撩人心动的好颜色，却因目光显得冷若冰霜。

他不如少年跳脱，头戴银冠，青丝顺垂。穿了百草霜色的骑装，衣襟处以金线绣着精致朱雀，气质斐然。皂青长靴鞡，腰间一把晶莹佩剑。白马金羁，英英玉立。此刻骨节分明的右手正把玩着一个暗青香袋，里头叮咚作响。

好一个丰姿俊秀、芳兰竟体的五陵贵公子！

禾晏心中正低低赞叹，忽然间觉得不对劲，电光石火间，猛地低头，白纱微微晃动，遮住了她失措的目光。

只听得那头赵公子谄媚而畏惧的声音响起："原来是肖都督……失礼了。"

禾晏的脑海中，忽然浮现起很多年前，亦是这样一个春日，燕舞莺啼，杨柳秋千院，她懵懂地抬头，白袍锦靴的英俊少年自树梢垂眸，纵然神情满是不耐烦，仍挡不住满身英姿。

春光懒困，风暖日丽，他如画中璧人，黯淡了一城春色。

肖珏，肖怀瑾，她的对头，昔日的同窗，也是声名赫赫的右军都督、封云将军。

风吹起面上的白纱，禾晏将头垂得很低。她听见身边禾云生倒抽冷气的声音，似乎嘀咕了一句："肖都督！"

大概是见到了心中的英雄，才会发出这般充满向往的赞叹。

"肖都督……您怎么来了？"赵公子在禾绥几人前趾高气扬，在肖珏面前却如摇尾乞怜的家犬，看得人一阵恶寒。

"你买这匹马，花了多少银子？"青年坐在马上，平静地问道。

"欸？"赵公子有些茫然，不过还是老老实实地回答道，"三十两银子。"

肖珏扯了下嘴角，下一刻，手上那个暗青色的香袋里，便飞出两锭银子，落在草中。众人这才看清楚，方才打中赵公子手腕的，也正是一个银锞子。

"你的马，我买了。"他道。

赵公子抖着唇说不出话来。

他想挽回颜面杀了这匹坏事的畜生，可偏偏肖怀瑾发了话。那可是肖家的二公子！惹不起惹不起，赵公子只得生生咽下心口那团恶气，笑道："肖都督说的哪里话，想要这匹马，送您就是了。"

"不必，无功不受禄。"

禾晏心中松了口气。肖珏与她同为将领，自然看不得有人当街杀马。这匹马遇到肖珏，倒是躲过一劫。

正想到此处，忽然见身边禾云生上前一步，一脸孺慕地看着肖珏，开口道："多谢封云将军，救马一命，胜造七级浮屠！了不起！"

禾晏无言以对。

禾云生就算是想和心中英雄搭讪，也不该这么说。亏他说得出来这般令人尴尬的话语，早说了要多念书，否则就是这个下场。不知道肖珏心中此刻正在怎么嗤笑他。

不过今日肖珏并未出言讽刺，只是转而看向禾云生，一双长眸灿如星辰，淡淡道："你喜欢这匹马？"

禾云生瞅了一眼，老老实实答："喜欢。"

"送你了。"他道。

"多谢……欸？"禾云生震惊不已，正想说话，但见肖珏已经和那黄衣少年催马向前，不欲在此停留，只得追了几步便停下脚步，失落地望着他们远去的背影。

禾晏走到他身前，伸手在他面前晃了晃："回神了。"

禾云生收回目光，转身"咦"了一声："姓赵的呢？"

"早走了。"禾绥翻了个白眼，似乎也极看不上禾云生这般傻样，"在你看肖二公子的时候。"

赵公子纵然再不甘愿，也不敢找肖珏的麻烦，只能拿着银子气咻咻地走人。

禾云生走到那匹被主人扔下的骏马面前，摸了摸马头，仿佛抚摸情人留下的信物，道："这是封云将军送给我的……"

"那你不如把它牵回去供起来？立个牌位？"禾晏问。

禾云生怒视着她："你懂什么？刚才如果不是肖都督路过，这匹马就被那个姓赵的杀了！肖都督果真是少年侠骨，路见不平，拔刀相助……"

"停停停，"禾晏打断他的话，"说点别的。"她心道禾云生果真是小孩子不识人间险恶，那肖怀瑾可不是个路见不平的侠客，这个人，无情得很呢。

"晏晏，你怎么戴面纱出来？"一直没怎么开口的禾绥终于寻着说话的机会，"还有，你怎么会骑马的？刚刚真是吓死爹爹了，日后可不能这般莽撞。你要是出了什么事，叫我怎么跟你娘交代？"

"我这是最近的妆容，京城里近来时兴覆纱出门，显得神秘好看。"禾晏一本正经地胡说八道，"父亲觉得这样不好看吗？"

禾绥："好好好！好看极了！"

禾云生翻了个白眼，这么拙劣的借口禾绥居然也相信。

禾绥自然相信，他对这些女孩子的玩意儿不了解，只知道禾晏一向爱穿衣打扮，追随时兴爱好也是自然，他绝不会想到他骄纵柔弱的女儿会去赌馆跟人打架，绝对是别人看错了！

"至于骑马嘛，我是和朋友一起学会的，也只会那么几招，日后再练练便好了。"禾晏含糊道。

另一头，肖珏和黄衣少年正驾马往校场外走去。

"方才可真有意思。"黄衣少年笑嘻嘻道，"舅舅，你看见了没有，那个骑马的姑娘偷偷动了手脚，姓赵的才栽了跟头，好玩，好玩！"

肖珏神情漠然。

他的确是看到了，谁叫他们刚好从跑道外围走过。那女子动作敏捷，甚至方才姓赵的要杀马时，相信就算他不开口，对方也会出手，她的手都摸到腰间的铁头棍了。

"可惜她一直低着头，没看清她长什么样子。"黄衣少年摸了摸下巴，"要不咱们现在回头，问清楚她姓甚名谁，或许能看看她的长相？"

"你自己去吧。"肖珏不为所动。

"那可不行，她是看了你一眼才低下头的，定是为舅舅容色所震，才害了羞。我倒是觉得最近京城有趣的姑娘变多了不少，前几天才看见醉玉楼下以一敌十的姑娘，今日就看见了校场骑马的姑娘。世上这么多好姑娘，怎么就没一个属于我呢？"黄衣少年说到此处，顿时捶胸顿足，长吁短叹起来。

肖珏平静地看着他："程鲤素，你如果再不闭嘴，我就把你送回程家。"

"不要！"叫程鲤素的少年立刻坐直身子，"你是我亲舅舅，可不能见死不救，我如今就靠着你了！"

两人正说着，忽见前面兵器架不远处站着几人，为首的是个蓝衣公子，身形清瘦，仿若谪仙。他含笑看向几人，也不知在这里站了多久，不过从此处看去，方才校场发生的一切，当是看到了。

"这不是石晋伯府上四公子？"程鲤素低声道，"他怎么在这里？"

肖珏没有回答，马停下脚步，程鲤素便又露出他惯来热情的笑容："这不是子兰兄嘛，子兰兄怎么到校场来了？"

这便是当今石晋伯的四儿子楚昭。

"随意走走，恰好走到此处，没想到会在此遇到肖都督和程公子。"楚昭微微一笑，"也是出来踏青的吗？"

"那是自然，这几日春光太好，不出来游玩岂不是辜负盛景？"程鲤素哈哈大笑，笑着笑着，又嘀咕道，"不过要是和美丽的姑娘出来就更好了。"

楚昭只当没听到，笑意不变。

从头到尾，肖珏都没有和楚昭说一句话，只是驾马擦身而过的时候，对他微微颔首。

待他们走过，小厮不忿："这个封云将军，实在太无礼了！"

楚昭不以为意，只是笑着摇头："谁叫他是肖怀瑾呢。"说罢，又看了一眼空荡的跑道，似乎想到了什么极为有趣的事情，轻笑出声。

空着手去的校场，回来的时候，手里牵着一匹马。有种空手套白狼的感觉，禾云生想到此处，赶紧心中呸呸了几声，这怎么能叫空手套白狼呢，这叫英雄所赠!

那封云将军竟然比传言中生得还要俊美优雅,他什么时候才能变成肖二公子这样的人?

禾绥看了看禾云生,少年一脸遐想,不知道心飞到何处,难得见他如此神采奕奕。再看禾晏,虽然蒙着脸,却像是心事重重。

这一儿一女都是怎么了!回来这一路上话也不说,各自想各自的事,禾云生就算了,还能说是肖怀瑾送了他一匹马,怎么禾晏也跟着沉默了?那肖怀瑾年少有为,又是大魏数一数二的英姿丽色,自家女儿该不会是看上人家了?这可如何是好?才走了一个范公子,又来一个肖都督?京城有无数个范公子,可大魏却只有一个肖怀瑾!

思及此,禾绥也头疼起来。

待回了屋,青梅早已做好了晚饭,大家各自就座,喝着粥,禾绥总算想起来问一句:"晏晏,你们今日到校场来,可是有什么事?"

禾云生也就罢了,禾晏可是从来不去校场的。

禾晏收回思绪,对禾绥道:"是这样的,本来今日是想和爹说,云生现在的年纪,也该进学堂了。平日里随手学些拳脚功夫,到底不如师父指教得好。如今还算不晚,春日正是学堂进学的时候,爹觉得怎么样?"

禾绥张了张嘴,一时间竟不知道该欣慰女儿开始操心弟弟的事,还是犯愁禾晏说的问题令他答不上来。

"晏晏,我之前也想过此事,不过眼下……还差点银子,"他尴尬地挠了挠后脑勺,"可能还得再等一等,等发了月禄,我再筹一点就好了。"

禾云生埋着头吃饭,耳朵却竖得老高,他知道父亲赚钱不易,总觉得自己提出来就是不孝似的。这般难以启齿的话最后由禾晏说了出来,他松了口气。

"银子的事不必担心。"禾晏起身走到里屋,片刻后端出一个妆匣,她打开妆匣,里面的珠宝、银两顿时晃花了禾绥和青梅的眼。

禾绥手里的筷子"啪嗒"一声掉落下来:"晏晏……这是哪里来的银子?"

"云生去乐通庄赢来的。"禾晏对答如流。

禾云生一口粥"噗"地喷出来。

"禾晏!"

禾晏对他眨了眨眼,说谎神情亦不变:"云生运气真的很好,第一次去乐通庄就赢了大把银子。我数了数,这些银子除了做束脩外,够我们用好几年呢。"

禾云生动了动嘴唇,没说话。

他能说什么?说赌钱的人是禾晏?别说禾绥不相信了,连他自己都不相信。况且禾晏当日还穿着他的衣服,旁人也只记得是个少年,真是浑身是嘴也说不清。况且……他想到今日禾晏为他挺身而出和姓赵的赛马时的场景,不觉生出一股惺惺相惜的豪情。

就当是讲义气吧,这个黑锅,他背定了!

禾云生道:"对,就是我赌钱赢回来的。爹,咱们拿这个银子去学堂吧!"

禾绥定定地看着他:"这是你去赌场赢的?"

"不错。"

"第一次去赌场就大获全胜?"

"确实。"

"确实……确实!"禾绥勃然大怒,一拍桌子,脱下靴子就朝禾云生拍来,"你个不孝子!你居然敢去乐通庄!"

"你爹我辛辛苦苦供你吃穿,你居然敢给我去乐通庄!你还要脸不要?你对得起你死去的娘吗?"

禾云生被砸得抱头鼠窜:"爹,我还不是因为咱家太穷了!你不多嘴告诉我娘,我娘怎么会知道!"

"还狡辩!你这是从哪儿学来的浪荡习惯,给我去赌场!禾云生,我看你是要翻天!"

禾晏默默地缩到屋中一角,好险好险,还好这个锅让禾云生给背了。若知道是她干的,禾绥抽她,她不小心还手,把禾绥打伤了怎么办?那可真是"不孝女"了。

一阵鸡飞狗跳,此事终于落下帷幕。

禾云生到底是挨了一通揍,将这事给搪塞过去了。接下来,便是考量究竟给禾云生选择京城里哪一家学馆。最好是选能兼顾武技的,不能太差也不能太好,物以类聚,人以群分,太好的学馆都是富家子弟,若遇上品性不好的,难免让禾云生也沾染些不良习气。

禾云生坐在禾晏的屋子里,拿桌上的小梳子敲灯台,道:"选来选去也没选好,真叫人头疼。"

"本就不是一夜间就能决定的事。"禾晏瞥他一眼,"来日方长。"

禾云生撇了撇嘴:"如今你见多识广,你不知道京城哪家学馆最好吗?"

"我又不去学馆,我知道什么。"禾晏道,"赌馆我倒是知道。"

禾云生道:"那还真是小看你了!"

禾晏对他一笑:"多谢夸奖。"

想到今夜白白挨的那顿揍,禾云生又是一阵憋屈,扔下一句"我去喂马"便离开了。

禾云生离开后,青梅将梳洗的水盆端走,禾晏吹熄蜡烛,脱了鞋上床。

窗户没关，这样的春夜，倒也不觉得冷，月光从窗外漫进来，溢了满桌流光。她看着看着，便想到白日里遇到的肖珏来。

她那时慌乱之下，只怕肖珏认出自己，便低下头。可后来才回过神，她如今已经不再是那个"禾晏"，即便面对面，肖珏也认不出自己。何况当年，她还总是戴着面具。

上一次见到肖珏，似乎是很久之前的事了。那时候他还不如眼下这般冷峻淡漠、拒人于千里之外，是个傲气却散漫的惨绿少年。

京城最好的学馆，叫贤昌馆。如今大魏两大名将，封云将军和飞鸿将军，皆是出于此。

算起来，她和肖珏，也只有一年的同窗之谊。

世人皆说飞鸿将军和封云将军水火不容，明争暗斗。但禾晏觉得，其实并没有那么夸张。至多不过都是少年投军，战功赫赫，又都年纪轻轻得封御赐，大家都爱把他们放在一块儿比较罢了。其他全是道听途说，添油加醋，传来传去就成了陌生的本子，教人啼笑皆非。

至少在十四岁的禾晏心中，她对肖家这位小少爷，决计没有半点敌意。

那时候她扮作男子已经多年，做"禾如非"做得心应手。只有一样稍有困难，便是到了这个年纪，男孩子早该去学馆跟随先生习策了。

男子和女子不同，女子可以请先生来府中教导，男子却没有这种说法。禾家一直请先生在府中教导，但随着年岁渐长，传出去也不好听。禾家到底还是要面子的。于是拖拖拉拉、磨磨蹭蹭，最终还是在禾晏十四岁的时候，将她送进了贤昌馆。

贤昌馆是京城最有名的学馆，学馆的创始人曾是当今陛下为太子时的太傅。学馆习六艺，先生个个都是朝中翘楚，来这里习策的，便是勋贵中的勋贵。

禾家虽有爵位，但比起贤昌馆里的这些人家，还是稍逊一筹。谁知禾元亮不知走了什么好运道，一日在酒楼喝酒的时候，遇到有人起争执，顺手说道了几句，被帮的人是贤昌馆的一位师保，提起近来恰好春日新招学子进学，还记得禾家大房好像有位嫡子，不如送进贤昌馆一道习策。

禾元亮犹豫许久，将此事与禾元盛商量。禾元盛一向追名逐利，觉得此事可行。将禾晏送进贤昌馆，指不定会认识许多勋贵子弟，同他们交好对禾家只有好处，不会有坏处。若有一日真正的禾如非归来，"贤昌馆学子"这个名头，对禾如非来说也是锦上添花。

禾晏得知了此事，非常高兴。

她做男子打扮，可在禾家，却是照着女子的规矩行事。不可蹴鞠，不可抛头露面，连练武也要背着家人偷偷地学。可若说做女子，那也是不称职的，禾

047

家的女儿们学琴棋书画，可她这个"禾如非"却不能跟着一起。

倒像是什么都不能做似的。

可去贤昌馆不同，听闻那里有许多能人异士，往来皆是有才之人。同龄少年亦很多，若是前去，不仅能习得一身技艺，还能广交好友。

这是女子享受不到的好处，她忽然有些庆幸自己顶替了禾如非的身份。

禾元盛的妻子，她名义上的母亲、实际的大伯母，将那副令工匠精心打造的面具交到她手里，忧心忡忡道："你此去万事小心，千万不可让人发现你的身份。"

禾晏点头。

她其实并不喜欢戴这副面具，面具虽然轻薄，但密不透风，只露出下巴和眼睛。这么多年，她面具不离身，就连睡觉的时候也戴着。工匠极有技巧，有一面是扣进发髻中的，装了机关，即使打斗也掉不下来，只有她自己才能打开。

禾大夫人又严肃地警告："记住，你若是露了馅，整个禾家都有灭顶之灾！"

"我记住了。"禾晏恭恭敬敬地答。

禾大夫人十分不安地将她送上马车。

在外人看来，这一幕是母子情深。禾晏心中却是大大地松了口气，胸腔中溢满了得到自由的快乐。她总算挣脱了一举一动都受人管束的日子，自由就在眼前了。

马车在贤昌馆门口停下来，小厮将她送下马车，便只能在门口等待她下学。

她来得太早，先生还未至学馆，隐隐约约能听到学子们念书谈笑的声音。禾晏一脚踏进门，满是憧憬。

春日的太阳，清晨便出来了。进去后，先是一处广大的场院，再是花园，最里面才是学馆。场院处有马厩，像是小一点的校场。花园修缮得十分清雅，有池塘杨柳。

还有一架秋千。

风吹得秋千微微晃动，禾晏很想坐上去，却又不敢。男子荡秋千，说出去只怕招人笑话。她只得不舍地摸了摸，便继续往前走。

柳树全都发了芽，一丛丛翠色倒映在湖中，越发显得山光水色，日光晒得人犯困。她揉了揉眼睛，便见到眼前有一株枇杷树。

禾家不缺吃枇杷的银子，这些年，禾晏也吃过枇杷。结满果子的枇杷树却是头一次见。黄澄澄的果子像是包含着蜜糖，饱满芳香，日光照耀下十分诱人。

不过是十四岁的少女，玩心不浅，见此情景，便想起昔日院子里丫鬟们夏天拿竹竿打李子的画面来。眼下在学馆里，摘一颗枇杷应该没什么事吧？男孩子摘枇杷，不算丢脸。

禾晏想到此处,便挽起袖子,准备大干一场。

可她出行匆匆,身上除了交给先生的束脩和书本纸笔,并无其他东西,这四处也没有长竿。好在枇杷树说高也不太高,跳一跳,应该也能够得着的。

禾晏便盯紧了面前最近的一颗果子,那果子压在树枝梢头,沉甸甸,金灿灿,仿佛诱人去采摘。

她奋力一跃,扑了个空。

差一点。

禾晏没有气馁,再接再厉,又奋力一跃。

还是扑了个空。

她自来是个不服输的性格,于是再来。

还是扑了个空。

屡败屡战,屡战屡败,也不知失败了多少次,就在禾晏累得气喘吁吁的时候,忽然间,她听到自头上传来一声嗤笑。

禾晏懵懂地抬头。

这棵枇杷树枝繁叶茂,她又只盯着这颗果子,竟没发现树上还坐着个人。

这人不知在此地坐了多久,大概她的举动被尽收眼底了。她抬眼望去,日光洒下来,将这人的面容一寸寸映亮。

这是个白袍锦靴的美少年,神情慵懒,可见傲气,双手枕于脑后,一派清风玉树的明丽风流。他不耐烦地垂眸看来,眸色令人心动。

禾晏看得呆住。

她没见过这样好看的少年,好像整个春色都照在了身上。一时间生出自惭形秽之感,好在面具遮住了她羞红的脸,但到底年少,遮不住目光里的惊艳之色。

那俊美少年瞥了她一眼后,便随手扯了一颗果子下来。

这……是要送给她?禾晏生出一阵羞怯。

少年忽而翻身,翩然落地,白袍晃花了禾晏的眼睛。她看着少年拿着果子走近,一时踟蹰不定,不晓得该说什么。

是说谢谢你,还是说你长得真好看?

她紧张得简直想要伸手去绞自己的衣服下摆。

那少年已经走到她身前,忽然勾唇一笑。

这一笑,如同千树花开,灿若春晓。禾晏激动地道:"谢……"

第二个"谢"字还没说出口,对方就与她擦肩而过。

她回头看去,见那白袍少年上下抛着那颗黄澄澄的果子往前走去,姿态悠闲,仿佛在嘲笑她的自作多情。

禾晏站在原地，平复了好一会儿心情，才朝着那少年的方向往学馆里走去。

然而她才走到学馆门外，就听到里面有人说话，热热闹闹，一个欢快的声音问道："听说禾家大少爷今日也来咱们学馆进学，怀瑾兄可有看到他？"

她往前一步，偷偷从窗缝往里瞧，便听见一个懒洋洋的声音响起："禾家大少爷没看到，只看到了一个又笨又矮的人。"

又……又笨又矮？

禾晏此生还没被人这般说过。笨就算了，矮……矮？

她哪里矮了？她这个子，在同龄的少女中，已然算很优秀的了！

禾晏想看看究竟是哪个不长眼的才会得出这样的结论，一抬眸，就看见那被众少年围在中间的明丽少年，眸子若无所无地朝窗缝看来。似乎知道她在偷窥一般。

学馆里传来阵阵笑声。

人间草木，无边光景，春色葳蕤，林花似锦。

这，就是她与肖珏的初次相见。

第二日下起了雨。

禾晏让禾云生拿了些钱去请工匠来修缮破败的屋顶，春日近尾声，夏日快要来临。她琢磨着再将屋里的被衾、枕头给换一换，破得都能扯出棉花了。

禾云生踏进她的屋，道："禾晏，你来看看！"

禾晏莫名其妙，见禾云生从怀中掏出一张纸，对她道："昨日我将京城里还可以的学馆都写下来，今日要不一起去看看？"

"现在？"禾晏问，"你是要我和你一起去？"

禾云生脸上显出一点被戳穿的恼羞成怒，背过身去："我只是跟你说一声！"

"哦，好，我陪你吧。"禾晏答。

他自来别扭，等禾晏走到院子里，看见昨日肖珏送给禾云生的那匹马正缩在角落，禾云生还给它搭了一间简易的马棚。

禾家家贫，养不起马，院子里只养过鸡鸭，这会儿多了一匹庞然大物，实在是说不出地奇怪。那匹马正在低头吃草，草料被擦拭得干干净净，码得整整齐齐，一看就是禾云生干的。

见禾晏打量那匹马，禾云生便骄傲地道："香香很漂亮！"

禾晏险些怀疑自己听错了，问他："你叫它什么？"

"香香啊！"禾云生答得理所当然，"我昨日看过了，它是一匹雌马，既然跟了我，我得另外给它取个名字，香香这个名字，女孩子一定会喜欢。"

禾晏："……你高兴就好。"

他可能对女孩子有什么误解，禾晏也懒得管他。

禾家之前没有马，当然更不会有马车，是以禾晏和禾云生都是撑伞走在街上。禾绥一大早就去了校场。今日早晨起来禾晏看过，嘴角的瘀青已经消去，几乎看不出来，便也未戴面纱，直接出门。

禾云生的纸上共写了四家学馆，皆是精挑细选之后留下的，禾晏看了看，发现都是偏武学一些。这也好，看禾云生的样子，似乎也不打算从文职——当然，能给马取出"香香"这个名字，他确实也不是那块料。

两人走走停停，且买且吃，不过一天时间，便将四处学馆都看完。禾云生与禾晏商量了一下，决定找间离家最近的学馆。这学馆武学先生较多，功课也安排得很合适。禾云生平日里下学后，还能去校场练练兵器。学费也不算贵，一年一两银子，禾晏赢的那些钱，足够他上好几年学的。

禾云生虽然不说，但显然内心极为高兴。回去的路上，甚至有些雀跃。禾晏路过一家裁缝铺，想到那一日在乐通庄将禾云生的衣裳撕碎了，便道："之前便说好了给你做身衣服，既然路过，择日不如撞日，就在这里做吧。"

禾云生的衣裳大多是捡禾绥剩下的，缝缝补补又三年，新衣服极少，更没去过这种好点的裁缝店，闻言有些踌躇，道："还是算了，我随便穿就行。"

"你去学馆，穿得不好会被人笑话的。"禾晏拉着他走进去，裁缝是位老者，笑容和蔼，只问："是这位姑娘做衣裳，还是这位公子做衣裳啊？"

"给他做。"禾晏一指禾云生，"春衫夏衣各做一身，冬衣两身，最好是长衣，带领的那种，好看些，适合他这样的少年郎。颜色不要太深也不要太浅，花纹可以简单一点。"

老裁缝笑眯眯地道："好。"

"你不做吗？"禾云生一惊，站起来道，"我穿不了那么多，太多了。"

禾晏一把将他按回椅子上："你姐姐我的衣裳多得穿不完，你怎么能和我比。你长得这么俊俏，不穿好看些，岂不是白白浪费了这张脸？"

禾云生脸涨得通红："你胡说八道些什么？"

老裁缝闻言，笑意越发亲切："小公子，令姐真是疼爱你。"

疼爱吗？禾云生有些发呆，他没想到有一日会和禾晏这般插科打诨，如其他普通姐弟一般。

禾晏并不晓得此刻禾云生内心的五味杂陈，正看着裁缝给禾云生量体，这时候，忽然听到有人唤她的名字。

"禾晏？"

禾晏转头一看。

叫她的是个年轻公子，穿着极为华丽富贵，容貌也算清秀，只是眼底略有青黑，目光虚浮，显得人有些不甚精神。他身后还跟着几个小厮，见禾晏转头看来，他目光一亮，上前就要去抓禾晏的手。

禾晏一侧身，躲过了他的爪子。

年轻公子见禾晏避开了他的手，先是一顿，随即面上显出伤心之色，捧心道："你……还在生我的气？"

什么意思？禾晏还在疑惑，那小牛犊一般的少年已经旋风一样地冲出来，挡在禾晏身前。

"范成，你还敢来！"

范？

禾晏恍然大悟，原来这就是那位传说中的"范公子"，禾大姑娘的负心人。

范成有些诧异。禾晏和禾云生这对姐弟，向来感情不好，他是知道的。可眼下看禾云生这模样，却像是在护着禾晏。这是怎么回事？

他又看向禾晏，少女盯着他，眼眸清亮，尽是坦荡，并无多少情意，瞧着也不像是对他余情未了。

范成上前一步，有些关切又焦急地问："我听说你前些日子重病了一场，不知身子好了没有……要不要我让人买些补品送到你家？你喜欢什么？我看你好像瘦了些，我实在不放心。"

这男子，容貌还行，穿着富贵，如此殷切，若真是禾大姑娘在此，怕早已被他感动得一塌糊涂。

禾晏还没来得及说话，禾云生已经怒道："别听他胡说八道！你别忘了究竟是谁害得你大病一场，还有在范家门口他们说的那些话！这人就是个骗子！"

这事禾晏之前就已经听禾云生说过了。禾大姑娘得知心上人娶妻，前去要个说法，结果被范家下人扫地出门，连范成的面都没见到，才会万念俱灰，一病不起。

范成闻言，心中暗恨禾云生多事，面上却越是哀戚："阿禾，父母之命，媒妁之言，这桩亲事是我父母为我定下的，我没有选择的权利。只是我对你的心意你当知晓，何必听外人挑拨？"

"你说谁是外人？"禾云生大怒，"我可是她亲弟弟！你跟她有什么关系？别想着占便宜！"

禾晏拍了拍禾云生的肩，示意禾云生冷静下来。她转而看向范成，行礼道："多谢范公子关心，前些日子我只是偶感风寒，如今身子已然无恙，舍弟年幼，胡乱说道而已。"

范成没料到她会这么说，怔然之间一时没有开口。

"过去种种已经化为云烟，范公子如今已娶妻成家，禾晏实在不宜同公子走得太近，惹得夫人伤心。日后大家便桥归桥，路归路，不要再见面了吧。"

禾晏自觉这一番话说得很体贴，并未伤及这位范公子的颜面。再看禾云生，对她的这番话似乎也很满意，如打了胜仗的斗鸡，格外得意地看向范成。

范成细细打量禾晏。

说起来，他和禾晏遇见，纯属偶然。只是踏青时候她崴了脚，范成便怜香惜玉地请人载了她一程。

平心而论，禾晏生得挺漂亮，但也不到绝色的地步。他们这种人家的公子哥，什么女人没有见过。禾晏也不过是看中他的家世背景，想要过上锦衣玉食的生活。送到嘴的肥肉，不吃白不吃，一个姿色不错的女人，身家干净，范成想着，纳她进来做个妾也不错。

谁知道禾晏心高气傲，却是奔着他范成的正妻之位而去的。

他怎么可能娶一个城门校尉的女儿？禾晏这是痴心妄想，不过为了把她骗到手，范成也是哄着，送些不值钱的脂粉、首饰，便令她心花怒放。

谁知道有一日禾晏得知了他即将娶妻之事，居然去范府大闹一场，他娶的正妻是承务郎的嫡长女，若是被承务郎知道了，没准会取消这门亲事。于是范成就叫自家下人轰走禾晏。

听闻禾晏当时十分伤心，几乎要自尽于门前，范成才懒得管。然后他成亲，娶娇妻入怀，一切顺利。

新婚宴尔后，范成的老毛病就犯了。可他新娶的这位夫人性格泼辣凶悍，将他管得很紧，他上不了青楼，也逛不了窑子，连小妾都给遣散了几个，这个时候，范成就怀念起娇滴滴的禾晏来。

禾晏的性子和他的彪悍夫人不同，娇得能滴出水，虽然偶尔也耍些小性子，但瞧着也可爱。范成令人去打听禾晏的消息，晓得禾晏从范府离开后，大病一场，再然后醒来便不常一人出门了，和他弟弟偶尔去醉玉楼对面卖大耐糕。

没想到今日在这里撞见。

禾晏似乎和从前不一样了。

她看着自己的神情没有从前那种讨好与婉媚，坦荡得教人诧异。仍是一样的眉眼，却多了几分勃勃生机，似乎还有一点从前没有的英气。也就是这点英气，令她漂亮的容颜变得格外不同，甚至唇角那抹礼貌的笑意，也教人有些移不开眼。

倒有几分脱胎换骨的意思。

"你果然还在生我的气。"范成黯然道。

他笃定禾晏还对他有意，从前那般喜欢自己，如何一朝之间放下？只要像从前一样赔礼道歉，送她些礼物，再说几句甜言蜜语，指天发誓，她就会对自己死心塌地了。

禾晏不知道范成心里在想什么，她已经说得够明白了，范成怎么好似听不懂？她便回头问那老裁缝："已经量好尺寸了吗？"

老裁缝点头称是。

"这是定金，"禾晏将银子放到案头，"什么时候能做好？"

"二十日后可取春衫夏衣，冬衣时间要长一点，须得一月余。"

"好的，"禾晏笑道，"我们二十日后来取，烦请做得漂亮一些，"她指了指禾云生，"小孩子爱美。"

"谁爱美了？"禾云生恼羞成怒。

老裁缝笑而不语，点头应下。

禾晏和禾云生走出裁缝铺，只对范成轻轻点了点头，就没再说话了。

范成还想说什么，那少女已经干脆利落地走掉，倒是禾云生转过头，偷偷对他挥了挥拳头，目光尽是警告。

"呵。"范成冷笑一声。

"公子，禾大小姐此番对您……"小厮愤愤不平。

"无碍。"范成一挥手，"女人嘛，使小性子而已。"

今日的禾晏，实在和过去很不一样，那股拒人于千里之外的样子，着实让人心痒痒。范成忽然想到，他在禾晏身上花费了那么多时间，可事实上，并没有占到什么便宜。

怎么能让到嘴的鸭子飞了？既然今日在这里遇到，那就不妨再续前缘，共成美事？范成露出一个成竹在胸的笑容来。

……

回去的路上，禾云生一直在观察禾晏的脸色。

"你不会再和姓范的来往吧？"他再三确定。

"我跟你保证，我永远不跟他来往。"禾晏道，"可以了吗？"

禾云生见她态度坚定，这才稍稍放心。

禾云生也不知道怎么回事，絮叨了一路，比嬷嬷还像嬷嬷。

"我不是不相信你，实在是姓范的太狡猾了，惯会说谎。"禾云生犹自说个不停，"那样的男人有什么好，你原先看上他就是瞎了眼。要我说，封云将军才是真正值得仰慕的人……"

禾晏正听禾云生说话，左耳朵进右耳朵出，闻言顿住，打断他的滔滔不绝："这和肖珏有什么关系？"

"难道肖二公子长得不好看吗？"禾云生问。

风仪秀整，世无其二，实在挑不出不好的地方。

"嗯……好看。"

"那他家境如何？"

肖家武将世家，肖将军曾陪先帝打下万里江山，是先帝爱将，将军夫人乃太后娘家侄女，肖大公子肖璟年纪轻轻已是奉议大夫，肖二公子肖珏更是官位见长，如今已是右军都督、声名赫赫的封云将军。

"富埒陶白。"

"本人文韬武略是什么样？"

"……万里挑一，超逸绝伦。"

"那不就得了，"禾云生得出一个结论，"这样长得好看、朱门绣户、矫矫不群的男子，难道不值得人仰慕吗？我若是个女子，我这辈子只仰慕他一个！"

禾晏："……你可闭嘴吧。"

肖珏纵然有千好万好，可那气死人不偿命的冷淡脾气，实在让人不敢恭维。更何况仰慕他的女子多了去，只怕大魏还没有不仰慕他的女子，他多看谁一眼了吗？没有。这个人内心极为傲气，眼光和他的颜值一样高，只怕没有能入他眼的。

也不知他日后选择的姑娘，是怎样瑰姿艳逸、莺惭燕妒的绝代佳人。

禾晏竟开始想象起来。

正在这时，禾云生突然停下脚步，道："前面是在做什么？"

不远处路边的石壁上，贴着一张告示样的东西，许多人围在前面。禾晏与禾云生走了几步靠近，待看清楚上面写的是什么，才了然道："原来是征兵文书。"

"不是许久未征兵了，怎会突然征兵？"禾云生狐疑。

禾晏却了然，她同肖珏花了几年时间，将西羌和南蛮之乱给安定下来，却忽略了邻国乌托。乌托人趁这几年发展壮大，早已藏不住勃勃野心，她嫁入许家后，一直注意着西北要塞，此番征兵，大约就是要去凉州驻守，磨炼新兵。

禾云生看着看着，忽然将那一墙的征兵告示撕下一张揣进怀里。

禾晏奇道："你做什么？"

"……不干什么，就是想留作纪念。"禾云生讷讷道，"可惜我如今还不能上阵杀敌，若我再大一点，武功再高一点，我也想投军去。"

禾晏闻言笑了："投军可不是件简单的事情，要饱受风沙之苦，还要不断看着身边人牺牲。在战场上更要做好随时倒下的准备，你连鱼都不敢杀……如何杀人？"

禾云生被堵得哑口无言，半晌道："说得像你去过似的。"

禾晏同他往家走，只是低头笑笑。

她当然去过，说起来，当时的她也正是禾云生一般大的年纪。

抚越军那时候正在招兵，去往漠县。她又同禾元盛大吵一架，便在夜里偷偷卷了些银子和衣裳，戴着面具去投了军。

用的是禾如非的名字。

谁都没有料到禾如非会去投军，禾家人也没料到。一直到禾晏打了第一场胜仗，升了官职，得了赏赐，这件事才传到了禾家人耳中。

而投军的日子，禾晏过的也不如旁人想的那般顺利。十几岁大的孩子，还是个姑娘，要提防着不能被拆穿身份，还要和比自己力气大的男子们较量比试。在战场上更是不能哭不能吭。经常被将领骂，有时候被抢了军功也不能说什么，还得笑着给上司倒茶。

禾晏觉得，在投军之前，她还算一个寡言的、木讷的、有什么心事都藏在心底的姑娘；在投军之后，她才真正长大了。

生死之外，都是小事，能活着就已经很好了。飞鸿将军代替了那个禾家小姐，从此她步步坚持，苦楚无可对人言。

有时候想想，飞鸿将军这个名字，与她的人生牵连得如此紧密，以至于看到那张被禾云生揣进怀里的征兵告示时，她也不如表面上一般平静。

禾晏突然的沉默被禾云生看在眼里，还以为她是回过味来，在想范成的事。待回到家，他又细细叮嘱了禾晏一番，才回了自己屋子。

青梅早已退了出去，禾云生撕掉的告示还放在桌上，油灯下，纸张薄薄，却重重地落在禾晏心头。

忙碌了禾家的事情这么久，如今银子有了，禾云生也找到了学馆，她也该为自己打算打算。如何接近禾如非，这是一个问题。如今的她，无权无势，升斗小民，说的话不会有人听。

她做禾如非、做许大奶奶时，只知舞刀弄棍，诡谲阴谋一概不知。如今便是重新开始，亦做不来那些肮脏阴险之事。

她有什么？她只有这条命。她会什么？她只会上阵杀敌。

可她现在能做什么？

禾晏的目光落在征兵告示上，短短的几行字，教她心潮澎湃，仿佛又回到了十五岁那年，她揣着银子和包袱，趁着夜色，跑到了征兵帐营中，写下了自己的名字。从此，就开始了她的戎马生涯。

一切都要重来呢？

这是最坏的途径，也是最好的办法。

她要以禾晏这个名字，从头来过。

第三章　投军

接下来一连十几日，都是风平浪静。

家里的屋顶修好了，被衾也换了。禾晏又去给禾云生寻了个小厮，平时帮禾云生拿东西跑腿，青梅在家也能有个说话的伴。

禾云生已经将束脩交给先生，开始每日上学，屋子里便留下禾晏一人。禾绥不在，只有青梅陪着，禾晏便能光明正大地在院子里练剑……喀，练捡来的树枝。

她的身手技巧镌刻在脑子里，可这副身子，实在很柔弱。只要稍稍磕着绊着，瘀青痕迹就十分明显。

这样的身子上战场，可不太行啊。禾晏心中叹了口气，将树枝放下。

"姑娘，姑娘，"青梅小跑着进来，"外面又有人送东西来了。"

禾晏皱眉："怎么又来了？"

"奴婢也不知道，他们把东西放下就走了。"青梅为难极了，"姑娘，现在怎么办？少爷下学回来看到，定然又会生气。"

来送东西的是范家的下人。自那天在裁缝铺里看到禾晏的第二日起，范成便隔三岔五差人送东西过来。不是胭脂水粉就是绸缎首饰，要么就是补品汤药。

禾晏每次都让青梅给退回去，禾云生撞见几次大发雷霆，在她屋子里再三絮叨，禾晏耳朵都快起茧子了。正因如此，禾晏这段日子都没出门，万一再碰上范成，又来纠缠一番，禾云生只怕能去把范家的房顶掀了。

今日他们做得更过分了，竟然把东西放下就走，这是什么意思？笃定了她定然会收下吗？

禾晏道："把东西丢出去。"

"可是，"青梅为难道，"都是些贵重的绸缎、首饰，扔出去……不太好吧？"

禾晏顿感头疼。这么贵重的东西给扔了，万一范家不认账，要她赔怎么办？

禾晏叹了口气，道："那我亲自送还给他们。"

青梅瞪大眼睛："姑娘要去范家门口吗？"

"不然还有其他的好办法？"禾晏道，"你也收拾收拾，一起去。"

"奴婢也要一起去？"青梅瑟缩了一下。

"当然。"禾晏奇怪地看着她，"我记不住去范家的路了。"

她不是真正的禾大姑娘,连范家门朝哪个方向开都不知道,自然要找人带路。不过看青梅心有余悸的模样,显然上次去范家,场面不大好看。

青梅确实担忧。她还记得上回去范家时,禾晏红着眼睛,差点一头撞死在范家门前,当时范家的那位嬷嬷却吊着眼看她们,说什么:"人要知道自己的身份,别总想着攀高枝,别总盯着不可能的东西,省得跌了跤,惹人笑话。"

话里话外的讽刺实在刺耳,最后禾晏生生气晕了过去。禾绥请大夫来看,大夫说这是急火攻心,是心病。当时所有人都以为禾晏经此打击,必然一蹶不振,也不知日后如何生活下去。没想到一觉醒来,自家姑娘却像是换了个人似的,丝毫不提范成这个人。

纵然如今提了,范成上来纠缠,也是一副要断得干干净净的模样。

青梅有点欣慰,又有点担心,禾晏拍了拍她的肩膀,安慰她道:"放心,不会有人欺负你的。"

青梅莫名就安下心来。

两人便一起出了门,范家离禾家很远,走了许久才走到。青梅指着一幢宅子朱红色的大门道:"这就是范家了。"

禾晏想了想:"我不便过去,你提着这些东西,交给那个守门的,就说是范公子交代送过来的,一定要交到范公子手上。"

青梅点头:"奴婢知道了。"

禾晏便躲在临街的柱子后,看着青梅走到守门的护卫身边,同那护卫说了几句话,把装着礼品的篮子交给护卫,才回到她身边,笑盈盈道:"奴婢都说了!"

"干得好,"禾晏道,"回去吧。"

范家主屋里,因刚新婚不久,屋子里的布置还是红艳艳的,透着喜庆。范大奶奶唐莺是承务郎的嫡长女,自小娇生惯养长大,性情骄纵跋扈,因着唐大人的关系,范家人都要宠着让着她。如今她才嫁入范家几个月,便已经成了范家大房管事的,里里外外都是她的人。

小厮在门外敲了敲门。

"进来。"唐莺坐在软榻上,正在欣赏刚做好的绣面。

小厮进来后,先是跪下给唐莺磕了个头,才道:"大奶奶,方才门外来了个丫鬟,送了个篮子,说要交给大少爷。"

唐莺闻言,动作一顿,看向小厮:"丫鬟?什么篮子,拿过来我看看。"

小厮将那篮子提上前。

唐莺抓起来翻弄几下,见尽是女子用的绸缎布料、胭脂水粉,顿时怒不可遏:"这是什么?"

小厮讷讷不敢说话。

旁边的贴身侍女道:"这都是女子用的东西,大奶奶,少爷平日里不用这些,定然是……"

"定然是他想献殷勤,别人给他退回来的!"唐莺猛地站起身,将桌子上的瓷杯乱拂一气,瓷器噼里啪啦碎了一地,她神情狰狞,"范成这个浑蛋!"

"大奶奶,当务之急不是追究少爷,千万莫打草惊蛇……"贴身侍女提醒。

唐莺稍稍冷静些,才道:"说得不错,哪有千日防贼的道理。若是良家子,如何能与范成勾搭在一起。我看那个贱人不过是欲擒故纵,可恶!"

她吩咐那个低头不言的小厮:"这几日,你且跟着范成,看他到底去了什么地方,见了什么人。我倒要看看,是什么狐媚子迷了他的心。待我找到那个贱人……我定要这对狗男女付出代价!"

小厮点头称是,退了出去。

丫鬟循循善诱:"大奶奶,你这几日可千万莫要表现出来,省得被少爷发现端倪,将那女人藏了起来。"

"我知道。"唐莺暗暗握紧双拳,"从前他那些相好侍妾,我不过是遣散而已,可如今我看他这模样,如此有恃无恐,是不把我这个正妻放在眼中。如此,就别怪我下手无情了!"

京城说小不小,要查个人,并不是一件简单的事情。

不过如今的范成,侍妾通房皆被遣散,又不敢去逛花楼,成日流连的也就那么几个地方。于是很快,同禾晏之前的那点暗情就被捅到了唐莺面前。

"岂有此理!"唐莺将手中的茶盏重重搁在桌上,"我和他议亲的时候,他就和那个女人有了私情,这根本就是不把我放在眼里!我早就跟哥哥和父亲说过,这个人不可靠,如今一语成谶,倒教我无地自容。"

"夫人宽心,"丫鬟道,"少爷现在还不敢将那女子带回府上,可见还是有所顾虑。约莫是这女子迷惑人心,才使得少爷犯错。如今夫人和少爷刚新婚,切莫再因为这些事情生出波澜,引来旁人指责夫人善妒。"

"那你说我该怎么办?"唐莺怒气冲冲道。

"不如从这女子处下手,不过是个城门校尉的女儿,还不是任由夫人拿捏……"

"你说得对,"半响,唐莺冷静下来,"不过是个下贱女子,还妄想嫁入范家坐正妻之位,我就亲自来会会她!"

范府里发生的这些波折,禾晏一概不知,她正在想如何去征兵处填写文书,好教自己进入兵营,跟着一道去往凉州。

禾云生与禾绥肯定无法理解,该如何寻个好借口。若说是自己想要建功立业，他们一定以为她疯了。若说是报仇……算了，还是不行。

禾晏翻了个身，要不修书一封，就跟当年一样，趁月黑风高无人时直接离家出走？要知道再过两天征兵就要截止了，文书要是不填上去，就没有机会了。

正想着，青梅端着糕饼进来，见禾晏在榻上翻来覆去，大吃一惊："姑娘已经在床上翻了一晌午了，是不是吃坏了东西？奴婢找人来给姑娘看看？"

"没事。"禾晏摆了摆手，"我就是闷得慌。"

别说，禾云生在家里的时候觉得他吵，他去学馆后，却又觉得闷。禾晏坐起身："我出去一会儿。"

"姑娘去哪儿？奴婢陪您一道。"青梅忙道。

"没事，我去给云生取衣服。"禾晏答。这也过二十日了，禾云生的衣裳当做好了。

她临走之前，看了一眼桌上的征兵告示，想了想，又把那张文书揣进怀里，自己也不明白为何要这样做。

很久很久以后，当禾晏再回忆起今日时，只觉得命运玄妙。从她拿起那张文书的时候，宿命的巨掌翻云覆雨，将她再次横扫入局，冥冥之中自有注定。

已至下午，天气盛好，禾晏循着记忆找到了那间裁缝铺，裁缝铺的老裁缝见到她就笑："姑娘总算是来了，衣裳已经做好，那位小公子不在吗？"

"上学去了，"禾晏笑了笑，将剩下的银子递过去，"老师傅好手艺。"

春衫和夏裳都是漂亮的青衣，样式大方简单，料子也透气轻薄，穿起来一定很飘逸，禾云生肯定会喜欢。她将两件衣裳叠好装进包袱，才跨出裁缝铺，就有个陌生婢子迎上前来。

"姑娘可是禾晏禾大小姐？"

难道又遇着个熟人？禾晏心中叹息，这会儿可没有禾云生在身边，无人跟她解释这是谁。

"正是。"禾晏尽量让自己瞧上去自然些。

那婢子闻言一笑："我家夫人就在前面，恰好遇见你，想请你一叙。"

"你家夫人？"禾晏思忖片刻，她并非真正的禾大小姐，若是老熟人，遇到怕是会露馅，便谢绝道，"今日我有些不便，不如改日可好？"

婢子一脸为难："这……奴婢做不了主，请小姐随奴婢见一见夫人，不会耽误小姐许多时间，而且夫人说了，有重要的事与小姐相商。"

禾晏此生最怕姑娘家因自己犯难，这婢子面露难色，禾晏便觉得自己好似给她带来了麻烦，心就软了半截。再一听到有重要的事相商，心中顿时犯了嘀咕，如果真是重要的事，因为自己而耽误了可怎么办？

因此纠结片刻，她便道："那好吧，我就去见一面。不过我还有要事在身，不可久留。"

"您就放心吧。"

婢子便在前带路，禾晏瞧着走在前面的侍女。这女子虽然自称奴婢，看着是下人，可衣裳料子极为讲究，首饰也不凡，至少普通人家的侍女是决计没有这等排面的。要么是哪个大户人家的婢子，要么就是富贵人家夫人的大丫鬟，禾晏觉得这应该是两者皆有。

胡思乱想着，等禾晏回过神来，已经走到了一处人迹罕至的小巷。

"你们家夫人在这里？"她问。

"我们夫人在这里有一处宅院，平日里很少住。"丫鬟笑道，"偶尔在这附近酒楼用宴乏了，就在这里歇一歇。"

哦，果然是大户人家，歇脚的地方都是自家产业。禾晏在心中咂舌，禾云生听到了，大概又要羡慕嫉妒恨好久。

"就是这里。"丫鬟果然在一处宅院前停下脚步。

这宅院并不算大，看起来也有些陈旧，四处都没什么人，门口连个守门的都没有。禾晏随这丫鬟进去，先是过了花园，待进了堂厅，那丫鬟忽然一改方才温柔和婉的语气，冷冰冰地对另一头道："夫人，奴婢把人带来了。"

禾晏抬起头，对上的就是一张怒目切齿的娇颜。

"你就是禾晏？"

这看上去，可不像是喝茶小叙的老友见面。

"我是，夫人是……"

"我乃当今承务郎唐家嫡长女、范成的妻子。"这位夫人冷笑一声，恶狠狠地答道。

禾晏恍然大悟，再看周围气势汹汹的丫鬟、婆子，心中暗暗叹息一声。

她这是造了什么孽，才会托生到这么一把烂桃花的姑娘身上啊！

"夫人似乎误会了什么。"沉默了一会儿，禾晏才开口。

她不开口还好，一开口，唐莺顿时激动起来，指着她的鼻子骂道："误会？你与范成在我入门之前便有了首尾，待我同他成亲之后还不清不楚，做别人的外室就很高兴吗？我看你是死性不改，还想着做我范家的主母吧！"

禾晏头疼。

这位夫人实在好不讲道理，看着也是花容月貌，窈窕动人，怎么说话这般难听。她正色道："夫人不妨仔细打听，我同范公子之前的确认识，不过自从夫人入门后，我便再也没找过范公子。"

"你胡说，你若是没找过他，他如何会送东西给你？"

"我也为此很是头疼，若是夫人能劝解范公子不要这么做，那我真是感激不尽。"

她说完这句话，就见唐莺身子踉跄几步，跌坐在椅子上，两行清泪顺着脸庞滑落下来："混账……真是混账！"

禾晏有些同情地看着她，傻子都能看得出范成并非良配，就算不找禾晏，日后还会找别的女人。

唐莺身边的丫鬟和嬷嬷连忙凑近，低声安慰唐莺。好一会儿，唐莺才擦干眼泪。

"你这小贱人，惯会说谎，我怎能一时听信你的胡言乱语。"她道。

"夫人到底想要如何？"禾晏看了看天，"天色不早，我该回去了。"

"回去？"说话的是安慰唐莺的婆子，"你都做下这等不要脸的事情了，还想回去？在我们夫人没想好如何处置你之前，你都得留在这儿！"

禾晏："……你们敢私自囚禁我？"

那婆子鄙夷地看了一眼禾晏："小门小户出来的，就是不懂事，这怎么能算得上囚禁？你既然是我们少爷看中的人，也就是半个范家人。大奶奶作为主母，教训一个下人难道不应该吗？就算告到官府去，我们也有理！"

禾晏都被气笑了，哪有这样一本正经胡说八道的。

见禾晏笑，原本有些踟蹰的唐莺怒意顿生，只道："把她绑起来丢到里屋去，饿她一晚，明日且看她还是这般嚣张吗？！"

到底是大户人家出来的小姐，又刚刚嫁入夫家，还没来得及学那些雷霆万钧、心狠手辣的手段，想要出气，也就是把人绑住饿一饿、吓一吓而已。禾晏轻轻松了口气，只要不动刀子就好，她倒是不怕，只是顶着禾大姑娘的身份，怕给禾家惹麻烦而已。

那几个婆子冲上来，将禾晏捆小鸡似的捆成一团。禾晏自始至终动也不动，乖乖地任由他们绑缚，唐莺看着，心中又是一阵发闷。

等他们捆好后，便将禾晏丢进里屋的床上，丫鬟问道："大奶奶，要不要留个人在这里守着……"

"留什么？"唐莺怒道，"就让她一个人在这儿，待天黑了，看她怕不怕。若是被路过的贼子劫了，"她露出一个恶毒的笑容，"我看范成还要不要她！"

一行人浩浩荡荡地走远了，院子里再没了动静。

禾晏双手双脚被绑着平躺在榻上，安静地看着床帐。

别说，这床还挺软，帐子瞧着用的也是讲究的软罗纱，这么看来，范大奶奶对她这个犯人还挺好的。她又忽然感叹，同人不同命，范夫人随便落脚的一个宅子，都比禾家精心打造的屋子还要华美。

并且这宅子成日还空着，岂不是很浪费？

她胡思乱想着，确认外头再也没有动静，又过了一盏茶的工夫，才动了动手脚。

手被捆得有些不舒服，她尝试着伸手去摸结扣。要知道当年入兵营，有整整十日的时间，都在学如何解扣、结扣。这等没有章法的扣子，是最简单的。

禾晏摸了摸结扣的形状，确定能解，便伸手要解，谁知刚要动作，就听见外头有脚步声。脚步声极轻，她耳力超群，听出应当是个男人，便停下手中的动作，侧头看向门外。

难道真叫唐莺说中了，还真有采花贼？

脚步声一步步逼近，禾晏也有些紧张起来，在袖中摸了许久，摸到了一根被削得尖尖的竹枝。

去兵器坊里打造一把暗器实在太贵了，现在的她节衣缩食，连暗器都是自己捡竹子来削，禾晏想着想着，又为自己感到心酸。

那脚步声已到跟前，门被推开，一个护卫打扮的人走了进来。

他没料到禾晏是睁着眼的，嘴巴被一团破布堵住，正安静地看着他，倒被吓了一跳，随即快步走来，在禾晏耳边低声道："禾大小姐不必害怕，少爷让我来救你。"

原来不是来采花，而是来救命的。

那护卫将禾晏嘴巴里的破布除去，又将禾晏扛在肩上，道："奴才先将您送出去。"随即带着禾晏上了一辆马车，马车很快从范家宅子离开。禾晏一声不吭，倒教护卫心里有些发毛。

他还以为进来的时候会听到禾晏大哭大叫，毕竟禾大小姐就是个胆小柔弱的女人，谁知道禾晏什么事都没有。就算嘴巴被堵住了，可她脸上的神情，有好奇，有提防，唯独没有害怕。

护卫没见过这样的女人，莫名心里有些发颤。好在马车跑得很快，大约一炷香工夫就到了。

护卫将禾晏扶下马车。

天色已经全黑了。

夜里的春来江没有了白日的热闹，变得静谧。这样的夜，本该许多人坐画舫在此游玩，笙歌燕舞，饮酒寻欢。只因今日下起蒙蒙细雨，寒风凛冽，就只有零零散散几只船舫漂在江中，一点渔火幽微，显得格外寂寥。

禾晏抬起头，绵绵密密的雨丝落在脸上，凉而痒。她看着远处，道："你带我来这里做什么？"

护卫不敢看她的脸，抱拳道："少爷在前面的船上等您，奴才这就送您过去。"

小舟在江面上晃荡，今夜无月，只有一点散星，江面映着江边的灯火，影影绰绰，能看到水面上自己的影子。

护卫划着小舟，朝江中心那只装饰精美的船舫靠去。

禾晏垂着头，一声不吭。护卫忍不住回头去看禾晏，见女子在船尾坐得笔直，双手被绳索捆在背后，亦是不动。似乎觉察到他的目光，她抬起头看了他一眼，护卫一个哆嗦，手中的船桨差点掉进江水之中。

那一眼，实在很冷。他难以形容那种感觉，像是个死人在木然地看他，江水涛声如梦，更显得她鬼气森森。

实在太奇怪了。护卫心中惴惴，她不怎么说话，也不问什么，安静得出奇。寻常女子，这时候总该询问一两句吧？可禾晏没有，她像是一个人偶，安静得不像是个活人。

水，在夜色下泛着粼粼波光，像是漩涡，将她的思绪带到那一日，她被贺宛如的人按着头，溺死在池塘里。

从前的她是会泅水的，还算善泳，可时至今日，到了此刻，全身绷紧的神经告诉她，她怕水。

她怕从这艘小船上掉下去，怕被吸入无止境的漩涡，怕再也挣不出水面，眼见着天光离自己越来越远却无能为力，怕这辈子又戛然而止。

她为自己此刻的懦弱和恐惧感到厌恶，又想不出别的办法，只得端坐在船中，沉默地任由这护卫将自己带上那只华丽的船舫。

船舫应当是富贵人家自己的，比楼船小一些，又比渔家小舟大许多。护卫将禾晏送上船，掀开船篷的帘，将禾晏带进去。他似乎得了人的吩咐，不敢近前，便自己划着小舟走远了。

禾晏注视着眼前的人。

范成今日亦是精心打扮了一番，穿得极为花哨富贵，而船舱内，也摆着熏香和彩色的灯笼，灯火蒙蒙，软榻绵绵，一进去便觉出旖旎生香。

禾晏从脑中的旋涡中挣扎出来，看向范成，道："范公子。"

范成走过来，将她按在椅子上坐下，道："阿禾，你受委屈了。"

禾晏不作声。

"我没想到那个女人会如此恶毒，竟然将你绑走，还关在屋子里。若非我令人暗中保护你的安危，得知此事立刻叫人将你救出来，后果不堪设想。阿禾，如今你总该明白我的一片苦心了吧？"范成痛惜道。

禾晏瞧着自己脚上的绳索，摇头道："我不明白。"

自始至终，范成的护卫将她从宅子里接出来也好，上马车也好，还是送到这艘船上也好，他都没替禾晏解开绳索。

粗糙的绳索绑着，早已磨破了她的手腕，但她并不觉得疼，只是无言。

"我怕你对我有误会，不肯上船，才没有替你解开绳子。"范成顺着她的目光看过去，忙解释道。话虽如此，却也并没有其他动作。

"这是船上，"禾晏笑起来，"我又不会跑，你可以帮我解开。"

她一笑，如朝霞映雪，说不出地明媚生辉。范成看得有些发怔，心里越发痒痒，就要伸手去摸禾晏的脸，禾晏一侧头，他便落了空，笑容微顿，干脆蹲下身来，注视着禾晏道："不是我不放开你，只是阿禾，你要知道你现在的处境。

"我夫人生来善妒，是绝对不会放过你的。即使今日你回了禾家，明日她还是会想办法找你。我岳父乃承务郎，你爹只是个校尉，想找麻烦，多的是机会。这且不提，最重要的是你。"

"你一个女儿家，又无人保护，一旦被她抓住，她定会想办法百般折磨你，我……于心不忍哪。"范成深情地看着她，"我怎么能眼睁睁地看着你受苦呢？"

"哦？"禾晏反绑着的双手正悄悄解开绳扣，她不动声色反问道，"那你打算如何？"

见她口风有所松动，范成顿时喜出望外，想也不想地开口："我想将你藏到一个安全的地方，平日里仍旧有丫鬟奴仆伺候你，这样我夫人就找不到你。等时日长了，我再休了那个女人，将你带回范家，届时，你就是范家的主母，无人再敢欺负你。"

"正妻？"禾晏问。

"不错，"范成摸着胸口，"阿禾，我对你发誓，我的心中只有你一个。若不是这门亲事早就定了下来，我根本不会娶她！你放心，我此生只爱你一人，我范成的妻子只会是你，只是你要等一等……"

禾晏闻言，轻笑出声。

范成一愣。

"你这是想要我当你的外室啊。"她淡淡道。

若是真的禾大小姐在这里，大概早就被这一番誓言感动得潸然泪下。可她不是禾大小姐，当局者迷，旁观者清，男人想要骗一名女子，真是什么鬼话都说得出来。范成怎么会娶她当正妻？不过是想先骗了再说。

不知她当年一心系在许之恒身上，贺宛如看她，是不是就如她现在看禾大小姐，同样的可笑和可悲。

"阿禾，你……"范成皱起眉。

"范公子，我已经说得很明白了。你既然已经娶妻，我也放下过去，从此桥归桥，路归路，各走各道。我无意你正妻之位，还望你也不要纠缠。"

话到此处，手上结扣一松，打开了。

范成并未看到掉在地上的绳子，先是意外地看着她，片刻后，突然冷笑起来："禾晏，你还真是敬酒不吃吃罚酒，我好声好气地哄着你，你还来了劲了！纠缠？天下女人多的是，我何须纠缠你这样的？不过本公子在你身上花费的时间、心思，可不能白费了！"

"范公子该不会要我折成银子给你吧？"禾晏好笑。

"本公子不缺钱，你就拿自己来偿还吧。"他露出一个下流的笑容，"你要是将我伺候好了，说不定我还会赏你点银子。"

禾晏还未开口，突然听到一个暴跳如雷的声音响起："你放的这是什么狗屁！"

禾晏诧然望去，见帘子一掀，一个湿淋淋的人大步走了进来，正是禾云生。

"云生？"禾晏险些以为自己眼花。

禾云生已经走到她面前，护在她身前，一掌把范成推出老远。

"你、你怎么上来的？"范成好不容易站定后，指着他叫道，目光里尽是不可思议。

"当然是游上来的！"禾云生道。

他浑身上下都湿淋淋地淌着水，蹲下身就去解禾晏脚上的绳索。

"你如何知道我在这里？"

"我就怕姓范的纠缠你，早早让双庆回去守着，谁知道正好看见你被人叫走。"双庆就是禾晏为禾云生买的小厮，平日里陪着他去学馆。

"双庆跟到这里，便回头告诉我，我一路跑到这儿，游过来，幸好赶上了。"他将禾晏脚上的绳子解开，正想去解禾晏手上的绳子，没想到禾晏手上的绳子却是松的。他有些奇怪，但也没多想，随即站起身，怒视着范成道："要不是我赶得及时，这畜生想对你做什么？"

"做什么？"范成终于回过神来，他看向禾云生，有恃无恐地笑道，"你以为你来了，又能改变什么？"

这船上除了他们三人，一个人也没有，大概怕扰了范成的"兴致"，连刚才送禾晏来的护卫都不知所终，估摸着划着小舟躲得远远的，只等事成之后得范成吩咐。

"你姐姐迟早都是我的人。"范成不屑道，"我看你们是敬酒不吃吃罚酒，别给脸不要脸，当初是谁想方设法地爬我的床，现在装什么贞洁烈妇！"

"你！"禾云生闻言，勃然变色，直扑过去，一拳揍上去，"你个混账！"

范成被他扑得差点跌倒，船舫经他这么一动作，剧烈摇晃起来，倒教禾云生一个趔趄。

禾晏皱了皱眉，正想上去帮忙，却见范成袖中有什么东西一闪，依稀是道银光，她头皮一紧，厉声道："云生躲开！"

禾云生并不知道发生何事，下意识地翻了个身，"咚"的一声，范成掏出的刀扎到了他的衣服。

禾云生也惊出一身冷汗，道："你敢杀人！"

"有何不敢？"范成面色狰狞，"一个校尉的儿子，死了就死了！等你死了，我就把你姐姐奴役起来，供我消遣，腻了就卖到楼里去。"他大笑起来。

禾晏眼中浮起一丝厉色。

她不动范成，不过是怕给禾家招来麻烦，可眼下看来，不管她动不动，范成都是不会善罢甘休的。

禾云生也怒火冲天，干脆一头撞在范成的肚子上，范成冷不防被撞倒，这船舫又摇摇晃晃，他一下子跌倒在地，张口就要喊人，禾晏喝道："别让他出声！"旋即飞身上前，将桌上的帕子塞进范成嘴里。

范成被堵了嘴，这一愣神的工夫，禾云生已经骑到了他背上，一拳拳揍他。他本就是少年，力气正大，范成虽然嘴巴叫嚣厉害，但哪里又真的是他的对手，渐渐地便不再挣扎。

"云生，够了。"禾晏喝住他，"再打下去他就没命了。"

"他死了才好！"禾云生咬牙切齿道，"死了就不会惦记你了！"

"那禾家就麻烦了。"禾晏拉开他的手，"先把他弄起来。"

禾云生从范成背上爬起来，范成面朝地一动不动，他伸脚踹了踹："起来，别装死！"

范成依旧没动静。

"打你两下就死了，你还真会讹人。"禾云生一边嘲讽着，一边想将范成给拽起来，可才动了下，突然间，便见自己脚边，范成趴着的地方渐渐氤氲出一团红色。

他道："他、他……"

禾晏正仔细听着外面的动静，方才这船摇摇晃晃，不知道范成的护卫看见没有。眼下看来没什么不对，可能以为这是范成的"兴致"。这会儿听得禾云生倏然变调的声音，有些奇怪地一看，一看之下便定住了。

片刻后，她蹲下身，镇定地将范成翻了个面。

"啊！"禾云生短促地叫了一声，迅速捂嘴，将剩下的声音咽进了喉咙，不可置信地看着眼前。

范成仰躺在地，身子软绵绵的，像是没了骨头，腰腹处的衣衫已经被血染红了大块,一点刀柄落在外面,刀尖已经尽数没在骨肉之中。

刚刚同禾云生打斗时,范成从袖中摸出一把短刀,后来船舫摇晃间刀掉在地上,他又被禾云生撞得跌倒,不偏不倚,稀里糊涂,刀就刺进了他自己的腹中。

本来也不至于这般深,偏禾云生还将他压在地上用拳头揍,于是整把刀都刺进了肚子,一命呜呼。

禾云生吓得两腿发软,跌坐在地,惊恐地道:"他……他不会是?"

禾晏伸出两指探了探他的鼻息,吐出两个字:"死了。"

禾云生茫茫然地看着她,似乎不明白她说的是什么意思。片刻后,他呜咽一声,六神无主地道:"他,他怎么就死了?我们怎么办啊?"

船还在江中摇摇晃晃地漂着,四周除了船舫之中的灯火,似乎再无别的光辉。一片死寂中,禾云生的哽咽格外清晰,他说:"我们怎么办啊?怎么办?"

到底是十几岁的少年,从未杀过人,见过血,连杀鱼都要绕道行走。嘴巴上说得凶巴巴,却没想过真要人性命。禾云生已经慌了神,嘴里重复念叨着毫无意义的"怎么办"。

禾晏蹙眉看着范成的尸体。

她杀过的人太多了,不过都是战场上的敌人,这样的,没杀过,虽然有些意外,却也并不慌乱。再看禾云生,他神情恍惚,似哭似笑,摇着范成的尸体,似乎是想把对方给摇醒,已然失去了神志。

"啪"的一声。

脸上传来火辣辣的痛,犹如当头棒喝,禾云生从方才的混沌中清醒过来,看向面前的禾晏。

他突然发现,和他相比,禾晏冷静得过分,她目光尖锐如剑,将他的心扎了个透凉,她的手也很稳,不像他的,还在抖。

她的声音也是冷的,带着点恨铁不成钢的严厉,她说:"禾云生,你清醒一点,他已经死了。"

他已经死了。

禾云生呆呆地看着眼前。

范成的伤口还在流血,那一刀不偏不倚,刺中了他的腹部。禾云生觉得嗓子发干,片刻后,他终于开口,声音仍颤抖着,带着一股视死如归的决心。

他说:"我去衙门投案,人是我杀的。"

他站起身,浑浑噩噩地要往前走,才走了两步,被人一把拉住,差点跌了一跤。

禾晏问:"你去投什么案?"

"他死了，我偿命。"禾云生哽咽道，"天经地义。"

"为这种人偿命可不值。"禾晏看了一眼地上的范成，"我本来想，今日就算过了，范成也不会善罢甘休。禾家迟早会有麻烦找上门，不过眼下倒是少了个麻烦，他死了，至少禾家日后清净了不少。你可还记得他当时说的话？"

禾云生记得，当时范成想要杀他，说"等你死了，我就把你姐姐奴役起来，供我消遣，腻了就卖到楼里去"，这般狂妄自大的话，他说得理所当然。

"你要知道，范成今日在这条船上杀了你我二人，不必偿命，凭什么你失手杀了他，就要搭上自己的一生？我们的命就如同草芥，他的命就格外金贵，凭什么？"

禾云生年纪尚轻，一腔热血，为范成这样的人偿命，太不值得了。

"我也不愿，"禾云生闻言，一腔悲愤笼上心头，只道，"但我们现在难道还有别的路可走？"

禾云生想得简单，他杀了范成，范家上门，自己一命赔一命，此事全了。禾晏却知道这是不可能的，像范成这样的人家，就算禾云生投案以命抵命，范家也不会善罢甘休，禾绥和她，包括青梅和双庆，一个都不会放过。

"你过来。"禾晏拍了拍他的肩。

禾云生疑惑地看着她。

"你方才说自己是泅水过来的，可是善泳？能憋气吗？"禾晏问。

禾云生点头："可以。"

"你换上我的衣服，等会儿听我口信，就从船上跳下去，游到下游，再换上干净衣服偷偷回家，一定要快，知道吗？"

禾云生懵懂点头，又摇头，看向禾晏："那你呢？"

禾晏从地上捡起包袱，那包袱里，还有她今日从裁缝铺里为禾云生拿的新衣裳，她道："我换件衣服，把他们引开。"

"他们"指的是范成的护卫。

禾云生大惊，脱口而出："不行！"

"你怎么引开？你是个女子，他们抓到你会杀了你的，他们会折磨你，你手无缚鸡之力，落在他们手上会生不如死……"

他还在絮絮叨叨地说，被禾晏一把按住肩膀。

"不会，我能甩开他们。"她道。

幽暗的灯火下，少女目光清亮坚定，这个时候了，她甚至还在笑。那笑容很轻松，莫名抚慰了禾云生慌乱的心情，可又让他想哭。

"我不能让你去。"禾云生喃喃道。

"听着，云生，你穿着我的衣服跳船，我把他们引开，这两日我们都不要见面，我要避风头便不能回禾家。再过五日，你去城西一家叫柳泉居的酒馆，酒馆门口有一排柳树，你找到左起第三棵柳树，往下挖三寸，我会在那里留下给你的信。咱们到时候再会合，知道吗？"

禾云生摇头："我不能让你去……"

"你不是小孩子了，你是个男人，日后还要挑起禾家的重担，你要冷静下来，照我说的做，我不会有事，你知道的，我每次都没事。"她说。

禾云生说不出话来。

"父亲那边，你替我解释。"禾晏道，"再过一会儿，范成的护卫会过来，我们没有太多时间了。现在快点换衣服。你背过身，我先把外衣脱给你。"

船舫静静地漂在江中，禾云生同禾晏再相对而立时，两人已经换了装束。禾晏穿着簇新的男装，头发扎成男子发髻，英气逼人，果真成了翩翩少年郎。而禾云生穿着禾晏的长裙，手脚都不知道往哪里摆，面色尴尬。

禾晏"扑哧"一声笑出来。

"都什么时候了，你还有心情笑。"禾云生心事重重，竟没心思同禾晏斗嘴。

"还没到笑不出来的时候，"禾晏从地上捡起一块面巾，将自己的脸蒙得严严实实，只露出一双眼睛，然而眼里也是带着笑意的，"你得习惯这种。"

习惯这种？这种什么？杀人亡命天涯？禾云生只觉得疲惫，与之而来的，还有深刻的担忧和恐惧。

"我数一二三，你就往下跳知道吗？"禾晏道，"别担心我，我们会再见面的。"

禾云生就往船头走去。

走了两步，他又回过头，看着禾晏的眼睛，道："你会没事的，对吗？"

禾晏揉了揉他的头，少年的头发还带着水珠，冰凉凉、毛茸茸的。

她绽开一个笑容，温柔地回答："当然。"

……

雨丝似乎也是黑色的。

水天相接，沉沉天色中，渔火明明暗暗，仿佛来自彼岸的幽魂。最后一丝琴声散去，夜晚变得格外静谧。

也就在此时，一声女子的尖叫划破长夜："杀、杀人啦——"

聚集在画舫远处的几只小舟里，护卫们正坐在一起，等待着范成的信号，乍然间听闻凄厉惨号，不约而同怔了怔。

"怎么回事？都这么久了，怎么还在闹？"为首的侍卫问道。

"公子没发手信，还是再等等吧。"有人道。

做范成的侍卫这么多年，最重要的就是揣测主子的心思。范成做范家少爷这么多年，除了自己贴上来的女子，糟蹋的良家子也不在少数。如今夜这样的情况，早已发生过不止一次。将那些贫苦的女子拐到船舫或外宅，任范成欺辱。事成之后给点银子打发，那些女子家境贫寒，无处喊冤，便也只能算了。

禾晏也将成为其中的一个。

本来禾大小姐对范成一往情深，倒也不必这么麻烦，谁知道经过范家门口那么一闹，真动了气性，要同范成一刀两断。范成却被勾起了心思，软的不行就来硬的。

他们这些护卫要做的，也只是将禾晏带到范成面前，以及事后善后。

"我觉得不对。"为首的护卫站起身子，站在船头眺望，只见范成所在的画舫在江水中剧烈摇晃，那摇晃的幅度，看上去像是有人在里面打斗。

"不对，有问题！"他喝道，"都起来！赶紧过去，船上有异！"

其余几人皆是一惊，迅速划着小舟朝那船舫靠近，离船还有些距离，忽然见自船舫里奔出一名女子，那女子跌跌撞撞，动作惊惶，看穿着正是禾晏，仿佛在躲避什么人，惊叫着一头栽倒在江水之中。

滔滔江水将她迅速淹没，几乎没有发出任何声音，像是石头，只在水面激起一片水花，再也没了动静。

"公子！"护卫忍不住唤道。

没有人去关心禾晏的生死，小舟快要靠近船舫之时，为首的侍卫借着轻功，掠过舟头，攀上船舫。他几步进入船舫，但见船舫之中，有人背对着他，是个男子，脸上覆着汗巾，只露出眼睛，昏暗的灯火下亦是面目模糊。而他脚下，范成仰躺着，倒在血泊中。

蒙面人的手中握着一把匕首。

护卫骇然至极，没料到船舫之中何时多了这么一个人。再看范成，只怕凶多吉少。一时又惊又怒，想也不想就朝蒙面人扑过去："尔敢！"

那蒙面人冷笑一声，同护卫缠斗在一起。

打斗声在船中响起，船舫摇晃得越发剧烈，其余几名护卫也追上船，那蒙面人见对方人多势众，便不再恋战，一刀劈开护卫当头长剑，想也不想就跳江了。

"抓住他！"护卫首领大喝，"他杀了公子！"

众人纷纷跟上，却发现蒙面人十分狡猾，护卫们都上了这艘船舫，本以为他是跳江，谁知却是上了他们方才来乘的那只小舟。

这是江中心，虽有人会泅水，可是夜色太黑，难免会遇到危险。可小舟轻薄，顺着水流划得很快，船舫稍重，便是几人一起划桨，亦落后于蒙面人半步。

一前一后，绵绵细雨里，谁也没有看见江中这一场逃杀。

待快到岸边之时，蒙面人将手中木桨一丢，脚尖一点，跃上江岸，就此消失在岸边，护卫首领道："留两个人去找城守备，其余人跟我追！"

虽是夜里，却也不到深夜，春来江两岸还有做生意的小贩，但见一蒙面人忽地从码头处奔来，来得急促，冲撞小摊无数，跟在后面的是一干侍卫，杀气腾腾，令人胆寒。

"出什么事了？"被撞翻摊位的小贩不敢多言，弯腰去捡地上散落一地的瓜果。

"好似出了命案，看这后面追的人，当不是普通人家。"

"天可怜见的，最近怎么这么不太平。"

……

江边的水带着腥气，水中陡然伸出一只手，先是抓住岸边的石头，接着，整个人从水中拔起，带着一身的水腥气。

禾云生全身都在发抖，他不敢太早动作，省得被人发现，在水底潜了许久，才悄悄地往下游游去。此刻的他面色发白，嘴唇乌紫，不知是江水太冷泡得久了，还是在害怕。

他手里还紧紧攥着一个红木篮子，里头是禾晏在裁缝铺里给他拿的衣裳。那是船舫上放点心的篮子，篮盖严丝合缝，禾晏将衣裳给他放进去盖好，衣裳干干净净，没有被水浸湿。他把身上女子的衣裳脱下来，团成一团扔进篮子里，又在篮子上绑了几块稍重的石头，将篮子丢进江水中。

江水瞬间吞没了篮子。

他把那身簇新的春衫换上，衣裳做得很合身，款式也很漂亮，还有同色的幞头，恰好可以将湿漉漉的头发藏起来。他穿着穿着，喉头便哽咽起来。

然而没有多余的时间让他在这里恐惧，禾晏的话还在耳边："换上干净衣服偷偷回家，一定要快。"

一定要快。

他脚步踉跄，抄了一条小路，往回家的方向疾步走去。

城里似乎有城守备军在四处抓人，禾云生走着走着，听到街边有人谈论。

"听说江上船舫有人杀人了，死得好惨。"

"谁啊？"

"不知道，是大户人家的少爷。没看见城守备军到处找人吗？"

"这么多人，凶手肯定插翅难逃，说不定都已经抓到了。哎呀，这雨下得没完没了，衣服都湿了。"

谈论声渐渐远去，直到再也听不见。

快一点,再快一点。

青衫幞头的少年从街边疾走而过,春衫尚薄,这样的雨天大约觉得冷,他有些瑟瑟地紧了紧衣襟,快步回家去。

雨下得越来越大,街边没带伞的行人匆匆避雨。小贩躲到屋檐下,大声吆喝着行人路过瞧上一眼,今夜和昨夜,似乎没有任何区别。

"姐姐……"有人小声自语,如春夜的风,落在细雨里,了无痕迹。

少年埋着头往前走,不回头,眼泪扑簌簌地落下来。

……

"人朝这个方向去了,追!"护卫首领对赶过来的守备军指到。

守备军人马充足,朝着他指的方向追去。范成的其他护卫看向首领,有人颤声问道:"公子死了,我们该怎么办?"

"到底是谁杀了公子?"也有人问。

"我和那个人交过手,身手极好,"首领捏紧拳,"我不是他的对手。"

"是冲着公子来的?天啊,究竟是谁?"

谁知道呢?范成做下那么多恶事,那人既然要他的命,显然是仇恨已久。曾被范成糟蹋的姑娘也有父母兄弟,许是为他们的亲人复仇,抑或是其他。人已经死了,抓到了凶手,一切就真相大白。

"禾大小姐……"有人终于记起了禾晏。

"已经没命了吧。"

那么深的江水,那么冷,一个女子没什么力气,掉下去凶多吉少。可那又怎么样,没人在乎,禾晏活着,或许还会被范家人迁怒,死了更好,一了百了,至少禾家的事就到此为止。

"死了就死了。"首领木然道,"死了更好。"

一句话,就注定了禾晏的结局。

……

马蹄声在街道深处响亮不绝,城中人心惶惶。

有穿青衣的少年从叫花子群居的破庙走过,顺手将湿漉漉的旧衣扔进荒废已久的枯井。

衣裳已经在逃跑途中换过了,夏衫是穿在里面的,只要将外面的旧衣扔掉即可。头巾倒是不必戴,省得引人注目。她在墙面上抹了一把,手上便沾了一层灰,将沾满黑灰的手往脸上拍拍,涂涂抹抹,方才过分白净的脸立刻变得黑了些,像是……家境普普通通常在外劳作的少年郎。

但是个清秀的少年郎。

少年郎不慌不忙地往前走,身后城守备军四处抓人,禾晏的心里并不如表面轻松。

范成的护卫同她交过手,只要认真辨认,就会认出她的身形。外貌可以伪装,身量却不能骗人。京城的城守备军并非吃白饭的废物,要躲也并不好躲。纵然是跑到破庙里,只要对叫花子稍作盘问便知道自己是个生面孔。还有出城,城门想必此刻已经被封,未来一个月进城出城都会严加盘查。这样一户一户搜下来,迟早会被发现。

令人头疼。

范家比她想象的还要家大业大,竟叫了这么多人来追她一个人。好不容易捡回来的一条命,禾晏可不愿意白白交待在这里。

守备军从各个方向过来,禾晏岌岌可危。

陡然间,她想起了什么,伸手从袖中掏出一物。

纸张已经被揉得皱巴巴的,加之被雨淋湿,几乎已经看不出来上面写的字迹。这是那一日禾云生从墙上撕下来的征兵告示。

征兵……

征兵处就在城西头的马场外空地,那里搭起了帐篷,许多人在此填好文书,接受简单的检查,等时日一到便一起出发。这次去凉州招兵招得匆忙,想必并不会很严格,连年龄都并非只是壮年,若非家境贫寒至极,否则太平盛世,谁愿意去白白受苦。

可这征兵文书,来得恰恰好。

如今她成了通缉犯,待在京城反而不好,若是被查出来,连累了禾家更糟糕。况且一味待在京城,似乎也没什么好处。禾家离她太遥远,许家也是她接触不到的高门,她还没办法和他们站在同一高度去索要自己的东西。

倒不如去兵营。与征兵的队伍一道出城,那里,才是她该待的地方。

天无绝人之路,冥冥之中自有安排,她本来还想着,要如何才能寻个理由,同禾家父子解释她离开的事,如今倒是用不上了,因为只有这条路可走。征兵明日就截止了,截止的前一晚,她刚好赶上。

禾晏笑了笑,心情竟异常轻松起来,她不再犹豫,朝着城西马场的方向,大步走去。

城西马场原本是一处养马场,不过自从征兵帐篷搭在这里,马匹都被疏散了。前面长帐坐着个红脸大汉,腰间一把长刀,因着下雨,头上戴着毡笠,正有一搭没一搭地打瞌睡。

征兵已近尾声,明日一过,招的新兵便要跟着一起去往凉州,这个时间,愿意去的早已来投名,当是没有新人了。

禾晏走上前时,那大汉眼皮子都没抬一下,禾晏只得道:"这位大哥,征兵是结束了？"

那大汉上下打量了他一番，慢吞吞地道："没有。"

"那就好。"禾晏喜上眉梢，"我来投军。"

"你？"红脸大汉露出一个挑剔的表情，"兄弟，你今年几岁了？"

"十六。"

"十六，"汉子沉吟道，"你这身板，看上去可不像是十六。平日里在家没干过什么重活吧，投军可不是开玩笑，你要是闹着玩，趁早回去，别耽误我时间。"

"这位大哥，我是真的想投军。"禾晏神情悲恸，"家里没人了，活不下去，不投军就只有卖身为仆。倒不如上战场，要么死在沙场，要么领了功勋，还能换种活法。再说了，大哥，"她凑近一点，低声道，"如今乍然征兵，怕是人手不够，少一人不如多一人，也能凑个人数呗。"

那大汉被他一番话说得心动，想着也是，只想赶快将人凑够交差，便道："行吧行吧，你要去送死，我也不拦着你，丑话说在前头，军营可不是享乐的地方，你若是混不下去，想当逃兵，那就是军法处置。"

"我不会当逃兵。"禾晏信誓旦旦。

红脸汉子嗤笑一声，这样的少年他见得多了，来的时候都是信心满满，真要打仗了，吓得尿裤子的也是他们。

"那你来填这份文书。"他把文书递到禾晏跟前。

城西马场外围，城守备军走到此处便掉转马头，前面是凉州征兵的帐篷，不必继续往前。

禾晏唰唰地写下两个字。

这一次，用的是她自己的名字，禾晏。

征兵文书填起来很快，禾晏的字写得不错，那红脸大汉看了，道："你识字？"

"学过一点。"禾晏谦虚回答。

投军的多是卖力气的壮年男子，少有识字的人，红脸汉子待她的表情便柔和了些，道："你先去后面帐子择阅，通过了领份文书，画个押，就给你上军籍册。"

禾晏道过谢，便去了后面帐子。

这帐子要靠近马场里面一些，帐子也大，禾晏掀开帘子进去，一个胖乎乎的赤膊男人坐在马扎上一边穿鞋，一边笑眯眯地问站着的择阅大夫："怎么样，我身体还壮实吧？"

禾晏只当没看见，目不斜视地走进去，那胖子看到她，反倒讶异道："这等孱弱之人也能来投军？"

负责择阅的大夫催促他："你赶紧穿鞋出去，我要检查下一个人。"

那胖子便走了，边走还边回头看禾晏，一副百思不得其解的模样。

"你过来，"大夫道，"把衣服都脱了，站在这里。"

禾晏："……"

投军入兵营，都要择阅身体，看身体是否残缺，或是否有传染疾病，禾晏上次投抚越军时，差点就露馅，这次早已有了准备，便从袖中摸出一块银子，握着大夫的手，将银子塞到大夫手里。

择阅大夫一怔，蹙眉看向他："这……"

"大夫，不瞒您说，我身有隐疾。"禾晏低下头，难以启齿的模样，"正是因此，不得人待见，常受人欺凌，我在家中实在待不下去，才出来投军。眼下实在不愿意自己的缺陷被人瞧见，还望大夫行个方便，日后就算我死在战场上，也会记得您的好，下辈子做牛做马也要报答。"

择阅大夫本以为他要说什么疾病之类，却没想到是隐疾，这还是他第一次遇到这种情况，呆了半晌，再看向禾晏时，便带了几分同情之色。看着年纪轻轻，也眉清目秀，竟然是个废人？可惜了，难怪会来投军，怕是做其他的，这辈子也做不成什么。

捏了捏手中的银子，沉甸甸的，再看禾晏神气十足，不像是有病的模样，择阅大夫便道："既然如此，我也不强人所难，你走吧，平日里和人住一起的时候注意些，别被人看到。你要是自己被人发现，可就怪不得我了。"

"多谢大夫。"禾晏感激涕零地冲他抱拳。

如此顺利通过，禾晏心里也松了口气。等她出了帐子，发现外面马场草地边的石头上，方才那胖子正坐着往嘴里塞烧饼，看见她，便同她招了招手，似是打招呼。

禾晏想了想，走了过去。

"小兄弟，刚就在里面看见你了。"胖子三两口吃完手上的烧饼，嘴角还沾着芝麻，他问，"你这是来投军啊？"

禾晏点头，看见他手里剩下的烧饼，倒是觉出几分饿来，从下午到现在，她还没吃过东西，又这么一番追逃，早已饥肠辘辘。

"你是不是饿了？"胖子见他直勾勾地盯着自己手里，便伸手过去，"喏，拿去吃！我刚吃了五个，吃饱了！"

禾晏也没有推辞，接过来道了一声谢，便大口大口地吃起来。

"你这么瘦弱，也来投军，家里人放心得下吗？"胖子嘀咕道，"你还没我十岁的弟弟看起来勇武。"

禾晏咽了一口烧饼，忙中偷闲地回答："嗯，我只是看着瘦弱，力气很大。我今年十六了。"

"怎么会来投军？"胖子问，"看你的样子不像粗人。"

"家道中落，走投无路。"禾晏只说了八个字。

胖子便一副了然的神情，同情地开口："世事无常，小兄弟，你也不要太过在意，日后你就跟着我，当我的小弟，我会保护你的。"

"谢谢大哥。"禾晏应答如流。

这声"大哥"取悦了胖子，他笑道："我姓洪，叫洪山，你日后可以叫我山哥。小兄弟贵姓？"

"我姓禾，禾晏。'禾苗'的'禾'。"

"禾？这个姓倒是少见，日后我就叫你阿禾。"

"嗯！"禾晏点头，说话的工夫，已经将这个烧饼吃完了，她抹了抹嘴巴，寻了个从前的马棚，靠着栏杆坐下来。洪山见状，奇道："小兄弟，你不回家？"

"不回去了。"禾晏双手支在脑后，"我就住在这里。"

洪山眼中的同情之色更浓，挨着坐过来，道："我也没地方去，那咱就在这儿将就一晚，明日过了跟着一道启程吧。"

"再好不过。"

远处营帐外亮着火把，在雨丝下摇摇欲坠，像是下一刻就要熄灭，两人沉默地坐在黑暗里，各自想着心事。

不知道禾云生那边怎样了，有没有安全到家。禾晏心里想着，不知不觉睡着了。

京城每日要发生无数的事，穷人的事无人关注，若是同高门大户扯上关系，便尽人皆知。

昨日夜里春来江上发生了一起命案，京城范家少爷在船中被人杀害，凶手逃跑不知所终，到现在都还没抓到人，当时船上还有城门校尉的女儿，亦被凶手所害，溺死在江水中，死不见尸。

城里有这么个凶残的杀人者，一时间人心惶惶。不过也有百姓拍手称快，范家少爷从来仗着家势欺骗糟蹋平民少女，少女们吃了亏也不敢声张，如今有人替天行道，或许是苍天开眼。

禾家却一片惨淡。

禾绥一夜间像是老了十岁，呆呆地坐在堂厅里，仿佛一尊泥塑。青梅和双庆躲在院子里，双庆神情苦涩，青梅抹着眼泪低声道："怎么会突然没了……"

简陋的马棚里，禾云生挨着香香坐着。

草料还是昨日的草料，他没了心思去添，马儿有些烦躁地走来走去，禾云生不为所动。

没有消息就是好消息，至少到现在，禾晏还没被抓住。他想起那艘船上，夜雨掩盖了血腥气，他惶惑而无助，身着长裙的少女眼瞳清亮，摸了摸他的头，对他说"你知道的，我每次都没事"。

这次也会没事的，一定。

春已近尾声，连雨都开始有了夏日的暑气。

征兵最后一日结束，跑马场填写文书的长帐已经收起。取而代之的，是无数小帐。同家人道别的新征兵丁已经集合，只待今夜一过，第二日一早便启程赶往凉州。

帐篷十分窄小，几个人挤进去，勉强还行。禾晏和洪山挨着坐着，洪山领了个稍大的帐篷，因他二人都没甚多行李，坐起来就还算宽敞。从昨夜到今夜，禾晏已经在这里待了整整一天。

这里会给馒头吃，一顿发两个，等到了凉州安顿下来，会发的更多些。其余没什么，只是上茅房比较不便，禾晏每每都是趁无人的时候才能偷偷去一趟。

她刚从茅房出来，走到自己的帐篷前，将帐篷一掀，里头多了两个人。洪山正在同他们说话，听到动静，这两个人便回头看来。

大概是一对兄弟，模样生得有些相似，黑黑瘦瘦，有种朴实的俊气，年纪并不大，大的那个十六七岁，小的那个和禾云生看起来差不多大。哥哥沉默寡言，弟弟看见禾晏便露出一个笑容，自来熟地问道："这位哥哥是……"

"这是你阿禾哥哥。"洪山自顾自地就帮禾晏认了个弟弟，又对禾晏道："这是今日新来的两位兄弟，外头没帐子了，就在这里和咱们挤一挤。"他指了指那个寡言的少年，"这是石头。"又指了指那个笑起来有些憨厚天真的少年，"这是小麦。"

石头、小麦，这大概是一对家境贫寒的兄弟，否则好一点的人家，也该给取个好名字。

禾晏找个地方坐了下来，多了两个人，帐篷顿时显得有些拥挤。

"你们是京城人吗？"禾晏边问，边拧开腰间的水壶喝了一口。

石头不爱说话，倒是他弟弟小麦很活泼，他道："我们就住在象淮山上，平时打猎生活，上次下山的时候看到在征兵，哥哥同我商量了一下，就来投军了。"

原来是山上的猎户人家。

"你爹娘也许你们来投军？"洪山问。一般来讲，即便是家中贫寒来投军的，也不会让两个儿子一起来投，总要给家中留条退路。

"爹娘早就不在啦，我和哥哥一起长大的。"

洪山叹了口气："那你们更应当好好惜命，没事跑来投什么军，投军可不是好玩的。你们该不会是……"他朝禾晏的方向努了努嘴，"也和他一样想建功立业吧？"

"大丈夫当建功立业，"小麦一派天真，又道，"再说了，这次带兵去凉州，做指挥使的是右军都督肖都督，我和哥哥早就对他仰慕已久，能跟着他做事，是我们的荣幸！"

禾晏正一边喝水一边听他们说话，闻言"噗"地一口水喷出来，险些把自己呛住。

帐篷里的几人都看向他。

"你说，去凉州做指挥使的是谁？"她问。

小麦以为他是不认识"肖都督"，特意解释一番："就是如今的封云将军、肖家的二公子肖怀瑾啊。"

禾晏心头震动。

肖珏怎么可能去凉州做指挥使？他的官位完全不必如此，况且他自己有兵马，何必带一支新兵去凉州。除非是被贬职。

肖珏被贬职了？

京城肖家。

肖家的宅子，是肖老将军在世的时候，特意按照妻子的喜好修缮的。肖家后来几代，不曾动过院中布局，因此虽是武将世家，院子修缮得却如苏州小院一般清雅别致。

穿过花墙便是正房，正房旁边有一株石榴树，还没到结果子的时候，从窗户看进去，可见黄松木架上摆满了书籍。有人坐在桌前看书。

青年生得俊美如玉，只是神情淡漠，带着几分懒倦，因在自家府上，穿着随意，锦衣玉带，越发显得楚楚不凡。墙上挂着一把佩剑，颜色如霜雪，晶莹透亮，虽未出鞘，可见寒意凛凛。

门被推开，有人走了进来。

来人是一男一女，男子生得和肖珏有七分相似，只是眉眼间不如肖珏冰冷，多了几分柔和清朗，此人便是肖珏一母同胞的大哥肖璟。跟在肖璟身边的，是他的妻子白容微，虽不至绝色倾城，也是位皓齿内鲜、秀丽端庄的美娇娘。

这夫妻二人站在一起，宛如一对璧人，赏心悦目。

"怀瑾,"开口的是白容微,她将肖璟手上的包裹放到桌上,道,"这是你此去凉州备好的鞋子和衣裳,晚些试试看。"

自从肖将军夫妇去世后,肖家便只有肖璟和肖珏两兄弟,长嫂如母,从前是将军夫人给肖珏缝补衣裳,如今便成了白容微。

"多谢大嫂。"肖珏颔首。

白容微笑道:"你们兄弟说话,我去看看汤羹好了没有。"说罢便退了出去。

白容微离开后,肖璟定定地看了肖珏片刻,终是叹了口气,道:"怀瑾,你实在没必要去凉州。"

"徐敬甫近来在朝中频繁针对你,是在找肖家的麻烦。"肖珏神情无波,只道,"皇上听信徐敬甫的话,我在京城反倒惹人生事,去凉州暂避锋芒也好。况且,父亲当年之死疑点重重,此次有了线索,也许会有新发现。"

说到肖将军的死,屋子里的气氛顿时沉闷了下来。

沉默半晌,肖璟才伸手拍了拍肖珏的肩:"你想的总是比我多,我却不能为你做什么。"

"大哥在朝中面对的情况复杂得多,我不在的时候,肖家就靠大哥了。"肖珏笑了一下,看向肖璟道,"大哥保重。"

"你也保重。"肖璟感慨良多,许是为了活跃下这苦涩的气氛,故意打趣道,"我也不是不让你去凉州,只是你如今已及冠,也到了该定亲的时候。你嫂嫂帮你相看的那些姑娘,你可有中意的?"

肖珏闻言,笑容收起,神情越发平淡,淡到有些漠然。

"不必,我不打算娶妻。"

第四章

新兵

京城这几日一派平静，朝中却有暗流涌动。春终于走到了尽头，立夏后，绵绵雨水似乎无穷无尽，整座城都笼在烟雨中。

右军都督肖怀瑾自请为指挥使，带领新兵去往凉州卫。肖怀瑾一走，朝中局势又有变化，太子一党扬眉吐气，"喜气"两个字，只差没直接写在脸上了。

朝中之事，普通百姓尚且接触不到，依旧是柴米油盐地继续生活。前些日子京城范家少爷命案，到如今也没找到凶手。范家四处寻凶不成，便将一腔怒火发泄在范夫人身上。谁知范夫人娘家务郎府也并非等闲之辈，左等右等，范成头七一过，便逼着范老爷写了放妻书，将女儿重新接回府上。唐莺如今芳华正茂，刚过门便死了丈夫，唐家岂能让她年纪轻轻便守寡，自然要为她以后打算。她和范成又无儿女，范家也无可奈何。

相比之下，同范成一道遇害，淹死在春来江到现在都死不见尸的禾晏，仿佛成了这场事故中无足轻重的一个配角，连被人谈论的资格都没有。除了禾家人，没有人提起她，就如同禾晏从来不曾存在这世上一般。

雨下大了，禾云生戴着斗笠出了门。禾晏出事后，他便暂且没有去学馆，禾晏交代他五日后去柳泉居取信，今日已经是第十日了，禾云生才瞅得空隙出门。他怕范家人守在外面观察他动静，禾晏好不容易为他们禾家争取来的机会，不能毁在他手中。

这些日子，他在家中四处查探，监视禾家的范家人已经全部撤走，才敢安心出门。他为了不惹人注意，换了件旧衣，戴着斗笠低着头从后门出去，走进了雨幕中。

这几日，禾云生过得生不如死，每天夜里都无法入睡。他想听到禾晏的消息，又怕听到禾晏的消息。好险的是已经过了九日，官府还没抓到禾晏，这或许从另一方面来说，禾晏安全了。

可他又忍不住想，禾晏如今还在京城中，她能去哪儿？除了禾家她没有认识的朋友，势必在外流离。也不知吃得好不好，睡得好不好，有没有受欺负。想到这里，禾云生的脚步不觉加快了些。

柳泉居之所以叫柳泉居，是因为酒馆后门有一处泉眼，泉水边上便是一排柳树。这个雨天酒馆没什么人，禾云生进去的时候都没人注意。

他还记得禾晏当时说的话。

"你去城西一家叫柳泉居的酒馆,酒馆门口有一排柳树,你找到左起第三棵柳树,往下挖三寸,我会在那里留下给你的信。"

禾云生蹲下身去。

左起第三棵,往下挖三寸。

翻出来的泥土还带着些雨水的湿润,他挖着挖着,手指触到一个有些坚硬的东西。禾云生心中一动,手上动作更快,片刻后,挖出一个油纸包来。他没有立刻打开来看,只将油纸包装进怀里,飞快地将刨出来的泥土给填了回去,这才转身离开酒馆。

待离开后,他便又小跑着回家。一直到了家中,禾绥不在,禾云生回到自己屋子,将门锁上,然后才将纸包掏出来。

他一直放在怀中,是以纸包没有打湿,被保护得干干净净,禾云生抖着手将纸包拆开,看见里面的东西。

有一件衣服,还有一封信。

禾云生先打开信,信大概是匆匆忙忙写的,随手捡的纸,皱皱巴巴,笔迹潦草,应当为包点心的花纸,上面还有油渍,没有花纹的一面用草木灰笔写着几行龙飞凤舞的大字。

"我已投军,去往凉州,山长水阔,恕不一一。春寒过后,继以炎暑,务望尚自珍为盼。他日重逢,千万珍重。"

禾云生先是呆呆地看着那几行字,仿佛不认识一般,片刻后,他终于明白过来,咬着牙去拿那件衣服。

衣服是在老裁缝处做的夏衫,当日禾晏同他分别之时,为了乔装,他们二人一人穿了一件,这一件被禾晏叠得整整齐齐,送了回来。

料子很凉,摸上去似乎又看到了那一日女孩子脸上柔和的笑意,又听到了她安抚的话语。

"别担心我,我们会再见面的。"

屋子里一片寂静。

片刻后,有人哽咽出声:"骗子……"

被称作骗子的禾晏,此刻并不知晓自己在背后被人骂了。

说起来,从京城出发到凉州,如今已经在路上。此次招兵不到两万,沿途还有新人加入,眼下夏日已至,赶路变得艰难,早起出发还好,到了晌午,简直是汗流浃背。

洪山坐在草地上,一边啃干粮,一边拿手扇风,热得龇牙咧嘴:"奶奶的,这天太热了,什么时候才能走到头。"

"从这里到凉州,还要两月余,"禾晏往嘴里灌水,"慢慢来。"

"我想念京城的绿豆汤了,"小麦咂吧咂吧嘴,"做好了盛在碗里,放在井里浸几个钟头,端出来撒点糖,又甜又凉,真解渴!"

他描述得太过详尽,以至于听的人都吞了吞口水。

"别说了,来当兵,别说什么绿豆汤,不饿着就算好的。"洪山叹了口气,"想吃,可能要等咱们得了封赏升了官儿,就能吃了,就像肖都督那样。"

说到肖珏,禾晏心中失笑。

她投军跟着大伙儿一块儿去凉州,日夜兼程地赶路,晚上就宿在野地的帐篷里,就这样,也连肖珏一面都没看到。他同手下是骑马走在最前面的,夜里想必住的帐篷也和小兵的不同。从前在贤昌馆的时候,禾晏就知道肖珏此人最为讲究,肖家含着金汤匙出生的二少爷,在吃穿用度方面,公主也不见得那么精细。

想来即便如今是在赶路,他的日子,过得也比他们滋润多了。

同样都是少年封将,还真是同人不同命,重来一回,她居然成了他手下的兵。禾晏叹了口气,这要说出来谁信。她还想挣个军功速速升职,可肖珏这人十分挑剔,在他手下当兵,要混出头可没那么简单。

还能跑怎的?军籍都已经上册,只能且走且看了。

从京城到凉州两月余的路程,并不好走,逢山开路遇水搭桥,等真到了凉州时,大家已经精疲力竭,人人都清瘦许多。禾晏坐在湖边舀水喝的时候,从湖水中瞅自己,原本禾大小姐皮肤白皙,经过两个月的暴晒赶路,连灰粉都不必往脸上擦了,和小麦一个色。

如果这时候真正的禾大小姐归来了,一定恨不得掐死自己,她莫名冒出这么个念头,觉得好笑,就笑起来。

"阿禾哥,什么事笑得这样高兴?"小麦问。

洪山瞅了一眼湖边的禾晏,了然道:"再走半天,天黑之前我们就能到凉州,苦日子就快到头,能不高兴吗?"

"也是。"小麦深以为然,对石头道:"大哥,你高兴吧?"

寡言的石头也点了点头。

这两个月的行路的确不是人干的事,一些身体不好的,在赶路途中就已经丧生。他们还没来得及抵达凉州,就再也回不去京城。

这是一条无法回头的路。

傍晚的时候,大部队终于到达凉州。凉州位于西北,本以为荒凉贫瘠,谁知道竟还算繁华,虽比不得京城,但也是热闹非凡。禾晏随着大家往前走,心想着肖珏果真会挑地方，凉州可比当初她投军的漠县好多了。当初她去漠县的时候，那里什么都没有，百姓连饭都吃不起，他们那些兵过的日子才是真的艰难。

到了凉州先得去凉州卫，凉州卫就驻扎在白月山脚下。白月山下有大片空地，足以做演武场，平日里小兵们就在此演习练兵。夜里可住帐篷，不过如今都住在凉州卫的卫所里。

这么多人，卫所的房间没有这么多，便只能十几人挤在一间小屋里，睡的是大通铺。禾晏自然还是同洪山、石头兄弟一起，他们几人都没多少包袱行囊，找了个通铺便松懈下来。

"我瞧了瞧这附近有条河，"小麦兴冲冲地回来道，"好多人都在河里洗澡，咱们也去吧。"

"好啊，我早就热得流了一身汗！"洪山三两下除去外衣，就要往外跑。

小麦看向禾晏："阿禾哥不去？"

"他不去，他怕水，咱仨就行了！"洪山推搡着小麦和石头出去了。

禾晏早在第一次洪山邀她一起下河洗澡的时候就解释过，说她小时候曾溺水，从此只要下水就会头晕目眩，呼吸急促。洪山不疑有他，老实说禾晏也没说谎，她如今是真的怕水。

只是……禾晏在大通铺上躺了下来，"咯吱"一声，她忍不住蹙了蹙眉，一时间竟不知是因为她太瘦骨头硌得慌，还是这床板硬得令人发指，只得在心中感叹"由俭入奢易，由奢入俭难"。她在兵营里住了三年，才当了一年许大奶奶，便习惯了柔软的床铺、被褥，觉得这床板让人生气。

她在房间里休息了一会儿，直到洪山他们回来，便跟着一起到卫所去吃饭。

这两个月日日都在路上啃干粮就清水，来到凉州第一顿，总算吃上了热饭。即便是简单的清粥、包子，也是热气腾腾的，只见新兵们都坐在地上大快朵颐，不知道的，还以为吃的是什么珍馐美味。

"这包子肉馅只有丁点大。"洪山一边抱怨，一边舔了舔手指，"太不过瘾了。"

"有热饭吃就不错了。"禾晏开口，"比干粮强。"

"没关系，我刚才打听过，这里的白月山上有很多野兽，"小麦笑眯眯道，"我和哥哥到时候可以去打猎，猎到兔子、野猪什么的，淘洗干净串在树枝上，或者拿片叶子裹了，随便撒点盐，拿去烤了，滋滋冒油，可好吃了！"

小麦是个吃货，三句话不离吃的，洪山被他说得越发饿，一口将眼前的粥喝了个底朝天，重重往桌上一搁："奶奶的，说得我现在就迫不及待想上山了。"

"军令有'不得私自上山'这条。"禾晏泼他们凉水。

"总有上山的时候。"洪山不以为然。

待吃饱喝足,大家简单收拾了一下,练兵的指挥已经提前告知他们,明日早上卯时在演武场集合,今日就早些歇下。

禾晏随着洪山回到卫所的房间,房间里已经来了不少人,一些人已经睡了,一些人还在闲谈,止不住地兴奋。

禾晏睡在通铺的最里面,一面挨着小麦,一面靠着墙,听得洪山在那头乐呵呵地开口:"比起前段时间赶路,这才是神仙日子嘛。"

有吃有喝有澡洗有床睡,不必在外暴晒淋雨,也不必夜里被蚊虫烦得睡也睡不着,看上去的确比从前好得太多了。

小麦小声道:"在这里练兵的话,我觉得比在山里打猎轻松。而且还有这么多人,可以一起玩。"

禾晏:"……"

傻孩子,怎么会有人得出练兵比在京城打猎轻松的想法。这些人都是第一次投军,只当日后都如今夜一般轻松。可这就像是死刑犯行刑之前要吃顿上路饭一般,吃完这顿好的,也就是最后一顿了。

今夜将成为他们在凉州待得最轻松的一夜,从明天开始,才是真正的酷刑。

禾晏闭上眼,就让这些傻孩子先做一会儿美梦吧!

果然,第二天一早,天还不亮,卫所外头的空地上便传来嘹亮的角声。

"嗯,这么早,不能再睡一会儿吗?"小麦翻了个身,揉了揉眼睛,发现禾晏已经穿戴完毕,站在床前了。

"阿禾哥,你怎么这么早?"他迷迷瞪瞪地问。

"呼名不应,点时不到,违期不至,此谓慢军,军棍处置。"她笑眯眯开口,神情不见惺忪,仿佛一点都不困倦。

"不想挨板子,就快点起床。"

夏日,卯时天光已亮。这比之前赶路起得还要早,昨夜刚到达凉州,大伙儿兴奋激动,难免歇得晚了些,等到了演武场,人人皆是睡眼惺忪,有人鞋子都穿反了。

石头还好,小麦和洪山二人边走边系腰带。二人见禾晏神采奕奕,十分精神,皆困惑问道:"阿禾,你不困吗?"

"我昨夜歇得早,睡饱了。"禾晏答。

小麦赞道:"你好厉害!"

说话的工夫,已经走到了演武场。因着今日是第一日,还是按照之前赶路的队伍来排。但见高台上站着一名身着赤色劲装的壮汉,生得浓眉大眼,魁梧黧黑，身姿高大如树，手持一杆长枪，十分威风。

"那是谁？"禾晏问。

"负责监督操练我们的教头，沈教头。"小麦早早就打听好了。

禾晏点头，她原本还以为会是肖珏亲自来练兵，没想到今日还是连他人也没见着。说起来，虽然他们同是少年投军封将，但每个将官都有自己的练兵方式，禾晏还想见识下肖珏的手段，权当偷师，眼下看来，暂时没这个可能。

"我是你们的总教头沈瀚，"沈教头声如洪钟，演武场四面环山，听他说话，声音往耳朵中钻，震得人头皮发麻，"从今以后，由我来带你们。"他一抖军籍册，"现在点兵！"

点兵要快，今日是第一次，等再过些日子，分成伍、佰、旅、师，便能由任出的伍长、佰长、旅长、千夫长来点兵，省去许多时间。

这一帮人都是招来的散兵，从未受过训练，听得人点兵便是个把时辰，只能干干立在演武场，只觉得浑身上下皆不舒服，不时地动动身子。小麦偷偷跟自己大哥嘀咕："大哥，阿禾哥动也不动，好像块石头啊。"

石头看向禾晏。

比起他来，禾晏似乎才更应该叫这个名字。禾晏站得笔直，双臂好好地放在身侧，目光明亮地瞧着高台之上，似乎不会疲倦也不会无聊，竟让人产生一种错觉，就算再过几个时辰，他还是能坚持这么站着。

石头想到了和小麦在山里打猎的时候，野兽逮捕野兔时，也是这样藏在草丛中静静潜伏，一动不动，一眼看过去，活像块没有生命的石头。他同小麦打了这么多年猎，他还好，小麦是决计忍不下来的。为何禾晏可以？听洪山说禾晏是家道中落走投无路才投的军，看他的模样似乎从前家境也不错，这样的人，为何会像野兽拥有长久的耐心和毅力？

毕竟禾晏并不需要捕猎。

他的疑惑并没有得到解答，点兵点完了。

沈教头合上军籍册，道："从今日起，百人为一队，一队一教头。在这里练兵布阵，演武冲锋！今日要教你们的，是军令！"说到此处，沈瀚脸上露出一个微笑，不知为何，这笑容落在众人眼中，只觉得心中一寒。

果然，只听沈瀚喝道："呼名不应，点时不到，违期不至，此谓慢军，犯者笞之！今日你们迟到一刻，本该军法处置，盖因初犯，网开一面。"

众人被他一番话说得心头七上八下，这会儿刚落下来，就听见那铁面教头毫无感情的声音响起："人人负沙袋绕军营跑圈，十圈！一圈也不能少，各队教头守着你们，谁敢怠懒，军法处置！"

在场众人皆倒吸一口凉气。

白月山下演武场便是军营，一圈少说一里多，十圈便是十多里。还要背着沙袋，早上起来的时候不觉得热，这会儿一番点兵下来，日头正高，热辣辣地悬在人头顶，光是站着已经汗流不止。

要顶着日头跑圈哪，周围顿时一片哀号。

小麦道："阿禾哥，沈教头说的话跟你说的基本一模一样欸，你怎么知道他会这么说？"

怎么知道？自然是因为当年她入兵营的时候，也是同样的状况。就如杀威棍一般，先给新兵一个下马威，让他们知道投军不是来享福的。就算不是这个，沈瀚也会寻个别的什么理由罚他们。

"多背背军令，"禾晏拍了拍少年的肩，"对你有好处。"

小麦似懂非懂地点头。

果然按照沈瀚所说，这么多兵，分成百人一队。众人去领沙袋，禾晏起先还以为沙袋就如当时同禾云生上山砍柴戴的那个一样，手掌大小，绑在腿上就行。可到了这头，眼皮子跳了跳。

那沙袋如一个包袱大小，并非绑在腿上，而是背在身上的。提起来沉甸甸的，绝非沙包可以比较。

"奶奶的，背着这玩意儿跑十圈，太过分了吧！"洪山嚷嚷道。

小麦偷偷去看禾晏的脸色，禾晏自始至终都很平静的脸，在拎起沙袋的时候，也终于有了裂缝。小麦暗暗松了口气，看来阿禾哥也是个普通人，并非无所不能。

禾晏无言以对。

当年她训新兵时，为了增强这些新兵的体力，负重跑是必要的，但都是循序渐进，大多时候便是用她之前在禾家做的沙包。一点点增加重量。

她从前不知道肖珏的练兵方法，现在总算是知道了，一上来就这么凶猛，肖珏长了一张漂亮的脸蛋，没想到心这么狠，她还是低估了肖珏的无情。

是个狠人。

"阿禾，你……"洪山正想问他要不要帮忙，就见禾晏一把扛起沙袋，干脆利落地绑在身上。

他身材瘦小得过分，在满是男子的兵营里，就如一个还没长成的少年，沙袋又大又沉，压在他的背上，好像把这少年压得更矮了一些。看起来颤巍巍的，十分可怜。

连石头这么寡言的人都看不下去了，对禾晏道："你还行吗？"

"还行。"禾晏对他露出一个笑容。

几人见他笑嘻嘻的样子，稍微放下心来，想着到底是年轻气盛的儿郎，虽是看着瘦弱了些，力气还是有的。

禾晏在心里把肖珏骂了一万遍。

这样的承重，过去自然没有问题。可禾大小姐身材娇弱，即使她再怎么努力，一朝一夕也不能把禾大小姐变成大力士。

所以，真的很沉。

百人为一队，依次出发。

浩浩荡荡的队伍在山脚下绕着兵营跑，当是一件很壮观的事。虽然大伙儿嘴上抱怨吆喝着，倒也没有耽误事。负责禾晏他们这一队的教头姓梁，叫梁平，同沈总教头如出一辙地凶狠无情。只听他道："速速列队，出发！"

一声令下，大家便跟着队伍一道开始负重长跑。

禾晏只觉得背上像是扛了块石头，她成为禾大小姐以来，日日陪着禾云生上山砍柴，但也只能让羸弱的身体变得康健，或者是比起同龄的姑娘们更结实一些。肖珏这样铁血的练兵方法，实在是有些吃不消。

过去的禾晏是可以，现在的禾晏，很难。

周围不断有人超过禾晏。来投军的大多是身材健硕、高大威武之人，便是不那么高大的，也多是贫苦人家出身，做惯了重活。虽然背着沙袋跑圈很累，但也还好。如禾晏这般孱弱的实在很少，鲜有的几个都死在了来凉州的路上，可以说，白月山下，凉州卫所，就身体资质而言，禾晏是最柔弱的一个。

石头和小麦两兄弟跑得很快，他们在山上打猎，经常要追赶猎物，习以为常，因此还算轻松。洪山年纪稍大些，跑了一圈就有些气喘吁吁，抹了把额上的汗，道："唉，真不是人干的事儿。"

他没听到禾晏的回答，回头一看，禾晏已经落后他十多步了，他便稍微放慢脚步，等到禾晏上前后问："阿禾，你还能挺住不？我看你有点难受。"

禾晏脸色苍白，豆大的汗珠顺着额发滚落到下巴，又没入衣衫中去。背个沙袋，活像京城码头上那些被父母卖给帮主做苦力的孩子，看着叫人不忍。

"我没事，山哥你不用管我，你先跑，我跑不快，就让我在后面慢慢跑。"禾晏笑道，"你早点跑完可以去棚里休息，别等我了。"

"你要么跟教头说一声，"洪山迟疑地开口，见周围没人注意他俩，凑近低声道，"要么偷偷少跑几圈，反正没人看到。"

"我心里有数。"禾晏失笑，"山哥你先走吧，咱们等下会合。"

洪山再三确认禾晏不需要帮忙，才背着沙袋跑了。禾晏叹了口气，露出一个无奈的笑容。

同教头说自己不行？怎么可能，进了军营，不行也得行。偷偷少跑两圈？怎么可能，现在看着周围是没有注意的人，可这些教头精得很，路边还有隐藏的监员，真要偷偷少跑几圈，那是犯了军纪，要拖出去挨棍的。这玩意儿她做将军的时候就知道，如今成了小兵，没得自个儿往里钻的道理。

只是……她抹了把滚到眼皮上的汗水，看向悬在脑袋上那轮金色的太阳。

真是好热啊！

卫所里，有人走了出来。

程鲤素拿折扇扇了扇风，看向远处被云雾遮盖的山峰，欢欢喜喜地开口："这里的风景也太好了，比京城美一万倍！舅舅真是好眼光！"

肖珏跟在他身后，一身乌金长袍，腰间斜佩一把长剑，目似星辰，唇若点朱，资质风流，仪容秀丽，仿佛偶然路过的贵族子弟，给这苦寒之地也增加了一份亮色。

"他们在跑步，啧啧啧，"程鲤素摇了摇头，"若是要我去做这件事，我定然撑不到一刻钟。"

"那你就回去。"回答他的是冷冰冰的嘲讽。

"啊你说什么，风好大，我听不见……舅舅，你看谁来了？"程鲤素生硬地岔开话头。

来人是沈瀚沈教头，他在二人面前停步，对肖珏行了个礼，道："都督。"

"新兵如何？"肖珏问。

"看样子还不错，偶有几个不行的，可能练着练着就好了。"沈瀚回答。

"那个人是怎么回事？"程鲤素指了指远处，"好像都要跑跪下了。"

但见长道之上，有个身材矮小的少年郎正在跑步，跑得很慢。他和前面的队伍已经拉开了距离，事实上，他背上的沙袋看起来都比他本人重。

"那是梁平手下的兵，跑第四圈了。"

"第四圈？"肖珏挑眉。

其余人都已经开始跑第七圈了，这人才刚开始跑第四圈，落下这么多，他淡淡道："资质太差。"

程鲤素和沈瀚对视一眼，都没说话，被肖珏盖章"资质太差"，那就是真的很差，上不了战场的那种。

"资质太差也没什么，"程鲤素想到了什么，眉开眼笑，"做个伙头兵也不错，万一他手艺好呢。"

被寄予希望"手艺好"的禾晏本人，此刻已经跑得不知道自己该说什么话了。身上的沙袋实在很沉，可又不得不继续。因她清楚地明白，如今的体力训练只是开始，过段时间，还会逐渐增加技能训练，譬如弓弩刀箭一类。

可如果连体力训练都无法承受的话，是没有资格继续技能训练的，会直接被扔去做伙头兵。

她可不想做伙头兵。

凉棚附近，洪山跑完最后一圈，终于找到正在棚里歇息的小麦和石头，过去挨着他们坐下。

小麦四下里看了看，问："阿禾哥呢？还没出来吗？"

"不知道，没看见他，"洪山也有些担忧，"这小子不会跑不动出不来了吧？"

"你没告诉阿禾哥偷偷少跑两圈吗？"小麦低声道，"反正又没有人看见。"

"我早就跟他说了！这小子是头倔驴，不听我的，我有什么办法。"洪山两手一摊。

两人正说着，石头突然开口："来了。"

几人顺着他的目光一看，见林间长道尽头，慢慢跑来一名少年。他身上背着的沙袋相比他的身材大得过分，头发已经湿成一绺一绺的，汗珠顺着额上慢慢滴落到下巴，没入脚下的泥土里。他跑过凉棚附近，并没有朝这边看一眼，而是继续往前，开始新的一圈。

"他还要跑啊……"小麦喃喃道。

禾晏没有停下来。

第六圈，第七圈……

等禾晏跑完最后一圈的时候，整个人都像是从水里捞出来似的。

小麦小跑过去，把手中的水壶递给他："阿禾哥，你快喝点。"

禾晏仰头把水灌了下去。

喝水的工夫，梁教头从旁走过，上下看了他两眼，摇了摇头走了。

"你怎么跑完了？"洪山道，"真是死脑筋，我看旁边也有人少跑的，人家比你聪明！"

禾晏已经累得不想说话，只道："我可不想做伙头兵。"

"做伙头兵怎么了，你可别小看伙头兵，人家说不准活得比咱们都长。"洪山不以为然。

"我也觉得，"小麦一脸憧憬，"如果做伙头兵的话，就能给大伙儿做饭，多做好吃的！"

禾晏："……你想做饭该去做厨子，不是来投军。"

小麦委委屈屈地看向石头："大哥要我来的。"

这都是什么人啊，禾晏在心中仰天长叹。

她实在累得要命，两条腿都有些发软。洪山和小麦一人一边扶着禾晏往前走，一边感叹："这才第一天，你能坚持得了多久？"

能坚持多久就坚持多久，禾晏心道。

这一日，就在疲累中度过了。沈总教头冷面无情，晌午那几个少跑圈偷懒的小兵都被揪了出来，当着所有人的面挨了军棍，叫得比鸡都惨，这就算杀鸡儆猴，至少在下午做训练的时候，没人敢再偷懒躲清闲。

果如禾晏所想，前半月都是做体力训练，无非就是负重跑步、在日头下站着、列队一类的事。半月后才开始做技能训练，等技能训练到一定时间，便要开始分营。

禾晏当初是在前锋营，如今她仍然想进前锋营。但问题在于，以肖珏的这种训练方式，不到前锋营她就会出局。毕竟如今体力是她的弱点。她一边喝着碗里的粥一边想。

粥是稠米粥，里头放了野菜、野果、豆子之类。早上半斗米，晚饭三分之一斗小米，间或有些面疙瘩。好的话也会有汤、饼、肉之类的。

不过才刚开始，只有粥。

本是寡淡滋味，但因为今天实在太累，早已觉得饥肠辘辘。吃饭的地方几乎没有人说话，都在埋头苦吃。

"要有酒就好了。"洪山砸了咂嘴，"我现在总算是明白了，为什么不到走投无路别来投军，这哪是人干的事？"

"我想打猎了，"小麦苦兮兮地冲着石头撇嘴，"大哥，我想吃烤兔子。"

石头："……等几天。"

禾晏看得好笑，等几天，就算再等一个月，也没有打猎的机会。进了军营想跑，那就是逃兵，逃兵是要被斩杀的。

吃过晚饭，大家纷纷去洗澡。洪山迟疑了一下，问："阿禾，你真不去？"

这晒了一天，流了一身汗，全身上下都是汗味，黏糊糊的，河里早就跟下饺子一样挤满了人。洪山道："你别怕，我拉着你，保管掉不下去。"

禾晏面露难色："算了山哥，等夜深了，我到河边打几桶水，在浅滩上冲冲就行。"

"那好吧。"洪山也不勉强，"你自己先休息。"

洪山几人走掉，禾晏这才松了口气。

入军营大约就是这点实在不方便，做小兵的在卫所没有单独的房间，在野外也没有单独的帐子，沐浴便成了大问题。她曾经也因此过了一段束手束脚的生活，每晚睡觉都随时提防着不要露馅，可后来渐渐升了官，做了副将，做了主将，有了自己单独的帐子、房间，这些便不成问题。

没想到重来一次，又要走自己的老路。

禾晏在床上躺着先休息了一会儿，等到去河边洗澡的人陆陆续续回来，大家都歇下了，旁边开始响起洪山的鼾声，禾晏才醒来。她看了眼窗外的月亮，估摸着已经到了子时，这才从床上爬起，越过小麦，卷起干净的衣裳，偷偷溜出门。

凉州卫所外，野地空旷，一轮明月皎皎。许是边关，月色同京城的又是不同。禾晏蹑手蹑脚地跑到了河边。

绕着卫所的这条河就在白月山下，名字亦很有意思，叫五鹿河。传言有一日，住在河边的渔夫深夜乘舟归来，见有一淡妆素服仙子骑五色鹿至此，遂得此名字。

河边有不少巨石，禾晏寻了块石头，将干净衣裳放在石头后，省得被水打湿，这才脱下外裳，往里走去。

如今她并不敢多靠近水，若非情非得已，她也不愿意来河边。因此便是下水，也只敢在浅水处。

河水冰凉，炎炎夏季正是舒服，河风亦是清爽，禾晏抹了把脸，只觉得晌午背着沙袋跋涉的疲倦被一扫而光，身体的每个地方都感到舒服和熨帖。这里明月冷如霜雪，照在无边旷野，宽阔河流，自有壮观与雅丽。

"白月山，五鹿河……"禾晏嘀咕，名字风雅至极，也确实如此。她看着那轮银白的月亮，心想着，就差一个淡妆素服的美人仙子了，如果此刻有渔人路过此地，说不准她就是那个传言中的"美人仙子"。

她想着想着，似觉好笑，便兀自笑出声来。

"谁？"寂静里响起一个声音，陌生又熟悉。

禾晏差点一口河水吞进肚里。

不是吧？都这个时间了，还有人来？

那人的脚步声先是顿了顿，随即便朝着禾晏的方向前来。禾晏先是一蒙，随即赶紧藏到面前一块巨石后，因她本就处在浅水，与河边距离不远，因此，也就将来人看得一清二楚。

是个年轻男子，穿着蓝暗花纱缀绣仙鹤深衣，衣裳上的仙鹤刺绣仿佛要乘风归去，他亦生得很出色，隽爽有风姿，眉眼俊美如画。腰间佩着的那把长剑在月色下，仿佛冰雪，将他神情衬得更冰冷了些。

这个秀丽姿容的青年，正是右军都督肖珏。

禾晏看清楚了那人长相，心中哀号一声，真是冤家路窄。

"喂，你、你不要再往前了。"禾晏生怕这人走到跟前，连忙从石头后伸出个脑袋，"我光着身子！你干吗？"

对方的脚步果然顿住了。

"你是什么人？在这里做什么？"肖珏盯着禾晏，冷冷地开口问。

"我是卫所的新兵,来这里洗澡。"禾晏答道。

肖珏闻言,眼中掠过一丝嘲讽,摆明了不信,反问:"这个时间来洗澡?"

"晚上的时候人太多,我在房里睡着了。"禾晏看着他,"我又不是这里的大人,有自己的房间,可以在房间里沐浴。要是有,谁愿意大晚上的跑河里洗澡,我还嫌冷呢!"

这个"大人",禾晏指的就是肖珏本人,希望肖珏能听懂她的讽刺。

可惜的是,肖珏并未因为禾晏的话显出惭愧的神色,只是平静地看着他。

禾晏把身子往河里沉了沉,问:"你又是谁?"

嗯,就装作一个不谙世事的新兵吧,这样显得更有说服力。

肖珏没回答禾晏的话,反而道:"嫌冷,就别来投军。"

是在反驳她刚才的说法?禾晏看了看巨石后面自己的衣服,如果肖珏一直不走的话,她就得一直在水里泡着,但泡久了必然引来肖珏怀疑。

"我来投军是有目的的。"禾晏说。

肖珏看向他,挑眉问道:"什么目的?"

"当然是建功立业,升官发财,做像封云将军那样少年得志的人。然后回家盖房子娶媳妇,娶最貌美贤良的小姐,生最可爱的娃,儿孙满堂,红红火火,日子多好呀。"禾晏露出一个向往的神情。

此话一出,肖珏眼神骤寒,冷声道:"恶俗!"

禾晏在心里乐不可支,她就特意把封云将军这个名号同普天之下寻常男子的愿望丢在一起,故意恶心他,肖珏内心这么高傲的人,一定觉得自己被羞辱了。

"有什么不对?"禾晏一脸认真,"投军当如此,做最幸福的大丈夫。"

似是听不下去他这般狂言浪语,肖珏瞥了他一眼,拂袖而去,看样子不欲与他多说。

禾晏在他身后道:"喂,这位兄台,麻烦帮我把石头后面的衣服丢过来,顺个手,帮帮忙呀!"

肖珏自然不会为自己取衣服的,禾晏等他走远,彻底看不到了,才飞快地洗了洗,跑到石头后换好了衣服。

月色沉默,仿佛没有看到发生的一切,禾晏抱着脏衣服往回走,却想着方才看到肖珏的场景。

这个时间点,肖珏应当也不是来做什么,可能就是随意出来走走,毕竟夜色这么好。

说起来,禾晏同肖珏也有多年未见了。上次在马场遇到他,因怕被他发现端倪,匆忙低头,便也没看清楚肖珏如今的不同。方才倒是难得地看了个分明,似乎比起记忆中的，又有不同。

她知道肖珏当年便生得英姿丽色无双，多少小姑娘巴巴地往前凑，只为他一个眼神停留。可人竟然会是越长越好看的，此人不知道是吃什么长大的，如今风姿比起当年只多不减。如果说当年的肖珏还带一点少年特有的风流佻达，如今的那点风流全然不见，如上好美玉，似匣中宝剑，隐有光华流转。

就是性子，比从前冷漠多了。

禾晏慢慢地走着。

当年她同禾家人大吵一架，之后投军，并不知晓贤昌馆里发生了什么，那时候肖珏还是肖家的小少爷，一切如常。她投军后，过了几年，才从周围人的谈论中知道了肖家二公子的境况。

肖珏的父亲肖仲武乃大魏勇将，最擅长以少胜多，如魏国铁板一块，却在攻打南蛮鸣水一战中身中敌军埋伏，死在对方首领手中。肖将军死后，肖珏接过兵马，继续带兵攻打南蛮。

禾晏投军的时候十五岁，肖珏投军的时候，只比她年长一岁。她不知道具体发生了什么，但也知道，当时肖珏作为一个十六岁的少年，接过父亲手中的兵马这件事，势必不简单。且不说皇室如何，光是肖家的政敌也不会放过这个落井下石的机会。

如果肖珏败了，整个肖家也就败了，作为武将世家的肖家，单凭一个文官奉议大夫的肖大公子，是决计撑不下去的。

所幸的是上天眷顾，肖珏不仅赢了，还赢得漂亮，将南蛮打得落花流水，带着对方将领的人头回了京城。至此，便奠定了他"少年杀将，玉面都督"的名头。

战争是最快磨砺一个人心性的办法，所有的棱角、锋芒在生死面前都要收起。或许肖珏从前还保留着京城勋贵子弟的矫矫轻狂，如今的他，这些全然都看不到了。

一个更出色、更冷漠、更深不可测、更难以对付的肖珏。

禾晏走到了房门前，屋子里众人睡得很香，谁也没有发现她。她将衣裳放到床脚，躺上去，闭上双眼，内心一片宁静。

好在，这些年，也不只是肖珏一个人在成长，她也同肖珏一样。

并不差多少。

第二日，依旧雷打不动地卯时起，负重长跑。

新兵们苦不堪言，因着在昨日之上，如今还得查些别的。新兵们全都统一穿着赤色劲装，早晨起来点兵时，不可仪容不整。包括夜里睡乱的床铺，第二日早上出发前还得铺叠整齐，若是有凌乱不堪的，多加一圈。

一圈一圈加上去，谁受得了。一片哭爹喊娘声中，新兵的仪容军纪便迅速整顿好了。不过半月余，一支新兵，虽说还不会刀箭布阵，不过光是仪队军容，已经像模像样了。

禾晏看着也在心头感叹，别说，肖珏虽然心黑了些，手段倒还挺厉害，看来她还得多和肖珏学习学习。

新兵们一圈一圈地跑，教头们趁着空隙在一起说话。

总教头沈瀚看向梁平，问："怎么不见你们队里那个……哎，就那个最弱的小子？"

这些日子下来，众人都晓得这次来凉州卫里的新兵，有个最弱的小子，是梁教头手下的。身材瘦小，体力奇差，每每晨跑之时，要落于人后一大半距离。一天两天还好，三天以上，几乎所有人都晓得有这么个人。

可以说，是弱得出了名。

"是说禾晏？"梁平朝远处的山道努了努嘴，道，"在前头，喏，跟着中间人跑的那个就是。"

沈瀚看过去，但见长道上，少年背着沙袋正往前奔跑。虽然大伙儿都着统一的赤色劲装，不过因为这少年异常瘦弱矮小，还是能一眼看出来。

沈瀚有些意外："竟然没被落下？"

"哪能呢。"梁平的脸上显出一点复杂的情绪，"这小子心志硬得很。"

说起来，梁平一开始也不看好禾晏。说实话，他做教头这么多年，见过的新兵不少，能不能做一员猛兵，光是看一看就能判断。禾晏的身体资质，实在太差。可能从小就是养尊处优长大的，一看就没什么力气。第一日晨跑就跑得气喘吁吁，当时梁平就在心里下了决断：只能做个伙头兵。

没想到，这小子身体差，性子却很强。即便每日都在拖尾巴，还是跟着队伍一起跑。梁平也注意到，从第一日到现在，他从来没有试图偷过懒，就这么认认真真地跑。

若是家道中落的富家公子来做小兵，能有此意志并且坚持，已经很了不起。更何况，禾晏并不是在做无用功。

他好像掌握了某种诀窍，又或者是渐渐地适应了这种负重长跑，从一开始落于众人多圈，到渐渐地落得少了些，再到现在能勉强跟得上队伍。梁平甚至有种错觉，若是再这么下去，过些日子，说不准他还能做跑在最前面的那个。

他正想着，听见身边沈瀚的声音传来。

"心志硬又有什么用，资质就是资质，就算勉强能跟得上跑步，日后技能训练对他来说还是太过吃力……也不知他能不能过技能训练。"

在技能训练之前，最后一次晨跑，是要评价各队新兵们的体质和潜力。有落下太多的，连技能训练的可能都没有，人力有限，不可能分出那么多兵力投入在不值得的人身上。

战争从来都是残酷的。

"我觉得他可以。"梁平道。

沈瀚看向他，身边的其他教头也看向他，有人道："梁教头，你确定？可别看走眼了。你要知道，这么多年了，这种羸弱的人……都活不到战场上。"

话虽如此……梁平笑道："你们也知，精神经百炼，锋锐坚不挫。这种事，谁能说得准？"

他看向禾晏。那少年额上满是汗珠，夏日炎炎，同他一同奔跑的同伴咬牙切齿，多是不耐厌烦之色，唯有他，笑意盈盈，不见半分怨言。

这份心志，实在是很难得。

禾晏并不知道自己成了诸位教头谈论的中心，她跑完最后一圈，将沙袋放好，迎面被洪山捶了一拳肩膀。

"嘿，好小子，真有你的。"洪山摸着下巴打量他，"现在都能跟上我们了，这下你高兴了，不必去做伙头兵了？"

禾晏大笑："那可真是太好不过。"

见他比起前几天跑完一副虚脱的模样，现在已经好了许多，洪山也替他高兴。这时候小麦远远地对他们挥手："阿禾哥、山哥，你们快点，今日有肉馍！"

来这里这么久，总算来了顿肉。禾晏闻言，顿觉口舌生津，洪山也舔了舔嘴唇，道："总算是吃了顿好的，走，咱们快去！"

铁锅里有稀粥，每人一碗，旁边的大木桶里便是热气腾腾的肉馍，老远就闻到了香味。负责分发的兵头站在木桶前，每人可领一个。

禾晏也领到一个。

她捧着粥碗，这四处都没有位置，便想着找个阴凉的地方坐下来喝粥吃东西。远远地看见小麦这小机灵鬼在树下对她招手，看来是寻了个好位置纳凉。

禾晏便打算走。

她才走到一半，忽然间，有人从她身边经过，重重地碰了她的肩膀，将她碰得一个踉跄，手中的半碗粥便洒了出来。

她的肉馍也没拿稳，一下子滚落，禾晏正要伸手去接，横空伸出一只手，将肉馍给抢了过去。

她站定，面前站着一个留小胡子的高大男人，左额至脸颊有一道陈年刀疤，一看便知生得孔武有力，匪气纵横。他拿到了肉馍，仿佛理所当然似的，看也不看禾晏，继续往前走。

一只脚横在男子跟前。

男子顿了顿，看向眼前人。

"这位兄台，你好像拿错了东西。"少年收回脚，脸上还挂着客气的微笑，道，"你手里的那个馍，是我的。"

刀疤脸古怪地看了少年一眼，片刻后，突然笑出声来，仿佛听到了什么好笑的笑话，他开口，声音嘶哑难听："你知不知道自己在说什么？"

"我说，"少年神情平静，"你手里的那个馍，是我的。"

话音未落，那人便笑起来，笑得阴森森的，他道："小子，别找事。"

"我只是想拿回我的东西。"

对方看向他，少年生得十分孱弱，军里统一的赤色劲装穿在他身上，都显得宽大，他的身量也比寻常男孩子矮小，站在这里，像个没长成的孩子。一个孩子冲他叫嚣，就像不知天高地厚的狗崽对着狼狂吠，除了可笑，没有别的。

"你的东西？"刀疤脸不屑地抓起那个肉馍，还没等禾晏反应，就飞快地扔进嘴里。本就不怎么大的肉馍，被他三两口吞吃进肚，吃完了，他挑衅地看向禾晏，怪笑道："你的，谁能做证？你奈我何？"

吃的东西已经进了肚子，禾晏也不能去把他的肚子剖开把里面的肉馍抢回来。对方说完这句话，十分愉悦地欣赏了禾晏无可奈何的模样后，才端着他的粥碗不紧不慢地往前走去。

"我奈你何？"禾晏自言自语道，须臾，她露出一丝笑容，转过身，三两步走向方才的刀疤脸，对方正俯首去喝碗里的粥，禾晏一脚踢过去，正对他的膝盖弯，那人双腿一软，险些跪下，踉跄几步站定身子。可手上的粥却尽数泼洒在地，一点也没留下。他见此情景，怒不可遏地转过头，切齿道："你！"

"我？"禾晏笑道，"我做的，谁能做证？你奈我何？"

少年的眼中尽是狡黠，还带着一丝隐晦的挑衅，令人肝火大动。刀疤脸扬起拳头就要上前。

"喂，你想干吗？"

正在这时，斜刺里冲出一个声音，是洪山走了过来，还有石头。小麦在那头看到禾晏同这刀疤脸交谈久久不动，猜到可能出事了，便将自家大哥和洪山支过来。

洪山和石头可不如禾晏看起来好欺负，二人看上去都身强体壮，那刀疤脸倒也没有冲动，只冷哼了一声，瞪了一眼禾晏，道："你给我等着！"转身走了。

语气凶狠，满满威胁之意。

"你怎么了？"洪山问，"发生什么事了？"

"他抢我肉馍，我倒他菜粥，很公平。"禾晏尽量说得简单。洪山一听就明白了，看了看禾晏，"唉"了一声，叹道："你和他置什么气，你刚才该忍一忍。"

"我为何要忍？"禾晏问。

她过去从军时，也时常遇到这种事。兵营里常有以大欺小、恃强凌弱之事发生。她当年在兵营时，被抢食物是家常便饭。若不是同帐的兄弟看她可怜，将自己的食物匀给她一份，说不定早就饿死了。

兵营里的教头能阻止明面上的冲突，这种暗中的抢夺却不可能阻止。况且她那时候太弱了，弱到连教头都懒得理她，更不会为她伸张正义。直到后来她变强，没人敢抢她的食物。再后来，她做了主将，更是下令自己手下的新兵，决不可做这种夺人食物、欺凌弱小之事，一旦发现，军法处罚。

谁知道重来一回，竟又遇到这种事。可这一次，她不再是那个初入军营，战战兢兢，受了委屈不敢说的可怜新兵。就算刚才洪山和石头不出现，她想教训这个刀疤脸，也绰绰有余。

"那人叫王霸，"洪山道，"原本是个山匪，不知道最后怎么来投了军。梁教头手下他最凶，我也是听人说的，这种人杀人如麻，今日你惹了他，他怀恨在心，日后必然给你下绊子。我和石头兄弟不可能日日跟在你身边，万一被他钻了空子……你的日子会很难。"

"总不能他抢了我的东西，我就这么认了。山哥，你要相信，他抢了第一次就会有第二次，日日来抢一回，我还活不活了？"禾晏道，"世上没有这么不公平的事。"

"世上之事本就不是公平的。"说话的是一向寡言的石头，他看着禾晏，轻轻摇了摇头，似乎也不赞同他刚才的做法，"你太冲动了。"

"没有公平就自己去争取，如果因为太弱而争取不到公平就努力变强。"禾晏微微一笑，"在这里拳头才是道理的话，那就让他来找我，我保证……让他知道什么叫公平。"

少年话说得轻松，神情亦是平静，清亮的瞳仁里，似乎还有浅淡笑意。自信得不像是莽撞。

石头和洪山没再说什么了。二人陪着禾晏到了树下，小麦知道禾晏的肉馍被抢了，很是可惜了一阵，最后笨拙地宽慰道："没事的，阿禾哥，再过些日子我们能上山了，我做几个弹弓打鸟，或者弄几个陷阱逮兔子，咱们到时候吃野味，比那肉馍里的肉末好吃多了！"

禾晏失笑，欣然应下，待喝完碗里的粥，双手枕于脑后，靠在树干上假寐。

太阳懒懒地照下来，树下难得有片刻的清凉。她闭上眼睛，心里百转千回。

一个肉馍虽然有点可惜，却也不至于一直放在心上斤斤计较。真正行军打仗的时候，有时军饷跟不上，被迫守城，别说肉馍，还要啃树皮草根，最艰苦的时候，她还吃过观音土，吃得肚子胀得难受，拼死也要把城守下来。

相较而言，这已经很幸福了。

只是……风吹过她的面颊，禾晏勾起嘴角，如果她猜得没错，至多五日，五日过后，应当就要开始技能训练。一些人会被分去做伙头兵，以她现在的体力，大概能有资格参与技能训练，但是，如何能在最短的时间里表现自己的价值，证明自己能去前锋营呢？

这是个问题。

禾晏猜得不错，三日后，背着沙袋长跑之时，梁教头在前面喝道："明日起，绕军营跑改成五圈。其余时间做兵器操练！所以今日，都给我好好跑！跑不好，中午没饭吃！"

大伙儿一听，顿时兴高采烈。比起炎炎夏日下背着袋沙子不歇地跑，兵器操练听起来要轻松许多，也更像是新兵该做的事。能结束这个炼狱，进入新的阶段，或许正是说明，他们已经成为一名像样的大魏兵士。

禾晏却明白梁教头话里的言外之意，今日是最后一次"检验"，跑得不好的、明显体力跟不上的，就再也没有资格做后面的兵器操练了。

禾晏弯腰去背沙袋，这时候，有人从她身后经过，突然重重地撞了她一下，她站直身子看去，竟是前几日抢她肉馍的刀疤脸王霸。王霸看着他，露出一个阴险的笑容："小子，今天一过，你就去做伙头兵了，你的好日子也到头了。"

禾晏耸了耸肩："不明白。"

"你那两个兄弟不会一直跟着你，一个伙头兵……"他压低声音，眼中闪过一丝暴虐，"我弄死也不会有人知道！"

"那你就来试试。"禾晏将沙袋往背上一甩，对他露出一个笑容，道，"顺便告诉你，我绝对不会做伙头兵。"说完，也不管王霸是什么表情，转身上了长道。

小麦惴惴地跟在他身边，问道："阿禾哥，刚才他没为难你吧？"

"哪能？"禾晏笑盈盈回答，"我们就是闲聊了几句。"

"这样。"小麦又笑起来，"阿禾哥，你好厉害，你现在跟着我们跑都不喘了，还跑得这么快！"

小麦和石头自小在山里长大，猎户经常要出门打猎，一出门就是一整天，体力好，跑得本来就快。而禾晏刚开始的羸弱勉强众人都看在眼里，如今，他一天比一天精神，一天比一天轻松，让人怀疑他私下里是不是吃了什么灵丹妙药。

"是吗？"禾晏一本正经地点头，"我果然很有潜力。"

另一头，围在树林长道边观察情况的教头们聚在一起。

大半个月的每日长跑，除了训练新兵的体力，也是为了判断新兵的资质。每日他们都会记录在册，今日也是最后一次记录。今日过后，长跑不会再成为判断资质的手段，而会变成一项普通的训练。能进行兵器操练，代表着此人已经具备成为大魏新兵的资格，不会出于身体原因，还没有开始就死在战争之前。

军营里强弱对比更为鲜明。资质好的一开始就会显得亮眼，资质差的一开始也会非常碍眼。这是个很不公平的事，毕竟天生的谁也没办法改变。

不过，其中出了一个意外。

"老梁，"有人拍了拍梁教头的肩，"你们队里那个叫禾晏的小子，可真是个人才哪。"

禾晏就是那个意外。

他的资质很差，一开始就得到了教头们统一的评价。就算去做伙头兵大家都怕他被火熏出毛病，可一日比一日轻盈，如今却已经能稳稳地跟上队伍，甚至处在队伍靠前的位置了。

这是个奇迹。

"绳锯木断，水滴石穿。"梁教头很得意，"我早就说过了，我梁平不会看走眼的。这小子这份心志难得，做什么都不会差。"

"你可别说大话了，"给他泼冷水的叫杜茂，亦是教头之一，他不以为然地开口，"你也知资质就是资质，他之所以能跟得上队伍，凭的是什么？凭的是努力！"

这倒是事实，众人看向跟在队伍中飞奔的少年，他年纪正好，形容乐观，看着倒是很讨喜。他奔跑的时候很少和周围人说话，看起来像是非常认真地在做这件事。

"他十分努力才能做到的这件事，旁人不需要努力，也许用一分就能做到。"杜茂道，"如今只是背着沙袋长跑而已，日后的兵器操练、布阵演习只会越来越复杂，他也要投入比旁人多的努力才行。这样，他永远不会拔尖，只能做一个普通的士兵。"

"我劝你，还是多投入精力在你队里资质好的新兵身上，别过分注意那小子，"杜茂摇头，"没什么意义。"

"我说不过你，懒得跟你说。"梁平被他一番话说得不怎么高兴，拿着长枪走了。

可是走着，他内心也犯起了嘀咕，他们这些做教头的带了不少兵，最后能在战场上活下来的，或是建功立业的，往往是那些一开始就表现惊艳、有过人之处的人。

那少年只有努力……可努力，真的就有用吗？

禾晏一口气跑完今天的份，领了饭食，吃完了，等到下午的时候，梁教头忽然前来，点了十来个兵，跟着他走了。

"唉，那些好像就是去做伙头兵的。"小麦道，"可是伙头兵用得了那么多人吗？"

禾晏笑着摇头："只是一个称呼，并不都是做饭的，也有做其他的。总之，不必直接上前线同人打仗。"

"那挺好的，"洪山伸了个懒腰，"不必以命搏命，活着不好吗？"

"不过阿禾哥这回可高兴了，"小麦促狭道，"可算不用去当伙头兵了！"

禾晏不愿意当伙头兵，这是大家都知道的事，她也没有反驳，只是笑道："可喜可贺。"

"是不是马上就能给你表现的机会了？"洪山斜睨着禾晏，揶揄地开口，"接下来的兵器操练，你能大展身手了吧。"

"嗯，也不是。"禾晏想了想，才回答。

刀箭马术她都可以，长枪步围也不难，跑了这么久，爬山冲锋不在话下，唯一的难处，大概就是弓弩了。

弓弩需要极大的手劲，非身强体壮者难以拉开，以现在禾大小姐的体质，可能有点勉强。

不过，肖珏练兵，应该也不会上来就练弓弩吧？她想。

——她想错了。

第二日起来，果真如梁教头所说，他们跑圈的路程少了一半，完成得也很早，甚至还不到吃饭的时候。

接着，所有的新兵都被拉到了演武场。

演武场的确是个练兵的好场所。此刻正值烈日当空的正午时分，一丝风也无，高台上的旗帜紧贴旗杆，像被晒得蔫头耷脑的新兵们。

"从今日起，你们就要开始兵器操练。"沈总教头将他那杆长枪往地上重重一戳，众人皆是一震，打起精神看他。

"看到那片空地了没有？"沈瀚长枪指向北面。

但见兵器架附近的空地，一排排架着十来张弓弩，气势汹汹地盯着他们，弓弩正前方百步外齐刷刷地立着箭靶，整整齐齐。

"今日起，你们就开始学练弓弩！"沈总教头一声令下，接下来的日子又给安排得满满当当。

众人一时间也不知道该哭还是该笑。

"哇！射箭我最喜欢了！"最高兴的大概是小麦，"哥，这回轮到咱们威风一回了！"

禾晏问石头："你们打猎的弓没有这么重吧？"

石头看了那弓弩一会儿，摇头道："没有，比这个轻，也不是用牛角做的，是我自己削的竹子。"

"大同小异。"小麦一脸乐呵，突然想到了什么，问禾晏："阿禾哥，我们能不能借这个弓上山猎兔子去？"

禾晏："……好好训练，别做梦。"

仍旧是分成一队一队，各队由教头领着去练弓弩。教头先演示一遍，拉弓放箭，箭羽"嗖"的一下飞进箭靶正中，牢固得很。

新兵们一阵欢呼，教头面有得色。

禾晏也忍不住在心中赞了一声，梁平并不是个假把式，是有真本事的。这样的人在战场中，也是一把好手。

兵营里的小兵们都很兴奋，跃跃欲试，纷纷上来试弓。有些天生巨力的，将弓拉得很满，虽然射得不准，但却射得远。有些从前就已经摸过弓箭，姿势就要娴熟一些。更多的新兵空有力气没有准头，射得歪七扭八，箭还没到箭靶就半空折落，掉了一地。

洪山也上去试了，他生得壮实，弓拉得不错，就是准头不行，堪堪到了箭靶边缘便掉了下去。他自己倒不觉得有什么，还很满意似的，点头道："不错，不错。"

石头和小麦兄弟也紧随其后。石头手要稳一些，力气也更大，那一支羽箭，从他手里"嗖"的一声飞了出去，没入箭靶，虽然不是正中，却也算是中间了。

梁教头意外地看了他一眼，问："你叫什么名字？以前可摸过弓箭？"

"我叫钟石头，以前是猎户。"石头沉声道。

"难怪。"梁平满意地点头。队里出了个好苗子，他自然高兴。

小麦凑上去："我叫钟小麦，我是他弟弟，我也是猎户！"

"哦？"梁教头有些期待了，道，"你来试试？"

小麦也学着石头的模样拉起弓，不过这一回，他并没有自家大哥让人刮目相看的本事，那支羽箭射得偏了，连箭靶都没挨上。

梁平："……"

小麦摸着鼻子悻悻地退了回来。

禾晏有些好笑，正当她想着自己要不要试一试的时候，有人比她快一步，走了出来。

"嚯，"洪山在禾晏身边低声道，"是他。"

竟是王霸。他走上前，把袖子挽到肘间，"呸呸"朝掌心吐了两口唾沫，拿起那把弓。

禾晏瞧着，他手臂绷得很紧，隐约可以看见壮实的蜜色肌肉，并没有如其他新兵一般急于将箭射出去，王霸沉住一口气，对准了靶心。

这个样子……禾晏在心里盘算着，他应当不是第一次拉弓，同石头一样，应是常常摸弓箭的好手。

终于，绷紧的弦发出一声铮鸣，那支羽箭直冲靶心而去，众人只看到眼前白光一闪，接着，前方立着的草靶被那支箭矢带起的力气一扑，"砰"的一下倒地。

箭矢尽数没于靶心，只露出一点箭羽在外头，不仅将草靶射了个对穿，还将靶子给带倒了。

禾晏也不得不在心中感叹，这是颇惊艳的一箭，王霸力气大而稳，准头又好，沉得住气，很难得。梁教头看向王霸的目光已有了异样。这批新兵里，一个钟石头，一个王霸，就弓弩这一行，实在很不错。

王霸收了弓，倒没有立刻走开，而是两步走到禾晏跟前。这个面色阴鸷的刀疤汉子双手抱胸，看向禾晏，脸上带着看好戏的幸灾乐祸，道："换你上了。"

他不说还好，一说，周围好些人的目光都朝禾晏看来。迎着王霸挑衅的目光，禾晏走上前。

弓是上好的牛角弓，摸起来十分光滑，大概从前已经被用过无数次，可见痕迹。禾晏一点一点地抚摸过，过去军中的时光，倏而又出现在眼前。上一次使用弓弩，她还是"飞鸿将军"。

一晃多年，就这么过去了。

梁平看向禾晏，神情有些古怪。

他知道，弓弩和别的东西不一样，需要极大的手劲。以禾晏的体格和之前的表现来看，他不会发挥得很好。但是……他又是一个很努力的新兵，人对可能产生的未知情况都是存在期待的，梁平自己也很矛盾。

"你在这儿摸来摸去的干吗,别耽误别人时间,"王霸冷笑一声,"还不快给我们看看你精湛的射艺?"

禾晏将那把弓拿起来,手指搭在箭矢上。

片刻后,她又将弓箭放下来。

"阿禾哥这是什么意思?"小麦不解地问道。还没有开始拉弓,怎么就放下了,是哪里有不对吗?

"怎么不动了?"王霸不满,"动啊!"

"不必了,"禾晏一脸坦荡,"这弓,我拉不开。"

周围新兵一脸呆滞地看着禾晏,梁教头也不可置信地抬头,险些以为自己耳朵听错了。

什么叫"这弓,我拉不开"?还说得这般理直气壮,理所当然?他带过这么多兵,这是他带过最差的一个!

真是气死他了!

"你在说什么胡话?"王霸也没料到禾晏这般坦诚,他还以为那一日禾晏做嚣张姿态,手上自然有些绝活,这结果,简直让人无法接受。

"我如今手上力气还不够,拉不开这弓,何必耽误时间,把弓弩让给需要练习的兄弟才是。再过几日,我手上力气够了,就能拉开弓了。"

"禾晏,卫所不是给你玩的地方。"梁教头也沉下脸,他还以为这少年努力又肯吃苦,心志坚定,必然能成事,没想到他把自己的无能说得这样理所当然。

"我没当作玩的地方。"少年眼神清澈,想了想,做出了退让,"那再过一日,明日我就能拉开这把弓,如何?"

梁教头气得鼻子都歪了:"禾晏!"

居然还和他讨价还价!把卫所当菜市了这是?先前负重行跑禾晏令他很是满意,一日比一日进步,可弓弩又不是简单的事,手上的力气也不是一朝一夕就能练成的,他哪里来的自信明日就拉得开了?

梁教头这时候开始后悔当初没有听杜茂的,就不该在禾晏身上投注过多期待,省得气着自己。他这把年纪,气出个好歹可怎么办?

实在不想看到禾晏那张无辜的脸,梁教头对禾晏摆了摆手:"你别拉了,过去,背沙袋行跑,五圈!"

禾晏慢吞吞地"哦"了一声,乖乖地走到一边去,扛起沙袋就上了长道。

他倒是听话,可这一拳打在棉花上的感觉,令梁教头更加憋气了。他撇过头,决定不再看那个令他生气的少年。

禾晏慢慢地跑着,身边不觉多出一个人,竟是王霸。

"小子，你这么弱，还敢来军营？"王霸笑得猖狂，"你连弓都拉不开，还敢大言不惭？"

"这位兄台，"禾晏一边跑一边道，"你成日盯着我，是否真的很怕我？"

"怕你？"王霸一愣。

"你若不是怕我，大可不必整日跟着我，生怕我夺了你风头。"

"谁怕你了？"王霸简直想破口大骂，这什么人啊，刀枪不入，油盐不进，自有一套说法。

"你要知道，军中是禁止私下斗殴的，"禾晏对他做了一个"嘘"的动作，"被抓到会军棍处置，山里到处都有监员，就算你想找我麻烦，现在也不是好时候。"

这倒是真的。

王霸盯着他，皮笑肉不笑道："我要找你麻烦，何必私下里，你连弓都拉不开……演武场上，我就能让你跪下求饶。"

"哦。"禾晏漫不经心地应了一声，"好的，那咱们演武场上见，不见不散。"说完，她像是急着赶路似的，背着沙袋加快脚步，将王霸远远地抛在身后，跑了。

王霸瞧着禾晏轻快的背影，只觉得扎眼至极，骂了一句粗话，转身走开了。

……

这一日的弓弩训练，在日落西山之后，终于结束了。

新兵们飞扑过去找饭吃，急于填饱肚子，教头们则是聚在一处，一边吃单独做的晚饭，一边谈论今日各自队里的逸事。若是有资质不错的新兵，更要好好炫耀一番。

梁平本想夸夸王霸和石头两人，但一想到禾晏又觉心塞，只怕被人提起，干脆沉默着低头吃饭。没想到越怕什么越来什么，杜茂关心地问："老梁，你们队里那个禾晏，今日怎么样了？"

梁平无话可说。

他旁边一个教头笑道："他呀！哈哈，今日还没拉弓就放弃了，说了一句'这弓，我拉不开'，"他学着禾晏的语气，"当时就把老梁气的哟，脸色都青了。"

"连弓都没拉开？"杜茂也很诧异，"这也太离谱了。"

"那小子看着就不像是能在兵营里待得下去的人。你不知道，他还说给他一日时间，明日就能拉开了。我说老梁是从哪里捡的这么个宝贝，我真怀疑他……"说话的教头用手点了点脑袋，"这里有问题。"

正说着,有人进来,教头们回头一看,是肖珏和程鲤素,众人立马放下手中碗筷,站起来行礼道:"都督、程公子。"

"老远就听到你们在里头说得热闹,在笑什么哪?"程鲤素笑嘻嘻地问。

这少年郎惯来一副开心模样,这几日在凉州卫吃吃喝喝,自得其乐。虽然不知京城里锦衣玉食的小公子不好好待在家里享福,来凉州卫做什么,不过既是肖珏带过来的人,都要给几分薄面,不敢怠慢。

又是开头那个挤对梁平的教头抢先开口:"在说今日新兵们训练的情况。老梁手下有个新兵,连弓都拉不开,还说明日就能拉开了。程公子,你说可笑不可笑?"

"咦,连弓都拉不开,那岂不是还不如我?"程鲤素大惊。他已经是世家公子里文武最弱的一位,可弓弩还是能拉的,没想到在这里竟然能逮着个比他还弱的人,登时来了兴趣。他转而看向肖珏:"舅舅,你听到没有,至少在凉州卫,我还不算最糟糕。"

肖珏瞥了他一眼,似是不太想理会他。程鲤素碰了个冷脸,倒也不恼,只是兴致勃勃地转向几位教头,问:"那位壮士姓甚名谁,同我如此志趣相投,我必然要好好会一会他,与他结拜为兄弟。"

梁平:"……"

"哎,老梁,那个新兵叫什么来着?"说话的教头使劲儿回忆,"禾……禾什么来着?"

他是做错了什么,老天为何要如此待他?丢人都丢到都督面前了,梁平有点想哭,众目睽睽之下,他只得硬着头皮接道:"禾晏。"

一直神情冷淡的青年听到此话,猝然抬眸。

禾晏?

禾晏正与石头、小麦坐在一起。

洪山忧愁得脸都快滴出水来了,看着禾晏道:"阿禾,你如今连弓都拉不开,日后怎么办?要不我们去同梁教头说说,你还是去做伙头兵算了。虽说听着不怎么光彩,可命大,是不是小麦?"他用手肘碰了下小麦,示意小麦也来说两句。

小麦磕磕巴巴地附和:"没错阿禾哥,你就算当了伙头兵,我们也会常常来看你的。"

禾晏笑了笑,没说话。

洪山看在眼里真心着急,这些日子同禾晏相处下来,他同这少年脾性异常投缘,不知不觉中,也就将禾晏当亲弟弟看待。只是禾晏连弓都拉不开,日后上了战场,那就是去送命的份,他怎么能眼睁睁地看着兄弟往火坑里跳?

"山哥,不用替我担心,明日我就能拉得开弓了。"她安抚道。

"你当你是言灵师,说说就成真了啊。"洪山气急败坏,"这孩子怎么就不开窍呢?"

倒是一直没说话的石头,突然问:"你可有什么诀窍?"

"诀窍没有,"禾晏想了想,"我这个人,资质一向不太好。做不到的事情很多,没办法,就只能多试几次。后来我就发现了,只要多试几次,就能成。"说完这话,禾晏自己也叹了口气。

世人皆传飞鸿将军乃天生将星,天纵奇才,其实哪有这么神奇,甚至因她是女子,天生体力就要弱于男子,换句话说,资质不好。她花了许多年,将禾晏变成了战场上勇武无敌的将军,可如今,竟然又给了她这么一副柔弱的躯体。

难道这就是"天将降大任于是人也,必先苦其心志,劳其筋骨"?她也不指望能有多出色,投生的时候投成王霸那样的壮汉也成啊。

一直到夜里上了榻,禾晏都想着这事。

白日里新兵们累了一天,夜里自然睡得香甜,鼾声此起彼伏,禾晏估摸着时间,夜深人静,从榻上爬了起来。

小麦翻了个身,嘴里嘟囔了一句什么,禾晏停了会儿,见他没有醒,这才轻手轻脚地出了门。

禾晏出了房间,直奔演武场而去。夜里的演武场空空荡荡,山里夏日多夜风,将旗帜吹得猎猎作响,月光下,林间绿涛起伏,绵延出一片月色。

边境多是苦寒之地,凉州卫已经算是很好的了。这样的风景,她过去带兵驻守的时候没看过,多是荒凉景色。一时间脚步竟也慢了下来,仿佛不忍踏碎这静谧夜晚。

白日里的弓弩有些已经收进去了,只留下一两张不太好动的放在原地。草靶子东倒西歪,还没来得及扶起,明日早晨行跑结束后,自有新兵将这里收拾好。禾晏走到那一排草靶子边,寻了许久,黑暗里摸索到一支落在旁边的箭矢。她拿着箭矢走回到弓弩前。

旁人轻而易举能做成的事情,她要花费更多的时间才能完成。可偏偏又无法不去做,倘若不做,一辈子便也只能如此了。

她试着拉了拉弓,弓很沉,只能拉开一小点儿,用眼睛去看的话,实在很不明显。

禾晏放下弓,揉了揉手腕。

过了一会儿,她重新尝试拉弓,还是如方才一般,只有一小点儿。

这般尝试了五六次，终于有所好转，这一次拉的弓，比方才拉得更好一些，至少能看得出来是拉动了。

禾晏松了口气。

白日里同梁教头说的话，事实上她自己也没什么把握，可当时情势所逼，只能这么说。如果明日拉不开弓，那又是另外一回事，大不了对着教头耍赖，请求再多给几次机会。

世上之事，努力过的总比没努力过的有结果。她没什么天分，唯一有的也就是这份努力。可这世上也有终其一生努力也无法得到的东西，就是人心。

她为禾家牺牲奉献，为许之恒献出她全部的爱恋，已经这般努力，也是无果。

禾晏的眼睛垂下来，手指搭弓射箭，这一箭像是要将她的苦楚全部发泄出来，在黑夜里发出飒飒风声，朝着暗处的草靶而去。

箭矢并没有落到草靶上，到了一半就无力地掉了下去，她的力气还是太小，能勉强拉开弓了，也能将箭射出去，但也只是如此。

并不是每一次痛苦都能得到淋漓尽致的发泄。

禾晏笑了笑，起身去捡箭矢，她才走到箭矢旁边，忽然察觉到什么，抬起头来，距离她十来步远的地方，有一双锦靴，靴子上绣着金色的暗纹，在夜色里闪出瑰丽的色彩。

这里有人？她刚才一心练箭，竟未察觉。禾晏直起身，往前走了几步，于是那站在夜色里的人得以全部展现出来。

竟然是肖珏。

演武场这般大，仅有月光照亮，他站在草靶后面，又穿着黑色深衣，便隐没在夜色里，被禾晏当作了旁边的靶子。

丰姿俊秀的青年淡淡看着自己，并未有要解释的意思，禾晏无端地觉出几分狼狈。她定了定神，清了清嗓子，决定先发制人，道："你、你在这里做什么？"

"看你练箭。"

明明是冷淡的语调，禾晏却分明听出了一丝若有若无的嘲讽。

"我练箭怎么了？你看完了，觉得怎么样？"禾晏问。

秀丽的青年敛下眉眼，长长的睫毛在月色下，仿若蝴蝶翅膀，温柔地轻颤，然而语气却是冷的，带着一点嘲意。

"我很意外，竟有人这般努力，还如此不堪一击。"

禾晏愣住。

一时间，时空交叠，风声慢慢远去，夜晚星子铺尽长空，眼前的青年身姿渐渐模糊，变成一个少年的背影。

是谁的声音落在耳边，带着似曾相识的嘲意。

"没想到竟然有人这般努力，还是个弱鸡。"

第五章 比试

在未去贤昌馆进学之前,禾晏一直觉得,自己很不错。

在进了贤昌馆后,禾晏的每一日,都在怀疑自己的道路上又进了一步。

贤昌馆进学的,全都是勋贵家的子弟。不仅有钱有权,还家族底蕴深厚,这样的人家,暴发户或者靠承爵来度日的人家,是不可能相比的。若非当初禾元亮同师保有了私交,也不能走了后门将禾晏给塞进来。

一方面,禾晏对自己能进贤昌馆十分高兴;另一方面,她又对自己在贤昌馆的每一日感到痛苦。

原因无他,实在是比起这里的孩子们,她的功课太惨不忍睹了。

禾家教养她男子的礼仪和行事,但关于内里的东西,她又并没有学到多少。刚到贤昌馆,一问三不知,经常闹笑话,先生都无可奈何。

若说文科方面还好些,她多看几次,多背几遍,讲学的时候认真听,也能勉勉强强混个中等。但到了武科,实在是一败涂地。

禾晏从小时候起,就偷偷溜去后山帮和尚挑水练手劲,她自认如今也是像模像样,结果第一次做武科校验,就成了贤昌馆的奇景。

弓、刀、石没有一样合格,驰马从马上摔下来,发箭箭箭不中,连先生都摇头叹息,周围的少年们指着她大笑不止,有人道:"禾如非,你不会是个女子吧,怎么什么都不会?你平常在家是在学绣花吗?"

禾晏慌慌张张从地上站起来,拍了拍身上的尘土,心想,不行,再这样下去会被发现身份的,若在被发现身份之前被禾大夫人接回去,就又得在家里憋着。还是勤学苦练,这样才能在贤昌馆一直待下去。

于是禾晏开始了"勤学苦练"之路。

凿壁偷光没有,囊萤映雪也没有,闻鸡起舞是有的,悬梁刺股也是有的。禾晏经常一边在心里骂一边练,练字、练骑马、练射箭,也练刀。

她费尽心思,也只能在尾巴边缘挣扎,于是那些不必努力,也能轻松拔得头筹的天之骄子,就显得格外刺眼。

肖珏就是其中一个,还是最讨厌的一个。

这个少年生得如掷果潘郎,家境优越,集万千宠爱于一身,这也便罢了,他踩着点进学,还经常迟到,有时早早就离开,平日里也没见他多用心,可每每文科武科，都是第一，雷打不动。

禾晏很困惑，上天已经给了他美貌和尊贵的地位，为何还要多此一举给他智慧呢？就不能分一点给自己吗？

上天没有回答禾晏，她只能含泪将勤补拙。

渐渐地，禾晏的刀、马、弓开始有了成效，不至于次次都倒数第一，有时候还能争取个倒数第三。

禾晏自觉满意，努力，还是有收获的。

贤昌馆到了后面，武科会依兵器分一分，禾晏在刀剑中选了剑，不是为了别的，只是觉得剑比刀轻巧一些，挥动起来不至于那么吃力。

然而她的剑术也是一塌糊涂。

禾家没有单独为她请过武先生，禾晏一点基础都没有，连马步都扎得歪歪斜斜。贤昌馆的剑术先生对她也并没有抱以太大的希望，只要看着像副样子就行，能不能御敌，且再说吧。哪家公子出门不带几个侍从，真要有危险，侍从上就是了。

禾晏却觉得这样不行。

她既然选了，就当将剑练好。学子们一月只有两日可回家，其余时间都住在贤昌馆内。她在夜里偷偷摸黑溜出来，跑到学馆院子里练剑。

学馆修筑清雅，月色好的时候，风吹动竹林沙沙作响，一片翠色蜿蜒，有月有竹柏，池塘里红鲤摆尾，仿佛天上人间，画中仙境。高人在此练剑，只等天下异动，逢乱必出。

禾晏练得挺高兴，如果忽略她蹩脚的剑术。

不小心把衣服削掉了一角，不小心被剑鞘打到了头，不小心绊了一跤，不小心……

她听到一声轻笑。

夜色里，这轻笑来得莫名，禾晏紧张得爬起来，莫不是见鬼了？

小院的石凳上，不知何时坐了一人，白袍锦靴，眉目明丽，正是那个被老天爷眷顾的天之骄子，肖珏。

肖珏抬头看她，她把手背在后面，把污迹在衣服上使劲擦了擦，一脸镇定道："你在这里做什么？"

"看你练剑。"少年懒洋洋答道。

"有、有什么好看的？"她鼓起勇气回答。她一向不爱同贤昌馆里的少年们说话，他们不喜欢她，还总是欺负她。

肖珏看了她一会儿，突然站起身，猝不及防间，少年已经到了眼前。她是女孩子，生得不如男孩子高，只能堪堪到少年胸前。她抬起头，能看到对方清晰的下颌线和那双漂亮的、如秋水一般温柔微凉的眸子。

"我只是没想到……"少年轻轻勾了勾唇角，他本就生得英姿秀丽，一笑，将满院清凉夜色都比了下去，比月光动人，然而吐出的话语却带着嘲意，"竟然有人这般努力，还是个弱鸡。"

禾晏："……"

她搡了肖珏一把，捡起剑跑了，心中愤愤，老天爷是公平的，给了这少年美貌才华和家世，偏偏没给他一副好心肠。

这人忒讨厌！

这之后，禾晏仍旧每晚偷溜到院子里去练剑，她想得简单，勤能补拙，努力总比不努力好。

不过令她气愤的是，自那天起，肖珏竟也每夜跟着出来。她练剑，他就坐在石凳上就着烛火看书饮茶；她摔得鼻青脸肿，衣裳削坏了好几件，他明月清风，姿态优雅，好整以暇地看她出丑。

她依旧努力地维持倒数第一到倒数第三的成绩，他不费吹灰之力，样样顶尖。

努力的依旧努力，轻松的依旧轻松，春去秋来，寒来暑往，少年已长成青年，少女已换了脸庞。白云苍狗，沧海桑田，不变的，唯有贤昌馆里的夜色和后院竹梢的三更弯月了。

夜色如画卷中的浓墨，星子点缀，洋洋洒洒其中，将风声也带出了几分诗意。

眉眼秀美英挺的男子，仰头认真看他的青涩少年，单看画面，是幅美景。

禾晏沉默。

肖珏开口了，声音淡淡："你叫禾晏？"

禾晏大惊，脱口而出："我已经这么出名了？"

在兵营里，她自认还没有优秀到惊动都督的地步，怎么连肖珏现在都知道她了？

肖珏冷笑一声："负重行跑次次倒数，拉弓弓弩不开，"他居高临下地俯视着禾晏的发顶，轻描淡写道，"还这么矮，兵营里，我想不出别的人。"

禾晏："……"

还这么……矮……

一瞬间，她似乎又回到当年贤昌馆与肖珏初见时，肖珏对她的四字评价——"又笨又矮"。

没想到换了个身体，肖珏看见她，居然还是这个评价？他还真是一如既往，如此傲气，如此不近人情，这样看他，便少了几分长成青年带来的冷漠，一如印象里优秀到近乎刻薄的少年。

禾晏很委屈,说实话,她这个子,在女子中,委实不能称作"矮"。只是在到处都是彪形壮汉的军营里,便显得弱小如鸡。可这也怪不得她,当年她做禾如非时,是要比现在更高,靴子中还垫了垫子,后来禾如非代替了她,旁人也不会觉得飞鸿将军是个矮子。

她正想着,冷不防肖珏又近一步,于是同她之间的距离,就近得有些过分了。

禾晏蒙在原地。

他的眼睛形状极漂亮,清眸温柔,垂着眼睛看她时,教人生出一种错觉,仿佛在看情人。他皮肤亦是很白,比禾大小姐的看起来都要晶莹,越发衬得眉目如画。青丝束起,垂在肩头,看起来也是凉凉的,带着一丝若有若无的月麟香气,教人很想摸一摸。

禾晏心想,那骑着鹿来的仙子,只怕看见此人,也要羞得掉头而去。难怪京城里那么多女子的春闺梦里都是这位贵人,对着这张脸,一辈子都看不腻。

"你在想什么?"他不咸不淡地问。

"在想吃什么可以长得像你一样好看。"禾晏答道。

他的动作一僵,不再欺身逼近了,像是验证了什么结果一般,移开目光,道:"鄙俚。"

"这有什么庸俗的,"禾晏吹了下额发,吊儿郎当地开口,"爱美之心,人皆有之嘛。"

肖珏身子顿住,定定地看了他一眼,那一眼,仿佛在看一个死人,禾晏毫不畏惧地回视回去。大约没见过他这么不知死活的人,肖珏怔了一下,随即似是冷笑一声,转身大步而去,只留下禾晏一个人在演武场。

禾晏发现了一件事情。

肖珏的脾性比以前更冷了,可也比以前更好了。从前这样气他,他能十句八句不带重复地回敬,如今却只是瞥了她一眼,不欲与她多说。当年她不敢招惹肖珏,但如今这位高贵的肖家二少爷,已经不屑于像小时候那样同别人针锋相对,那岂不是意味着她可以随便把肖珏气死,报一报当年他带给她的心灵伤害之仇?

老天爷还是公平的,她想,这不,就来了一出"风水轮流转,今日到我家"。

甚好。

禾晏在肖珏走后,又拉了半个时辰的弓弩,手酸到无法容忍之时,才回去睡觉。第二日一早,醒得便稍稍晚了些,小麦推他:"阿禾哥,起床了。"禾晏才睁开眼。

要说人与人的身子，果真是不同的。她原先少年时候，无论深夜偷偷练剑到多晚，第二日还能精神奕奕地去听先生讲学。如今不过是熬了会儿，也不至于很晚，便觉得浑身不得劲。

难道自己以前果真就是个吃苦的命？禾晏这样反省自己。

反省归反省，该做的事还是要做。今日亦是先身负沙袋行跑，跑完之后，众人自觉同队伍里的新兵一同到演武场的背面，昨日射箭的地方准备。

弓弩早就被放了上来，白日里没有了夜里的清凉，日光亮得有些晃人眼睛。梁教头就站在弓弩旁边，新兵们一个个依次去试弓。比起昨日来，新兵们没有那么激动兴奋了，手法也稳了许多，射到乱七八糟的地方的少了一些，至少都是冲着箭靶子去的。

洪山也去了，他射得比昨日好一些。石头依然赢得了梁教头的赞赏，小麦虽然手劲小，倒也不至于很差，而且因为有石头这个哥哥在一旁指点，也算进步明显。

禾晏又看到了王霸。

王霸不紧不慢地走上前，拉弓之前，还特意给了禾晏一个轻蔑的眼神。禾晏回以他一个笑容，这笑容像是激怒了他，他马上沉下脸，想也不想地拉弓射箭。

"嗖"的一声，羽箭破空，直直穿过草靶，几乎和昨日一模一样的画面，那草靶子被带得往前一栽，倒了。

周围的新兵们立刻鼓掌叫好。在这里，总是崇拜强者的。

王霸放下弓，走到禾晏跟前，气势凌人地道："该你了。"他故意提高了声音，好叫周围人都能听到，"昨日你拉不开弓，当着大伙儿的面说，今日就拉得开。这位禾晏兄弟，今日就让我们看看，你是如何拉开弓的，怎么样？"

一时间，所有的目光都朝禾晏看来。

昨日拉弓一事，禾晏这个名字几乎已经传得整个兵营都知道了。谁都知道梁教头手下有一新兵，连弓都拉不开，还敢大言不惭地放狠话。此刻见到真人，都纷纷打量禾晏，等着看热闹。

"阿禾哥……"小麦有些胆怯地扯了下禾晏的衣角。

禾晏朝他笑了笑，慢慢走出来。她迎着王霸不怀好意的笑容，神情坦荡，语气谦虚："难为兄台将我的话记得这么清楚。"

"你那么想看，就让你看看吧。"她轻飘飘地说。

众人都盯着禾晏的动作。

少年走到了弓弩旁边，与他瘦小的身子相比，这把弓弩同他一点都不相称。他将弓弩拿起，从箭筒里抽出一支羽箭，手指搭了上去。

王霸不屑地看着他，道："你使点劲儿，别跟昨天一样，摆了半天架子，最后来一句你拉不开。"

禾晏仿佛没听到他的话，倒是洪山有点紧张，为禾晏暗暗捏一把汗。军中这些新兵，本就慕强，禾晏又不是女子，大家也不会产生什么怜香惜玉的想法，只会觉得他弱小，弱者不值得同情，若是再加上一个爱说大话，就更让人看不起了。禾晏昨日放话，今日要是做不到的话，不仅教头会暗中鄙视，日后在兵营里，旁人也会耻与为伍，不会对他友好的。

昨日拉都没拉就放弃了，今日难道就能拉得动了？

少年目光凝视着箭靶，从这个方向看去，手极稳，眼神沉下去，像狩猎的野兽，安静地等待跃起的那一刻。

弓被拉动了。

一点一点地，并不轻松，但是没有任何颤抖，慢慢地被拉动了。和昨日并不一样，能看得出弓慢慢地张开。

"动了……"小麦激动地扯了一下石头的衣角，"大哥，阿禾哥拉动弓了！"

人群中响起窃窃私语的声音，王霸也没料到是这么个情况，先是愣住，随即立刻有种被打脸的气愤，他咬着牙站在原地，想看看禾晏究竟能表现出什么样的精湛射艺。一边原本不抱什么希望的梁教头也被禾晏的动作吸引了目光。

这小子，可以呀。昨日说今日能拉动弓，今日果然就拉动了，一日之内他是怎么做到的？该不会昨日他在扮猪吃老虎，假装说自己不会，就是为了眼下这般出风头吧？

众人议论间，弓已经张开了接近一半，禾晏停住动作，没有再继续往下拉了。

这已经是她的极限。

她松开手，箭矢稳稳地朝箭靶迅疾而去！

众人目不转睛地盯着那支箭矢的尾羽。

羽箭向着箭靶的方向，并未到达箭靶，只在中间就无力地掉了下去。看热闹的人群发出一阵遗憾的叹息，仿佛这支箭本该毫无疑问射到箭靶中心似的。

禾晏收回手。

小麦第一个跳出来，他跑到禾晏身边，双眼发亮道："阿禾哥，你真的拉动弓了！"

"了不起！"洪山也走过来拍了拍禾晏的肩膀，"果然有你的！"

石头虽然没说话，却也笑了笑，表现出很高兴。梁教头也给了禾晏一个肯定的眼神。

周围看热闹的新兵们见状,议论声渐渐传出来。

"真的被他拉动了,看来也不是在说大话。"

"是运气吧,刚好运气好拉动了而已。"

"运气也是实力的一种,而且人家说到做到了嘛,不错了。"

王霸有些茫然。

他是来看禾晏出丑的,怎么到头来,好像还成就了禾晏出风头一样。他看着那支掉在中间的箭矢,禾晏根本就没射中靶子,他连靶子的边都没挨上。这要换了旁人,都算很差的成绩,怎么在他这儿,就差没为他鼓掌欢呼,热烈庆祝了?

他是不是搞错了什么?

王霸不服气道:"不就是拉动弓了吗?你问问这兵营里拉动弓的,有多少?只怕除了你都是。哪里了不起了?"

"我?"禾晏指了指自己,笑起来,"可我就是那个拉不动的例外,我一天前还拉不动,一天后就拉动了,这就叫了不起。"

她眉眼弯弯,笑得开心,这笑容落在王霸眼中,直把他气得心中翻江倒海。他道:"我不服!"

"你不服什么?"禾晏问。

王霸此人,应当是欺软怕硬,崇拜强者,鄙视弱者。如禾晏这般"体弱"的,天生就不对他的眼。加之从前同禾晏有过节,不给禾晏找点岔子,他就不痛快。

"你这样的人,怎么能做新兵,和我们同样训练。"王霸转向梁教头:"梁教头,我不服气!"

梁教头不动声色地看着他们,并未有插言的意思。这批新兵在这里训练好后,也许会驻守凉州卫,也许会跟着肖ылизы去往别的地方,总归不是他的人。他的职责,只是教给他们基本的技能,挑一些好苗子,到了最后行阵列兵,都是将军们的事。

要为一个看起来不是特别优秀的禾晏,失去一个弓弩一项很有天分的王霸吗?

"你不必为难梁教头。"禾晏看一眼梁平,就知道他心里在想什么,这里的教头狡猾得很,这种时候肯定有权衡。她看向王霸:"你说说你想怎么样。"

王霸狞笑一声:"你去做伙头兵。"

"不行。"禾晏想也没想就拒绝了,"凭什么?"

"凭什么?"王霸道,"就凭你昨日拉不开弓,今日拉开弓却射得这么差,你的朋友居然还为你叫好。难道日后到了战场,大魏的将士都如你一样,弓弩用得乱七八糟,一个敌人都打不死,还要有人来为他们叫好吗?这叫什么兵!"

哇,禾晏忍不住在心里为王霸鼓掌了。还说是大老粗山匪不通文墨,如今看来,鬼精鬼精的,一番话说得冠冕堂皇,她刚进兵营的时候,可没这么能说会道。

"不错,你说得很对。"少年拂开额前的一缕碎发,顿了顿,才开口,"不过,你也看见了,昨日我拉不开弓,今日我就能拉开了。昨日你射中了这个箭靶子,今日你还是射中了。"

众人看着他,不明白他这话是何意。

"我一日比一日强,你却只是一日复一日。这样的话,十日后,我也能射得中这个草靶子,你呢,还是只射得中这个草靶子。"

"十日后,我必胜你。"她一字一顿地说。

少年掷地有声,笑容奕奕,日光照进双瞳里,仿佛亮晶晶的宝石。

一瞬间,王霸竟然有些怀疑自己。

下一刻,他被自己片刻的怀疑惊住了,暗中唾骂了自己一番,竟然被一个乳臭未干的小子吓到。他活了大半辈子,难道还比不过一个弱鸡似的小子?黄口小儿,口无遮拦,自以为是,不知死活!

他冷哼道:"禾晏,你知不知道你现在说的是什么话?"

"要我重复一遍吗?"少年笑眯眯道,"既然你耳朵不好,我就再说一遍,十日后,我必胜你。"

"你!"王霸握紧拳头。

"阿禾是不是疯了……"洪山喃喃道。王霸的弓弩射艺,众人都是有目共睹的,禾晏虽然是比昨日进步了一点点吧,但是……能一箭中靶,那不是十日就能练出来的啊!

少年人心气高,气头上撂狠话都能理解,但说得太过了,日后下不来台怎么办?

"十日后你若是胜不过我,你怎么办?"王霸咬着后槽牙说道。他决定不和这个少年磨嘴皮子了,禾晏脸皮忒厚,你讽刺他,他权当没这么回事。

"我若胜不过你,就去做伙头兵。"禾晏回答得爽快,"但若你胜不过我……"

"我去做伙头兵!"王霸大声道。

"我可没这么说,"禾晏摇头,"就算我要你做伙头兵,梁教头也不会同意的。"她意味深长地看向梁平。

正心里盘算着的梁平:"……"

邪了门了，这小子怎么会知道他在想什么？王霸这样好的资质，若去做伙头兵，只怕总教头会杀了他的！

"那你说！"王霸不耐烦道。

禾晏的脑海里，突然浮现起少时在贤昌馆时，少年们最爱约定博戏。肖珏作为贤昌馆第一，年少时没少被人纠缠着挑战，那时候他是怎么说的？她记得那少年躺在学馆的假山后正在假寐，被人吵醒，烦不胜烦地坐起身，对着前来挑战弓马的同窗懒道："行，我若输了，随你处置。你若输了，就得叫我一声爹。"

禾晏想着，就觉得眼下这场面和当初，实在有些相似。

"这样吧，我听闻你是山里坐头把交椅的当家，是他们的老大，我若胜过你，便是我的能力在你之上，你日后就得尊我为老大。如何？"她道。

这个要求，真是闻所未闻。

大家看看个头还不及王霸胸高、手臂细得跟柴火似的禾晏，再看看人高马大、拳头比禾晏脸还大的王霸，沉默了。

"你的野心还真不小。"王霸死死盯着禾晏，皮笑肉不笑道。

"老实说，我当初投军之前，也想过落草为寇来着。"禾晏一脸感怀。

她当年从禾家出走，夜里揣着包袱，在城门口几番踌躇，两条路犹豫不决。一条路是直接南下落草为寇，一条路是向西投奔抚越军。落草为寇自在，无人管束，但若收成不好，无人经过，吃了上顿没下顿，要挨饿，还有官府出来剿匪，时常东躲西藏，不太体面。投军虽是辛苦一点，但毕竟是吃皇粮，说出去有面子。

不过这两样都不收女子，多亏她从小扮少爷得心应手，才能后来步步高升。现在想来，真是唏嘘感叹。

见禾晏还一副怀念过去的模样，王霸更是气不打一处来。这小子如今看来也就十五六岁，干吗一副少年老成的模样？怀念过去，他有过去可怀念吗？

"行。"他努力维持着不让暴怒的自己削掉这少年的脑袋，从牙缝里挤出几个字，"想当老大，就看你有没有这个本事了。"

"好！"禾晏朝周围的新兵拱了拱手："既然如此，烦请诸位做个赌约的见证，我们十日后还是此地见分晓！祝我自己好运！"

王霸怒气冲冲地走了。

小麦和洪山冲上来，围在禾晏身边，看热闹的人渐渐散去，偶有几个注视着禾晏的，都带着几分既佩服又同情的复杂神色。

大概都认定了禾晏必然要去做伙头兵。

梁平看了一眼禾晏，摇了摇头，负手离开了，边走边感叹，少年人哪，就是容易冲动，做事不考虑后果，不过……为何他想着想着，还有点小小激动呢？

禾晏同王霸的这个赌约，不出半日，整个凉州卫都知道了。

兵营里暗中有人开始做赌局，人都没什么钱，穷得慌，便拿伙房里分的干饼做赌。赌王霸输的，一赔十；赌禾晏输的，一赔二。

这几日吃干饼的人都少了许多。成日都是训练，能找个乐子实在很不容易。

屋中，程鲤素走了进来。他换了件崭新的黄色衣袍，袍角绣了一尾红色锦鲤，活灵活现，可怜可爱。他一进来就冲坐在桌前的青年嚷道："舅舅，你知道现在兵营里都在说十日后的弓弩之约吗？"

肖珏的目光都没从书页上移开，道："知道。"

全兵营都知道了，一个想做山匪老大的弱鸡小子，一个想赶对方当伙头兵的射箭好手，真是一对奇葩。

"现在连赌局都有了，我也打算去下注，你去不去？"程鲤素挤到肖珏身前，兴高采烈地问他。

"程鲤素，"肖珏放下手中的书，平静地看向他，"你在兵营里开赌？"

分明是平淡的语气，程鲤素却打了个寒噤。他连忙双手向上："不是不是，不是我。是别人开的，又不赌钱，至多几个干饼，打发时间，寻个乐子嘛！舅舅，我还是个孩子，打桃射柳很正常！"

肖珏哼道："玩物丧志。"

"我本来就没有志，怎么丧？"程鲤素理直气壮地回答。

这话肖珏也没法接。

"舅舅，你不去的话，我就自己去下注了，我不吃干饼，我就拿我的肉干跟他们赌吧，也不算银子。"他乐颠颠地说完，就要出门。

"你赌的谁？"他刚走到门口，就听到了肖珏的声音传来。

肖珏一向对这些事情不感兴趣，程鲤素讶异了一刻，还是乖乖回答："当然是王霸啦！那位禾晏兄弟不是和我一样一无所成吗？"

肖珏扯了下嘴角："我劝你还是换个人下注。"

"欸？"

"不要小瞧会努力的笨蛋，"青年垂眸，似是回忆起了另一个身影，秋水一般的长眸泛起动人涟漪，"我见过的上一个这样的笨蛋，现在，他成了三品武将。"

一些当时没在场看见禾晏拉弓的人，还特意在晚上就寝之前来看一下禾晏长什么模样。禾晏记得上一次自己这般引人注目的时候，还是做飞鸿将军打了胜仗朝廷嘉奖之时。

如今虽然情况不同，好歹也是出了名。

"那些人太过分了！"小麦从外面回来，不满道，"我听说赌阿禾哥胜的人一只手都数得过来，这是笃定了阿禾哥赢不了啊！"

"这只是正常人正常的选择。"洪山扶额。

这些日子以来，新兵们每日除了演练吃苦什么都不能做，托禾晏的福，这事一出，多了好些乐子，处处都洋溢着欢声笑语，仿佛来到了京城的坊市。

"我和大哥也去凑热闹了，好给阿禾哥壮点气势，我们可是赌阿禾哥赢。"小麦看向禾晏，讨好道："阿禾哥，我们是不是很讲义气？"

禾晏还没来得及说话，洪山先问了，他问："你们赌了多少干饼？"

"我和大哥一人一块。"

"一块——"洪山故意拉长了声音，"那你们投了王霸多少块？"

"十块呀。"小麦想也没想就回答，等他回过神，迎上禾晏的目光，才一下涨红了脸，结结巴巴道，"不、不是，我们想着多赢几块饼，回头大家一起分，阿禾哥要是输了，总不能人财两空……填饱肚子也好。"他越说声音越小，最后不敢说话了，可怜巴巴地看着禾晏。

禾晏很惊奇："你们哪里来的十块干饼？"

每日省一块也省不了这么多啊。

"赊的……"

居然还能赊账，禾晏心里大为惊奇，想着这居然还是个大赌局，不是随随便便的小打小闹。

她语重心长地对小麦道："小麦，你还是赶紧把王霸那赌撤了，十块干饼，你打算十日饿肚子，挨得过去吗？"

洪山头痛："阿禾，你讲点道理，现在不是赌气的时候。"

禾晏："……我要怎么说你们才肯相信我没有赌气？"

怎么都不肯相信。其他三人就差把这句话写在脸上了。

禾晏无可奈何，只好站起身道："那我先出去练习了。"她出了屋子。

"唉。"小麦惆怅地叹了口气。

"唉。"洪山忧郁地叹了口气。

石头默默地看着他俩，没有出声，也跟着叹了口气。

屋子里一片愁云惨淡。

和王霸的这个打赌，只是禾晏成名的一个开始。

这些日子，走到哪里都能听到禾晏的名字。

"你听说了吗？梁教头手下那个叫禾晏的新兵疯了！"

"我知道，和王霸打赌十日后比射弓弩的那个，他能打赌不就已经疯了吗？"

"他现在更疯，白日里不去好好练习弓弩，竟然去掷石锁！连箭都不射了。"

"那他一定是疯了。"

禾晏正在空地上掷石锁，白日里大家训练弓弩的时候，很多人围观，她索性不去练弓弩了，问教头借了个大石锁，有事没事就掷着玩儿。

她得增加力气。

要将弓弩的威力发挥到最大，当然需要足够的力气将弓拉满。而她如今最缺的就是力气，石锁是最能练习力量的工具。从前在兵营时，她手下有位力士，原是街头卖杂耍的艺人，从小就学练石锁，能将石锁玩出花儿来。石锁能在全身上下飞舞，什么接荷叶、扇梁子、砍跟斗、雪花盖顶、关公脱袍，应有尽有。

这位力士也是射箭的一把好手，不仅准头好，而且旁人拉弓，都拉不到像他那般满，他能将弓弩的力量完全发挥出来。禾晏曾和他双人对抛练臂力，两人互扔，腾挪躲闪间，臂力、腕力、手力、腰力也就练出来了。

如今没有人和她对扔，不过她也只想先练练臂力，将弓拉得满满的。

练石锁增长力气，比拉弓来得快多了。白日里禾晏掷石锁，到了夜里，她还是趁大家都睡着了后，偷偷溜到演武场。幸而每日演武场总有那么一两张弓留在那里，能让她暗中练习。更幸运的是，自从上一次见到肖珏后，她晚上再来，没有遇到肖珏了。

虽然她也不怕遇到肖珏，但被肖珏看到自己夜晚偷偷练习时，总有一种隐晦的狼狈，令她仿佛回到了少年时候，看到笨拙的自己每晚要拼命努力，才有可能冲刺到"倒数第三"，不堪回首。

这大概就是被天之骄子鄙视的屈辱感吧！

她每日练习，最不理解的，就是身边这几位兄弟了。

"阿禾，"洪山欲言又止，"你把弓拉得再好，准头不好，也没办法胜过王霸的。"

"是啊，我每日都在帮你留意王霸，他次次都能射中箭靶中心，几乎没有失手的时候。"小麦跟着道。

"王霸本就是射艺好手，"禾晏道，"应当是擅长用弓箭伤人，看起来，比石头还要娴熟。"

石头点头，这点他承认。

"那阿禾哥你为什么每日都不去练练箭呢？"小麦更不解了，"你好歹也射箭几次，练习几次准头，要是羽箭飞到树林里去了怎么办？"

"不用。"禾晏道。

小麦瞪大眼睛看着他："难道……"

难道禾晏有什么秘密法宝？

禾晏笑了，她哪里有什么秘密法宝，只是把别人睡觉的时间拿去练箭了。她每日就着月色拉弓射箭，弓拉得越来越满，卓有成效，而射箭的准头嘛，也并未退步，实在是不幸中的万幸。

"我这个人，资质不好。"她思索了一会儿，认真道，"但是我，运气很好。你们要相信，就算我不练箭，只要能把弓拉开、拉满，到时候，这个箭啊，它就会像长了眼睛一样，自己飞到箭靶子上。"

大家看着笑意盈盈的禾晏，脑中不约而同闪过一个念头。

禾晏是真的疯了。

十日时光，一晃而过。

整个凉州卫都在期待这个热热闹闹的赌局，大部分人都赌王霸会胜，小部分人站在禾晏那边，偶尔路过的时候，还能听到支持禾晏的人同另一方的人据理力争："禾晏怎么了？明知不可为而为之，真乃大丈夫也！"

不小心听到的禾晏："……"

不过无论嘴上怎么说，押禾晏胜的干饼总共只有三块，小麦、石头、洪山一人一块。

除此之外，令禾晏意外的，还有一位不知名的兄弟，竟押了她十块牛肉干。

"是谁这般大手笔？"小麦冥思苦想，"竟然押了阿禾哥这么多宝，他一定很富裕。"

"不仅富裕，也很有眼光。"禾晏想，兵营里总算出了个聪明人。

洪山看了禾晏一眼："可惜脑子坏掉了。"

"山哥你也不能这么说，这人一定很欣赏阿禾哥，才暗中给阿禾哥支持。我要是有这么多肉干，我也给阿禾哥下注。"

"行，小赌怡情，大赌伤身，别这么认真。"禾晏灌了口水壶里的水，站起身，"等下就去演武场了，先起来活动活动筋骨。"

石头问禾晏："你真的能行？"

"我说过了，我每次运气都不错。"禾晏笑笑。

等到了演武场，梁教头身边早已围了不少人。看见禾晏，不知道是谁高喊了一声："禾晏来了！"顿时，黑压压的，一大片人冲过来。

"在哪儿呢？在哪儿呢？"

"他居然没有逃跑，真的来了！"

"快，干饼你们都准备好了吗？"

禾晏："……"

这种众星拱月般的待遇，真教人有些不太习惯。梁教头冷眼看着，本来在兵营里私赌一事是严令禁止的，但因他们用的是干饼，又是这么个情况，总教头并没有要阻止的意思，梁平也就没有多加置喙。况且他自己也热血上涌，想跟着看看是个什么结果。

毕竟人嘛，骨子里多多少少都有些赌性。

禾晏才走过去，看到一个穿甘草黄衣裳的少年站在梁平身边，这少年唇红齿白，神采奕奕，看着十分面熟。禾晏一时觉得在哪儿见过，便看向他。

那少年见禾晏看过来，展露一个大大的笑容，走过来热情道："原来你就是那个禾晏！"

这也是来特意看她的？不过观这少年衣着打扮，并不像是兵营里的新兵，更不像是教头，同京城里勋贵人家子弟一般无二。

"我早就听说了你的事，我很欣赏你！我想和你拜把子，日后我们就是兄弟了，如何？"他道。

禾晏莫名其妙，这人上来就拜把子，她还不知道这人叫什么、姓什么。

这时候，梁教头上前，对黄衣少年笑道："程公子，都督让您离弩箭远一点。"

肖珏？禾晏忽然想起自己是在什么地方见过这少年了。她同禾云生在校场里，暗中出手教训赵公子，使得赵公子迁怒于自己的爱马，想要当街杀马，被肖珏拦住，当时和肖珏同行的，便是这位生得粉雕玉琢的小少爷。

咦，他竟然跟着肖珏到了凉州卫？

"舅舅就是太多心了，有什么关系，箭又不会射到我身上。"少年嘟囔了几句，还是乖乖退远了一点。

舅舅？禾晏更惊讶了，这少年是肖珏的外甥？可是肖家只有两位公子，并未有其他女儿，这又是什么七拐八绕的亲戚关系？

不等禾晏想清楚，就听到一个熟悉的声音："你来了！"

正是王霸。

他今日也是做了十足的准备，赤色劲装的外衫已然脱了，只穿了红色褂子，打着赤膊，额上还绑了一条红色长带，活像是要去打擂台。

他声音十分洪亮，听闻昨夜帐中兄弟将食物都给了他，是要他今日精力十足。

他走到弓弩旁边，与禾晏站在一起，挑衅地看向禾晏："十日已到，现在就是你履行约定的时候。"

"我记得，你不必说得那么大声。"禾晏掏了掏耳朵，"你先吧。"

王霸哼笑一声，凑近禾晏，低声开口："你现在求饶还来得及。"

"这正是我想对你说的话。"禾晏不徐不疾地回答。

"我看你是在找死！"王霸冷笑一声，跨一大步上前，道："禾晏不敢先来，那我先！"

周围顿起议论之声，禾晏耸了耸肩，站到一边。洪山小声问他："阿禾，你紧张不？"

"我真不紧张。"禾晏有些无奈，"所以你更没必要紧张了。"

"我怕他发挥得太好……"

事实上，王霸每一天都发挥得很好，根本没有"太好"一说。只见他上前一步，将弓弩搭好，手指扣着箭矢。箭矢对准着草靶子的方向，这时候太阳被云覆盖，洒下一片短暂的清凉，王霸深吸一口气，猛地松开手指。

箭矢稳稳地射中靶心，将靶子带倒。

很稳，和这些天王霸每日练箭一样的成果，能保持这样的箭术，实属不易。

梁平眼中闪过一丝满意，无论今日的结果是什么，王霸都是一个极好的苗子。

王霸拍了拍手，将弓弩放了回去，走到禾晏身边，露出一个得意的笑容，问道："怎么样？现在该你了。"

禾晏笑而不语，转身上前。

"来了来了！"程鲤素激动地伸长脖子，低声自语，"禾晏兄弟，我可是在你身上投了十块肉干，虽然不算什么，但这是本少爷一片心意，你可不要让我失望啊！"

禾晏并不知道自己还背负着程鲤素的十块肉干之期。从走到弓弩边开始，周围的议论声都停止了，所有的目光都落在少年身上。

这小子，究竟是口出狂言，还是身负绝技呢？

不过世上之事，能称得上奇迹的实在太少。除了一小部分人是指望有奇迹发生，大部分的人，都不过是来看笑话而已。

禾晏拿起弓箭。

弓箭还是十日前的那把弓箭，射箭的还是十日前的那个人，不过，气氛却不一样了。

少年收起面上的笑容，手指搭在箭矢上，目光直直地看向草靶子的中心。方才的云朵散开，烈日照在脸上，夏日里炎热得出奇，一滴汗水顺着禾晏的额慢慢滚落下来。

汗珠晶莹，将将要滚进他的眼睛，教人无端心里发紧，更想要伸手将那滴汗珠拂去，而少年却一动不动，仿佛一块石头，没有任何知觉，亦没有察觉到那滴汗水。目光没有丝毫动摇。

弓被慢慢地拉开，一部分，一半，直到拉得满满的，众人的心也跟着提了起来，在将要疑心这弓下一刻就要被拉断之时，少年停下手中的动作，猝不及防地松开搭着箭矢的手。

箭矢如划破夜空的流星，只觉出一阵风，便气势汹汹地冲向箭靶，"啪"的一声，箭靶子应声而倒！而且这一次，箭靶被带得更远，教人根本无法看清上面的箭矢了。

禾晏和王霸一样，将箭靶射倒了。

有人惊呼出声。

十一日前，禾晏站在这里，连弓也拉不开。十日前，禾晏拉开弓，但也只是拉开一小部分。如今他站在这里，弓拉得圆满，将箭靶子射倒在地。他的力气在这十日里，得到了长足的进步。

可禾晏又不是神童，力气这种东西，岂会见风就长？

"阿禾哥厉害！"小麦又笑又跳，"阿禾哥赢了！"

"什么赢了？"有押了王霸胜的新兵心疼自己的干饼，不服气道，"他只是射中了箭靶，不代表就射中了箭靶中心，射不中，还是不胜！"

他这么一说倒教众人想了起来，这又不是看禾晏表演拉弓能拉多满来着。大约是他从前过分瘦弱连弓都拉不开，此刻惊讶于禾晏臂力的增长，刚刚竟将准头忘了瞧。

"我去看！"有人自告奋勇地往箭靶子处跑去。

王霸看向禾晏，少年就站在烈日之下，唇边笑容满满……又是这副笑容，从一开始遇到他时他就如此，他好像一点儿也不担心，永远都是这么成竹在胸，教人厌恶的自信。

可是……王霸看向自己的手，为何连他自己也有些动摇了？

他是没爹没娘的孤儿，小时候被狼叼走，有人将他从狼窝里救出来的时候，他还趴在母狼身上吃奶。后来便跟着人到了山贼窝，他做山贼多年，死在他弓箭下的飞禽走兽不计其数。他七岁起就摸弓，到现在，也有二十多年。

这小娃娃，如今也就十五六岁的模样，便是打小摸弓，也不过十几年，哪里及得上他？更何况十日前的禾晏，拉不开弓的样子并不像是装的。

想到这里，王霸定了定神，安抚下自己微微有些躁动的心，禾晏必定胜不过他，无须怀疑。

这时候，那位主动去寻箭靶的人已经跑到箭靶处，他先是低头去看箭靶，半响没有回答。紧接着，他突然蹲下身，将箭靶一下子扛起来，往回跑。

箭靶也就是稻草扎的草人，扛起来轻轻松松，他快步跑到跟前，将带着箭矢的箭靶掼在地上，高声道："大家自己看吧！"

王霸的心里，猛地"咯噔"一下。

众人朝草人看去，但见草人的中心，被一支羽箭贯穿到底，稳稳地、不偏不倚地，正中红心。

和王霸一模一样。

王霸的额上流下汗水。周围人震惊的议论似乎也渐渐远去了，他看见梁平惊讶地盯着禾晏，梁平身边那个锦衣的小公子亦是满面欢喜。禾晏站在他的朋友身边，倒是没有多惊喜的模样，只是淡淡笑着，仿佛早已料到一切。

"你……"

禾晏笑道："承让。"

"你没有胜我。"王霸死死盯着他，"你与我是同样的结果，怎么能算胜我，至多……至多算平局。"

禾晏听完王霸的话，并没有气急败坏，而是点头道："我也是如此认为。"

王霸心中，竟然松了口气。承认平局，那也很好，至少……至少自己没有输。那些新兵也抹了把额上的汗，平局好，平局正好，谁也不输不赢，干饼还在，权当看了场别开生面的热闹。

下一刻，众人心中的庆幸就被禾晏的一句话打破了。

她说："不过我当日在这里与你定下赌约，今日我必胜你。如今胜负未分，自然要比到我胜你为止。"

"禾晏！"王霸咬牙。这话是什么意思？他就笃定了自己会赢吗？方才不过是运气好，看这小子说的是什么话？他想干什么？

梁平也意外地盯着禾晏。

"于弓弩一项，你可以随便提出比试，我奉陪到底，直到胜你为止，如何？"她笑眯眯地问。

"你未免太高看自己。"王霸冷冷地盯着他。

"我没有高看自己，我只是相信自己的运气。"她不甚在意地吹了吹额前碎发。

"这是你说的，弓弩一项，随便比试？"王霸缓缓反问。

"千真万确。"

"行。"刀疤大汉点头，忽地从台上扛起巨大的弓弩背在身上，往前走了两步，背对着他道，"射一个死的草靶子有何意义？战场上，敌人不会站在原地给你射。真要射箭，就射活物，飞禽走兽刚好练个响儿。"

竟是要以活物为猎物。

众人呆了一下，射活物，比射靶子难多了。古有百步穿杨，可杨柳的叶子，却也不如活物灵动。

"阿禾，你可不能着了他的道，别答应他！"洪山急得直给禾晏使眼色。

禾晏看向王霸，目光里闪过一丝欣赏之色，她点头，声音爽快。

"可以。"

一直没出声的梁平此刻看禾晏的目光已是大不相同。有过前几次的经验，他知道这少年不会是空口说大话，既然答应，至少应当不差。

他能射得中活物？

"想射野物，要进林子里。"王霸道。林子在白月山上，他看向梁平，后者收回思绪，摇头道："不行。"

新兵进山还要等一段时间，现在不可。梁平道："以飞鸟为靶吧。"

飞鸟……新兵们又是一惊，如果说野兽比草靶子更难，飞鸟肯定比野兽更难。人在地上，鸟在天上，天然距离不同，且从地面往天空射箭，需要更厉害的眼力和臂力。

王霸放声大笑："行！"

禾晏也微笑道："没问题。"

他们二人都这样轻描淡写地答应了，却让方才已经平静下来的新兵们又激动起来。看样子王霸是经常上山射鸟打狼的，禾晏呢？

小麦悄悄扯了扯石头的衣角："大哥，你说阿禾哥能赢吗？"

"我不知道。"石头回答。

小麦惊讶地看了自家大哥一眼，石头竟然没有一口否定。

"你们去拿弓。"梁平说道，他又招呼另一名新兵不知道做什么。那新兵听梁教头吩咐了几句，转头去演武场的架子上找了面铜锣，他拿着铜锣跑到不远处的林间。

片刻后，"咚"的一声，他在里头狠狠一敲铜锣，只听得一阵"扑棱扑棱"的声音，惊起无数野鸟。

白月山丛林密布，多的是野鸟。上次禾晏就看到过白腹蓝燕和青珍珠雀。野鸟迅速飞上天空，霎时间，王霸立刻搭弓射箭，他动作娴熟，对于山林里的飞禽，有种志在必得的轻松。

箭矢朝天上飞去，只见鸟群中正展翅的鸟儿像是被什么击中，沉沉往下坠。演武场里响起惊呼："射中了！射中了！"新兵捡起地上的箭矢，箭矢上带着一只吱吱红。

这就是王霸的猎物。

王霸得意地看向禾晏。

禾晏笑了一笑，不甚在意地拉弓对准天空，动作比王霸更快，快得让人怀疑其究竟有没有对准猎物，然而箭矢已经飞了出去。日头极大，模糊了人的视线，教人一瞬间竟辨别不出箭矢的方向。

石头一眨不眨地看着天空，半晌后道："中了。"

"真的？"洪山一脸狐疑，"我怎么看不清？"

演武场上的一角，又有人的声音响起："我捡到禾晏的箭了！在这里！"他拿着箭跑到梁平面前："给！"

箭矢上，挂着一只柳串儿。

梁平和王霸同时看向禾晏。

前者是陡然发现面前这人是个宝藏的惊喜，后者则是满面不可置信。

他是如何做到的？

王霸握紧手中的弓，道："再来！"他冲那个敲锣的新兵吼道："继续！"

新兵连敲好几下锣，从树林里立刻飞出大片鸟。王霸将几支箭同时搭在手上，数箭齐发！

几支箭一同冲上天空，倒也看不清有没有射中，只是片刻后演武场就有人兴奋地叫："中了中了！箭矢在我这里！"

数箭齐发都能百发百中，这人已经是百里挑一，不，可以说是千里挑一了。那禾晏呢？

大家再看向禾晏，禾晏微微一笑，亦是学着王霸的样子，将几支箭一同搭在弓上。

弓被拉得满满的，少年的脸上挂着轻松的笑意，仿佛去泗水滨踏青的少年人家，随意玩玩的射艺。

她拉动了弓。

箭矢亦是冲进鸟群中，鸟儿慌乱地躲避，有人在演武场大叫："中了中了！我捡到箭了！"

将箭矢拿到教头面前，亦是矢无虚发。

"你！"王霸一咬牙，转身将箭筒背了过来，"我就不相信你次次好运！"他搭弓射箭不停，竟是要将箭筒里的箭全部射光。

每一个箭筒里都有二十支箭，箭羽颜色也不同，便于新兵们练习时候区分。王霸拿的是红色箭羽，禾晏挑了挑，挑了青色的箭羽。她也有样学样，跟着王霸射箭不停。

一时间，他们二人谁也没有说话，只能听见树林里不断铮鸣的锣音和天上飞起的惊雀扑棱的声音。

"太好看了！太有意思了！"程鲤素看得双眼放光，抓着梁平的胳膊赞道，"这比京城猎场里有意思多了！梁教头，你手下的兵怎么这么有意思！你是如何找到这样的人才的？"

梁平赔笑，心里也十分茫然，他也不知道啊！一个王霸已经是意外之喜，嚆，现在再来一个禾晏，梁平简直怀疑自己是不是在做梦。

二十支箭，顷刻间便已经用完。

演武场上的新兵们亦是热心，纷纷将掉落的箭矢收集起来，拿到梁教头跟前。二十支红箭，箭箭中的；二十支青箭，箭无虚发。

凉州卫的新兵里，竟然出了这么两个百不失一、射石饮羽的神弓手。梁平想，他大概要升官了，就算不升官，月例应当也会涨一涨。

"我没想到阿禾哥会这么厉害……"小麦已经看呆了，喃喃自语道。

"我也没想到，"洪山还没回过神，"早知道我就押阿禾胜了……"

对哦，赌局还没有结束。洪山的这句话像是提醒了众人，有个新兵突然嚷道："这……这算平局吧！禾晏和王霸不都是一样的结果？那这局怎么算啊？"

是啊，这怎么算？

王霸低着头，谁也不知道他在想什么，片刻后，他抬起头，脸色阴晴不定："你没有赢。"

"对，"禾晏没有否认，她甚至还真心实意地夸了一下对方，"是你的箭术太好，我托大了。"

"那就算平局，今日你还是没有胜我。"王霸道。事已至此，他也有些慌，其实禾晏能在射飞禽上同他并驾齐驱，就说明，于弓弩之术，对方与自己是不相上下的。

他找不到其他办法来胜过禾晏。

"十日前我说过，十日后，我必胜你。如今胜负未分，怎能和局？"禾晏拿手扇了扇风，"你既想不出比试的办法，那我来提一个，如何？"

梁教头探究地看着他。程鲤素低声道："梁教头，这弓弩一项，还有什么可比的吗？"

梁教头摇头："这……我也不知。"弓弩一项，其实可比的不少，但大同小异。方才禾晏已经射过飞鸟，其余的想来也不难。可他这话的意思，是定要胜过王霸无疑。但还有什么事是王霸不能做，而他独独能做到的？

王霸先是愕然，随即不以为意地一哂："你尽管提！"

大不了再多一局平局而已，他想。

禾晏微微一笑，走到程鲤素身边，忽然伸手，扯下了程鲤素束起长发的发带。

程鲤素呆了呆，等他反应过来时，长发已经披散下来，他道："你干吗？"

"对不住这位兄弟，"禾晏笑道，"你既然要与我拜把子，想来不会吝啬一根发带，借你的一用。"

"可以是可以……"程鲤素胡乱用手拢着头发，嘀咕道，"这也太突然了，再说，你怎么不用自己的发带？"

"我观小兄弟的发带比我的精致多了，许是沾染好运，借你点喜气。"禾晏面不改色地胡诌。

好听的话谁不爱听，程鲤素当即眉开眼笑，道："好说好说！你且用便是！"

众人都不明白他拿程鲤素的发带做什么，只见禾晏缓缓将发带绕于双手间，覆住自己的眼睛。

"他这是……"众人渐渐明白他要做什么。

那条黄色的发带将她的眼睛蒙得严严实实，她把手伸到脑袋后，轻轻打了个结，才道："好了。"

说起来，禾晏不用自己和旁人的发带，实在是因为大热天的，他们又是跑又是练弓，早已沾染了不少汗水。这位肖珏的外甥可不一样，看他穿的衣裳崭新还带着香风，发带也是整洁如新，和他那个有洁癖的舅舅如出一辙，想来要干净得多。

"禾晏，你这是要作何？"王霸皱眉问。

"我们，来比蒙眼射箭吧。"她道。

演武场渐渐安静下来，适逢有风吹过，将禾晏脑后的发带吹得飘扬，便显得赤衣劲装的少年也生出几分飘逸之色。禾晏唇角含笑，手持长弓，向着王霸的方向："这一局，我必胜你。"

四个字，被少年说得云淡风轻。

王霸脸色一阵青一阵白，变了几变，不等他开口，有人先他一步说话，语气里满是怀疑："蒙眼射箭，射什么？草靶子？"

禾晏摇了摇头，微微抬头，她蒙住双眼，理应看不到天空，可抬头的样子，仿佛可以窥见空中山雀飞过的痕迹，她说："同刚才一样，就猎山雀。"

人群哗然。

禾晏又转身面对王霸的方向，含笑问道："行吗？"

"行吗"两个字，像是当初梁教头问她，她爽快回答"可以"。如今，"可以"两个字已经到达舌尖，王霸却怎么也说不出来。

他根本不行。

王霸看向禾晏，禾晏并没有催促他。但周围的新兵们亦是用各色目光打量他，教王霸骑虎难下。难道今日他就要在这众目睽睽之下，被一个黄毛小子扫了颜面，说出去他堂堂山匪当家的，连个小孩儿的话都不敢接。

"行！"他咬牙道。心中却生出一丝侥幸，或许禾晏是诈他的，这小子素来狡猾又邪门，说不准他自己也不行，却故意要做出极有把握的模样，就是想诓自己先他一步放弃认输。

呸，他才不上当！

"这一局，你先！"王霸冲他道。

少年又笑了，点了点头，吐出两个字："可以。"

演武场旗帜台旁边，有一处楼阁，楼阁挨着凉州卫所，地势高，能将演武场的画面尽收眼底。

有二人站于楼阁栏前，远远地看着被新兵簇拥在中心的少年。

一人穿赤色劲装，腰间一根黑布腰带，正是沈瀚。他身边的青年如冰如雪，神情淡漠，正是肖珏。

"没想到这一次这批兵里，竟然出了这么两个好苗子。"沈瀚感叹道，"那王霸且不必说，虽是山匪出身，桀骜难驯，弓弩确实十分精妙，且力大无穷。不过最让人意外的还是那个叫禾晏的少年，他如今才十五六岁，就已经如此拔群，性情又温顺讨人喜爱，等再成长几年，定能成为这一批新兵里的佼佼者。"

他想到之前自己同梁平说的话，那时候他看禾晏的资质过分普通，不值得留意，没想到差点错过一个好苗子。

沈瀚见肖珏并没有接话，便小心翼翼地试探道："都督以为如何？"

"性情温顺？"青年缓缓重复，片刻后，他才哂道，"你恐怕看走眼了。桀骜不驯的，不是王霸，是禾晏。"

禾晏？沈瀚有些怀疑，那少年他见过几次，时时带着笑容，王霸几次三番挑衅他，也没见他恼过。老实说，这个年纪的孩子，正是血气方刚，一言不合便大打出手，禾晏如此，已经很有涵养，十分温柔了。

都督竟然说禾晏桀骜难驯？沈瀚第一次有些怀疑这位上司的眼光。

"那……"沈瀚换了个话头，"都督以为，禾晏能否胜这一局？"

青年勾了勾唇角，声音淡淡："能。"

演武场上，禾晏已经缓缓搭弓。

蒙上眼，就什么都看不见了。看不见猎物，便只能"听"猎物。

而没有什么比一个盲人更能听得清世间万物。

她做盲人那段时间，也曾颓唐过，一个盲人，在这世上行走有诸多不便，连照顾自己都做不到,又岂能做人中出色的那一个。她向来努力,资质平平便以勤勉来补,可这天降横灾,瞬间就将她所有努力全都收回。

她记得不甘心绝望之时,有人对她说过:"你若真心要强,瞎了又何妨,就算瞎了,也能做盲人里最不同的那一个。"

这实在不算一句很好的安慰,可竟神奇地被她记在心里。她摸索着练习不必用眼睛也能做事时,便时常惦记着这一句"做盲人里最不同的那一个"。

她不知道自己是不是"最"不同的那个,但应当算得上是和寻常盲人不同。她可以照顾自己,甚至照顾别人,背着下人比画练剑、掷骰子,也会顽皮,暗中藏起小孩用的弹弓,偷偷打鸟。

比起别的盲人,活得倒也不算太差。

既然当时能做到的事,更毋庸提现在。她不过是,暂且又回到了过去那段时光而已。

林中的锣声惊起飞鸟无数,长空里映出鸟雀身影,少年覆眼微笑,搭弓射箭,箭矢循着鸟雀踪迹直飞上云端!

一只山雀啁啾叫着,被箭矢射中,急速坠落,青色的羽箭映着少年眼间的黄色布条,有种明丽的斑斓。

禾晏伸手,解下蒙着眼睛的发带,她甚至没有看地上的箭矢,好似早已料到会射中猎物一般,将布条递给王霸,笑道:"该你了。"

四周寂静无声,王霸没有伸手接禾晏递来的发带。

禾晏一动不动,半晌,王霸颓然垂下头去,他没有看禾晏,只是低声道:"不用,我不会,你厉害,我不如你。"

这话里,半是气愤,半是诚服。气愤的是自己竟然输给了禾晏,颜面尽失;诚服的是禾晏那一手蒙眼射箭,他的确不会,日后就算开始练,也不见得就比禾晏练得好。

人总要承认自己不足的地方。

新兵们总算回过神,却并没有簇拥欢呼,起先是一个声音哀号道:"我的干饼,我的干饼输了!好惨!"

另一个声音道:"我更惨,我赔了十个,全没了!"

紧接着,哀号声此起彼伏,唯独一个欣喜的声音响了起来:"啊!我赢了!我投了十块肉干,哈哈,我就说我程鲤素一向看人很有眼光!"

禾晏正准备走,闻言愣住了,回头看向程鲤素,没想到那个投了十块肉干的竟然是他。不过转念一想,若不是程鲤素,凉州卫还有谁这么大手笔?

程鲤素一溜烟跑到禾晏身边,看着禾晏,双眼亮晶晶道:"那个,禾晏兄弟,托你的福,我总算是赢了一回。你不知道,我在京城里做什么都不行,文不行，武不行，连去赌场都只会输钱，从没赢过一次。今日还是我第一次赢，禾晏兄弟，我必须与你结拜为兄弟，今日就是我们的结拜日，我要请你喝酒！"

"喀喀，"梁平手握拳抵着唇间，道，"营中不得饮酒。"

"那就请你喝茶！"程鲤素握住禾晏的手，看禾晏的目光仿佛在看自己失散多年的亲人，透着真切的亲近。

"那倒不必。"禾晏将手抽出来，把发带塞到他手里，"差点忘了这个，多谢程公子的发带。"

"你我之间，何须言谢。"程鲤素笑嘻嘻地道，他继而想起什么，突然转头，对着王霸开口："那谁，你是不是忘了一件事？"

"什么？"禾晏不解。

"你忘了你们的赌约了？"程鲤素急急道，"你与他做赌，你输了就去做伙头兵，他输了你就是他老大。如今他输了，他得履行赌约啊！"

王霸全身都僵硬了。

周围人都起哄笑起来，梁平背过身，这之后的事，便不是他该参与的了。小麦和洪山倚在一起看热闹，禾晏挑眉，看向王霸。

王霸一步步走到禾晏面前，他比禾晏高得多，禾晏在他面前，实在瘦小得过分。他脸涨得通红，连脸上那道陈年的旧伤疤，此刻也鲜红得仿佛要滴出血来。

禾晏注意到他紧握的双拳，心中无声地叹了口气，大约做当家的总要将面子看得更重一些？要他叫自己老大，或许比杀了这汉子还让他难堪。禾晏正要打圆场，王霸已然开口："……老大。"

禾晏："……"

她抬眼看向王霸，王霸却以为禾晏是要发难，恼羞成怒道："我已经叫了！你没听到是你自己的事，我不会再叫一遍的！"

"我听到了。"禾晏笑起来。

"这次算你走运，"王霸冷哼一声，"日后……日后别来招惹我！"说完这句话，他似是觉得十分没脸，不愿在这儿待下去，转身急急离开了。

禾晏暗道，这王霸，确实有几分血性，也算能屈能伸了。

"禾晏兄弟，你看你，真是了不起！"程鲤素又贴上来，"为了庆祝，走，我请你喝茶去！"

禾晏还没来得及拒绝，就被这快乐的少年给拉走了。

……

"程公子带着禾晏走了。"楼阁上，沈瀚问，"都督，要不要去把他追回来？"

"不必。"肖珏道，看了一场比试，他似是厌倦，转身往外走。沈瀚连忙跟上去，似想到什么，又看了一眼肖珏，心中无声盘算。

都督说桀骜不驯的是禾晏，他起先还不相信，如今看来，还真是。别看禾晏瘦瘦小小的，如今就能让一个山匪当家的唤他老大了，可不是难对付？要这么下去，他就能跟都督拜把子了。

不过，沈瀚瞅一眼肖珏冷淡的脸，都督当也看不上这小子。

禾晏没能跟肖珏拜上把子，倒是被肖珏的外甥缠着拜把子。

程鲤素拉着禾晏到了卫所里他自己住的单独房间，虽然不是装饰华贵，但比起新兵们住的地方，实在是好上太多。

屋里竟然还点了香，装香的是个精致的仙娥摆件。见禾晏盯着看，程鲤素便解释道："这是我从京城里带过来的好东西，舅舅不许我在这里点，我偷偷地点，你别告诉他。"

活像背着长辈偷偷干坏事的小孩。

见禾晏不说话，程鲤素试探地问："你是不是很喜欢这个？喜欢的话，我送你啊！"他把香炉塞到禾晏手里，"没关系，我俩的关系当得起！"

禾晏给他放回去："……谢谢啊，我没地方摆。"

也是，程鲤素想了下，颇为遗憾地点头："回头我去跟舅舅说，让他给你换间屋子，同我一样的。"

禾晏："……"

肖珏能答应才怪！程鲤素要真做成了这件事，要她叫程鲤素大哥都可以！

"对了，你还不知道我舅舅是谁吧？我舅舅就是当今的右军都督，封云将军肖二公子，你的上司。"程鲤素一口气说完，便去看禾晏的脸色，见禾晏神色如常，他"咦"了一声，"你怎么一点都不惊讶？"

她应该表现得惊讶吗？禾晏道："我观公子气质斐然，不似寻常人，估摸着公子的舅舅也当如此。果然，有其舅必有其甥。"

这话取悦了程鲤素，他露出一个羞赧的笑容，挠了挠头，不好意思道："那也不是，我比起舅舅来差得远了。我舅舅就住我隔壁，不过他现在出去了，不然我就带你去见见他。"

禾晏心道，那还是不必了。

"来来来，我茶倒好了。"程鲤素忙得团团转，将一杯茶塞到禾晏手里，"喝完这杯茶，我们就是拜把子兄弟了！"

禾晏看了看手里的茶，迟疑了一下，把茶放回了桌上。

程鲤素愣了一下："怎么了？"

"程公子，我想我们不该以兄弟称呼。错辈分了。"禾晏道。

她和肖珏是一个辈分的，程鲤素却叫肖珏舅舅，如果她和程鲤素拜了把子，日后岂不是也要叫肖珏舅舅？

她能让肖珏占了这个便宜？想得美！

"怎么就错辈分了？"程鲤素不解，"我今年十五，我听梁教头说，你今年十六，咱们相差不大啊。"

"你叫肖……都督舅舅，他年纪也不大吧。"禾晏道。肖珏如今也就刚刚及冠，她问："他是你亲舅舅？"

"嗯，我们是有亲戚关系的。"程鲤素非常认真地解释了一下。

原来程鲤素的母亲右司直郎夫人程夫人，同肖珏是堂姐弟。只是程夫人同肖珏年纪差距太大，当年肖珏出生时，程夫人已经出嫁了，姐弟二人往来极少。倒是程鲤素长大后，十分喜爱黏着这位同自己年纪相仿的小舅舅。

禾晏想着，从前在贤昌馆时，好像是有位白白胖胖的小公子常来找肖珏，不过忘记他是不是叫肖珏"舅舅"了。

"我舅舅样样都优秀，文韬武略都是万里挑一，跟着他脸上有光，旁人也不敢再骂我'废物公子'。"程鲤素说起外号时，不以为耻，"如今我又同你交好，你也如我舅舅一般优秀，我可真是太厉害了！"

禾晏："……"不知这厉害从何谈起。

说起禾晏，程鲤素又想到了什么，问："对了，你这么优秀，禾大哥，你家里是做什么的？"

拜把子茶都没喝，他居然就喊上了"禾大哥"，禾晏也不知道是该先回答他的问题还是先纠正他的说法，她道："我家就是寻常人家。"

禾晏不欲多说的模样落在程鲤素眼中，便多了几分深意，程鲤素肃然道："我懂，你们这种高人，都不愿泄露行踪。"

禾晏心道，这孩子怕不是脑子有问题？

"你这么能干，来凉州卫干吗啊？"程鲤素问，"你的这身本事，何必来投军呢？"

禾晏便把对他舅舅说过的话再对他概述了一遍："男子汉当建功立业，得封赏盖房子，娶媳妇生孩子，不枉此生才是。"

唇红齿白的少年看了禾晏一会儿，点头赞道："你这个想法，很不错，很……踏实。只是，禾大哥，你要投军建功立业，是否太慢了些？这几年无仗可打，都说乱世出英雄，咱们太平盛世，你这身武艺无处施展，浪费了。"

禾晏："……"这孩子还想得挺周到。

"不如我为你指一条明路。"程鲤素凑近他，低声道，"你知道我舅舅手下的南府兵吧？"

禾晏点头："听过。"南府兵是肖老将军一手建立起来的，所向披靡，战无

139

不胜。

"南府兵里,有一支冲锋铁骑队,九旗营。"

九旗营禾晏也知道,这是肖珏接过南府兵后,为自己培养的一支亲信,多是突袭冲锋,手段奇诡。

"舅舅这次来凉州卫,除了其他事,还要在这批新兵里挑些人,带回去加入九旗营。"

禾晏一惊:"九旗营不是不再收人?"

"那是对外称的。世上最难得的是什么?是人才。九旗营里的,个个都是人才。建功立业,升官发财,你得先找对地方,你如此身手,又是自己人,应当去九旗营才是。"少年慢条斯理地道来。

禾晏渐渐收起笑容,片刻后,她蹙眉,冷声道:"刚才的话,你有没有对别人说过?"

禾晏的目光冷厉,程鲤素吓了一跳,嗫嚅道:"没有……"

"那你记住,此话不可对第二人讲。"

程鲤素下意识地点头:"……好。"

禾晏满意了,突然又弯了弯眉眼,唇角翘起:"不过你刚才说得很对。"

"欸?"程鲤素蒙了。

最快的速度升官,这是其次。她在战场上厮杀拼功勋,实在太慢,便是真的升官,也未必会接触到禾家。同肖珏在一起却不一样,在肖珏身边,要打听朝事,简单得多。她以前没想过和肖珏有什么纠葛,如今却要绞尽脑汁做肖珏的心腹,这实在不可思议,却又天缘凑巧。

禾晏将茶杯里的茶一饮而尽,站起身道:"我要进九旗营。"

第六章 擂主

凉州卫所的夏日，绵长而难熬，日日都是苦训，枯燥又乏味。但日子竟也这般一日日过了，小暑过后便是大暑，等大暑过后再不久，就立秋了。

炎日训练，将凉州卫的新兵们迅速练出极好的耐力与决心。每月除了弓弩和清晨的负重行跑以外，还要练鞭刀、步围、阵法、长枪、刀术、骑射。骑射练得少些，因凉州卫兵马有限。

"阿禾哥，你的饼。"小麦把干粮递给禾晏。

圆饼用炭火烤过，酥脆咸香。一口咬下，连饼渣都带着热气，禾晏嚼两口饼，再灌一大口水，便觉得空空的腹部顿时得到熨帖，说不出来地舒服。

洪山盯着禾晏，奇道："阿禾，我觉得不对啊，你说你每日吃的和我们一样，有时候还开小灶，你咋还是这么瘦，这么……小呢？"他把"矮"字生生地憋了回去。

禾晏："……"

这能怪她吗？

她的拜把子兄弟，那位"废物公子"程鲤素隔三岔五过来，偷偷塞给禾晏一些吃的，有时候是一把松子，有时候是几块肉干，有一次甚至送了禾晏一碗羹汤，说是从他舅舅那里顺来的。

每每给禾晏的时候，程鲤素还特别紧张："快快快，就在这儿吃，不能被我舅舅看见。"活像偷偷探监。禾晏有时候真不想吃，何必呢？但转念一想，没人跟吃的过不去，况且程鲤素送来的这些食物，还真挺美味的。

就连这样的开小灶，也没能让禾晏看起来结实一些。倒是每日忙着训练，汗流不止，几个月下来，瘦了一圈，看起来更加小可怜了。

不过这位小可怜前些日子在凉州卫弓弩一项上惊艳的一手，从此成了山匪出身的刀疤壮汉新任老大，让无数新兵痛失干饼的事还历历在目。禾晏现在也算是个有名气的人。

在那之后，暂且没有人来找禾晏比试，禾晏也乐得轻松。她如今还在考量如何才能让肖珏注意到自己，从而曲线救国，进入九旗营。

今日练的是长枪。演武场上的长枪多是以稠木做成，枪杆硬韧，枪锋短利。

教头在台上甩花枪，底下的新兵们跟着有样学样，练了一段时间，也小有成效。禾晏对长枪不太擅长，她本人习惯用剑。如今她个头小小，用起枪来更不方便，总觉得束手束脚放不开。

梁教头耍完一套枪法后，便让新兵们自己跟着练，他走下台来巡视，走到禾晏身边时，便忍不住多看了禾晏两眼。

毕竟上一次禾晏的弓弩之术，实在令人想忘记也难。这位新兵，当是被重视的。不过这些天来，梁教头也注意到，禾晏的鞭刀、步围、长枪、刀术都还不错，但远远没达到惊艳的地步，唯一让人惊讶的是骑射，但因为这些日子没有比试，也只能看得到一点。

他每日认真训练，包括弓弩和负重行跑，不曾懈怠过。可梁教头还是有一种感觉，这个少年似乎有所保留，每日表现出来的，只是一部分而已。

他又走到杜茂的位置。杜教头也正在巡视，周围几个教头正围着他，指着一个新兵在说些什么。

梁平走过去，就听见他们在议论。

"不愧家中是开武馆的，你看那长枪耍的，厉害！"

"我说，他其实比老杜你还要娴熟，这套枪法我都没看到过！"

"这小子年纪也不大，也就十七八，打小练的吧这是。"

梁平问："你们在说谁？"

"那个，杜教头手下的兵，站前排最左的那个，大高个儿，看到没？"

梁平顺着他指的方向看过去，果然看见一个劲装的年轻人正在练枪。这年轻人生得浓眉大眼，五官端正，眉目间自有坚毅之气，也隐隐透着一股倨傲之色。他步伐稳当，手上长枪耍得人眼花缭乱，并且不是花架子，梁平能感觉得出来他舞枪的每一步，都自有煞气。

"好！"梁平忍不住赞道。

"确实不错，"杜茂也与有荣焉，"我之前试过他几次，是有真本事的。他叫江蛟，爹是京城武馆的馆主。"

"那他还来投军？"梁平诧异。

"有大志向，男儿壮志你懂不懂？"杜茂道，"我就欣赏这样的男儿！"

有人插嘴道："不知道这个江蛟和老梁手下的禾晏，比起来谁更厉害？"

这话一出，周围静了一瞬，杜茂若有所思地看向梁平，梁平下意识地回道："禾晏在弓弩一项上颇有天分，但我看枪术平平，不是江蛟的对手。"

开玩笑，禾晏那么一个小个子，生得又瘦弱，这江蛟却十分高大健壮，家里又是开武馆的，自小习武。若是禾晏被江蛟揍出个三长两短，他去哪儿再找一个这样的神弓手？

"老梁，话也不能这么说。"杜茂听完他的话，并未放弃，转而钩住梁平的肩，"你手下的那个禾晏，一开始行跑老是落在后面，最后可以跑得轻松。一开始连弓都拉不开，最后可以蒙眼射箭。你现在说他不行，说不定以后他又行了。你身为教头，可不能过于保护新兵，毕竟他们日后，都要上战场的。"

周围的人纷纷附和："对，对，老杜说得对！老梁你可不能护犊子。"

对个鬼！梁平愤愤地想，一群看热闹不嫌事大的，不安好心。

"梁教头，我也想同禾晏比一场。"

梁平回头，那位叫江蛟的年轻人不知何时已经放下长枪，走到他身后，大约是听到了教头们的谈论，突兀地来了这么一句。

梁平没有回答，正在思索如何拒绝。

"可以吗？"江蛟仿佛不知他的为难，又问了一遍。

我觉得不行，梁平心里想着这句话，正要说出口，有人道："嘿，问梁教头做什么，直接去问禾晏嘛！那小子自己心里有谱，愿意就比，不愿意就算了，这不挺简单一事？"

"说得有理。"杜茂点头，对江蛟道："你直接去问禾晏吧。不过，"顿了顿，他嘱咐，"比试可以，点到即止，不可伤人。"

他话都说到这份上，梁平也无可奈何，只能眼睁睁地看着江蛟往禾晏那头走去。

江蛟到了梁教头新兵队前，一眼就看到了正在耍枪的禾晏。他没有立刻上前，静静地看了一会儿禾晏，禾晏没有打什么复杂的枪法，只是简单地收进、刺出，不过即便是这样最普通的枪法，他练得也是认认真真，没有一点偷懒。

江蛟看了好一会儿，有人注意到他，就问："兄弟，你站在这里看我们作甚？"

"我来找人。"江蛟说罢，便大步走到禾晏跟前。

禾晏正在往前刺枪，冷不防枪头被人一握，刺得那人倒退两步，她抬起头，奇道："你抓我枪锋做什么？"

江蛟被刺得往后倒退两步，心中也浮起一丝惊异，这禾晏看上去枪舞得软绵绵的，没什么力气，可真正握枪头时，才知道这一枪有多厉害。若非他们家是开武馆的，他从小学长枪，换个普通人，非要被刺得跌倒在地不可。

思及此，江蛟心中便收起几分轻视之意，认真地看向禾晏："我听禾兄无双拔萃，愿在长枪一项，同禾兄切磋一回。如何？"

禾晏眨了眨眼睛，明白过来，这又是一个来踢馆的。

洪山站在禾晏后面，闻言一拍脑袋："坏了，人怕出名猪怕壮，上次阿禾胜了王霸，我就知道要坏事，看吧，这是第二个。"

"以后还有啊？"小麦悄悄问。

"多得很，总会有第三个、第四个、第五个的。"洪山摇头，"人啊，就喜欢争强好胜。争来争去，有什么意思呢？"

有什么意思？禾晏觉得可有意思了。她一直在想，要进九旗营，就得先让肖珏发现自己是一个出类拔萃、楚楚不凡的好汉英雄。但肖珏又没有每天都来演武场看新兵练兵，自己也没表现的场所，除非有人如王霸那样，一直来挑战她，成就她的名声，传来传去，自然会传到肖珏的耳中。

但不知为何，自从上次王霸和自己比试弓弩以后，便再也没有人来挑战她了。禾晏猜测可能是输掉的干饼让新兵们元气大伤，暂时都不想看到自己。

眼下却又来了一个，这不是瞌睡来了送枕头是什么？来得实在很妙。

"好啊。"禾晏将长枪立于自己身侧，"你想怎么比？"

禾晏回答得太过干脆，让江蛟也怔了一刻，迟疑了一下，他道："你与我二人比画就行，点到即止。"

"行。"禾晏道，"你去拿你的枪，就在演武场的台上比吧。"

"你……"江蛟犹豫着问道，"不用等十日？"

禾晏一愣，有些好笑："当然不用。"

闻讯赶来的几位教头挤在一起，有人碰了碰梁平的胳膊，道："老梁，我早说了，指不定你的这个新兵根本就没把这点比试放在心上，就你在这儿瞎操心！"

梁平："……"

他原以为禾晏不会答应，想着若是由禾晏亲自拒绝，江蛟应当不会再说什么，没想到禾晏一口应承下来。这小子，是从来都不知道"拒绝"两个字怎么写吗，还是他已经自信到无论是谁来挑战都来者不拒？

"我有点期待。"杜茂扯下腰间的牛皮水袋喝了一口水，目光盯着正往高台上走的禾晏，"要不，我们来赌一局吧？"

"不赌。"梁平一口拒绝。上次新兵营里输了干饼的人，后来饿了整整一月的肚子。现在新兵不赌，怎么教头还赌上了？

"他个胆小鬼，他不来我来！"另一位教头道，"我来赌月底发的黄酒，我赌江蛟胜！"

程鲤素得了禾晏要同江蛟比试长枪的消息，第一反应就是去隔壁屋子里找肖珏。

他兴冲冲而去，肖珏正对自己的贴身暗卫说话，见此情景皱眉："程鲤素，你跑来跑去像什么样子？"

"舅舅，我来叫你去看场好戏！"

肖珏示意暗卫离开，暗卫离开后他问："什么事？"

"我结拜大哥，禾大哥啊，今日要和人比试长枪！"程鲤素拽住肖珏的袖子，"要开始了，就在演武场，我们去看看，怎么样？"

"禾晏？"肖珏挑眉。

他记得禾晏，短短几月，此人的名字已经传遍了凉州卫。先是行跑，又是从拉不开弓到箭无虚发，再到成了程鲤素的结拜大哥。程鲤素隔三岔五偷偷去给禾晏送吃的，他也睁一只眼闭一只眼，权当小孩子的游戏。

此人虽然资质平平，不过心志坚定，每夜新兵们入寝之后，还要跑到演武场继续训练，直到月上三更，才会回房休息。

"对啊，你也知道我大哥！"程鲤素扯着肖珏的袖子将他往外带，"听说今日是那小子主动找上我大哥的，我大哥定能教他什么叫真正的枪法！"

肖珏瞥他一眼："袖子。"

程鲤素立马放开手，转而改为抱住他的手臂，央求道："舅舅，你就去陪我看一眼嘛。我大哥真的很厉害，不比你九旗营的那些力士差！"

肖珏嗤笑一声，对他说的话不置可否，不过脚步未停，终是随他往外走去。

程鲤素松了口气，心中暗暗地想，大哥，小弟我只能帮你到这里了。

演武场上的高台，平日里都是总教头说话的地方，开阔的四方场地，是比武的好场所。

新兵们围在高台下，看着台上两人。

江蛟已经拿到了他的长枪，他身材高大健壮，生得十分英武，大约是从小习武的原因，瞧着便与其他新兵不同，相貌也生得好，若同此人在一起，应当教人十分安心。

和他相对而立的，则是禾晏。比起他来，禾晏更像是还未发育成的少年，个头矮小，身材瘦弱，五官倒是生得清秀。这么久的训练，这少年虽然被晒得黑了些，比起周围的新兵，却已经很白了。他这么站在这里，像是大户人家的小少爷，斯斯文文，俊秀可爱。

江蛟竖起长枪："你先。"

还挺体贴，禾晏笑盈盈道："那我就不客气了。"她横长枪于身前，眸光微动，身子已经冲上前来。

江蛟脸色一变，迎了上去。

两道身影霎时间混成一团，只听得"砰砰砰砰"的声音不绝，刹那，已交手十几招，两人齐齐后退几步，瞧着对方。

禾晏笑容不变，江蛟瞧禾晏，难掩惊异。

甫一交手，他便知道，禾晏绝不可能是初练长枪。他同自己交手的这十几招，招招凶险，自己无法攻，亦无可退。

旗鼓相当！

他以为自己已经很高估禾晏了，如此看来，还是低估了。

底下的新兵们没看明白，只觉得禾晏和江蛟还没过几招怎么就停下来了，看得不过瘾，有些不满，纷纷议论道："刚才怎么回事？谁占上风？"

"我就喝了口水，错过了什么？你们看见了吗？"

"没有，我什么都没看见。"

演武场台下，几位教头一脸凝重，半晌无言。

杜茂看向梁平，梁平连忙摆手："我不知道，别问我！他平时练枪的时候没露过这手，我不知道！"

新兵们看不明白，教头们却看得清清楚楚，禾晏同江蛟交手，禾晏没输，甚至于许是江蛟轻敌，还被禾晏压了一头。江蛟的枪术复杂多变，灵活如蛇；禾晏的枪术看似质朴，却蕴含力量，可以轻易挑开江蛟的枪锋。

"梁平，你可真收了个好兵啊。"有教头酸溜溜地道。

梁平心里半是得意半是惶恐，这禾晏，未免藏得也太深了。若非江蛟主动要同禾晏比枪，他只会觉得禾晏在弓弩一项上颇有天分，枪术上，也仅仅是不错而已。

台上，江蛟盯着禾晏道："再来！"

禾晏颔首。

这回是江蛟提着枪先出手，禾晏迎了上去。两杆长枪碰在一起，红缨随风飘动。江蛟的枪如蛇，每次出击又险又急，直奔向禾晏面门，可禾晏只是微微侧头，那枪锋便擦着她的面颊而过，扫了个空。

江蛟开始认真了，他枪法来势汹汹如暴雨骤临，一枪接着一枪，试图找到禾晏的破绽，然而神奇的是，少年身姿灵巧，每一次险险避开，手中的长枪仿佛成了坚不可摧的盾牌，将江蛟的长枪挡住，再也无法更近一分。

"快啊，再快一点！只差一点就能打倒他了！"台下的新兵们看得着急。

"禾晏怎么只守不攻，他不会枪术吗？"

时间流逝，江蛟已经无法支持这样密集的攻击，他盯着禾晏，不晓得那个看似瘦弱的少年体内怎会拥有这般的力气和耐力，一点都不见疲倦，唯有专注。专注得叫人害怕。

恍惚间，江蛟手中的长枪挽了个空，他心中一震，只见对面的少年露出一个笑容来。江蛟来不及反应，禾晏手中的长枪——一直只守不攻的长枪突然刺到面前,他急急运枪去挡,被刺得偏了一下。

禾晏开始攻了。

"枪为诸器之王,以诸器遇枪立败也。"少年的声音清脆,不大不小,山林空荡,说话的时候有回音,恰好能传遍整个演武场。

她一矮身,避过江蛟的枪锋,自下而上,以一个刁钻的角度刺向江蛟的面门。

"降枪势所以破棍,左右插花势所以破牌镋。"腾挪,运转枪头,再次直扑上前。

"对打法破剑、破叉、破铲、破双刀、破短刀。"手臂似有无穷力气,被挡亦上前,刺向江蛟左右,江蛟来不及应对,已有招架不住的狼狈之色。

"勾扑法破鞭、破锏。"她再上前,枪锋如疾风骤雨,比起刚才江蛟对她的攻势,有过之而无不及,且更加精准,直抓住江蛟的每一处弱点,打蛇打七寸,寸寸致命。

"虚串破大刀、破戟。"江蛟已经被逼至演武场高台边缘,他心神恍惚,只觉得面前少年犹如沙场驾马驰来,处处都是煞气无可抵挡,势如破竹,锐不可当。他被逼得节节败退,溃不成军。

长枪直扑向面门,江蛟慌忙后退,陡然间,脚步一滑,往下跌去,耳边响起台下新兵们的惊呼,江蛟这才反应过来,他竟已无路可退。

猛然间,一只手拉住他。

长枪点在他前额,没有再上前。那少年看着瘦弱,力气却极大,将他一把拉回演武场台上,收回长枪立于身侧。

风吹过,吹得方才的暑气一扫而光,只觉得满面清凉。旗帜随风微动,林间鸟兽虫鸣。

少年站得笔直,声音仍然清脆,不见急攻之下的倦意与喘息,不徐不疾,掷地有声:"人惟不见真枪,故迷心于诸器,一得真枪,视诸器直儿戏也。"

江蛟怔怔地看着他,半晌,轻轻地开口:"你读过《手臂录》?"

《手臂录》记载了各家枪法及刀法。江蛟读过,是因为他们家是开武馆的,他爷爷、他爹、他兄长、他都要读。他虽读过,但却觉得书上所言,太过夸张,不可能有人真正做到如此。如今他却在这里,在这少年身上,晓得原是自己学艺不精。

少年歪头看他,脸上挂着笑意,道:"是读过一点,略懂,略懂。"

台下的新兵们仰头去看禾晏。

之前那十几招,时间太短,他们难以看出谁占上风,然而这会儿已经不必旁人过多解释。禾晏将江蛟逼到演武台边缘,差点跌下去,江蛟输了。

这少年，竟又胜了一回。

"阿禾哥好厉害啊，"小麦喃喃道，"越来越厉害了。"

洪山挠了挠头："这小子，从前可没告诉我们他会这么一手。"

"他不是第一次练枪。"石头沉默半晌，开口道，"所以那个人打不过他。"

"可是不对啊，"洪山奇怪，"阿禾是家道中落的少爷，他们大户人家，难道寻常在家都练弓弩枪术的？"

台下新兵们的窃窃私语，禾晏不是没听到。这是个绝佳的机会，她将长枪往地上一戳，自己上前了两步，道："诸位兄弟，今日我又胜了。"

她说这话，毫不掩饰自己面上的自得之色，甚至有几分夸张，便显得有些刺眼。

"这小子想干吗？"杜茂问。

没人知道禾晏想干吗。

禾晏笑眯眯道："我想日后，可能也少不了想要来挑战我的，不必担心我不应战，我呀，来者不拒。不过一日只比一场。"

梁教头嘴角抽了抽："这家伙，是当自己在摆擂台吗？"

擂主禾晏丝毫不顾及旁人的眼光，自顾自道："鞭刀、步围、长枪、刀术、骑射，所有兵营里有的，都可以向我挑战，放心，赢了不会收你们的干饼，愿者自来。"

纵然知道这少年身负绝技，可这姿态，着实嚣张了些。

"太狂妄了，哪有这样的人！"

"一点都不谦虚，不过才弓弩和长枪两项侥幸胜了人而已，便不知天高地厚。"

"难道偌大凉州卫，竟找不出比他厉害的人吗？数万儿郎，一个能打的都没有？"

禾晏轻轻笑着，心道，也不是没有能打的，只是最能打的那位少爷，根本不屑于和我对战。

她道："君子一言，驷马难追，今日诸位教头、兄弟都在此，我禾晏说到做到！我赢了权当切磋；我输了，兄弟们可任提要求。不过，"她似是有些不好意思，"那应当是不可能的。"

她不说还好，一说，新兵里登时又是一片激愤之言。

"他这是把我们看扁了！"

"当我们凉州卫无人，都说十个指头有长短，这小子是当自己样样所长，他当自己是封云将军吗？"

"算了算了，再过几日且看他，有他打脸的时候！"

禾晏在台上做足了嚣张的姿态后，才不紧不慢地往台下走，走之前似是想起了什么，对站在一边神色不定的江蛟道："其实你长枪用得很好。"

江蛟一愣，看着他，不明白他是什么意思。

"不过你遇到了我，我更好。"她哈哈大笑着走下台去，不再去看江蛟的脸色了。

另一头，杜茂脸沉如水。禾晏同江蛟比试，本来也没什么，可禾晏刚才杀江蛟威风杀得太狠了，江蛟说不准会一蹶不振，这可不是他愿意看到的。他拍了拍梁平的肩，自己先去江蛟身边，打算好好劝解这位初试牛刀便被斩于马下的新兵，免得失去一个好苗子。

演武场旁边的楼阁上。

"舅舅，我禾大哥又赢了！"将这一切尽收眼底的程鲤素跳起来，指着禾晏的方向，活像刚刚赢了枪术的人是自己，嘴里不停地称赞，"他真的很厉害，没人能打得过他！"

肖珏瞥他一眼，懒得搭理他，转身往外走。

程鲤素想起了什么，连忙跑到肖珏身边上蹿下跳："舅舅，你看看他！弓弩第一，枪术第一，今后鞭刀什么的，全都是第一，他就是凉州卫第一……除了你之外的第一，对不对？"

"等他拿到第一再说。"肖珏不冷不热地回答了他的热情。

"他现在已经拿到两个第一了！其他的第一也是迟早的事。而且两个第一也已经很了不起了，不是吗？舅舅，你看看他，这么优秀的人才，人间能见到几个？难道不值得入你的九旗营吗？舅舅，你看看他嘛！"

肖珏顿住脚步，目光落在他身上。

程鲤素心中一喜，以为自己说动了肖珏。下一刻，肖珏盯着他的眼睛，慢慢开口："你近来频繁提起禾晏，说过两次九旗营，你从前从不关注九旗营的事，"他淡淡道，"程鲤素，你是不是想促成禾晏进九旗营一事？"

程鲤素心里"咯噔"一下，暗道坏了。这位舅舅向来聪明，一点儿端倪就怀疑到自己身上，他道："不、不是的，我就是……想让舅舅你多注意一下我大哥。"

肖珏："你是觉得我傻，还是你聪明？"

程鲤素与他对视片刻，垂头丧气地耷拉下脑袋："是我傻……"

"你如何知道九旗营的事？"肖珏问他。

秀美如玉的青年目光平静，并未有要发怒的征兆，程鲤素却觉得浑身发寒，他老老实实地回答："我之前住你隔壁，听到沈总教头和你说话，知道九旗营打算在凉州卫所的新兵里招人，所以……"

肖珏轻笑一声，嘲道："所以你就拿这个消息，迫不及待去讨好了你的'大哥'？"

"不是不是，我也是真心为了舅舅你着想。"程鲤素急忙否认，"我每日无事，到处走动，看了看凉州卫的新兵里，也就禾大哥能够得上九旗营的门槛，其他人连我禾大哥都打不过，怎么进你的精骑队？我也是一片丹心！"

沉默片刻，肖珏问："他怎么说？"

"啊？"程鲤素先是一愣，随即明白过来肖珏口中的"他"指的是禾晏，便道，"我与禾大哥说完此事后，禾大哥好像很高兴。而且，他说他要进九旗营。"

"他说'要'？"肖珏缓缓反问。

程鲤素缩了缩脖子，莫名感到冷风阵阵，点头道："是'要'……有什么不对吗？"

肖珏轻笑一声，秋水一般的清眸浮起莫名情绪，片刻后，他敛下神色，淡淡开口："这个人，胆子不小，野心也不小。"

这一日，禾晏又大大地出了一回风头。

回去的路上，禾晏还遇到了藏在人群中的王霸。他当是也来看禾晏与江蛟比枪的，看完了就想走，不巧被禾晏看到，禾晏老远地与他打招呼："王兄！"

众目睽睽下，王霸脸一黑，一扭头走了，活像有人在后面撵他。

"阿禾哥，真有你的。"小麦羡慕道。

"以后这样的事会越来越多，你得习惯。"禾晏笑眯眯道。

大约是今日心情好，禾晏照常深夜偷练完毕回去睡觉，还破天荒地做了个梦。

梦里她站在演武场高台上，旁人纷纷都叫她老大，程鲤素跑过来，笑嘻嘻地对她道："禾大哥，你进九旗营了！"

"果真？"她亦是很高兴，只听得一个声音传来："禾如非？"

她转身一看，竟是肖珏，他冷冷盯着她，语含讥讽："你究竟是禾晏，还是禾如非？"

禾如非，她听到这个名字，猝然从梦中醒来，坐起身子一摸头，已是满头大汗。

外头天光大亮，洪山正将窗户推开，见他擦汗，随口道："这几日热得要命，估摸着快下雨了，下几场雨，天气就转凉。娘的，我可不想再在凉州卫过夏天了。"

禾晏笑了笑，仍有些心神不定。小麦见状，奇道："阿禾哥脸色不好，是不是受了暑气？喝点叶子茶？"

"不必，就是热的。"禾晏下床穿鞋，"出去跑跑出身汗就好了。"

清晨的负重行跑过后，仍是到演武场练武，今日是练刀术。练着练着，便见有一行人走了过来，在禾晏的面前停下脚步。

禾晏放下手中的刀。

"你昨日说的话，可算数？"为首的人沉声问道。

这是个龙眉豹颈、铜筋铁骨的光头汉子，脖子上戴着一串佛珠，佛珠温润闪着黝黑的光，每一颗都有指头大。他双手握着一把金背大刀，比禾晏年长许多，当是过了不惑之年，或许已到了天命之年。而人却丝毫不见松弛疲懒，如绷紧的一头熊。

"我叫黄雄，"光头大汉闷声闷气道，"我要与你切磋刀法。"

周围正竖着耳朵偷听他们说话的新兵们顿时激动起来。

"啊，有人了，有人了，这么快就有人了，我就说嘛，咱们凉州卫数万好汉，哪能挑不出一个教这小子做人的！"

"对对对，灭灭他的威风，为我们的干饼报仇！"

"我觉得这回禾晏当威风不起来了，你看黄雄手上那把刀，不是凡品！怕是从前便是游侠。"

禾晏也注意到黄雄手中的刀，刀身呈赤色，刀背极厚，刀刃锋利，刀尖不平，略带弯曲。这种刀十分沉重，普通人挥动起来会觉吃力，不过配黄雄这样的好汉，却是恰到好处的威武。

"你有一把好刀。"禾晏赞道。

黄雄闻言，目光微微柔和了些，他道："它是我三十年的老朋友。"

禾晏心中咂舌，不由得又想起自己的青琅剑。她如今重为新兵，出来的时候又匆忙，不像黄雄还将自己的刀带到凉州。没有称手的武器，其实十分不习惯。

黄雄见禾晏迟迟不应，皱眉道："你昨日不是说，来者不拒，眼下是不想应战？"

禾晏诧然一刻，笑道："哪里，我说到做到，现在就可。"

迎着众人的目光，禾晏泰然自若地走上了演武场的高台。

台下，梁平神情麻木地看着禾晏的动作。

杜茂靠着树，幸灾乐祸地开口："你手下的这个禾晏，还真是会挑事啊。"

梁平恨不得上去抽他两嘴巴，若不是昨日杜茂多事，提出让江蛟与禾晏赛一场，禾晏根本就不会去演武台，也根本不会说出摆下擂台这种浑话，哪里还有今日的事？

如今连沈总教头都默认的事，梁平也不能阻止，只能在心里默念，希望今日的禾晏也有好运保佑，平安无事地度过才好。

程鲤素待在肖珏的房间，百无聊赖地在小几上打瞌睡。他舅舅正在看京城送来的文册，也不知道是什么，看了一早上未停。

程鲤素觉出几分无聊来。他正想着要不要出去看看演武场那头，给自己找点乐子，外头有人敲门，肖珏道："进。"

进来的是沈瀚。

沈瀚走到肖珏身边，低声同肖珏说了几句话。程鲤素将椅子往那头挪了挪，努力伸长耳朵，听到了几个字。

"禾晏……黄雄……比刀……演武场。"

程鲤素向来不好使的脑瓜第一次发挥了可喜的才智，心中过了一过，便知道是怎么一回事了。有人要与禾晏比刀，现在就在演武场。他心里陡然激动起来，不愧是他大哥，昨日放话，今日就有人来踢馆。他现在就想去看！

程鲤素偷偷地放下手中的笔，趁肖珏背对着自己，对沈瀚使了个眼色，蹑手蹑脚地就要偷偷溜出房去。

才走到门口，肖珏淡声道："程鲤素。"

程鲤素："……"

他垮着脸应了一声，心道奇了怪了，他舅舅也没比旁人多长眼睛，怎么每次他要做个什么事都能被抓住。

坦白从宽，程鲤素小跑到肖珏跟前，扭扭捏捏道："舅舅，我就去看一眼，我大哥跟人比刀，我怎么能不去看呢？做人要讲义气。我看完就回来练字，保证不耽误！"

肖珏抬眸看了他一眼："我有说过不让你去？"

"欸？"程鲤素顿时眉开眼笑，"让去呀，你不早说！那我去了！"他一转身就要跑，肖珏道："慢着。"

程鲤素狐疑地看着他。

他站起身来，随沈瀚一起往外走："我也去。"

程鲤素瞠目结舌。

"你大哥不是要进九旗营？"青年唇角微勾，"我也想看看，他打算如何进九旗营。"

演武场高台边的兵器架前，禾晏正认真思索着。

刀她过去用得并不多，实在是有些不方便。兵器架上的刀大多是柳叶刀和大环刀，对她来说，不太顺手。她想了又想，伸手拿起最下层的一把小刀来。

盯着禾晏动作的新兵见状，皆是愣了一下。

有不懂的只问："这把刀怎么这么小？还不及人手臂长。"

江蛟见识广，见状就道："这是鸳鸯刀，不是一把，是一双。"

鸳鸯刀确实不大，只与人的前臂同长，两把刀封在同一刀鞘，可藏于袖中或靴中。刀刃宽厚，仅在刀尖前数寸开刃，方便反手刀与格挡。

禾晏将刀从刀鞘中慢慢抽出，一把略长，一把略短，大约平时里用鸳鸯刀的人极少，刀竟然还算新。

不错，她心中赞道，在手中把玩一圈，觉得还好。

王霸也凑到台下来了，一眼就看到禾晏手中的鸳鸯刀，怔然一刻，道："他居然用鸳鸯刀？"

同样疑惑的还有台上的黄雄，他见禾晏挑了又挑，挑了这把刀后，看向禾晏的目光已是不同，问："双刀？"

禾晏点头："双刀。"

"没想到你年纪轻轻，竟连双刀也会？"黄雄道，"果然无所不通！"

禾晏谦逊回答："都是生活所迫。"

底下的人听着不是个滋味，杜茂伸手碰了碰梁平："这个禾晏家里究竟是做什么的？生活所迫他能十八般武艺样样精通？他是不是从小被拐子拐走街头卖艺去了？"

"你问我我问谁去？"梁平没好气地道，连鸳鸯刀都会使，正经人家哪个人会用鸳鸯刀。鸳鸯刀，多是绿林之辈用的！

这到底是个什么人！

不再多言，黄雄慢慢抽出鞘中长刀，冲禾晏略一点头："请禾弟赐教。"

禾晏心道，怎么就"弟"了，她怎么也该叫黄雄一声"叔"。如今程鲤素管自己叫大哥，若是随程鲤素，就该叫肖珏一声舅舅，叫肖珏舅舅，却叫黄雄大哥？

黄雄的年纪都能做肖珏爹了！

她这么想着，台下小麦惊呼一声"阿禾哥小心"，但见黄雄已经持刀冲了过来。

金背大刀被这大汉舞得虎虎生风，他斜横刀尖于左，略移右脚，一个转身上前，朝着禾晏便砍来。

禾晏被唬了一跳，压低身子避开，反手以刀背拨开对方刀尖，鸳刀一前，鸯刀在后，亦朝黄雄逼近。

黄雄人蛮力大，只重重一挥，将禾晏的刀挥开，禾晏已经对准他将刀掷出，黄雄偏头避开，禾晏便翻身仰头接回方才抛出去的飞刀。二人退后几步僵持，目光死盯着对方。

黄雄不是江蛟，江蛟到底还年轻，黄雄的刀跟了他三十年，人和刀早已形成了绝佳的默契。交手的时候禾晏已经领教过，这汉子刀法在她之上。

必须速战速决，否则便要自打脸了，禾晏心里盘算着。

黄雄心中亦是翻江倒海，这么多年，同他交手的人成百上千，有好也有坏。但这少年才多大，方才那一手丢刀接刀，使得行云流水，一气呵成。他如何做到的？他三岁就开始用刀？

禾晏心想，黄雄身材魁梧，刀法凶悍却笨拙，输在不够灵活。这样看来，自己选鸳鸯刀却是恰到好处，如此，便可从"快"上破。

她目光微动，喝道："继续！"便迎上前去。

黄雄右手持刀，斜进左步，单刀平直朝禾晏刺来。

禾晏鸳刀刺进，同他拼到一起，她虽看着瘦小，力气却不弱，两把刀绞在一起，但禾晏还有一把刀。她另一把刀挽了个花，屈肘垫起刀背往头上过，朝黄雄挥刺。

黄雄躲避不及，衣裳被切掉一角。演武场台下，霎时间发出一阵惊叫。

就从这一刻起，众人发现，禾晏的动作开始变快了。

少年的步法灵活至极，一把刀去缠着黄雄的金背大刀，另一把刀便如蛇伺机而动。黄雄虽未曾被他伤到，却也讨不了便宜。单刀凶悍，双刀灵巧，以柔克刚，以弱胜强。

"你刚刚让我赐教，我想起来，我们双刀有首歌诀，"禾晏居然还有空说话，"我念给你听。"

黄雄一愣，少年一把尖刀见缝插针地又甩过来。

"朔风六月生双臂，犹意左右用如一。"禾晏左右各持长刀，姿态飒飒。

"眼前两臂相缭绕，后于渔阳得孤剑。"长刀交舞，让人难以看清少年的神态，只听得到他含笑的声音。

"只手独运捷如电，唯记拍位已入门。"少年步步紧逼，却又分毫不乱。

"乃知昔刀未全可，左右并用故琐琐。"刀朝黄雄脖颈前扫去，被黄雄险险避开。

"今以剑法用右刀，得过拍位乃用左。"一左一右，他用得娴熟自在。只觉得刀即他手，手如刀锋。

演武场上，他且念且舞。与不徐不疾声音相对应的，却是疾如闪电的动作。

刀刀碰撞，发出的铮鸣之声，只叫人的心都跟着揪成一团。

程鲤素几人走过来的时候，看见的就是这一幕。

"舅舅，你看，我就说了，我大哥必胜！"他兴奋地叫道。

这一叫，便将周围人的目光也引过来，有人认出肖珏，当即便激动地叫出声："是都督，肖都督，封云将军来演武场了！"

封云将军？

这么一说，新兵们的目光霎时间被肖珏吸引了过去。嘈杂声传到了演武场上，禾晏耳朵一动，肖珏？

她侧头看去，果然见演武台下不远处，站在沈瀚和程鲤素旁边的，正是肖珏。

青年穿着蓝暗花纱绣仙鹤深衣，风仪秀整，眉目如画，和这满演武场的新兵们看起来都不是一幅画卷。这厢粗糙深陋，他那厢明月清风。隔得太远，禾晏看不清他的神情，想来也是一副淡漠的高岭之花模样。

没想到肖珏竟亲自来看她比试，这是否说明，她昨日的那一场就地摆擂台好戏，总算是传到了该传到的人耳中？肖珏注意到自己是这样一个超群绝伦的人才了？

"大哥小心！"她思索间，耳边炸响程鲤素的惊呼，抬头，金背大刀已到了面前。

刀锋的锋芒近在眼前，似乎还有隐约的血气。这一幕落在台下众人的眼中，皆是引起阵阵惊呼。

梁平忍不住脱口而出："小心！"

这小子，平日里大大咧咧就算了，这种时候怎么能分心？梁平心中焦急，比刀的时候分神，可是大忌！

黄雄就是看准了这一刻的可乘之机，当即斜劈过来，但见禾晏避无可避，就要被刀指着脖子，少年突然抬起头来，露出一抹狡黠的笑容。

糟糕，黄雄心中暗道不好，就要收手，下一刻，禾晏的左手刀已经架到了他的长刀之上，右手刀不知何时已经绕到他身后。黄雄慌乱之下，屈身避开，却见少年笑容更大，收手间，左右刀皆已在手。鸳鸯双刀并作一刀，直劈黄雄头上，黄雄想伸手去挡，已经晚了一步。

刀锋在他额前停下，却因为带起的厉芒，将他额上破出条细小伤口，流下一丝血线。

全场鸦雀无声。

半响，禾晏收刀别于身侧，掏出一方揉得皱巴巴的帕子递给他："承让。"

黄雄看着禾晏的帕子，没有去接，而是问道："你刚刚没有分神，是在使诈？"

"兵不厌诈。"禾晏笑眯眯道，"你说呢？"

她做事做了这么多年，当然知道任何时候都不能掉以轻心，比试的时候更要专注。方才别说是肖珏来了，就算是皇帝来了，她也不会有半分动摇。黄雄此人刀法精妙绝伦，她自己又不擅用刀，若不用点手段，怎能赢得这般轻松？不过是故意出个岔子，引黄雄上钩罢了。

这么说起来，她还是挺聪明的。肖珏大约也不会想到，当年他所评价的"笨"的人，如今已经学会善用智谋，千伶百俐。想到此处，禾晏便得意地往台下看去，想看看肖珏是否正用崇拜的眼神看着自己。谁知这一看，哪里还有肖珏的影子，连带着沈瀚也不见了，只有一个程鲤素激动地对她挥舞着他的发带。

他就这样走了？禾晏呆了一下。

那他究竟看没看到自己的风姿啊？

她还没想通这一点，便有一大堆人"呼啦"一圈围上来。她今日又这般出了一回风头，凉州卫的一半新兵已经彻底为她折服。弓弩、枪术、刀法都如此精妙，已然当得起鹤立鸡群。不过也有一半人更看不惯她狂妄的样子，只道："只用阴谋诡计，不是正道，有本事堂堂正正跟人打一场啊，正是因为知道不如对手，才要使诈。"

"那只能说明人家聪明！"有人反唇相讥。

王霸混在新兵里往外走，心里滋味复杂难明。一方面，他希望禾晏一直胜一直胜，这样说明禾晏是个真正的强者。输在一个强者手中，情有可原，毕竟整个凉州卫，都没有能打得过他的。

但是另一方面，王霸又很不甘心，凭什么输给禾晏的人这么多，别人都不用叫，就他一个人须得叫禾晏"老大"。

凭什么嘛！

不过转念一想黄雄都四十多的人了，输在一个十六岁的少年手中，好像比自己更惨一点，想到此处，王霸心中这才舒坦了些，暂时吐出一口浊气。

凉州卫所白月山下的树林里，两人正慢慢走着。

林间草木茂密，遮蔽日光，便显清凉和畅，亦有鸟雀啁啾，单是风景，白月山独好。

"你刚才看演武台比试，"肖珏开口道，"觉得如何？"

沈瀚仔细思索了一下，想了又想，才开口道："梁平这回收了个好兵，禾晏是个好苗子。单是弓弩、长枪、刀术每一项做到如此，都是不可多得的人才。他样样如此，实属不易，凉州卫所的这批新兵里，找不出第二个。"

"刀法如何？"肖珏又问。

"看样子，禾晏的刀法不如黄雄娴熟精妙，胜在步法灵巧，心思活络，不死脑筋,懂得用计。"沈瀚答道。

禾晏的短处十分明显,倘若这场比试再拖个一盏茶工夫,禾晏必然落于下风。大概他自己也知道这点,所以便假装分神,引得黄雄冲动出手,反而将黄雄打败。

"你觉得,他入九旗营怎么样?"肖珏漫不经心地问。

"这少年年纪轻轻便多谋善虑,不逞匹夫之勇,又弓马娴熟,武艺超群,听说还识字。若是要从这批新兵里找,他当是不二人选。"沈瀚说得小心翼翼。

"你也这么以为?"肖珏转过身,语气不置可否。

沈瀚观青年脸色,感觉到这位都督似乎不太赞同自己的看法。

"都督……可是觉得他有什么不妥?"

"这个人,有问题。"肖珏道。

沈瀚愣住。

"他今日场上比刀,刀法不算娴熟,但他所用步法,是冲锋营步兵训过的步法。"

冲锋营步兵上战场时,冲在最前方,因着可能会送死,步法极为灵活。禾晏刀术不如黄雄,但黄雄的每一刀,他都躲开了。那种下意识地后退闪躲,肖珏一眼就看出来是出自冲锋营。禾晏大概自己也察觉出来,怕被人发现,所以刻意改过。不过,下意识的举动,有时候总不会次次都注意到。

"这……这……"沈瀚道,"这怎么可能?他才十六,难道之前就已经上过战场?"

"正因为不可能,所以他才有问题。"肖珏道。

如今局势紧张,沈瀚也必须慎重,他犹豫了一下,问肖珏:"都督,那现在应当如何?"

"我要试一试这个人。"肖珏回答。

"都督打算如何试?"

"他不是在演武台摆下擂台,一日一场,场场必胜?明日你挑三个教头,同他比骑射。"

沈瀚一怔,踌躇了一下:"这不好吧?若是他胜了……"若是禾晏胜了,新兵们怎么看他们的教头,连个兵都比不过。

肖珏停下脚步,淡淡道:"如果他胜,他就一定有问题。

"世上不会有这种天才,就算有,也不会出现在凉州卫。"

这一日,禾晏被前来与她交好的新兵们围观,不知答应了多少人教他们刀术,直到半夜才得了空上榻。

小麦面对禾晏躺着，双眼亮晶晶地对他道："阿禾哥今天真威风！"

"你说，"禾晏沉吟了一会儿，道，"今日我同黄大叔比刀的时候，肖都督究竟有没有看完？"

"呃？"小麦没想到禾晏会问这事，努力回忆了一番，才道，"都督来了一会儿，又走了，不过你比刀的最后关头太紧张了，我们都顾着看你，没看都督是什么时候走的，应当……是看完了吧？"

禾晏愁得翻了个身。

"阿禾哥，你很想都督看到吗？"小麦问。

"自然想，学成文武艺，卖与帝王家。我好歹也先得卖出去，他看都不看，怎知我是凉州卫第一？"

那厢洪山慢悠悠的声音传来："如今你凉州卫第一的美名已经远扬，放心吧，过段日子还会有人找你比这比那的，这种机会数不胜数，总会有让肖都督看到的时候。"

那就好了，禾晏心想着，闭上眼睛。

洪山料得不错，第二日一早，负重行跑刚完，还没来得及去演武场练弓弩，梁平就走到禾晏面前："你过来。"

禾晏不明所以，跟了过去，到了演武场后面的长道上，见又有二人牵了三匹马前来。这二人禾晏也记得脸，都是凉州卫所的教头，一人叫杜茂，常来找梁平说话。另一人是个身材矮小的老头子，头发已花白，叫马大梅。

"梁教头，这是……"禾晏不解，该不会是看她十分优秀，便也要她做个教头吧？新兵怎么能做教头呢？升迁也不是这样升迁的，况且她也不想在凉州卫做个教头啊！

好在梁平的一句话让她放下心来。

梁平道："你前日里不是在演武台上说，凉州卫里任何挑战你都可接，一日一场，场场必胜？"

禾晏点头应道："不错。"

"那今日我们三人与你比骑射。"杜茂上前一步，将手中的马缰绳交到禾晏手中，"现在就比！"

"啊？"禾晏有些意外，"你们同我比吗？"

她摆个擂台，是要在新兵里扬名。这些教头是怎么回事？都不是年纪轻轻的小伙子，怎也热血上头要与她争个高低？莫不是有什么阴谋？

少年提防的目光落在几人眼中，那个头发花白的瘦小老头儿——马大梅便笑道："怎么了？少年郎，你是不敢与我们这些教头比吗？还以为你是个好胆的，这点便怕了？"

这话里字字句句都是激将，禾晏要真不去，落下个胆小怕事的名声，肖珏这种眼里容不得沙子的人，怕不会放她去九旗营了。

思及此，她便爽朗一笑："怎么会？我只是怕在各位教头面前丢人现眼，有些踌躇罢了。既然各位教头愿意赐教，小子怎敢不识抬举。比就比。"

梁平三人对视一眼，点头道："好！"

禾晏如今成了凉州卫的名人，但凡有个风吹草动，当即便搞得尽人皆知。三位教头要同禾晏比试骑射这事一出，所有新兵都疯了，想要去看，却被自家教头拦住，只许在演武场训练。

这自然是沈瀚的安排，虽然肖珏只说要试一试禾晏，却也不能拿整个凉州卫教头们的名声去试。不怕一万，就怕万一，倘若禾晏胜了，那日后这些新兵到底是服禾晏还是服自家教头？不好说。

所以还是藏起来比得好。

新兵们没办法围观这场热闹，不是新兵的程鲤素也不行。他被锁在凉州卫所的房间里，外头还有侍卫把守，出也出不去。

他还不知道禾晏要比赛骑射的事，突然间就被关了起来，还以为凉州卫出了什么事，一边捶门一边道："发生何事了？是不是有兵马暴动？怎么不让我出去，舅舅，你干吗关我呀？"

外头传来侍卫毫无感情的声音："小公子，都督说了，你得抄完三遍《昭明文选》才能出门。"

"我看你们是想要我死！你们怎么不干脆杀了我？"程鲤素气鼓鼓地在桌前坐下，三遍，他抄一个月都抄不完！

外头，沈瀚和肖珏正往外走。

沈瀚看了一眼身后，道："程公子对禾晏，倒是十分喜欢。如果禾晏真有问题，他接近程公子，会不会也是另有目的？"

"极有可能。"肖珏道，"九旗营的事，就是程鲤素告诉他的。"

沈瀚默然一刻，才道："如果真是如此，那就真的糟糕了。"

凉州卫的新兵里，竟然有别有用心之人混进来。如果还有其他人，便很被动。更可怕的是，他们对此一无所知，若不是这次肖珏刚好在，看出禾晏身法不同，整个凉州卫，就都成了别人的掌中之物。

两人说话间，已经走到了演武场马道边。但见禾晏四人一人牵着一马，站在马道尽头。先是梁平，接着是杜茂，然后是马大梅，最后是禾晏，齐齐上马。

禾晏是站在最旁侧的，他的马也是最小的，大约是为了照顾他的身材。他翻身上马，动作娴熟，手握缰绳，背带箭筒长弓，威风凛凛的模样，倒不像是平日看见的那个孱弱少年了。

他连骑装也没有，日光照在他的赤色劲装上，将他清秀的眉眼镀上一层特别的英气，而禾晏唇角含笑，金戈铁马的样子，竟有些将军当初的惊艳风姿。

沈瀚偷偷看一眼身侧的肖珏，后者神情懒倦淡漠，不知道在想什么，但沈瀚知道，刚刚有一刹那，禾晏和他其实有一点像。

"梁教头，你还没有告诉我，骑射如何比？"禾晏看向身畔的梁平，"是比谁的猎物多，还是比谁先到达马场尽头？"

梁平还没有说话，马大梅先开口了，他笑道："少年郎，以一炷香为时，跑一圈，此为原点，亦是尽头。前方马道弯处有草靶，我们四人羽箭不同，至弯处射箭，谁射完箭最先回到此地，谁就算赢。"

禾晏听完，点头道："可以。"

梁平忍不住看了他一眼，这少年说得最多的一句话便是"可以"。无论是对王霸、江蛟还是黄雄，现在对着他们这些教头，也还是"可以"。不知道什么时候他会说"不可以"。

"那便开始吧。"杜茂一拉缰绳，身后有人吹了一声号角，四马如离弦之箭，眨眼间便蹿出十几米外，只留下滚滚烟尘。

禾晏骑的这匹马，比当初在京城校场，禾绥牵来的那匹马乖巧多了，应当是专人特意驯过。她也注意到，其余三人里，梁平和杜茂马术虽不错，却及不上那个貌不惊人的马大梅。马大梅驭马之术，与自己不相上下，或许技高一筹，只是没表现出来。

她观察这三人，其余几人也在观察她。杜茂一眼看过去，差点没把眼珠子瞪出来，禾晏竟然不用马鞭？

他将马鞭斜斜绕在自己胳膊上，指挥马疾跑，却是用手轻轻拍着马身。这又不是京城公子游山玩水，他这是何意？最令人诧然的是，他如此随性，居然没被他们几个教头落下，同自己并驾齐驱，甚至还有心思冲自己笑了一下。

杜茂立刻别过头去。

骏马奔驰，似流星闪电，转眼已至弯处。禾晏反手摸向背后的箭筒，抽出几支羽箭，便要朝两边的草靶上搭弓射箭。

这箭靶设置的不如演武场那头的大，只有巴掌大小，看得并不明显，若是用弓弩，也不易射中，还需看人的眼力和动作。禾晏正要射箭之时，梁平和杜茂对视一眼，一前一后，突然发力，两匹马朝禾晏身边挤，将禾晏的马挤得往旁一偏，于是手中的箭便没能射出来。

马受惊，禾晏被颠了几下，忙拉缰绳稳住身子。她朝梁平和杜茂看去，这二人若无其事地搭弓射箭，杜茂甚至还对她道："禾晏，你要小心点，别摔下去了！"

仿佛刚才碰她的不是他们。

禾晏一挑眉，真是，比试场上，她可从来不懂得"原谅"二字。扰了她射箭，岂能就这么算了？

梁平和杜茂的箭已射出，却见横空一支青箭从斜刺里蹿出，"咚"的一声，将他俩的箭从中截断，换了个方向，落到了地上。

二人同时看向禾晏，禾晏耸了耸肩，道："教头，你们怎么看起来有点学艺不精啊？"

梁平："……"

这少年也太睚眦必报了，嘴上还不饶人，真是狂妄得不得了。

禾晏这厢便要重新搭弓，可还没将箭抽出来，身子便又是重重一颠，那老头儿马大梅已经从后尾追上，笑眯眯地对禾晏道："少年郎，不着急，慢慢来。"

禾晏拉不了弓，只要她一动，这三人便会跟着从后面，从前面，从左右过来，若无其事地"碰"她一下，马匹频频受惊，致使她无法对准靶心。

这么几次下来，禾晏也算看出来了，三个教头分明就是故意与她作对。虽然不明白为什么，大约也是比试的一环，想让她无法射箭，纵然先回到马道终点，也不算胜。

寡不敌众，况且这又比的是射箭，总不能同这几个教头打一架，但若就这么算了，那也不是她禾晏能做出来的事。

禾晏目光微动，喃喃道："想算计我？没门！"

她忽然一扬胳膊，手臂上缠着的马鞭应声而展，落在风中，发出清脆的响声。

"他这是……"杜茂皱眉。从头到尾，禾晏可没有用过马鞭。不用马鞭也能游刃有余地驭马，确实罕见。但现在禾晏这么做，是支撑不住，又要开始用马鞭了？

他正想着，忽然间禾晏抬头对自己一笑，杜茂心中顿生不好的预感，下一刻，只见马鞭朝自己飞来，杜茂一惊，下意识去躲，心中又惊又怒，禾晏竟敢伤人！

他这一侧身，便将身后的箭筒露于人前。

马鞭没有落到杜茂身上，而是卷了个花儿，卷上了箭筒里的那一把羽箭，禾晏一伸一拨，马鞭在半空中松开，于是那满满一把羽箭，都飘落在了风里。

一边目睹了整个过程的梁平目瞪口呆，还没等他反应过来，禾晏的鞭子已经对准了他，他吓了一跳，慌忙策马避开，可这回轮到禾晏出手，哪里有他跑得了的，一拉一钩，他箭筒里的箭也尽数被卷到地上。

"禾晏！"杜茂气得脸色铁青。

"我看诸位教头是不想让我射箭，"禾晏仿佛没有看到他难看的脸色，笑盈盈道，"但我也不想输啊，没办法，大家都别射箭了，谁跑得快就算谁赢吧？"

"哈哈哈哈！"身后传来马大梅的笑声，他倒是没有一丝气愤，反而兴致盎然，"你这小家伙挺聪明，不知道我的这把箭，你收不收得了？"

禾晏微微一笑："哪能呢？我可不打算收您的箭。"

马大梅马术超群，她难以碰到，不太好卷走他的箭，不过无所谓，只要过了这个弯道，无靶可射，他便只能同自己比谁先到达终点。

她和马大梅齐头并进，她射箭，马大梅便射箭来挡；马大梅射箭，禾晏便射箭来阻。他们二人已将梁平和杜茂甩在后面，谁也比不过谁，便在胶着间，将最后一个弯道过了。

大家都没射中箭靶，得了，眼下便只能争谁先到达终点。

马大梅看了禾晏一眼，笑道："少年郎，你真不错。"他一挥马鞭，陡然间，马匹往前一蹿，方才，他竟还没有用全部功夫。

禾晏瞧着他的背影，赞道："还真是人外有人，天外有天。"一夹马肚，亦追随而去。

骏马矫捷，四蹄生风，迅如闪电，直往终点疾驰。

禾晏和马大梅难分伯仲，照这样下去，实在很难说清谁会先到达终点。

梁平和杜茂已然放弃了，他们自知马术不如前面二人，也不跟过去，索性在后面慢慢溜达，反正沈总教头的要求他们都做到了。

沈总教头昨夜将他们叫出来，要他们今日和禾晏比骑射。一开始梁平和杜茂齐齐拒绝，他们又不是新兵，和禾晏较什么高低。谁知总教头非要他们这么做不可，还要他们在骑射途中，尽可能地给禾晏制造麻烦，不要让禾晏赢。

梁平心里挺不是滋味，又要和禾晏比，又不能让禾晏赢，这不是存心不公平吗？他们教头和新兵比，本来就是欺负人，还三人联手对付禾晏，简直就是欺负人里的极品。

谁知道人算不如天算，不说三人，反正现在他和杜茂是没欺负到禾晏，反而被禾晏欺负了。这得亏新兵们没看到，要是看到了，老脸往哪儿搁？

不过他们三人中，马大梅才是马术高手，不知禾晏比起他来如何？

远远地，能看见终点旗杆上的红色绸布了。

禾晏一拉缰绳，马匹上前，超了马大梅半步。

她一心想要冲过终点，却在这时，马大梅喝了一声"小家伙"，禾晏下意识地朝他看去。但见那小老头半个身子直立，两脚踩在马背上，稳稳当当，她心里头赞一声好，紧接着，那老头对她露出一个笑容，身子一翻，朝禾晏这头掠来。

禾晏心中一惊，策马要避开，那老头儿却如带翼的蝙蝇，半个身子已经挂到了禾晏的马上。他还瘪嘴指责禾晏策马避开的动作："少年郎，年纪轻轻怎的这般没好心，想摔死我啊。"

禾晏想把他挤下去，这人却已经鸠占鹊巢，将缰绳牢牢把握在手中，他朝禾晏一掌击来，竟是要把禾晏打下去。

这人……还真是对她自信满满，也不怕她就此摔下去有个什么三长两短。禾晏腹诽着，又与他交手了两招，彼此都没讨到便宜。

马大梅心中亦是惊讶，凉州卫的几十个教头，各有所长。有的擅弓弩，有的擅步围，而他最擅长的，便是骑射。昨日沈瀚让他今日同禾晏比试，起初他还觉得沈瀚是疯了，如今看来，这个叫禾晏的少年，已经大大地超过了他的预料。

他骑术精湛，心思又灵巧果断，知道在三人联手下难以射中草靶，便干脆将其他人的箭全都打掉。此刻与自己交手的这两招丝毫不乱，仿佛常常同人于危急中交手，十分淡定。

禾晏倒也没有表现出来的那般淡定，这老头儿实在难缠，眼看离终点越来越近，她的目的不是和对方交手，是要先冲过终点，再这样耗下去，纵然这匹马跑到终点，可她和老头都在马上，算谁赢？

真是奸诈。

她一抬头，亦是笑容满面，不见一点不悦："我虽年幼，也知敬重长辈，您这么一大把年纪还与我共乘一骑，要是摔着，我可真是万死难辞其咎。我还是换匹马吧。"说话间，她探出身子，两手抓住马鞍上的铁环，侧身贴马放手。

这一手实在漂亮，马大梅不由得眼前一亮。只见禾晏一手抓住铁环，另一只手里的马鞭卷住不远处马大梅的那匹空马。两匹马凑近时，禾晏便松开手，半个身子跃上另一匹马，抓住缰绳，重新翻身坐上去。

"好！好！好！"马大梅一连说了三个"好"，看向禾晏的目光毫不掩饰欣赏，只是他笑道，"不过你以为这样就赢了，还是太嫩啦。"

话音未落，禾晏身下的那匹马便剧烈挣扎起来，不肯往前走，反而在原地发了疯狂一般。

"这是我的马，认主，少年郎你马术不错，可是认主的马，可是驭不了的哟。"

他哈哈大笑着，仿佛禾晏此举正中他下怀，只等着看禾晏热闹。

少年微微一笑，声音丝毫不见紧张，泰然回答："我还是试一试吧，万一能驭得了呢？"

说罢，他便俯身，嘴唇凑近马耳，也不知嘀咕些什么，身下的马竟就在他这一番折腾下，渐渐安静下来。

马大梅一愣，有些不敢相信自己的眼睛。他见过的马千千万，也会与马有简单的交流，但没见过和马说几句话，就让认主的马乖乖听话的。古有神话传说，有人通晓百兽之语，禾晏……也是吗？

他活了这么大把年纪，可从来不相信什么神鬼传说。

少年一扯缰绳，马儿疾驰而去，马大梅赶紧跟上，可就在他愣神的工夫，已然错过了最好的时机。少年言犹在耳，带着几分得色："教头，您胜我的机会，可就到此为止了！"

马道尽头，丛林的凉亭里，沈瀚和肖珏坐着。

茶杯里的茶，沈瀚一点都没动，肖珏倒是饮了半盏。禾晏方才同马大梅的一番交手，已然被二人尽收眼底。

沈瀚闭了闭眼，心中升起一股寒意。肖珏说得没错，凉州卫里，不可能出现这样一个天才。

红绸在风里飘扬，少年带着骏马如一道风，掠过终点的长线。他勒马喊停，扬起的烟尘滚滚，跟在后面的马大梅，神情严峻，不见轻松。

两人一前一后停了下来。

禾晏先下马，她下了马后，马大梅也跟着下马。她朝马大梅走去，在马大梅跟前停下脚步。

"方才我不是故意要捉弄教头的，实在是情势所逼，教头应当不会与我计较的吧？"少年神情惴惴。

马大梅怔然片刻，笑了："少年郎说的哪里话，比试自然要各尽手段。"

少年的脸上便绽开一个大大的笑容。禾晏擦了擦额上的汗，想了想，才道："那么这一次，也承让了。"

也承让了，也就是说，她又胜了。

后面的梁平和杜茂，总算是赶了回来。他们二人到了终点下马，看到的就是禾晏高高兴兴喝水解渴，马大梅站在一边一副若有所思的模样。

这样子，看上去可不像是马大梅胜了。

二人不约而同地想：不是吧，连马大梅都没能比得过禾晏？

梁平走到马大梅身边，马大梅不等他开口，就主动道："我输了。"

还真输了？

梁平诧然："怎么会？你怎么会输给他？"

"是不是那小子使诈了？"杜茂低声问，"你着了他的道？"禾晏刚刚用马鞭把他的箭全部卷跑，杜茂真是想想都生气。瞧瞧，这是新兵能做出来的事吗？"

马大梅瞪他一眼："是我技不如人，行了吧？"他走到禾晏身边，问禾晏："小娃娃，我有件事想问你。"

"教头是想问我最后跟您的马说了什么，才让它不发疯，还乖乖听我的话吗？"禾晏拧紧水袋，"如果教头想问这件事就算了，祖传手艺，不能往外说的。"她朝马大梅眨了眨眼，转而对梁平道："梁教头，要是没什么事我就先走了，我还得去演武场训练。"

梁平挥了挥手，罢了，眼不见为净。

杜茂看着禾晏的背影，有些匪夷所思："他跑了这一遭，还挺精神，居然还有力气去演武场训练，这是个什么人啊？"

"和你我不一样的人。"梁平没好气地回答。

"让都督看笑话了。"沈瀚有些尴尬。他的教头，全部败于禾晏手下，这还是在使了手段的情况下，三个人联手都比不过，未免有些说不过去。

"无事，你做得很好。"肖珏垂眸饮茶，"本就不是让你们去比骑射，只是试人，现在人已经试出来了。"

"都督还是觉得他有问题？"沈瀚问。

"有。"

"因为禾晏过于拔群？"如果是因为这个，这只能算作怀疑，没有证据。

"他刚才最后驭马的动作，出自蛮族。"肖珏放下手中的茶盏。

"蛮族？"沈瀚一下子站起身来。

蛮族有西羌、南蛮以及如今的乌托国。当年西羌之乱被飞鸿将军平定，南蛮入侵是肖珏亲自将他们驱逐的。如今乌托人蠢蠢欲动，蛮族同大魏，向来势同水火，便是如今的西羌和南蛮，也都是关系微妙，不敢不提防。

"莫非他是蛮人？"

"倒也未必。"肖珏摇头，"军籍册带来了吗？"

沈瀚将军籍册呈上："禾晏的在这里。"

"既然此人有异，不可打草惊蛇，注意他的一举一动，小心行事。"

"都督是想……"

"放长线钓大鱼，总要抓住背后的人。"他不紧不慢地回答。

沈瀚走后，肖珏翻着手中的军籍册，在禾晏那一页上停留许久。片刻后，他道："飞奴。"

有人悄无声息地自身后出现，仿佛一道影子，低声道："少爷。"

"你让人去查一下，京城城门校尉禾家，是否有个叫禾晏的儿子。"

飞奴领命，正要离开，又被肖珏唤住。
"再查一查，禾家和徐敬甫暗中有无往来。"

禾晏回到演武场时，便有一大群早已望眼欲穿的人围了上来。
"怎么样，怎么样，结果怎么样？"
"怎么不见教头他们？是你胜了还是教头胜了？"
禾晏笑了笑，只说了两个字："秘密。"
这个回答显然不能满足大家的好奇心，奈何禾晏的嘴巴严得很，愣是撬不开。众人悻悻离去，各自猜测议论。
"应当是胜了吧？看禾晏不像是输了的样子。"这是相信他的。
"既然胜了，为什么不大大方方地说出来？不说出来肯定是输了，怕丢脸呗！"这是不相信他的。
"你们争来争去也争不出结果，禾晏不说，你们去问教头就知道了嘛！"这是冷静思考的。
于是等教头来了后，大伙儿便一窝蜂地冲向几个教头，几个教头先是一头雾水，听到是问他们比试的结果时，便不约而同地看向禾晏，心道这小子还算厚道，还知道给教头留点颜面，没把底揭穿。教头们挥了挥手："都别问了，散了散了！"
到底还是没说。
禾晏晚上上榻的时候，小麦还心心念念这个结果，问禾晏道："阿禾哥，所以结果到底怎么样了啊？"
"结果怎么样不重要，"禾晏拍了拍小麦的头，"重点是我现在要就寝了。"
她翻了个身，面对着墙，将后脑勺对准小麦。小麦问不出来结果，只得作罢。
禾晏睡不着，心里老想着白日里马道发生的事。无论如何，三个教头突然来找她比试骑射，这实在太奇怪了。他们三人联手对付自己，不像是一场踢馆，反倒像是⋯⋯考验，或者是证实什么。
她最后将马大梅的马制服，用的是当年从军时，从一个蛮族俘虏那里学来的驯马之术。那俘虏是个驯马师，驯马术出神入化。禾晏抓了他后，这人贪生怕死，便将自己族中珍贵的驭马术写下来交给禾晏。
不过那种驭马术太过复杂，禾晏也只学了个皮毛。纵然如此，喝止普通的马匹是足够的了。今日若非如此，她定然赢不了马大梅。
只是，如果真是测验，能指挥得动凉州卫所教头的，也无非是总教头或者肖珏。如果是肖珏，目的又是什么？难道他现在就要挑去九旗营的人，所以匆忙令教头来考验她究竟有没有资格和手段?

是这样吗?禾晏隐隐觉得自己可能是想岔了,但又确实找不到其他思路。想了一会儿,便干脆不想了。既来之,则安之,总归,她这局没输就行。

第七章　屠狼

禾晏本以为，倘若是肖珏叫的马大梅他们同自己比骑射，那么比试过后，当也看出来自己身手不凡，总该做些表示。可一连十几日过去了，日子还是寻常地过，什么都没发生。连每日的军粮都不曾多给一盏。

她便把这件事暂且抛之脑后。

下过几场雨后，暑气似乎减了几分，偶尔早晨起来行跑时，不见日头，还有清凉的风，过不了多久，凉州卫的夏日就该过了。

也正是因为天气逐渐有了凉爽的势头，从前些日子起，新兵们可以进山了。

白月山极大，翻过山头，至少得一天一夜。因此新兵们被严令禁止翻山，至多只能到山顶。每日五人为一伍，去上山巡逻。

洪山很不理解："五人巡什么逻，要真有个什么凶险，五个人够吗？"

禾晏心道，当然不够，因为本就不是让新兵去巡逻的。

凉州卫驻守的这批新兵，算起来，也整整在此训练了一整个夏日，过不了多久，想来就该"争旗"了。

争旗便是在整座山的山顶上，插上十几面旗帜，在新兵里挑出资质较好、成绩优异的分成队伍，自行上山争夺。争夺中队伍间许有打斗，到最后下山时，哪支队伍手中的旗子最多，便为胜。而这胜者，便会成为最看好的新兵，极有可能最后进入前锋营。

禾晏的目标如今已经不是进入前锋营，而是九旗营。

眼下每日让新兵们去山上转转，其实就是让他们提前熟悉白月山的地形，记住位置，在争旗的时候，不至于不熟悉路。只是新兵们不知道，而禾晏作为在军中待过的人，是知道的。

她上回在漠县争旗时，漠县连着沙漠，沙漠里风一吹，地标便全不见了，沙丘也有所变化。他们争旗那一次，情况十分凶险，若不是队伍中有一位大哥找到了一条小河，说不准谁都走不出那片沙漠。

"争旗"不仅考验新兵个人的身手，还要看队伍间的团结协作。单单某一项所长是不行的。对每个人的要求都很高。从某方面来说，竞争，从现在就已经开始。聪明的人在巡逻时就能记住路，而那些没有意识的新兵只当是随便转转，不会放在心上，对日后"争旗"，一点帮助都没有。

"管他呢，阿禾哥，今日轮到你上山，你能不能拿弓箭猎几只兔子回来，咱们偷偷烤了吃啊？我都半个月没尝到肉味了。"小麦舔了舔嘴唇。

"我不拿弓弩，"禾晏笑了笑，"弓弩太重了，我拿把刀。"最重要的是，弓弩不适合近战，若是真遇上什么问题，作用不大。而且一个队伍里，总会有人带弓弩的，到时候借借就行了。

见小麦一脸遗憾的样子，她又宽慰道："没事，再过些日子，咱们就能一起上山，届时兔子想猎多少就猎多少。"

小麦将信将疑。

禾晏也不能告诉他，争旗的时候大家都在山上，教头也不在，说不准还要在山上过夜，自然是想怎么吃就怎么吃。

她将衣裳上的腰带扎得紧紧的，听到洪山道："那你早点下山，今晚咱们一起过节。"

"什么节？"禾晏茫然。

小麦道："七夕节呀！"

差点忘了，今日是七月初七，女儿节。不过他们一群男人过什么七夕节，禾晏好笑道："这好像该和喜欢的姑娘一起过吧？你们有喜欢的姑娘吗？"

洪山马上道："你可别看不起人，喜欢你山哥的姑娘多得很，山哥要想过七夕，姑娘肯定乐意。"

"我……我没有，"小麦也连忙开口，"但是我哥哥有！我哥哥喜欢城东头孙大爷开的面馆里的小兰姐姐！"

石头："……"

禾晏看向石头，石头的耳朵红到了耳根。小麦又问："阿禾哥，你有没有喜欢的姑娘？你喜欢什么样的姑娘？"

禾晏随口胡诌："长得好看，脑子聪明，身手绝佳，银钱丰厚，对了，性子还要温柔体贴，活泼有趣。最好会点琴棋书画，有一技之长，会做饭就再好不过了。"

等禾晏走后，小麦还咀嚼着禾晏这句话，喃喃道："阿禾哥对心上人的要求，真是好高啊……"

"你听他胡说，"洪山点着他的头，"他这是要尚公主，小麦，你可别学他！"

小麦郑重其事地点了点头。

……

禾晏先到演武场兵器架上拿了把鸳鸯刀。自从她用鸳鸯刀打败了黄雄的金背大刀，有段日子每天都有人拿这把鸳鸯刀练。不过他们练鸳鸯刀不如禾晏灵活，练个几次便觉得不适合自己，遂作罢。因此到最后，演武场的鸳鸯刀，几乎还是禾晏一人在用。

今日上山，若想在山上生个火临时烤两条鱼什么的，这刀还便于杀鱼。

她拿好刀，走到马道那头，其余四人都已经准备好了。

这四人禾晏都不认识，不是梁教头手下，看见禾晏，有个人笑着对她指了指身后："你快去挑匹马，咱们这就走了。"

禾晏点头，她去马厩里挑了匹马，五人一道往白月山上行去。

山里丛林密布，遮天蔽日，行走起来比山脚下清凉舒适得多。两边时有野兔蹦跳而过，有人问："要不咱们猎几只兔子吧？"

"好啊好啊，"那个同禾晏打招呼的新兵一口应承下来，"你们谁带了弓弩？"

众人面面相觑。

大约是弓弩实在太重，又要在山上待半日有余，谁也不想带，于是都没带。

"得，都没带，"一个吊梢眼的新兵耸了耸肩，语气不怎么好，目光却是看着禾晏，"那就只能干看着了。"

谁都知道禾晏箭术超群，大约以为禾晏会带。

禾晏淡然地对视回去，神情泰然。

让飞鸿将军给你猎兔子，带脑子了吗？脸还真大。她想。

白月山山路崎岖，风景却极好。山涧升起蒙蒙白雾，一眼望过去，翠色环绕。泉光云气，缭绕衣裾，群峰盘结，巍然上挺，仿佛仙境。

吊梢眼很聪明，随身带了几张黄纸，走到一处便用炭石在黄纸上草草画上几步，这是在记路。每隔一段路众人都要在树上做个记号，免得走失了，不知道下山如何回去。

因着大家都没有带弓弩，一路走得很安静，清晨出发赶路，过了晌午时分，总算是爬到了顶。

大家都把马拴在树上，旁边有条小溪，就在溪边休息一会儿。等吃过干粮养足体力，便可以下山了，太阳落山前就能回到卫所。

那个冲禾晏打招呼的新兵体力不是太好，爬到顶的时候直接累瘫在地，迫不及待地从怀里掏出干粮填肚子，嘟囔道："可算到顶了，再走我可走不动了。"

禾晏在溪边洗了把手，在他旁边的石头上坐下，也掏出干粮。

干粮是早晨发的干饼，又干又硬，那个新兵便凑过来，从兜里掏出一小把松子，递给禾晏道："给。"

禾晏诧异："这是哪里来的？"

"来凉州卫前我娘给我装的,舍不得一口气吃完,存着呢。"他有些不舍,还故作大方,"你尝尝!"

禾晏从他掌心拣了一粒剥开,丢进嘴里,道:"很香。"

"是吧是吧?"这孩子有些开心,"我叫沈虹,我知道你,禾晏嘛,之前在演武场可厉害的那个,大家都打不过你。"

"侥幸,运气好而已。"禾晏笑道。

沈虹看了看远处,颇有些遗憾:"可惜的是我没带弓弩,我之前不知道是你和我们一道。我要是知道,铁定带一把,你箭术这么好,用弓弩打几只兔子,咱们就能吃烤兔子啦。"

他和小麦怕不是异父异母的亲兄弟?禾晏想着,随口问:"你带的什么兵器?"

沈虹不好意思地抓抓后脑勺:"我吗?我箭术不好,带弓弩没用。刀术也一般,枪术也……我估摸着我也派不上什么用场,我就拿了一把……"他从身后摸出一根长棍,"一根这个。"

禾晏无言以对。

他居然带了一根棍子,还不是铁头棍,是根用竹子削的长棍。演武场的兵器架上有这种兵器吗?禾晏很怀疑,沈虹拿根棍子,确实派不上什么用场,哦,除非这里有棵枣树,他能用这根长棍打枣。

似是看出了禾晏的无言,沈虹连忙补救:"反正也不会和人动手嘛。"

禾晏点头:"你说得对。"

她和沈虹在这边,吊梢眼同其他两人在离他们稍远的另一边坐着。吃完了东西,禾晏便靠着树休息一会儿,沈虹小心翼翼地问:"那个,禾晏,我能不能借用下你的刀?"

"怎么了?"

"你看到那个没有?"沈虹指了指溪边,绿油油的一片,叶长而细,看不出是什么草。他道:"我们家是开药铺的,这个叫书带草,形似薤却非薤,可以安神。我想摘一点回去,咱们成日在这里,或许用得上。不过书带草坚韧异常,并不好采,他们几个带的不是长刀就是枪,不如你的小刀好用。"

这是把她的刀当镰刀用了啊。

禾晏:"……行吧。"她抽出腰间的鸳鸯刀递给沈虹,道,"小心点。"

沈虹放下手里的棍子,高高兴兴地接过刀,对禾晏道:"谢谢你啊,我多割点,完了送你一把。"

禾晏本想说不必了,转念一想,洪山说近来燥热老是睡不好,或许用得上,就将"不必"两个字咽回肚中。

她倚在树下，看沈虹忙得不可开交。

看着看着，忽然听见身后有动静。再看，是那个吊梢眼和其他两人，正在解树上的马绳，禾晏愣了愣，问："这就要走了吗？不多休息一会儿？"

算起来，他们在这儿待了还不到半个时辰。眼下还早，下山时间绰绰有余。

吊梢眼似乎不太喜欢禾晏，同他说话也是不耐烦："不下山，我们先去前面走走。"

禾晏看了一眼前面，现在已经是山顶，要去前面，便是翻山头。她蹙眉："教头说不能过山头。"

"就是多走两步，不翻，"吊梢眼道，"又没让你们跟着一起，你们就在这儿待着，我们等下就回来。"

"我觉得，"禾晏站起身，"还是听教头的话比较好，或许有什么危险也说不定。"

"郑玄，你到底走不走了？"另一人已经将马绳解开，翻身上马，催促道。

吊梢眼，也就是郑玄，看着禾晏道："你怕危险就不去，再说天知地知，你知我知，只要你不说，谁会知道？别瞎担心了，陪那傻子割草玩儿吧！我们先走一步。"说罢便自顾自地翻身上马，同另两人往丛林深处走去。

禾晏本想追过去，又不能放沈虹一人在此，思忖间，那三人已经走远。她叹了口气，又在树下坐下来，罢了，他们一路上山也并未发现什么不对，山里没什么人，也没什么大的猛兽，至多几只狸獾野猫，看见人便远远地躲开。

一盏茶的工夫，沈虹从溪边回来，他双手各提着一把草。那草果真形如书带，长长软软，凑近去闻还有股清香。沈虹找了根最长的绳子将两大把书带草捆好，递给禾晏一捆："就这个，回去放在日头下晒干，找个布袋装好，放在枕头下，保管睡得香。"

禾晏道："多谢。"

"没关系。"沈虹一挥手，这才发现其他几个人不见了，奇道，"他们人呢？"

"往前散步去了。"禾晏耸了耸肩，"就在这儿等他们回来吧。"

沈虹不解，正要开口问询，陡然间，便听得丛林深处传来一声惨叫，正是方才同他们一起的新兵之一。

禾晏一怔，眉心蹙起，下一刻，便解绳上马，直奔声音而去。

身后的沈虹也跟了过来，一边跑一边道："哎，等等我呀！"

山顶再往前走，翻过山头，因着背阴，山林越发茂密湿润，日光几乎漏不下一丝，只觉得形如黑夜，阴冷森然。禾晏在杂木丛前停下脚步。

只见郑玄三人就在前方，马匹焦躁地在原地踏步，不敢上前一步，郑玄脸色发白，其他两人更是几欲流泪。

在三人周围，有四头狼伏低身子，正冲他们低低地嗥叫。适逢禾晏过来，这几头狼便朝禾晏看来，目露凶光。

这个时节，这个时间，怎么会有狼？禾晏有些奇怪。

再看郑玄几人，皆是形容狼狈，禾晏还注意到，郑玄腰间的刀不见了。群狼会攻击落单的人，却不会无缘无故地攻击他们三个。禾晏问："你们做了什么？"

郑玄白着脸没有说话，他身后的那个新兵带着哭腔开口："我们，我们走到前面，看见有一处地洞，里面有叫声，我们凑进去看，里面有一窝狼崽……"

"你们动了狼崽？"禾晏厉声问道。

她如此疾言厉色，把那新兵吓了一跳，连忙回答："没、没有，我们只想抱回去养，没走多久，就、就看到这几只狼。"

禾晏简直想将这几个人脑子撬开，看看里头究竟装的是什么。看见狼窝就说明母狼在附近，不赶紧离开还抱走了狼的幼崽，当真以为成狼不会循着气味过来？

"狼崽呢？"禾晏问。

"……我们吓坏了，忙把狼崽丢还给了它们，只是……"

"只是什么？"禾晏心中陡然生起不好的预感。

"只是有一只摔在石尖上，好像是死了。"那人道。

"你！"禾晏怒极。这群狼不会离开了。

"你吼什么！"郑玄动气，"不就是几只狼嘛，杀了就是！人还会被几只畜生逼死不成？"

禾晏冷笑："是吗？那你的刀呢？"

郑玄的脸色更难看了，他摔死狼崽后，也曾拔刀和这群狼对峙，可群狼狡猾，他本来刀术不错，紧张之下却被狼钻了空子，差点受伤，情急之下连刀都丢了。若非如此，现在也不会面临如此绝境。

"少说废话，现在要么一起死，要么想办法。"他从牙缝中逼出几个字。

正说着，沈虹驾马也赶到了，他见此情景，吓了一大跳，声音立刻就颤抖了："好、好多狼！怎么会有这么多狼？"

狼群已经伏低身子，露出尖牙，这是要攻击的征兆。

若是有火折子还好，狼怕火，可他们出来是白日，都未曾带。刚想到这里，四头狼便一同朝围着的三人扑过来。

那三人慌得惨叫一声，有一人的马腿被咬中，差点颠下来。沈虹都快哭

175

了:"救命啊!"

现在叫救命有什么用,这里又没有别人,禾晏心一横,驾马冲进去。她这一冲,便将方才狼的包围圈打散。几头狼见此,便朝她冲过来。

禾晏催促道:"你们的枪呢?拿出来用啊!"

"哦、哦。"那两个新兵如梦初醒,这才想起自己的长枪,便抽出来胡乱挥舞了几下,拿也拿不稳。禾晏顿时心凉成一片。

指望这几个人是不可能了。禾晏想要摸刀,才记起自己的刀方才被沈虹借走,身上只有一根用竹子削的长棍,她喝道:"沈虹,把我的刀丢过来!"

沈虹应了一声,颤巍巍地把刀扔过来,可他大约太紧张了,连刀都没收好,长刀在空中便掉了,只剩下一把短刀插在刀鞘里,丢在半空中,被禾晏一把收起。

那几只狼又围着他们伺机而动,禾晏道:"等下我让你们跑,你们就回头跑,什么都别管,往山下跑,一直跑到营里去,让教头们上来,知道吗?"

沈虹问:"那你呢?"

"我有办法甩开它们!"

"禾晏,我们怎么跑啊?"郑玄身边的新兵抽泣着道,"我们被围着,它们会咬马腿的,咬断了马腿,我们都走不掉……"

"也不是全无办法。"禾晏说完这句话,手中的短刀猛地飞出,鸢刀本就细小,她动作迅猛,眨眼间众人只见银光闪过,猛地一声惨嚎声,血腥气便顿时流了出来。

那头最大的狼倒在地上,喉间不断冒出血泡,一柄刀完全没入进去,只剩下刀柄在外面。狼挣扎几下,便不再出气了。

"跑!"禾晏大喝一声。

郑玄几人连同沈虹大气也不敢出,当即喝了一声"驾",用尽全身力气驾马冲出密林,他们以为剩下几匹狼会追过来,头也不敢回,眨眼间便没了身影。

剩下的几只狼没有追过去,先是慌乱一刻,再看向禾晏时,目光穷凶极恶。

禾晏杀掉了头狼。

狼是群居动物,这几头狼里,最大的这头便是它们的头领。它们听头狼指挥,禾晏杀了它,它们群龙无首,不如方才结群聪明。但同样,作为杀掉头狼的代价,她将面临这几头狼的复仇。

一头狼露出森森白牙朝她扑过来,锋利的爪牙能将人的脑袋撕裂。禾晏横棍于身前狠狠一扫,将那头狼扫得往前一滚,扑了个空。

"咔"的一声,极轻微的声音,禾晏耳力惊人,一听便心中一沉。

这根用竹子削的棍子，有了裂缝，可能支撑不了几次，便要断了。

"真倒霉！"她低声咒骂了一句，三头狼而已，便是她一个人也能对付，可如今她浑身上下除了这根快断开的棍子，什么兵器都没有了。这还真是，一文钱难倒英雄汉？不对，是福无双至，祸不单行。

人总不能被畜生逼死。她想到方才郑玄的话，低笑一声。

战场上，不能主动出击，就只有另一个办法。

"逃！"

少女的声音响彻山林，惊起飞鸟无数，那根长棍似有无穷大力，直直劈向前方，硬生生辟出一条敞道。

她驾马手持长棍而去，似要消失在旷远的山林中。

身后群狼追逐，鱼游沸鼎，间不容发。

风声呼呼刮过耳边，不知跑了多久，马停了下来。

沈虹抱着马肚子，他们敞开了跑，山路颠簸，一路不敢停，直到此刻，才觉出腹中翻江倒海，几欲呕吐。

已经跑到了半山腰，回头看，并没有狼追上来的影子。

一名新兵道："得、得救了。"

沈虹呆呆地看着自己腰间，他来的时候抓了一根竹棍，如今竹棍给了禾晏，他想起禾晏，登时又是脸色一白，颤巍巍地问道："……那禾晏呢？"

只有一根竹棍，唯一的鸳鸯刀被沈虹弄丢了一把，另一把插在头狼的喉间，禾晏什么兵器都没有。那三头狼来势汹汹，他一个人，怎么躲？

"我们，要不要回去看看？"他鼓足勇气道。

"你在说什么鬼话，"郑玄冷冷地看着他，"我们好不容易才跑出来，回去送死吗？"

"可是禾晏在后面，他一个人，不行的。"沈虹想到禾晏，眼圈一红。

"他不是让我们下山找教头吗？"郑玄身边的新兵道，"我们下山告诉教头，让教头来救人吧？"

"不行。"

沈虹不可置信地看向郑玄，郑玄面色不变："如果告诉教头，教头就知道我们越过山头的事了。"

"他刚刚救了我们，如果不是禾晏，我们早就死了！"沈虹高声道。

"你也知道我们四个人都差点死了，他一个人对付狼群，必死无疑！"郑玄的声音比沈虹的声音更高，"越过山头就是违反军令，轻则杖责，重则人头落地。难道要为一个已经死了的禾晏让其他人送死！沈虹，你想这样吗？"

沈虹被吼得呆了一下。他生性胆小，若非家逢变故，本该一辈子做药铺的少东家，如今乍然遇事，本就心慌意乱，一听许会人头落地，更是不寒而栗。

他家中还有母亲要侍奉，他若是死了，一家老小如何生活？

"我……我……"沈虹嗫嚅着说不出完整的话来。

"下山之后，当无事发生过，等太阳落山后，告诉教头，禾晏一人不听人劝阻，翻越山头，遍寻不着。"郑玄毫无感情道。

这不仅是堵住禾晏的最后一条生路，还要给禾晏套一个违反军令的罪名。沈虹摇头，其余两人却担心自己受罚，一口应承。郑玄盯着沈虹，道："你要想去告状尽可去，你一人之言，看教头是信你，还是信我们。"

说罢，他也不再管沈虹是何神色，驾马朝前疾驰而去。沈虹无可奈何，天色渐晚，只得跟上。

天色渐晚，丛林里几乎没有亮光了。

马匹在白月山上迷失了方向，禾晏握着竹棍，往后看去，心中松了口气，总算是甩掉了那几头狼。

倒是第一次看见这么穷追不舍的野狼，禾晏撇了撇嘴，想到了当年在漠县遇到的狼。漠县当时还闹饥荒，方圆百里的狼都被抓来吃了，哪里像白月山里的这样嚣张。思及此，便又觉得那个叫郑玄的吊梢眼实在是没长脑子，怎么会想去逮狼崽养，狼是无法被驯养的动物，能被驯养的，是会冲人摇尾巴的家犬，而狼只会咬断人的喉咙。

马匹在原地转了个圈，不再往前走了。

这里四处都是树林，看上去一模一样，她方才躲避狼群追赶，也没能在树上做记号，只怕早已翻越了山头，不知道此地是何处。若是沈虹他们没能及时告诉梁平，等天黑了，这林子就更不能出去，没有火折子，怕遇上野兽，只能在山上过一晚了。

她心里想着，叹了口气，翻身下马，打算去寻一寻周围有没有什么可以挡风的山洞避一避，刚从马上下来站直身子，猛然间，察觉到一丝不对劲。

倒也说不出来为什么，非要说的话，大概是多年征战沙场，对危险的直觉。她下意识地偏头，便觉得一道黑影从头顶掠过，什么东西擦破了她的脖子，带出了一丝血气。

马儿受惊，扬起前蹄，禾晏没拉紧缰绳，马便头也不回地往前冲，眨眼间消失在丛林深处。她回过头，看见刚刚扑过来的黑影，伏在草丛间，露出两只碧色的眼睛。

竟是方才的狼。

禾晏看了看这头狼，又看了看它扑来的方向，心中恍然大悟。方才的几头狼里，竟还有头聪明的，知道追不上骑马的禾晏，便抄了近路。白月山不是禾晏的地盘，却是这里山兽的地盘，想来它已经在此潜伏了许久，就等着禾晏放松警惕的时候，扑上来咬断她的喉咙。

事实上，这头狼也差一点就成功了。

禾晏摸了摸自己脖颈间，火辣辣的感觉，沾了一手的血。那头狼见一击不成，露出尖牙，从禾晏的身后扑过来。

禾晏在地上滚了一圈，避开了它的爪子，心中有些焦急，现在马不见了，只能和这头狼搏斗，可她只有这根棍子。

沈虹上山的时候，哪怕是拿一串飞镖也好啊，她心中想着，横棍向前，朝狼头扑将过去。

竹棍劈在狼头上，"砰"的一声，从中间应声而断，狼被打得脑袋一歪，只流了点血，看向禾晏，狂怒地嗥叫了两声，重新扑了过来。

"这什么破棍子！"禾晏骂了一句，闪身躲开，那狼却极狡猾，并不正面攻击，反而从身后扑来，意图咬她的脖子，禾晏躲了几次，没躲住被它叼了一口，屈肘捅向狼腹，狼被打得哀叫一声，拼命将她扑在身下。

一人一狼扭打在一起，林间草木落叶被挤得窸窣作响，禾晏用力扳着狼头，不让狼嘴咬到自己，心中想着难道自己要用嘴去咬这只狼？她刚想到这里，突然脚下一空，还没来得及反应，就只觉得身子一坠，听得"扑通"一声，下一刻，她和这头狼一起跌倒在地。

天空变成了圆圆的一个，树枝显得更高了。脚下是坑坑洼洼的泥土，还有一只刚刚站起来的狼。

她和这头狼，一起掉进了陷阱里。

场地更小了，这像是一个更小的演武台，不同的是她的对手变成了一头嗜血的野兽，而此刻禾晏手里，没有任何兵器，连那根断成两截的竹棍都没有了。

禾晏唇边浮起一丝苦笑，这大概是猎户布置的陷阱，用来抓兔子或狐狸，可能时间隔得太久了，都被枯枝落叶覆盖得全然没了任何痕迹，谁知道她和狼在这里厮打的时候会掉下来，如今无路可退。

狼慢慢地站起来，禾晏也想站起来，才一动便知不好，她刚掉下来的时候，腿摔着了，这会儿左腿一动便钻心地疼。

她只好扶着石壁站了起来。

狼伏低身子，喉咙发出低低的嗥叫，禾晏垂头看着它，后背靠着石壁，并无动作。它绕了几步，猛地朝禾晏扑来。

血盆大口张在眼前，似乎还可以闻到令人作呕的腥气，禾晏眼前，浮现起过去在路边看到被狼吃剩的枯骨，身子残缺，面目全非，只剩一摊腐肉的画面。

千钧一发的时候，她猛地伸出左臂，狼奔着她脖颈而来，被她一掌挥开。这一掌用了些力气，但毕竟拼不过野兽，只是护住了脖子，下一刻，胳膊便被狼咬住了。

不必看也知道咬得不轻，她却丝毫不以为意，反而往前一动，像是要将手臂往狼嘴里塞得更深一点，狼嘴未松，禾晏的右手猛地往前一劈——

一声惨叫从狼的嘴里爆发出来，那头狡猾执着的狼在陷坑里拼命翻腾，它的一双眼睛都被尖利的石子划伤，血溅得到处都是。

禾晏松开手，她的掌心里，躺着一块并不大的石头，石头的一端尖尖的，还沾着血。

她刺瞎了狼的一双眼睛。

从落到陷阱的那一刹那，她就在四处寻找可以用来防身的东西，可惜这陷阱里只有散落的石子，所幸被她找到了能用的那一块。

狼失去了一双眼睛，什么都看不到，又因为剧痛而顾不得其他，只在坑里挣扎发狂。禾晏咬了咬牙，扶着石壁过去，用尽全身力气将狼的脑袋压住，她再次握起那块石子，狠狠地割破狼的喉咙。

血，慢慢地氤氲出来，先是暖热的，渐渐地，一点点地变冷了。

她慢慢跌坐下来，浑身再也没有一点力气。左臂被狼咬了一口，血同衣袖粘在一起，左腿也抬不起来，脖子还擦破了皮。不必想，此刻已是满身狼狈，但她只是看着这只死掉的狼，心中涌起一阵悲凉。

她和这头狼何其相似，瞎了一双眼睛后便也只能任人摆布。想到过去种种，只觉得浑身疲惫至极，再也无力做其他事。

太阳落山了，日光隐去最后一点芒色，山林变为黑夜，她安静坐着，垂头不语，一瞬间，仿佛没有呼吸，就这样静静死去了。

凉州卫所里，无人知道山上发生的惊心动魄的一幕。

郑玄到了卫所，便与其他两人一道去找教头。他们故意在山脚处挨了好一会儿才回来，此刻，太阳已经落山，只剩天边残余的一点如血晚霞，灿烂地铺开在水边。

沈虹没有和他们一道去，回到了自己的房间里。

其余人都已经吃过晚饭回来了，见沈虹在一边呆呆坐着，有人笑着问："喂，今日上山感觉如何？"

"他怎么看起来木呆呆的，该不会是累傻了吧？"

"有可能，哈哈哈，这点就不行了，也太弱了。"

众人调侃几句，都以为沈虹是累了，也没放在心上，便去做自己的事。过了一会儿，王霸走了进来，他同沈虹是一个房间，看到沈虹坐在床上发呆，王霸随口问了一句："他怎么了？"

"不知道，今日轮到他上山，下山回来就这样了。"有人答。

王霸看了沈虹一眼，觉得他有些奇怪，虽然平日里没少欺负这个老实人，不过再如何欺负，也没见沈虹这般失魂落魄。他走到沈虹面前，揉了沈虹一把："怎么了？你是在山上遇到野兽吓破胆了吗？"

他不说还好，一说"野兽"二字，沈虹的身子抖得更厉害了，嘴巴嗫嚅着不知道在说什么。王霸凑近一听，只听他说的是"对不起"。

"对不起？你对不起谁了？"王霸皱眉问。

沈虹还是自顾自地说话，王霸不耐烦了，提小鸡似的一把将他提起，问："臭小子，把你今天上山遇到的一切原原本本地说出来，不说出来，"他威胁似的晃了晃拳头，"就要你好看！"

沈虹被他这么一提，像是才从自己的思绪里惊醒过来，王霸凶神恶煞地看着他。他本就心虚愧疚，这一激，立刻脱口而出："禾晏……禾晏还在山上！"

禾晏？王霸一听禾晏就心中一跳，这个人跟他真是冤家，不过还是好奇地问："什么山上？你们今日一道上的山？怎么你下来了他还在山上？什么意思？"

"有狼……好多狼！禾晏为了救我们，自己把狼引开了，"沈虹哭出声来，不管不顾地一口气说出来，"郑玄不让我们告诉教头，还要说是禾晏翻山走远的。不，不是，明明是他们翻山头，禾晏救了他们，他们却想要他死，还要污蔑禾晏！禾晏一个人在山上，连兵器都没有，他会死的，都是我们害死了他！"

他说得颠三倒四，语无伦次，可王霸是什么人，眨眼间便明白了沈虹话里的意思。他先是愣了片刻，陡然间满腔怒火，一拳擂在桌上，吓了沈虹一跳。

"他救了你们，你们却把他一个人丢在山上了？"

沈虹哭道："我也不想的……我没办法……"

王霸鄙夷地看了他一眼："孬种！"转身出了门。

王霸找到了梁教头，梁教头正在和沈瀚说话，身边站着的正是郑玄几人。沈瀚脸色极为难看，只隐隐约约听得几个字："不守军令……翻山……"

郑玄还在说，冷不防一人冲了过来，还未等他反应，便觉得自己脸上重重挨了一拳，将他揍翻在地。

"王霸，你疯了？"梁平喝道。

"梁教头，这小子是不是告诉你禾晏不听军令，自己翻山头，到现在还没回来?"王霸喘着气开口。

沈瀚和梁平对视一眼,王霸冷笑一声,盯着从地上爬起来的郑玄道:"这龟孙子不要脸!郑玄,你敢说是谁救了你?你他娘的自己翻山头,被狼围了,要不是禾晏你能跑得了?你倒好,不仅自己跑了,还要泼一盆脏水在人身上!你还是个男人吗?"

郑玄面色发白,被揍得唇边流血,他站起身来,抹了把唇边的血迹,道:"教头,你们不要听他胡说八道,是禾晏自己翻了山头,不信……不信你问他们!"他指向另两个一道同他上山的新兵。

那两个新兵忙不迭地点头:"是啊,是……禾晏自己要越山的,我们都劝过他,他不听……"

王霸气不打一处来,冲上去又要揍人:"你们说的是人话吗?"

那个沈虹胆子小得可怜,稍微吓一吓,什么都和盘托出,哪里有胆子说谎。况且禾晏这个人……王霸虽然不是很喜欢,却也知道,禾晏不会主动干找死的事。比起郑玄这副做派,禾晏看起来顺眼多了。

梁教头把王霸拦下来,怒道:"都给我住手,看看你们像什么样子!要是都督来了,一个个都给我受罚去!"

"怎么回事?"说曹操曹操到,才说完这句话,肖珏的声音就从身后响起。他自卫所的后院走过来,看了一眼众人,对沈瀚道:"说。"

沈瀚头皮发麻,老老实实答道:"今日他们几人一道上山,禾晏还没回来。郑玄说,是禾晏不听军令,私自翻越山头,最后找不到人,只能赶在日落前自行下山。"

"我听的可不是这样,"王霸冷笑道:"是这几个白眼狼先翻的山头,招惹了野狼,禾晏为了救他们引开狼群,这几个人却自己跑了,不管兄弟死活,还要给人扣屎盆子。这种人在我们山匪里,叫没有道义!"

"都督,您不要听信他的话。"郑玄急忙跪倒在地,"我们几人都劝过禾晏,可他不听,执意离去。当时天色渐晚,我们只得先回来求救。"

他说话的时候情真意切,一派真心,肖珏瞥他一眼,看不出来在想什么。

眼下太阳已经完全落下,最后一抹红霞被山头吞没,山林寂静,这样下去,禾晏活下来的机会只会越来越渺茫。王霸咬了咬牙:"既然诸位教头不愿意为他冒这个险,那我自己去救人!"他说罢就要往外走,"老子占山为王这么多年,不怕几头畜生!不过话说回来,这年头,人还比不上畜生!"

他才走了一步,"砰"的一声,一把剑擦着他的头皮而过,直直地没入面前的木桩,吓得王霸一个激灵。

他转过身,就见他们的右军都督肖珏神情不悦,对梁教头警告道:"梁平,管好你的兵。"

梁平硬着头皮应了声好，心里放声大哭了无数次，还以为这回能在肖珏都督面前博个好，不承想现在却被点名批评。一时间觉得心灰意冷，恨不得从没出现在此地过。

沈瀚迟疑了一下，道："都督，我们现在带人进山……"

"不必。"肖珏打断他的话。

王霸不可置信地盯着他，郑玄眼中闪过一丝喜意。

"山上地势复杂，恐怕有诈，你们不行，我去。"他道，说完，便唤了声，自远而近奔过来一匹乌色骏马，这马生得极其威风，四蹄雪白，双耳绿色，毛色炳熠。行动间犹如乘云而奔，在肖珏身前停下，亲昵地用头去蹭肖珏的手。

这是肖珏的爱骑绿耳。

肖珏翻身上马。

沈瀚还想说什么，肖珏已经驾马离去。

梁平呆呆地问："总教头，都督说的有诈……山上还有别人吗？"

沈瀚没有说话，他当然知道，如今他们怀疑禾晏有问题，这次禾晏消失在山上，焉知是不是故意的，"有诈"指的是禾晏，而不是对手。

但愿是他们想多了。

山上到了夜里，果真是越来越冷了。

陷阱很深，她一个人难以爬上去，此刻身上受了伤，更不好动弹。血腥气会吸引附近的野兽，若她真的在地上走，拖着血迹，怕是走不了几步就能被野兽吞进肚子。

这里也挺好的。

禾晏抬头看向天空。夜空被陷阱给分割了，只剩下圆圆的一个。从这里往上看，能看见闪耀的星河，夜凉如水，无数璀璨繁星在长空中，凑成了良夜的影子。

她挪了个位置，头仰着恰好能看见星空，又觉出些冷来，可这陷坑里，除了她，只有一头狼尸。禾晏想了想，将身子往狼肚子下缩了缩，虽是冷的，到底有一身毛皮，可暂御风寒。

禾晏伸手解开腰间的水壶，水壶里只有一口水了，她将水喝光，随手将壶扔到一边，又冷又饿又渴，倒是许多年没有这般的体会了。

忽然间想起早上出门前洪山对她说的话——"早点下山，今晚咱们一起过节"。

这是一个晴朗的夜晚，月华如练，萤流飞舞，星繁河白，乌鹊桥头。禾晏仰头看着远处的星宿，喃喃出声："家家乞巧望秋月，穿尽红丝几万条。"①

她叹息了一声，有些无奈地笑道："今天是七夕啊……"

寂寂夜色无言，远处的鹊桥正度牛郎织女，凉风微起，吹散所有欢情与离恨。

有人的声音响起，带着似笑非笑的嘲意。

"怎么？你还想和心上人去河边放花船？"

禾晏讶然抬头，但见圆圆的长空里，陡然出现了一个修长的身影。他站在陷阱边上，月色摇曳，流光皎洁，玩味地看着自己。

正是肖珏。

禾晏脱口而出："肖……都督，你怎么来了？"

这个时间，她以为不会有人来了。其实后来仔细想想，郑玄找人来救她的可能性微乎其微，沈虹胆子那么小，大概稍加威胁，便不敢再说什么。旁人指望不上，便只能靠自己。禾晏本想在这里待到天亮，等身上血迹干了，养足些力气，再想法子爬出陷坑，没料到真会有人来救她，更没想到这个人是肖珏。

肖珏没有回答她的话，只问："你自己能不能上来？"

禾晏："不能。"

这陷坑做得粗糙，偏偏太深了，她腿上没力，爬不动。

肖珏看了禾晏一眼，转身走了，禾晏一头雾水，什么意思？他就这样走了？

不过片刻，他又回来了，手上拿着一根长长的东西，禾晏定睛一看，这不是被她敲断的竹棍嘛。虽然断成两截，不过从上面伸下来，可以叫禾晏恰好握住。

肖珏在陷坑旁半跪下来，将竹棍伸下，道："抓住。"

禾晏无言片刻，也只得认命地握住，心里却想，也是，难道还要指望肖珏飞身下来把自己抱出去吗？这事想想她自己都觉得恶寒。

这人看着秀如美玉，力气却极大，禾晏抓着竹棍，他单手往上收，竟也拖得动。快到出口的时候，他朝禾晏伸出一只手，示意禾晏抓住自己。

那只手骨节分明，修长漂亮，禾晏正要伸出手去，伸到一半，便僵在空中。她方才和野狼搏斗，沾了一手的血，不知道是狼血还是人血，满手都是黏腻。这只血迹斑斑的手，和肖珏莹白如玉的手放在一起，实在很难看。

禾晏有些踟蹰，那人却似乎等得不耐烦，往前一探，握着她的手腕，将她一把拽了上来。

外头不再有陷坑里令人窒息的血腥气，长空陡然变大了许多。星星铺满头顶，仿佛要沉沉下坠，无数璀璨汇在一起，似要将天地都照亮。

---

① 引自林杰《乞巧》。

她又转头去看肖珏。

青年站起身，丢掉竹棍，视线凝视着他，片刻后开口道："你杀了一头狼？"

禾晏笑了笑："是，差点死掉了，没带兵器，用石头砸死的，还被咬了两口。"

血迹从少年的衣袖处渗了出来，将原本就是赤色的劲装染成深色，而他神情如常，还满不在乎地问道："都督怎么会亲自来？其他人呢？"

"太晚了，我一个人上来的。"他叩指，禾晏这才看到，不远处还有一匹马，那匹马也没拴缰绳，看见肖珏动作，便乖乖跑到肖珏身边。禾晏借着月色瞧见它耳朵泛绿，心头一动，世人都知封云将军有一爱骑，日行千里，追风逐电，名唤绿耳。没想到今日在这里见到了。

"那我们现在……回去吗？"禾晏迟疑地问。

肖珏匪夷所思地看着他："你想在这里过夜？"

"不，不是。"禾晏解释道，"我的意思是，这里没有其他人，只有一匹马……"难道肖珏要让她走路一路跟着？太惨了吧？惨绝人寰！

他拍了拍绿耳的头，骏马温顺地垂下脑袋，肖珏看了禾晏一眼："上去。"

"咦……我吗？"禾晏大惊。

这匹绝世名马，肖珏居然舍得让她骑？她没有听错吧？

肖珏扯了一下嘴角："你想走回去的话，也不是不行。"

"不不不，我可以！"禾晏回答，"我是太高兴了！"

今天是什么好日子，她居然能骑到传说中的绿耳，禾晏只想放声大笑。她一瘸一拐地走到绿耳身边，这马极高大威武，本来翻身上马的动作，应当很潇洒的，可惜她如今全身都是伤，想要潇洒都潇洒不起来。只能一手抓住马鞍，努力往上蹭。

禾晏的腿摔伤了，手臂方才又被狼咬了一口，一用力，刚刚干涸的血立马又渗出来，眨眼间便将半个袖子都润湿。而她神情如常，脸色都已经发白了，还挂着笑意，大滴大滴的汗水滚在额边，头发都湿漉漉的。

这人压根儿就不知道自己多狼狈。肖珏微微扬眉。

禾晏还在手脚并用地往上爬，猛然间，有人的声音自头上传来，他道："你不疼吗？"

禾晏一愣，下一刻，有人揽住她的腰，将她往上一带，她还没来得及惊呼出口，人已经坐在了马背上。她身后抵着另一个人，若有若无的月麟香传来，将她的思绪扰得纷乱。

"坐好。"肖珏道。

禾晏难以言喻这一刻的感受。

　　她确实没想到，肖珏竟然会将她抱到马背上……应该是抱吧？她刚才也没感受清楚，可眼下他确实是坐在自己身后，禾晏身材娇小，头刚好靠着他的胸前，倒像是……倒像是偎在他怀中。

　　她为自己的这个想法感到悚然，肖珏可不是一个风花雪月的人，何况她现在是男子身份。今日种种，莫不是自己在做梦？

　　肖珏催马要走，禾晏道："等、等等！"

　　他问："又怎么了？"

　　"你看那头狼，"禾晏指了指陷坑里的狼尸，"我好不容易才把它杀掉，就这么扔在这里，太可惜了。"

　　那人冷淡回答："你想如何？"

　　"把它一起带上？"禾晏试探地问。

　　半晌，青年嗤笑一声："可以。"

　　"果真？"禾晏惊喜地回头，"都督，你可真是个大好人！"

　　他弯了弯唇角，眼神漠然："它上来，你下去。"

　　禾晏："……当我没说。"

　　马走了两步，她又回头，差点一头撞进了肖珏怀里："要不我还是下去把狼皮剥了再走吧，马上要秋日了，天气冷，做个狼皮靴子多好。"

　　回答她的是无情的两个字。

　　"闭嘴。"

　　马在深山里小跑。跑得不是很快，因是夜路，看也看不大清楚。禾晏有些可惜，好不容易骑上了绿耳，竟然没感受到传说中的"登山渡水，如履平地"。

　　实在是太亏了。

　　星光同月色从林间的枝叶间漏下来，禾晏骑在马上，终于有心思看看周围的风景。这一看不要紧，便看到不远处，横卧着一头狼，当是死了。

　　她诧然片刻，再往前走几步，又是一具狼尸。

　　大约看到了三具这样的狼尸，禾晏察觉到这不是偶然，她咽了口唾沫，小心翼翼地问："肖……都督，这些都是你干的？"

　　"既然路上遇到就顺手除去，否则一路尾随，很麻烦。"他回答。

　　禾晏在心中感叹，瞧瞧，不愧是少年杀将，一言不合就大开杀戒，难怪这一路上都没遇到什么野狼，原是胆子大的被肖珏给杀光了。她又看向那几具狼尸，皆是一剑封喉，伤口极小，十分精准。

　　她目光稍稍下移，落到了肖珏腰上那把剑上。旁人都知道封云将军有名马，有宝剑。马唤绿耳，剑名饮秋。她那把青琅刀锋泛青光，削铁如泥。传言饮秋通体晶莹，如霜如雪。如今饮秋佩在肖珏腰上，剑未出鞘，看不出来什么。

这些狼应当都是死在饮秋剑下，自古宝剑赠英雄，禾晏觉得自己勉强也算个英雄，看见宝剑，总忍不住想摸一摸。

她便悄悄伸手，往后面胡乱一摸。

触手之物温软柔韧，也能感到手下的身体一僵，禾晏立马撒手，叫道："我不是故意摸你腰的，我只是想摸一下你的剑！"

半响，身后传来那人强忍怒意的声音："你可以不说话。"

"不说话我会无聊死。"禾晏道，"都督，其实你不必如此严肃。你看你杀了这么多狼，却不把它们带走，这些狼最后就便宜了山里的狐狸。不说吃肉，这狼皮可是顶好的。我杀的那头毛皮不完整了，只能做靴子。但你杀的这几头没弄坏毛皮，足够做大氅了。不过狼皮大氅不大适合你，想来你的衣裳料子也更金贵，何不便宜了我呢？冬天有件狼皮大氅，我能在雪地里打滚。"

肖珏似乎被禾晏的胡言乱语给绕得头晕，勾唇讽刺道："你如此喜欢狼皮，难怪在陷坑，连死狼都不放手。"

"那倒不是，我只是太冷了嘛。"禾晏摇头，"都督爱洁，不喜脏污，容不得畜生的血气沾染衣裳。我们不一样，别说是死狼了，我连死人堆都睡过。"

身后沉默片刻，肖珏问："什么时候？"

"小时候的事啦，我都记不太清了。"禾晏看着天上的星星，"那时候为了保命，没办法呀。死人堆就死人堆吧，毕竟我是那个死人堆里唯一活下来的。"

她以为肖珏会追问是怎么回事，正准备胡编一通，没想到肖珏并没有追问，教她准备好的说辞落了个空。

禾晏的思绪回到了从前。

那是她刚到漠县不久，抚越军的一队新兵在沙漠边缘遇到了西羌人。

他们都是新兵，并不懂如何作战，不过是凭着一股血气。可这血气很快便被西羌人的凶残冲散了。最后那一支新兵小队几乎全军覆没。

禾晏当时亦受了很重的伤，不过没死，她藏在大伙儿的尸体之下，还剩一口气。西羌人将尸体全部点燃，然后扬长而去。那时候禾晏觉得，她大概是真的在劫难逃，会死在这片沙漠里了。

谁知道老天不让她死，中道突然下起雨来，雨水浇灭了尸体上的火苗。禾晏没有力气动弹，也不敢动弹，连哭都不敢发出声音。

昨日里还同自己打闹的少年，如今便成了不会动弹的焦炭，早上还骂自己的大哥，现在已身首异处。她躺在断肢残骸中，第一次领略到了战争的残酷，她在死人堆里，闻着焦腥气，睁着眼睛流了一夜的眼泪。

天明的时候，有个行人路过，他将所有的尸体就地掩埋，替他们收尸，也发现了奄奄一息的禾晏，救了她一命。

后来禾晏无数次地想，她过去在京城虽做男儿身，到底是不够坚强，心里大抵给自己留了一条退路。可那一夜过后，她做事便时常不再为自己留退路了，她不是姑娘，没有人能在战场上为她擦干眼泪，唯一要做的是，在每一场生死拼杀后，活下来。

任何时候，活下来是第一位的。倘若今日真的出不去，她生吃狼肉也可以。

但肖珏大约不能理解。

禾晏心中轻轻叹息一声。这时候，便真的觉出些冷意来。

青年黑裳黑甲，披风遮蔽凉意，禾晏有些怕弄脏他的衣服，不敢过分后仰，却又忍不住抬头去看他，从这个角度，恰好能看得见他漂亮的下颌线条。

肖珏是真的长得很好看，禾晏不得不承认这个事实。他生得既俊美又英气，风姿美仪，虽是淡漠，却又总带了几分勾人心痒的散漫。

他生得最好看的是一双眼睛，如秋水清润且薄凉，好似万事万物都不曾映在眼中，叫人忍不住思量，若有一日这双眼睛认真地看着一人时，该是怎样的温柔。

她又想起在陷坑里，肖珏对她伸出的那只手，莫名便想到"指如春笋之尖且长，眼如秋波之清且碧也"，觉得实在是太适合这人了。

难怪他有美号"玉面都督"，想想还真是不甘心，都是少年将军，凭什么他叫"玉面都督"，她就只能叫"面具将军"。禾晏心想，若是当时自己也摘了面具，说不准还能得到一个"军中潘安"什么的称号。

她兀自想着，却不知自己一会儿欣赏赞叹地盯着肖珏的脸，一会儿沮丧失落地唉声叹气，仿佛一个疯子，看在肖珏眼中，实在很莫名，而且相当愚蠢。

翻过山头之后，路要好走了一些。

肖珏驾马小跑起来，不知不觉中，禾晏睡着了，也不知过了多久，有人拍她的肩，叫她的名字："禾晏！"

她睁开眼，看见梁教头站在眼前，她还靠着肖珏打瞌睡，肖珏衣袖内侧隐隐有一道濡湿的痕迹，不知是不是她的口水。

禾晏擦了擦嘴巴，歉意开口："对不……"

话还没说完，这人就已经干脆利落地下马，害得她差点一头仰倒过去。肖珏对梁平道："交给你了。"看也没看禾晏一眼，自顾自走了。

禾晏："……"

看看，连道谢的机会都不给她。禾晏耸了耸肩，梁平将她从马上扶下来，绿耳倒也乖觉，禾晏走了后，小蹄子一蹬，颠颠地找主人去了。

禾晏浑身上下都是血，纵然梁平有一肚子疑问，此刻也问不出口，只道："你还能动吗？"

"梁教头也太小看我了，"她笑道，"没有任何问题。"

"唉，"梁平叹了口气，"算了，我先把你送回去，先包扎下伤口，什么事过后再说。"

禾晏立马答应。

房间里，小麦、石头他们都等着，禾晏一进去，"呼啦"一声，一群人都围了上来，七嘴八舌地问道。

"怎么样？还好吗？没事吧？"

"怎么流了这么多血？出人命了？"

禾晏甚至还看到了王霸，坐在墙角的箱子上，看见自己似乎想上前，最后还是忍耐住了，哼道："原来没死啊。"

"谢谢王兄，"禾晏已经从梁平嘴里知道，是王霸去找的沈瀚，冲他眨了眨眼，欣慰开口，"王兄这么挂念我，老大心里很感动。"

"你！"王霸像爹了毛的猫，从箱子上蹦起来，瞪了禾晏一眼，怒气冲冲地走了，临走时还差点把门给摔坏了。

禾晏被扶到自己的床上坐下，石头给禾晏递了一碗水，禾晏一口气喝完，觉得嗓子总算舒服了一点。

小麦道："阿禾哥，你手上一直在流血，赶紧换件衣服吧？"

禾晏轻咳一声："其实也没那么严重。"

"这还不严重？"洪山皱眉，"要不是肖都督上山找到你，你这样，明天早上还有命在？"

"你不该逞英雄，"江蛟也来了，"为那种人，不值。"

"不错。"黄雄捏着他脖子上的佛珠，"就该让他们自己去喂狼。"

禾晏："……"她望着满满当当一屋子的人，头一次发现她的人缘居然这么好。不过这么多人，实在是吵得她脑仁疼。

叽叽喳喳中，又有人推门进来，声若黄鹂："你们都出去吧，我来送药。"

屋子里一瞬间寂静下来。

禾晏好奇地看过去，见人群自动分出一条道，走进来一名年轻女子。这女子身着宫缎素雪绢裙，长发以雪白丝带束髻，头上一支莲花玉簪，简单又标致。玉面淡拂，月眉星眼，十分窈窕动人。

凉州卫所里连蚊子都是公的，何时见过这般淡雅脱俗的美人，一时间这些汉子噤若寒蝉，生怕惊扰了这位楚楚动人的仙子。

禾晏一头雾水，只问："你是……"

"我是凉州卫的医女，"这姑娘轻声道，"沈暮雪。"

禾晏觉得这名字有些耳熟，沈暮雪已经将手里的药碗轻轻放到床头，转身对其他人道："可否请各位先出去一下？"

洪山立马红了脸，道："好、好的。"吆喝着把其他人给撵出去了，临走时，还给了禾晏一个羡慕的眼神。

禾晏："……"

禾晏问："这是给我的药吗？"

沈暮雪点头，禾晏将碗端起来一饮而尽。沈暮雪愣了下，道："其实你不必喝得这么急……"

"啊？"禾晏挠了挠头，"反正都要喝。"

似是被他逗笑了，沈暮雪笑了笑，道："那小哥先脱掉衣服吧，我来为你上药。"

旁边放着打好的热水，禾晏迟疑了一下，道："那个，沈姑娘，你把药放在这里就好，我自己来上吧。"

"你？"沈暮雪摇头，"还是我来吧。"

"你年纪轻轻的，还是个姑娘家，"禾晏语重心长地劝她，"我到底是个男子，你看去了，多不好。"

"医者面前无男女。"沈暮雪答。

禾晏想了想，道："你无所谓，我有所谓啊。"

沈暮雪抬起头来，禾晏无所畏惧地对视回去，道："我是有未婚妻的，沈姑娘，我的身子只能给我未婚妻一人看，我这么冰清玉洁的身子，被你染指了，你要负责的。知道吗？"她裹紧自己的衣服，一副宁死不屈的模样。

沈暮雪大约没见过如此不要脸面的人，一时间手上的动作也停住了，看着禾晏不知该作何反应。

"你把药留在这儿就行了。"禾晏道，"我自己上药，我要为我心上人守身如玉，你莫要害我。"她一脸认真。

沈暮雪无言片刻，终于被禾晏的恬不知耻打败了，她道："药和热水都在这里，我出去，你上好了叫我。"

禾晏欣然点头："多谢姑娘体谅。"

沈暮雪退了出去，禾晏松了口气，忙将自己身上满是血的衣服脱下，拿帕子沾了热水胡乱擦拭了下身子，换了件干净衣裳。她把袖子挽起来，被狼咬中的手肘处，血肉模糊，看着实在惨不忍睹，禾晏深吸一口气，换了张帕子，就要清洗伤口的血迹。

这时候门又被推开了，禾晏正忙着擦拭，头也不抬地道："不是说了不用进来，我自己上药的吗？"

一个冷淡的声音响起："你对未婚妻的贞洁，还真是感天动地。"

禾晏抬起头，肖珏站在离她几步远的地方，抱胸好整以暇地看着她。

禾晏心道好险，幸而她刚刚动作快，衣服都换了，遂挤出一个笑容："都督怎么来了？不会来找我秋后算账吧？我早说了，之前在山上，我不是故意摸你腰的。"

肖珏的神情一僵，眼神几欲冒火，一扬手，一个圆圆的东西丢到了禾晏怀里。

禾晏拿起来一看，是个精致的瓷瓶，看起来像是鸳鸯壶，她拔掉塞子，凑近闻了闻，又苦又涩。

"这是……药？"她迟疑地问。

那人没好气道："先治你自己的伤吧。"

这话这场景，莫名熟悉，禾晏心中微怔，再看向他，他刚换了件衣裳，整洁如新，站在此地，蔚然深秀，月光从外头流泻进来，映出他的颀长身影，一瞬间，似乎又回到了当年。

亦是如此。

禾晏年少的时候，不如现在机灵，倘若叫她以现在的眼光去看过去的自己，便觉得实在木讷得过分。

她那时文武都不太好，同现在的程鲤素差不多，也算个"废物公子"，不过不像程鲤素有个厉害舅舅罩着，禾家的家世在贤昌馆里也算不得什么，因此，便不如程鲤素讨喜了。

何况她少年时还成天戴着一副面具，总显出和众人格格不入的模样。又因为心中有鬼，从来不敢和少年们多来往，以免露出马脚，一来二去，便被贤昌馆的其他学子排斥了。

少年们的排斥，来得直接，一开始只是不同她玩耍，蹴鞠的时候不叫她。到后来，变本加厉，原因嘛，说起来也不是什么大事，竟是她太努力了。

禾晏小时候一根筋，逮着个"笨鸟先飞"的道理，就果真从笨鸟做起。文武科越是不好，就越是要学，学得比谁都认真。贤昌馆的先生们纵然觉得这孩子确实不是块读书练武的料，却也经常为禾晏执着的求学精神而感动。于是时常在课上夸奖禾晏。

"勤学如春起之苗，不见其增，日有所长。你们都看看禾如非，好好跟人家学学！"

都是十四五岁的少年郎，素来爱争强斗胜，跟旁人学也就罢了，跟禾晏学什么？学他每日勤学苦练，还总是倒数第一？怕不是脑子坏掉了。

但几位先生却好像不约而同地特别喜欢禾晏。

少年们怒从心头起，恶向胆边生，越发看戴面具的小子不顺眼，隔三岔五给禾晏找点麻烦。

今日比刀时故意划破禾晏的衣裳啊，明日练马给他的马喂噎嚏草啊，有时候故意把他的靴子戳个洞，他不小心摔倒在地，便被石子划破脚心。禾晏狼狈地从地上爬起来的时候，少年们就躲在一起指着他以取笑为乐。

少年禾晏脑子笨，嘴巴也笨，做不出来同先生告状的事，先生们也不晓得学生们私下里的这些小动作。禾晏很是过了一段艰难日子。

有一日，是个冬天，天气很冷，少年们在学馆里练剑的时候，不知道谁在地上泼了一盆水，水在地上极快结冰，他们在外面催促禾晏："禾如非，快些，快些，先生叫你！"

禾晏匆匆忙忙跑出来，脚下一滑，摔了个大马趴。

那一跤摔得很重，她只觉得头冒金星，半天没起来。那几个少年躲在角落哈哈大笑，只道："他果然上当！"

禾晏在原地坐了好一会儿才站起来，抿了抿唇，没说话。贤昌馆学子每月回一次家，她这个月带的衣服，已经没有一件干净的了。隔三岔五的捉弄，神仙也没这么多衣服，这个天气，日头许久不见，难以晒干。

禾晏穿着半湿的衣服过了一整天，夜里，她从床上爬起来，没有去练剑，跑到了学馆授学的堂厅里。

泥人也有三分土性，那几个少年人高马大，身手比她好得多，打是打不过的。难道就这么算了？绝无可能。

怎么才能出这口恶气？十四岁的禾晏想了许久，最后想出了一个办法。

夜里下起了雪，她穿着还没干的衣裳，冒着风雪去后院水井里打了桶水，提着这桶水跑到了堂厅。

白日那群少年每个人坐的位置她都记得，从他们的桌子下方找到他们的字帖，这个月先生的功课是抄五遍《性理字训》，明日就是月底交功课的时候。

禾晏把那一桶水全泼上去。

水瞬间浸湿字迹，洇成模糊的一大块，禾晏出了口气，心中顿生快意，快意过后，又浮起一丝紧张。

她匆忙把字帖塞回原来的位置，提着空着的桶匆匆忙忙跑出去，不过是第一次做这种事，难免忐忑，夜里摸黑不敢亮灯，走到门口，没瞧着脚下的门槛，"啪"的一声，摔了个结实。

她疼得倒吸一口冷气，一天之内摔两次，而且这一次更惨，她的手肘碰到门槛上的木刺，划出一道口子，血流了出来。禾晏费力地坐起来，举着那条胳膊,心里想,这难道就是多行不义必自毙?

她也只行了一次好吗,老天待她也太严苛了吧!

无论如何,还要赶紧把桶还回去。桶,对了,她的桶呢?她才想起来,方才跌得那么狠,那桶落在地上,早该发出巨大声响,将大家都惊醒了,怎么到现在还是静悄悄的?

禾晏蒙然抬头,站起来往前走了两步,这才看到门外不知何时站了一人。他就懒洋洋地靠在木门上,背对着禾晏,手上还提着一只木桶。

居然是肖珏。

一瞬间,禾晏紧张得话都不敢说了。

他看见了?他没有看见吧?不可能,他肯定是看见了,他手里还拿着这只桶。但若是他没看见,自己应该如何解释?大半夜的在这里浇花?

禾晏胡思乱想着,少年见他木呆呆地站在原地,挑眉道:"你不疼吗?"

禾晏:"啊?"

他的目光落在禾晏手肘上,因着要打水,禾晏便将袖子挽起来,白嫩的手肘间,一道血迹如难看的刺绣,在微弱的灯笼光下格外显眼。

禾晏下意识地把手往背后藏。

少年不耐烦地看了一眼,冷淡道:"跟我来。"

禾晏都不知道自己为什么要听他的话,大概被吓糊涂了,就懵懵懂懂地跟了上去。

肖珏先是把木桶放回水井边,回头一看他还举着胳膊发呆,嗤笑一声,神情意味深长:"胆子这么小还学人做坏事。"

禾晏捏紧拳头不说话,她紧张得很。这人若是去告发自己……

一个冰凉的壶丢到自己怀里。

禾晏低头一看,这似乎是一个鸳鸯壶,壶身精致,雕刻着繁复花纹。

她听见自己的声音,轻如蚊呐:"这是什么?"

"不会用啊?"少年转过头来,神情懒散,"药。"

禾晏举着那个鸳鸯壶发呆。

一道声音将她的思绪从回忆中拉回眼前:"不会用?"

她抬头,身着暗蓝袍子的青年已经在她床前的凳子上坐下,从她手里拿回那个壶。

鸳鸯壶中暗藏玄机,一壶里可盛两种酒,是下毒害人之必备工具。他扯了块白布,先倒一点,再倒一点,先流出来的是药汁,后流出来的是药粉。壶把手旁还嵌了一个小小的勺子,肖珏取下勺子,慢慢抹匀。

他垂眸做这些事的时候,长睫垂下来,侧脸轮廓英俊逼人,又带了几分少年时候的清秀，教人看得愣怔，竟不知此刻是在凉州卫，还是千里之外的贤昌馆。

禾晏发呆的时候，他已经将白布上的药膏抹好，丢给禾晏，语气极度冷漠："自己上。"

"哦，"禾晏早已料到，嘀咕道，"也没指望你帮我。"

他听到了，似笑非笑地盯着禾晏："不敢耽误你守身如玉。"

"你知道就好。"禾晏笑眯眯道，"不过还是谢谢你都督，这么贵重的药。"

"卫所里药物短缺，除非你想死。"他道。

禾晏郑重其事地看着他："那也算救了我一命，都督大好人。"

肖珏哂道："不知所云。"站起身离开了。

禾晏见他这回是真走了，才靠着床头，轻轻叹了口气。肖珏的药很管用，清清凉凉，敷上去痛意都缓解了许多。

禾晏瞧着那个壶，思绪渐远。

十四岁的那个风雪夜，肖珏还不如现在这般冷漠，至少他当时在禾晏说出"不会用"时，不仅帮忙打开了鸳鸯壶，还亲自为她上药。

很奇怪，当时的画面已经很模糊了，可今日肖珏这一来，那些被忘记的细枝末节又徐徐展开于禾晏眼前，仿佛刚刚才发生过，清晰得不可思议。

她坐在院子里的石凳上，向来懒散又淡漠的少年却罕见地耐心为她上药。他眉眼如画，侧脸就在禾晏跟前，几乎可以感受到他温热的气息，退去了以往的尖锐，带着柔软的温暖，将她冷得瑟缩的心全然覆盖。

面具盖住了她的脸，对方看不见她的神情，亦感受不到当时她的悸动。

很难有人对他这样的人不动心，尤其是这样冷漠的人温柔待人时，铁石心肠的人也会小鹿乱撞。禾晏当时年纪小，更没有任何抵抗力，刹那溃不成军。

上完药后他就走，禾晏小声唤他："你的药。"

"送你了。"少年漫不经心地回答，"你这么蠢，以后受伤的机会想来不少，自己留着吧。"

一语成谶，后来，她受伤的次数果然数不胜数。鸳鸯壶里的药膏早就被用尽，那个壶也被她在一场战争中给弄丢了，颇为遗憾。

到了第二日，少年们去学馆进学，发现自己桌里的字帖被水弄湿，花得认不出字迹，顿时一片混乱。

"谁干的？出来我保管不打死他！"他们气势汹汹地吼道。

"这还不简单？看谁的字帖是干净的，在里头找找，总能找到和咱们有仇的那个。"有人献上妙计。

禾晏心头一紧，懊恼无比，她的字帖可是整洁干净的，稍一排查，可不就是自己吗？

算了，做都做了，男子汉大丈夫，敢作敢当。她心一横，只当认命，就眼睁睁地看着那几个少年开始叫学馆里的学生将字帖拿出来检查。

也就快走到自己面前了。

禾晏鼓足勇气，正要站出来吼一句"就是本人干的"，陡然间，有人进来，将书本往桌上重重一搁。

这动静太大，众人都往那头看去，就见白袍的俊美少年倚着墙，双手抱胸，神情懒淡，漫不经心道："是我干的。"

一片哗然。

"怀、怀瑾兄，果真是你干的吗？"有人小心翼翼地问。

肖怀瑾可不是禾晏，京城中谁人敢惹，别说是肖家压死人，就连先生都要护着，那可是皇上亲自夸奖过的人。

"是我。"他答得理直气壮。

"可是为什么啊？"那人哭丧着脸问。

"不为什么，"少年瞥他一眼，不咸不淡地回答，"手滑。"

"扑哧"，禾晏没忍住笑出来，察觉到众人的目光，又赶紧若无其事地转过身去。

后来呢？

后来此事便不了了之，因是肖怀瑾，其他人也不敢说什么，只能自认倒霉。

"吱呀"一声，门被推开，沈暮雪走了进来，她将空了的药碗和水盆端走，嘱咐禾晏别压着伤口，这才出去了。

从房间狭窄的窗口，能看见四角的天空，一轮明月挂在天空，星光璀璨。

她喃喃道："今天是七夕啊……"

从前做男子装扮，这种节日本就与她无关。后来嫁给许之恒，最开始的时候，也是期待过的。再如何扮男子，红妆的时候，只想如普通姑娘一般，同心上人去河边放花船、拜仙禾，还要蒸巧果子、逛庙会。听说山上还有萤火虫。

她鼓足勇气，第一次同许之恒提出请求，许之恒笑着答应："好啊。"

可还没到七夕，她就瞎了眼睛。于是这件事似乎就被淡忘了，许之恒没再主动提起，禾晏也就不提，想着许是他为自己生病的事焦头烂额，没了这份心思。直到第二日贺宛如从她门口经过，笑盈盈地让人将许之恒头天送她的花灯收好，禾晏才知道，七夕那一日，许之恒不在府上，不是因为公事，而是陪贺宛如去逛庙会了。

人生种种，白云朝露。她不知道自己做男子做得如何，却晓得，做女子，实在是做得很糟糕。

正想着,洪山从外面进来,一眼就看见禾晏手里的鸳鸯壶,随口玩笑道:"哟,咱都督还送了你七夕礼物啊!啥好酒快让哥哥品一品!"

禾晏愣了片刻,突然笑起来。

现在想想,其实这个七夕,过得也不算太糟糕。她同无数大魏女子的梦里人共乘一骑,摸了他的腰,骑了他的马,走过山路,看过星空,最后还白得了一壶灵药。

也算不枉此生了。

第八章　争旗

凉州卫所的演武场旁，郑玄和两个新兵站着，见肖珏过来，沈瀚忙上前，道："都督。"

"听说人找到了？"沈瀚问。

"梁平看着。"

沈瀚稍微松了口气，如今禾晏正被怀疑，突然失踪的话，未必不是故意为之。有疑点的人，总是放在眼皮底下更安全。

不过既然人找到了，就该考虑另一件事情。

"郑玄所言是禾晏自行越山，沈虹所言禾晏是为了救郑玄越山，都督看……"沈瀚问。

肖珏："郑玄在说谎。"

沈瀚一愣。

"越山路上有马蹄印，我也找到了狼崽被摔死的痕迹。"肖珏道，"禾晏的确是在救人。"

沈瀚的脸色沉了下来："如此说来，郑玄几人实在不道义。"如此新兵，纵然再如何出色，日后一旦上了战场，谁知道会不会临阵倒戈。士兵可以死在敌人刀下，却不能死在同袍的暗箭中。

"不过，"沈瀚想到另一件事，"倘若禾晏所言是真，是否可以洗清他身上的嫌疑？"如果禾晏是为了战友可以不顾自己性命安危的人，或许应该对他有所改观。

"不行。"回答他的是肖珏冷淡的声音，"他在山上的陷坑里，徒手杀了一头狼。此子不可小觑，恐有秘密在身。"

沈瀚不敢多说什么了，凉州卫虽隔朔京千里，可如今情况复杂，谁也不敢掉以轻心。

沈瀚看向郑玄几人，他们站得远远的，此刻面色不安地频频朝这头望来，郑玄极力保持镇定，却不知自己的谎言已经被揭穿了。

"都督打算如何处理这几人？"沈瀚询问。

"出越行伍，搀前越后，好舌利齿，妄为是非，"肖珏神情不变，声音平静，"谤军之罪，斩。"

沈瀚心中一凛，俯首道："是！"

禾晏第二日醒来的时候，已经日上三竿，屋子里一个人都没有。她坐起来，望着从窗户透进来的日光发呆。

有人推门走了进来，禾晏抬眼一看，正是昨日那位医女仙子沈暮雪，禾晏奇道："沈姑娘？"

"这是今日的汤药，你先服下，"沈暮雪把药碗放在禾晏屋子里的小桌上，"昨日都督已经给了你外伤药，你每隔三个时辰换一次即可。"

禾晏端起桌上的药碗，一饮而尽，顺口问："沈姑娘，其他人怎么都不见了？他们也不叫我？"

"我同梁教头说过，你的身子还需要休息，今日不便去演武场练习。"沈暮雪回答。

禾晏应了一声，又看向沈暮雪，这姑娘也不过十六七岁的年纪，生得肤如凝脂，极其貌美，重要的是自内而外一股恬淡悠然的气质，教人心中极舒服。大约是被禾晏看得有些不自在，沈暮雪轻蹙眉头："小哥可有什么不妥？"

"没什么，"禾晏道，"我只是觉得沈姑娘面善，似乎在什么地方见过。"

沈暮雪愕然一刻，随即摇头笑了："我同小哥从前未曾见过，大概是记错了。"

"好吧。"禾晏挠了挠头。沈暮雪见禾晏喝完药，便又将药碗拿走，退出房门外。

陡然间安静下来，禾晏也不知能做什么，好在这样的发呆没维持多久，又有人在门外敲门。

"谁啊？"禾晏问。

一个小心翼翼的声音响了起来："是我。"

禾晏一怔，门口露出个脑袋，是沈虹。

他不知道是从哪里跑过来的，整个人脸色十分苍白，嘴唇都成了青紫色，不如初见时候活泼。他一瘸一拐地走进来，有些不敢看禾晏的脸，走到禾晏床边便讷讷道："对不起。"

禾晏已经从洪山那头知道了事情的来龙去脉，便道："没事，你不是告诉他们真相了吗？"

"可我……差一点就……"沈虹满面愧疚。

禾晏道："我现在不是没事吗？"

沈虹默默地点了点头。

"你刚进来的时候走路有些奇怪，"禾晏问，"是怎么了？"

"我……我犯了军纪，被杖责四十军棍，"沈虹道，"日后便去做伙头兵了，不可上前线。"

禾晏默然，四十军棍，难怪沈虹脸色这么差，没死都算好的。

"其他人呢？"

"郑玄和另外两个人……被斩了……当着所有新兵的面……"沈虹脸色发白地道。

禾晏心中并不意外，当年她做飞鸿将军时，就听过封云将军的恶名，军中纪律极为严苛。曾有大官家的儿子来投南府兵，本是为了走过场扬名，却因犯了军纪被肖珏下令斩首，那大官不依不饶，告到陛下跟前，最后也不了了之。

旁人许会说肖珏残酷，但若非如此，他便也无法管制南府兵，更毋庸提走到今日这一步。

"其实做伙头兵也挺好的，"禾晏拍了拍他的肩，"你性子温柔善良，上前线不敢杀人的。"

沈虹勉强笑了一笑，他从兜里掏出一大把东西塞到禾晏手中，禾晏低头一看，是一把松子。

"你是好人，"沈虹结结巴巴地道，"我之前太懦弱，对不起你，差点害你失去性命。这把松子送给你，你……你慢慢吃。"

他站起身来，又一瘸一拐地往外走去，刚出门，洪山他们一行人便进来，撞了个正着。沈虹红了脸，走得更匆忙了。待他走后，洪山问："那小子还来干吗？"

"应该是负荆请罪吧。"小麦道："咦，阿禾哥，你哪儿来的松子？"

禾晏把松子往桌上一放："要吃自己吃。你们怎么这么早就回来了？"

"总教头今日说事，"石头开口了，"近几日不必负重行跑。"

"什么事？"禾晏奇怪。

"咱们在凉州卫已经待了整整一个夏日，"洪山抓起几粒松子，边剥边道，"总教头说，要挑选资质好的新兵去前锋营。"

禾晏挑眉，按照时间来说，的确也差不多是这个时候。

"说再过些日子，咱们就要去山上争什么，争第一？"

"争旗。"石头接上他的话。

"哦对，对，争旗。谁争得最多，谁就是第一，就可能被点中去前锋营。"洪山嚼着松子道。

"阿禾哥肯定没问题，"小麦托腮，"阿禾哥这么厉害，一定能进。"

禾晏笑着摇头，仅仅是前锋营的话，自然没什么，不过要想进肖珏的九旗营，只怕还要下点功夫。

这还真是摆擂台啊，能者居上。

一连四五日，禾晏都没去演武场练习。

她自己其实并未将腿上的伤放在心上，但那位凉州卫的医女沈暮雪每日雷打不动地来给她送药，还再三嘱咐她不可剧烈活动。洪山也在一边起哄："你就听人医女的吧，你要是再给折腾坏了，等到了争旗的日子拿不着第一，进不了前锋营，到时候可别哭。"

禾晏想着想着，遂作罢，也不急于一日两日。

不过这些日子，只要下了演武场，她的屋子基本都是满满当当，来看她的人络绎不绝。今日江蛟送几个酸得发涩的李子过来，明日黄雄拿一串烤煳了的鹌子过来，最让人无语的是王霸，他自己拉不下脸来，就让他同屋的新兵送来半个啃过的干馍，一看就是从旁人手中掠夺来的战利品。

梁教头来了两次，每次都看见被簇拥在人群中满面春风的禾晏，瞧一瞧他桌上堆积如山的吃的，酸溜溜地扔下一句"哟，小日子过得不错嘛"就走了，禾晏也很无奈。

就这么吵吵闹闹，等禾晏手肘上的伤痂结得七七八八，也可以在地上蹦蹦跳跳的时候，已经过了七八日，离争旗的日子越来越近了。

这一日，太阳未落山时，洪山他们便回来了。禾晏诧异，问道："还不到下演武场的时候，你们怎么就散了？"

"今日是七月十四，中元节，"小麦抢先回答，"总教头让我们早些下武场，吃过饭去河边放水灯祭拜祖先。"

"这凉州卫还不错，竟还给时间让人祭拜祖先亲人。"洪山感叹。

禾晏一笑，心道这本就是军营之中的传统。每年中元节，驻守地的地方官府还会教人设立道场，专门祭拜在战争中阵亡的军士。如今凉州卫背山靠江，是很方便放水灯。

"我和大哥要去替爹娘放水灯。"小麦说起死去的爹娘，有一点淡淡的怅惘，他问洪山："山哥要去祭拜吗？"

"去，我爹走得早，我去给我爹放一盏。"

几人不约而同地看向禾晏："阿禾哥去不去啊？"

"我也去。"禾晏垂眸，声音低下去，"我也有要祭拜的人。"

小麦他们察觉出气氛不对，不敢追问，当即将话头岔开，说起轻松些的事情了。

等用过晚饭，太阳彻底落山，月光从遮蔽的乌云中漫出来时，凉州卫的新兵们几乎都出来了。

水灯是要自己折的，纸都堆在演武场的几个大箩筐里。禾晏也去拿了一张，小麦三五下帮忙折成一朵莲灯的形状，又将短白蜡烛粘在莲灯中心，递给禾晏："做好了！"

"多谢。"禾晏赞道，"你手真巧。"

小麦不好意思地笑了笑："以前中元节的时候，和大哥折了好多花灯拿去卖。如果纸再大些，我能折个更漂亮更大的！"

石头敲了下他的头，不赞同地道："这可不是你显摆的时候。"

小麦吐了吐舌头，拿着水灯往五鹿河边跑："我先去放灯啦，阿禾哥你们快点！"

立秋过后，凉州的天气到了夜里，越发凉爽，早上的时候下过一场雨，凉气都未散，山上的密林生出清凉霜露，月明星稀，将江水照得莹白。

江边早已挤满了来祭拜祖先的人，烛火晃动，如万点银花照遍大江，映出跳动的火苗。火红莲花载着祭拜之人的思念漂向远方，在水天相接的地方变成一个璀璨的光点，渐渐地消失了。

"在这里就行了，阿禾哥……"小麦转过身，一愣，"阿禾哥呢？"

洪山和石头面面相觑："不知道啊，刚刚还在这儿。"

江边最靠里的一处地方，禾晏坐在石头上，这里不是最开阔的地方，因此没几个人在这里放灯。禾晏默默看着手里的莲灯，心中酸涩难以言喻，忽然间就想起贺宛如命人将她拖入水中的前一刻，对她道："您是怀孕了。"

那一刻，她其实是欣喜多过茫然的。只是这欣喜还没持续片刻，便同她、她未出世的孩子，一同沉没在许家的池塘里了。

禾晏一直觉得，她从没对不起谁，对禾家、对禾如非、对许之恒，能做到的她都做到了，唯一愧对的，无非是她腹中的骨肉。她还未带他来到世上，便又出于自己的原因，扼杀了这个可能。或许是她做武将时，死在她手下的人太多，造就无数杀孽，上天才会如此惩罚她。可惩罚自己是应当的，何必惩罚在无辜稚儿身上？她甚至不知道在她腹中的是个小姑娘，还是小男孩，便就此夭折。

禾晏掏出火折子，将烛火点燃。水灯在她手中缓缓绽开，火光映在她的眼中，化作一团小小的火苗，似乎有眼泪要掉下来，飞快地被模糊了。

"对不起，"她低声道，"你我母子，今生没有缘分，若有来世，你定要投生到一个好人家，一生喜乐无忧，千万莫要再遇到我。"

"我也……"她把水灯放进江水中，"会替你报仇的。"

江水潺潺，温柔地裹着那盏小小水灯往前去了，禾晏盯着它，一直漂到同无数光点汇在一处，再也分不出是谁的，才收回目光，揉了揉眼睛。

"禾大哥，没想到你在这里！"一个兴奋的声音在她身后响起，"好巧，你也来放水灯啊！"

禾晏转过身，就见唇红齿白的少年怀中抱着一大把灯，高高兴兴地朝自己走来，正是程鲤素。

他衣裳整洁簇新，走到禾晏身边时，小心翼翼地提起袍角，生怕被江水溅到，将怀中抱着的一大把水灯分给禾晏一把。

禾晏问："……你这是要放水灯？"

"是啊！"

"怎么这么多？"禾晏无言以对。

"我本来没这么多可以放的，我们程家的祖先我也不认识。不过我想我舅舅今日不会来，我就代替他也放一下吧，这是我舅祖母的，这是我舅祖父的，这是我……"

他一一数来，倒是不见半分忧伤之色，兴高采烈，让人误以为他放的是元宵花灯，而不是中元水灯。

"等等，"禾晏打断了他的话，"你干吗代替你舅舅放？他自己不能来吗？"

"这么多人，他才不会来。"程鲤素叹了口气，一副操碎了心的模样，摇头道，"我来就我来吧，谁叫他是我舅舅呢。"

禾晏觉得有些好笑，方才的痛苦倒是被冲淡不少。程鲤素这孩子虽然脑子好像比寻常人少两根筋，对于放水灯此事，却还是十分认真的。他一盏一盏地点燃手中水灯，郑重其事地将它们放入江水之中，还万分紧张地祈祷不要被风吹灭，也不要被浪打翻，所幸的是都很顺利，水灯渐渐地漂向了远方。

程鲤素放完最后一盏灯，松了口气，从怀中掏出一方粗布垫在石头上，这才坐了上去。

"凉州卫晚上还挺凉快的，"他嘟囔道，"前些日子可热到我了，我长这么大，还从未见过这样的炎暑。"

禾晏心中失笑，朔京当然不如凉州卫难熬。她道："既然如此，你何必跟你舅舅一道来凉州吃苦？"

"没办法，"程鲤素两手一摊，"我若不跟我舅舅出来，就要定亲了。"

禾晏一愣："什么？"

"告诉你一个秘密，我是逃婚出来的。"程鲤素撇嘴，"我还小，哪能定亲呢？况且我又不喜欢她，就跑了。"

禾晏："……"这孩子还真是直来直往，不过更令禾晏意外的是，肖珏居然会答应带上程鲤素。

"你和肖都督的感情，倒很好。"禾晏斟酌着词句道。

"还可以吧，"程鲤素得意极了，"都是我主动缠着他的。"

禾晏感到匪夷所思："你舅舅性子这么糟糕，你居然还能主动凑过去？"

"我舅舅很厉害的，小时候若不是他，说不准还没现在的我。"

许是今夜月色很好，程鲤素说起往事来，竟也兴致勃勃。

程鲤素的母亲程夫人，其实同肖珏的母亲年纪差不了几岁。因此肖珏出生时，程夫人早已出嫁了，而程鲤素同肖珏虽然差着辈分，其实年纪差不是很大。

程家和肖家走动得虽不算频繁，但也绝对不冷淡，不过小时候的程鲤素，其实没怎么见过肖珏，他见到大舅舅肖璟的时间比较多。肖仲武有两个儿子，肖大公子肖璟幼时身体羸弱，不宜练武，等后来养好身子，已经过了习武的最佳年纪。而且肖夫人也并不希望肖璟从戎，肖璟便走了文官的路子。

等肖珏生下来后，肖仲武便格外关注这一个儿子。

肖珏并没有辜负肖仲武的期望，幼年时便展露过人天资。肖仲武将肖珏带到山里，由四位高士亲自教导。至于是在什么山，何等高士，程鲤素也不甚清楚。总归一年到头可能只见得到一次，有时候一次都见不到。

肖珏十四岁后，下山回到朔京，进入贤昌馆，同朔京的勋贵子弟一同习文武科。那一年程鲤素九岁，同好友在中秋节出去游玩的时候被拐子掳走。他这个年纪，按理说拐子都嫌太大了，可他生得实在秀气精致，跟年画上的娃娃似的，拐子就拐了他出城去，程鲤素叫天天不应，叫地地不灵，躲在马车中瑟瑟发抖。

他醒了就哭，含泪吃点东西又睡，睡睡醒醒也不知过了多久，马车外传来厮杀的声音，就在程鲤素被颠簸得鼻青脸肿、呼天抢地的时候，马车停了下来。

他忙不迭地掀开马车帘子，就看见倒了一地的死人，皆是一剑封喉。掳走他的拐子并不止一人，统共几十人，被掳走的小孩子都被捆着塞在马车中，此刻有的跌落出来，有的还在马车里，一群人号哭不止。一片混乱中，程鲤素颤巍巍地往外爬，碰到一丝雪白的袍角。

他抬起头往上看，见一银冠白袍的俊美少年立于身前，手持长剑，剑如霜雪，正滴滴答答地往下淌血。血色艳丽，竟不及这少年唇色嫣红，他神情平静，视线落在程鲤素身上。

这当是很凶的一幅画，可程鲤素莫名竟觉出几分安心，他抖抖擞擞地去抱少年的腿，狗腿地谄媚："敢、敢问大侠姓甚名谁，家住何方，我乃右司直郎府上小少爷，你救了我，我们府上必然重重有赏。"

那少年嘴角抽了抽，居高临下地俯视着他，一双清眸毫无涟漪，冷淡道："我是你舅舅。"

"我那时才知道，他就是我那个老是见不到的小舅舅。"程鲤素托腮看着月亮,"我当时就想,这个小舅舅,真是好厉害啊。"

肖珏救了他,也救了那些被拐的幼儿。程鲤素觉得有这么一个舅舅,与有荣焉,便想要黏着他。可肖珏并不太喜欢这个小外甥,把他送回程家后,便再也没有来看过他一次。程鲤素给他下帖子请他来府上做客,肖珏一次也没来过。况且肖珏也很忙,程鲤素见到肖珏的次数,寥寥无几。

禾晏想到程鲤素描述的那个画面,莫名想笑。想来肖珏有这么一个外甥,也实在无奈。

"那你们后来,是如何亲近起来的?"禾晏问。

"其实我们程家,包括我娘,还有肖家其他的亲朋好友,都不太喜欢舅舅。"程鲤素道,"他们更喜欢大舅舅。"

肖家两位公子都生得万里挑一,肖大公子肖璟亦是生了一副好容貌,公子如玉,谦虚清朗,单从性情方面来说,同肖璟相处定然更舒适,可也不至于不喜欢肖珏。

"为什么?"禾晏就问,"肖都督不是救了你的性命,就算对救命恩人,你娘也断然不会不喜欢他吧?"

"话是如此,但舅舅和我们亲戚见面的时间实在是太少了,大家对他也不了解。"

肖珏十四岁之前,都极少在朔京,十四岁之后,又进了贤昌馆,别说是亲戚朋友,就连肖夫人同这个儿子不怎么亲近。程鲤素就知道有好几次,肖夫人同自己母亲说话,言谈间都是犯愁,不知如何与这个小儿子相处。

既不如何了解,看人便自然带了诸多偏见。肖珏本就恬淡不爱与人交往,和他温朗如玉的哥哥一比,对比更加鲜明。不过这还算不上不喜欢,真正的不喜欢,当是肖仲武死在鸣水一战之后。

肖仲武的死来得突然,对肖家来说是莫大的打击。肖夫人从未经历过风雨摧折,一生以夫为天,肖仲武死后,肖夫人乘人不备,悬梁自尽,跟随夫君而去,只留下了两个儿子。

肖家的两位公子,肖璟悲恸欲绝,而肖珏,一滴眼泪都没流。将军夫妇下葬过后,肖珏做的第一件事就是上金銮殿陈情,要将南府兵的兵权握在掌心。

肖夫人的头七都没过,他就带着南府兵去平南蛮之乱。当日肖仲武就是死在南蛮之战中,有人说他是为父报仇,也有人说他是急功近利。无论是对于父亲的殡身,还是母亲的殉情,肖珏都没有表现出过分的难过。于是冷漠无情、心硬如铁这个标签,就此贴在他身上。

京城中少了金尊玉贵的肖二公子,旁人只能从战场上传回来的只言片语中得知肖珏的近况。传言他少年杀将,死在他剑下的人不计其数,更为人严苛,丝毫不近人情。

"你有没有听过赵诺？"程鲤素问。

禾晏摇头："不知。"

"赵诺乃当今户部尚书的嫡长子，曾任荆州节度使。"程鲤素说到此处，神情黯然下去，"事实上，程家以及肖家亲朋对舅舅的误解，便是因此人而起的。"

当年肖珏带着南府兵去往荆州，世人虽知肖二公子文武双绝，可认为他到底年少，当不起重任。赵诺乃荆州节度使，好色贪财，不学无术。肖珏初至荆州，他便不将肖珏放在眼里。时常轻慢玩笑，十分无礼。这也罢了，荆州一战中，肖珏带兵上战场，赵诺在后方贪生怕死，错误指挥，延误战机，使得众多兵士无辜阵亡。肖珏见他如此张狂，遂令人将他捆绑起来拿下。

赵诺父亲乃户部尚书，他自己又在荆州待了多年，自然有无数人说情，来人不乏高官贵族，他们威逼利诱，不过是欺肖珏年少，在此举目无亲。

"他可是荆州节度使，他爹乃户部尚书，朝中多少人与赵家交好，你得罪了他，日后寸步难行！"

肖珏不为所动，只轻蔑一笑道："不过尚书便如此猖狂，就算他官拜宰相，本帅也照斩不误。"

三日后，肖珏带兵包围了赵诺的府邸，将赵诺推到阵亡士兵的碑堂下斩首。

"赵家其实与肖家、程家还沾亲带故，"程鲤素回忆道，"那个赵诺，按理说，和我们当是有些亲戚关系的。我娘当时还亲自写信去求舅舅网开一面，做事留一线。"

"不过舅舅没听就是了。"他笑了笑，有点无奈，又有点骄傲的样子。

"肖都督如此行事，不怕有人在陛下面前挑拨吗？"禾晏想了想，"陛下也会心生不满的吧？"

"不愧是我大哥，问的问题同我一样。"程鲤素开怀道，"我也觉得我舅舅此举太轻率了些。"

后来，那少年收起风流佻达，变得内敛而沉稳，变成高高在上的右军都督，程鲤素问："舅舅，你就不怕陛下因此对你生出隔阂？"

青年正在看书，闻言只是哂然一笑，淡淡道："他不敢。"

皇帝不敢，而不是臣子不怕。

事实上也的确如此，纵然朝堂之上权臣说尽他的坏话，户部尚书上金銮殿一封封折子请求治罪，最后也不了了之。实在是因为，肖珏带着南府兵，势如破竹，将南蛮打得节节败退。

正值用人之际，一个是已经死了的节度使，一个是万里挑一的将才，文宣帝又不傻，自然知道该如何选择。

只是，文宣帝不敢治肖珏的罪，不代表朔京城里不会传出流言蜚语。户部尚书赵通和肖珏的梁子就此结下，与赵通交好的人家自然见不得肖珏好。而本来和肖家关系不错的人家，也不约而同地疏远了肖珏。

一来是他性情冷漠严苛，对着自家亲戚都能下令斩首，不留情面。二来是他为人张狂，连陛下都不放在眼中，日后难免得罪旁人，指不定哪一日就连累了周围亲朋。

程家和肖家因着是比较近的亲戚关系，倒也不至于就此断了往来，只是，比起肖珏来，他们更愿意和肖璟交往。

"我娘让我莫要和小舅舅走得太近，"程鲤素道，"说他不念亲情。"

禾晏想了想："肖都督不是那样的人吧。"

"我知道啊。"程鲤素笑道，"我一直都知道。"

肖家两位公子，大公子清风朗月，谦逊温和，光风霁月得不行，人人都爱。二公子容貌才气出色绝伦，不过大概是为了公平一点，性子便不怎么讨喜了。

何况经过怒斩赵诺一事后，肖珏"玉面都督，少年杀将"的名声传出去，旁人便更不敢轻视。其中固然有赵通的推波助澜，但肖珏本身，也留下了不少让人传言的话柄，譬如说，当年父母下葬时一滴眼泪都没流，忙着上金銮殿陈情争兵权，连头七都没过就走了，扔下肖大公子一人收拾这个烂摊子。

每次亲戚们逢年过节聚在一起，他也不爱和人说话，只匆匆见个面就走。

程鲤素还记得，那是一个夏日，大舅母白容微在府中招待程家来的亲戚，做夏宴，肖家人丁稀少，难得有这般热闹的时候。程鲤素也跟着一起去了，那时候肖珏已经被封为封云将军，得了赏赐，刚过十八岁生辰不久。

女眷们都在堂屋里吃点心喝茶，男子们则同肖璟在一处谈论时政。程鲤素四处瞧了瞧，没看到肖珏的身影。

他小时候格外顽皮，神憎鬼厌，与他年纪相仿的少年们都不爱同他玩。程鲤素便自己找乐子，他跑到肖家的后院里，看见祠堂门口有只花脸橘猫，他追着猫跑，一路跑到祠堂里头的屏风后。

正值夏日，天气说变就变，到了傍晚，已经有乌云压上城头，雷声阵阵，陡然间大雨倾盆而至。

他怀里抱着只橘色花猫，想要出去，忽然间，听见脚步声，有人进来了。

程鲤素偷偷从屏风后探出一个头，就看见他那位神龙见首不见尾的小舅舅走了进来。

年轻男人穿着鸦青云缎圆领袍，头戴金冠，姿容秀仪，如琳琅珠玉。他少年时爱穿白袍,风流明丽,如今大了却只爱穿深色衣裳,越发显得人冷淡,令人捉摸不透。

肖珏走进祠堂,从旁捡起三炷香点燃,慢慢地上香。

程鲤素瞪大眼睛。

外面人对肖珏的传言什么都有,程鲤素就听过,"肖珏从不去给父母上香,本就是个无情之人"。可如今看来,传言并不尽然。

他动作很慢,却很仔细,先是细细地掸去香炉旁的灰尘,用布帛擦拭干净,再点燃香,插进香炉,青烟从香炉里袅袅升起,在半空中散开。而他并没有离开,也没有说话,就这么垂眸站着,不知道在想什么。

夏日天闷热潮湿,水汽从外头蒸进来,黏黏腻腻,雷声更大了,青年敛眸,神情平静,外面暴雨唰唰地冲洗屋檐,屋子里却安静得不可思议。程鲤素不明白发生了什么,却莫名觉得气氛奇怪,他大气也不敢出,抱着那只花猫,坐在屏风后,一直坐了半个时辰有余。

过了很久,雨停了,肖珏离开了祠堂。

从他进祠堂开始,到他离开,统共只上了三炷香,什么话都没说,就只是静静地待着。但就是这三炷香,让程鲤素察觉到这位舅舅冷冽的外表下,截然不同的柔和。

他并不是旁人口中的无情之人。

世上有许多人,真心总是藏在冷淡外表之下,只是不善表达罢了。

旁人总说程鲤素如今还跟个孩童一般,天真不知事,但孩童其实最能分辨善恶,他并不觉得这个小舅舅如自己母亲所言那般刻薄,他喜欢这个舅舅,更甚于肖大公子。

"我舅舅很厉害,"程鲤素认真看着禾晏的眼睛开口,"如果你和他在一起的时间久了,你也会喜欢他的。"

禾晏失笑,忍不住揉了揉他的头:"我知道啊,我也早就知道了。"

千里之外的朔京,今日的春来江,亦是星火万点。

水灯映得水上水下都灯火一片,分不清人间天上。今日亦是下起蒙蒙细雨,是以水灯上头,还做了个小小的纸罩,省得被雨水浇灭。

肖府的祠堂里,有人正在上香。

自从肖仲武夫妇去世后,将军府里的下人少了许多,本就只有两位公子,肖珏还长年累月不在府上,说到底便也只有肖璟夫妇,用不着这么多伺候的人。平日里是清静,只是偶尔瞧着,到底是有几分冷清。

肖璟身着玉色长袍,他本就如青竹一般挺拔温润,同他身边的白容微站在一处，谁也要赞一声神仙眷侣。熏香袅袅，外头秋雨绵绵，凉风起，他将自己身上的披风脱下，罩在白容微身上，温声道："天气冷，小心着凉。"

"我不冷。"白容微冲他笑了一笑，担忧道，"不知凉州那边的天气如何。"

"今夜是中元节，"肖璟看着院子里的细雨，道，"若是怀瑾在府上，便好了。"

"他不会来祠堂的，"白容微摇头，"他不进祠堂。"

"他会进的。"肖璟回答得很肯定。

白容微讶然地看向他："可是我从未见过他……"

"今日下雨了，有雷声，"肖璟笑了笑，"他会进的。"

"如璧，我不明白。"白容微不解。

"怀瑾很小的时候，就被父亲带去山中，被高士教导。"肖璟拉着她的手，轻声道，"一年到头，我们也难得见他几次。他性子又傲，母亲不喜他舞刀弄棍，其实怀瑾和母亲的关系，一直都不算好。"

肖夫人乃太侍佺女，当年是太后赐婚，肖仲武生得英俊威武，肖夫人也很喜欢他。可是成亲后，两人之间的矛盾也渐渐显露出来。肖夫人是养在屋中的娇花，受不得半点委屈，肖仲武到底是武将，不如世家公子细心周到，虽从未纳过妾，但有时少不得让肖夫人心中不满。

他们二人争吵最厉害的那几年，也是因为肖珏的事。

肖夫人是不希望两个儿子从武的，战场上刀剑无眼，她自己又不喜杀生血腥，信佛柔善。当初肖璟出于身体原因，错过了习武的最佳时机，是不得已而为之。而肖珏，自小就被肖仲武当作未来的接班人。

肖夫人不愿儿子走上肖仲武的老路，但从来对肖夫人百依百顺的肖仲武，第一次没有听妻子的劝阻。

儿子同母亲分隔的时间太久了，纵然有血缘亲情，到底生疏了一些。况且肖珏小时候便不如肖璟乖巧温顺，偶尔还会展露出桀骜的一面。面对这个冷淡傲气的儿子，肖夫人也有些不知如何与他相处。

肖夫人同肖珏示好，肖珏的表现也是淡淡的。肖夫人喜欢品茶论诗，肖珏却喜练剑骑马，虽然肖珏诗文也很好，不过最后陪着肖夫人的，却是肖璟。

"我娘私下里告诉我，她其实有些怕怀瑾。"肖璟说到此处，似乎有些好笑，"她后来索性便不刻意去找怀瑾说话，两人相处，总是十分客气。"

"怀瑾其实很可怜。"肖璟的笑容难过起来。

"我爹性情冷硬，待怀瑾并无半分宽容，我后来才知道，他在山上受了不少苦。他不说，我们都以为他过得很不错，换了是我，我大概撑不了多久就逃走了。"

肖璟想起肖珏刚从山上下来那年，他问这个弟弟："山上如何？"

少年伸了个懒腰，轻描淡写地笑道："还不错。"

"还不错"三个字，藏尽了他吃过的苦头，留给外头的，只是一个意气风发的肖二公子。

"旁人说严父慈母，我爹待他严厉，我娘却又没常在他身边，后来总算回来了，却又因惧怕他而过分客气。我娘以为他喜欢吃甜食，便常给他做桂花糖，怀瑾每次都吃个干净，连我都被骗了。后来他身边的亲随说，怀瑾原来是从不吃糖的。

"因为这是娘能表达的爱他的方式，所以他便吃了，纵然不喜欢，纵然也没人问过他究竟喜欢吃什么。"

白容微叹息一声，没有说话。

"我虽是他的大哥，却好像从未帮到他什么。旁人总说他无情无义，不如我如何，却不知，我今日之所以可以做光风霁月的肖大公子，正是因为他替我承担了许多。这个道理我懂，他也懂。"他苦笑起来，"我如今，倒是非常后悔当年父亲没能让我从武，若是我没有做文官，或许今日扛起肖家重担的，就是我了。怀瑾也不必为外人误解。"

"我们都知怀瑾一片苦心。"白容微轻声道，"爹娘也会知道的。"

肖璟看向祠堂中的牌位，他道："幼时怀瑾和母亲不甚亲近，三天两头往外跑，其实他是把母亲放在心上的。

"我娘生性胆小，容易受惊，最怕打雷。每次打雷的时候，怀瑾若是在府上，便会找个理由去娘房间里坐坐。娘每次看见怀瑾，想着和怀瑾如何相处，便将打雷一事忘了。等雨停了，怀瑾再离开。

"我起初不明白，有一次打雷下雨，我同他都在外面，他却突然说有要事在身必须回府。待回了府，却又说想吃桂花糖，母亲便忙着为他下厨，我突然明白过来，怀瑾这家伙，不过是怕母亲因雷声受惊，故意寻个借口回来罢了。"

白容微听到此处，也跟着笑起来，摇头道："怀瑾真是……"

"可惜母亲到死，都不知道怀瑾对她的心意。"肖璟涩然道，"若是知道，或许今日也不会是这个结果。"

白容微用力握住他的手："母亲在天之灵会明白的。"

"母亲生前他陪着母亲，死后亦是。只要他在府上，但凡打雷下雨，他都会来祠堂陪着母亲。"肖璟微微一笑，"这是秘密，我没有告诉别人，我想怀瑾他也不愿别人知道。"

肖珏太骄傲了，他做这些事如绵绵春雨，润物细无声，倒也不苛求是个什么结果。可到头来，认真一想，便觉得他才是被亏欠得最多的人。

"所以你才说，若是今日他在朔京，也会来祠堂陪着母亲的。"白容微恍然。

"他就是这样一个人。"肖璟笑道。

香炉里的烟浮到半空，慢慢散开了，了无痕迹。过去的人已成为过去，那些未出口的关怀和陪伴，从此再也没有了解释的机会。

"如璧，你要知道，"白容微拉过肖璟的手，温柔道，"怀瑾做这些事，就是为了保住肖家。如今怀瑾远在凉州，徐相一党仍视肖家如眼中钉，你更要打起精神，不可让怀瑾的努力白费。"

肖璟微微一怔，随即笑了，他道："我自然知道。"

"我知道你心疼怀瑾，"白容微放柔了声音，"但我也心疼你。怀瑾承担得多，你又何尝不是？徐相明里暗里打压肖家，遍寻你的错处，你在朝中步步谨慎，又岂能轻松？"

"你不用担心，"肖璟笑道，"最难的时候已经过去了。"

白容微怔然片刻，也跟着笑起来："你说得对。"

雨淅淅沥沥地下个不停，朔京的院子淋湿了一片，千里之外的凉州，亦有人倚窗出神。他青丝垂在肩头，如绸缎光滑冰凉，神情亦是淡淡，远处传来箫声，不知是谁在吹故乡的小调。他听着听着，便轻轻地笑了。

这笑容带着些自嘲，又有些寂寥，片刻后，他将窗掩上，隔绝了窗外的一片夜色。

屋里的灯火缓慢跳动，映出他如星的瞳仁，桌上摆着一长条木盘，里头零零散散堆着些米粒，部分米粒堆上插着用红色角布做成的小旗。

沈瀚、梁平等一众教头都在屋里，围在桌前，盯着肖珏的动作。

"都督，这些就是插旗的地方？是不是太多了？"

"不多。"青年身姿如玉，手持棋子，点着最上头的一面红旗，"七日后，白月山上争旗。"

七日时间，足够禾晏腿上的伤痊愈，虽然手上的伤还没好全，只要不拉弓弩、练枪什么的，倒也不妨碍平日里做事。

梁平在争旗的前一晚来看过禾晏，问禾晏身子如何，禾晏只怕不让自己参与争旗，忙不迭地道："很好，极好，非常好。梁教头要不要与我过两招？"

梁平想到之前同禾晏比骑射一事，脸上挂不住，当即轻咳一声："不必了，你没事就行，明日跟着一道上山吧。"

待他走后，禾晏差点没欢呼出声。

洪山笑道："这下你可算得偿所愿了。"

"不知道争旗到底是个什么样子，"小麦看着禾晏恳求道，"阿禾哥下山后，可要一字一句地跟我们讲讲。"

"你哥不也上山去吗，干吗只问阿禾？"洪山道。

"我哥才不会说。"小麦撇了撇嘴。

凉州卫数万新兵，并非人人都能上山争旗，既是为前锋营选人，就只挑平日演武场表现特别优异的。小麦和洪山都只能算资质平平，并不在争旗一列。他们这间屋子里的人，只有石头与禾晏被选中上山。

"你手上的伤还没全好。"洪山替禾晏担心，"到时候千万别硬拼，打不过就跑，知道吗？全凉州卫都知道你厉害，也不在乎争那一次输赢。"

"这样阿禾哥也太吃亏了吧，"小麦心中不平，"若不是阿禾哥受伤，第一定然是阿禾哥。"

"没事。"禾晏宽慰道，"我就算受了伤，第一也定然是我。"

屋中的其他人听罢，皆大笑起来。

"又来了！我们禾大擂主又要在山上摆擂台了，有没有人要赌干饼的？"

"赌个屁，上次输的还没还上呢！"

一片吵吵嚷嚷声中，禾晏的心倒是稍微放松了一点。事实上，比起争旗的结果，最重要的还是在争旗过程中的表现。要进九旗营，并不只是看这一次的结果，想来白月山头，所有的教头都藏在暗处，将他们每个人的表现尽收眼底。表现得最厉害的那人，也许就有机会进入九旗营。

所以，与其说这是一场竞争，不如说是一场戏演，而观众从头到尾只有一个人，就是那位肖二少爷。她得打起十二万分的精神，将每一步走得漂亮而周到，才能赢得肖珏的青睐。

她应该能行。

卫所外，沈瀚对肖珏拱手："都督，都准备好了。"

绿耳在旁边踢踏两下，肖珏抚了抚它的头，道："出发吧。"

沈瀚点头，忽然又记起什么："程公子那边……"

"我已派人在暗处保护他，不必担心。"他看向白月山的方向，"时辰差不多了，让他们即刻启程。"

沈瀚应道："是。"

禾晏来到演武场，没看见梁平，倒是看见了杜茂，杜茂手里拿着一本册子，点了禾晏和石头的名字，二人上前，发现江蛟、黄雄和王霸也站在一边。

"争旗五人为一组，你们同组。"杜茂道，"一炷香后，你们从此地步行出发，往白月山上去，不可越山，山里各处插有红色彩旗。日落之前，你们须回此地。"顿了顿，他又道，"此次争旗共有三十组新兵上山，以回到此地后手中红旗数为准，夺旗最多组为胜。"

"兵器架上有兵器，赶紧挑一把称手的，弓弩不可用。白月山上争旗，切勿伤及性命，千万顾及同袍之谊。"

几人一同点头。

江蛟选了他擅长的长枪；黄雄则是带着他的金背大刀；王霸虽擅弓弩，此战却不可用弓弩，便选了两把凤头斧，瞧着也潇洒；石头拿了一把铁头棍。众人看向禾晏，都以为禾晏要拿那把鸳鸯刀，谁知他却拿了架上一根九节鞭。

"你……"石头有些迟疑，鞭子到底不如刀剑看着威风。

"等到了山上你就知道了。"禾晏一笑，"我们走吧。"

几人便各自带着兵器，朝白月山急奔而去。

杜茂在他们身后朗声笑道："我就在此等候你们的好消息了，去吧，儿郎们！"

林中鸟被惊得四处乱飞，人没入树林中，眨眼就不见了。马大梅和梁平从远处走来，各自牵着马，对杜茂道："时候差不多了，我们也出发吧。"

三十组人，一百多新兵在白月山里，如鱼入大海，什么都看不见。刚踏进林子，王霸突然出声道："等等！"

几人停住，看向他："什么？"

"在我们之前已经有人先进山了，万一此刻他们埋伏在林中，我们踩中陷阱怎么办？"

"放心吧，"禾晏笑道，"争旗才刚开始，大家都忙着去夺旗了，眼下我们手中一面旗帜也无，埋伏我们有什么用。我猜此刻大家都在往……山南白石旁边走。"

"为何是山南白石？"江蛟问。

"石头，给他们看看地图。"禾晏看向石头。

石头从怀中掏出一卷纸徐徐展开，但见纸上画着几个红点，表示方位。每一组争旗人会有一张地图，地图上有旗帜的位置，但只有大致方位，地图画得也很潦草，甚至连标记的树木、河流都没有，只有东南西北四个方向。

"你们看，一共二十面旗帜。"禾晏指着最下面的红点，"距离山脚最近的这面，应当是山腰部分，新兵们进山，自然会先搜罗距离最近的旗帜。山南白石旁有一条小溪，周围开阔，并无树木遮盖，这一面旗，应当是最好找的。所以想必比我们先进山的兄弟们，大多去找这面旗了。"

"你怎么知道是山南白石？"黄雄狐疑，"这上面只有一个点。"

"之前巡山的时候，我记过路。"

"你之前巡山那次不是被狼追了吗，"王霸忍不住道，"你还记得路？"

"嗯，被狼追的时候顺便看了下路，而且回来的时候又记了一遍，很熟。"禾晏笑眯眯看着他，"老大向你保证，绝对没问题。"

王霸闻言，忍怒转过头，不看禾晏了。

禾晏失笑，战场上记住地势、各条道路都是必要的，她曾在前锋营待过，最重要的一条就是在一开始摸清敌情和周遭环境，以便判断布置。

"那咱们现在还等什么？直接去山南白石边抢旗呗！"黄雄将大刀扛在背上，"怎么走啊？"

禾晏："……"这是个不识路的。

"我们不往这个方向走。"禾晏道。

"为什么？"黄雄蹙眉。

"此刻那里肯定有很多人在抢同一面旗，要想抢到，对手实在太多，很不划算。"禾晏摇头，"就别去凑那个热闹了。我们往这个方向走。"她指着地图上和方才相反的方向，那里也有个红点。

"此处有密林，路很陡，容易迷路。我想了想，除非是路记得很清楚的人，否则很难找到这面旗。所以它应当不容易被人拿走，我们直接过去，先拿下这面旗。"

"一共只有二十面旗，只要我们拿到一半以上，就能得胜。所以一开始，我们就找这些隐蔽的、没什么人注意的旗帜，省些力气。毕竟争旗这事，要用的不一定是手上的力气，而是这里。"她指了指自己的脑袋。

这是变着法儿地夸自己聪明吗？几人都有些无语。黄雄问："你真记得路？"

"千真万确。"禾晏眨了眨眼，"我过路不忘哦。"

少年穿着赤色劲装，虽瘦小羸弱，一双眼睛却格外狡黠灵动，从林间缝隙透过的日光照在他身上，显得他整个人都在发光。

"行行行，那走吧。"王霸最先开口，"赶紧走，再晚点都被别人抢光了，争个鸟啊！"

石头和禾晏是一伙的，自然不会说什么，江蛟年轻，况且之前比枪一事对禾晏心生佩服，也没什么异议。几人都同意，年纪最大的黄雄也没说什么了，最重要的是，他根本就是个路盲，若没有人带路，能在里头转上三天三夜。

于是这几人，竟不约而同地以禾晏为首了。

他们五人一同往山上走去，禾晏果如他所说，仿佛将白月山的路走了无数回似的,各种小道牢记于心。避开每一条可能和别的组相撞的大道,专走小道,路是难走了些,距离却近许多,况且每一条看似无路的灌木丛,被他扒开一通走,竟又走出一条道。

"你们哪,凡事要多想几步,"禾晏叹道,"路一定要是直的吗?曲的不可以吗?人就一定要走在地上吗?学壁虎往墙上爬不可以吗?规矩是死的,人是活的,用点心,很多事根本没那么复杂。"

众人:"……"

黄雄闷声道:"我今年四十六。"

禾晏边走边应:"嗯。"

"你今年才十六。"

言外之意,一个十六的臭小子凭什么教训长辈?长辈吃过的盐比你吃过的米还多!

禾晏道:"可你还是不识路。"

这话黄雄没法接,这是个什么人啊,完全刀枪不入、油盐不进嘛。

他们说着说着,翻过一个土丘,便看到藏在灌木丛中的一杆小旗,孤零零地立在地上。

"找到了!"江蛟眼睛一亮,三两步上前将旗帜握在掌心,"真的有!"

"还真被找到了。"王霸嘟囔了一句,见那少年靠在树上,悠然道:"我早说了,我过路不忘。"

藏在灌木丛远处的监员见状,往外走了两步,低声议论:"怎么回事?怎么这么快就被找到了?"

按理说这一处的旗帜藏得深,路又不好走,眼下大多数人应该去争山南白石那一面旗帜才对。不过以这个时辰,他们这组人是一开始就直奔这里而来的,而且路上还没遇到阻碍,他们……是提前知道了放旗的地方吗?

"别管了,赶紧回信。"监员迅速在纸条上写了几个字,封入鸽子腿上的铜管中。

卫所房间里,棋盘上黑白子错落,有人在对弈。

一只鸽子飞到青年肩头,咕咕叫了两声,后者将铜管从它腿上取下,抽出字条看完。

沈瀚疑惑地看去。

肖珏将字条递给他,沈瀚接过来一看,片刻后震惊道:"竟然这么快就找到了?"

"意料之中。"肖珏笑了笑,眸色越发清透,他道,"以此刻的时间算,他一早就直奔此地而去。"

　　白月山上二十处旗帜，最近的一面在山南白石旁，虽然一早就有人发现，但因为来抢夺此旗的人实在太多，所以到现在都没分出胜负。反而禾晏手中的这面成了第一面被找到的旗，因为根本没人来抢。

　　"他记得路？"沈瀚狐疑。一开始新兵并不知巡山的意义在此，所以不会刻意记路。能记个大致的，已经了不起。

　　"未必，也许……"肖珏道，"他只是提早知道今日的争旗。"

　　提早知道，在巡山的时候就会刻意记下，或者再往深里想，白月山的具体地图，禾晏一开始就拿到了。所以看到旗帜，便会知道具体位置。

　　沈瀚蹙起眉头："如此说来，他确有疑点。接下来怎么办？"

　　"继续，"青年不紧不慢地执棋落子，"下到最后才知结局，不急。"

　　禾晏找到这面旗帜以后，便带着其余四人继续往山上走。她带的路比别人的路似乎更近一些，偶有避不过去要同其他组的新兵撞上的，还不等对方发现，禾晏就让众人趴在草丛里或是灌木丛后，不与他们正面相逢。

　　王霸有些不满："咱们又不怕他们，躲什么躲？我看都别躲了，直接上去抢吧！"

　　"眼下还早。"禾晏耐心同他解释，"遇上的其他新兵未必有旗帜，我们手上却有。一旦发生冲突，赢了未必有战利品，输了却连手中的旗帜都丢了，岂不是很不划算？"

　　见王霸还是满心不情愿，她又展开手中的地图给王霸看："我看过了，如刚才那样，藏在密林深处的旗帜总共有三面。我们已经拿到了一面，还剩其他两面。从这条路走过去，应当可以顺利找到，最后一面靠近山顶。"

　　"等拿到这三面后，也就走到山顶了。"她道，"等到了山顶，再从长计议之后的事。"

　　这话勉强说服了王霸，他道："这是你说的，还有两面，若是没有，"他挥了挥拳头，"要你好看！"

　　禾晏将他的拳头拿开："不可以对老大这样无礼哦。"她看了看远处，"走吧。"

　　日头大了些。

　　密林深处虽然不及山下炎热，但因山路崎岖，众人也都出了一身汗。山上鸟兽虫蚁众多，路上还遇到几条蛇。令人意外的是，禾晏对付这些意外情况游刃有余，比起王霸来，他才像是一山之主，若非知道禾晏是从朔京来的新兵，只怕旁人都要误会他是白月山上土生土长的猎户。

他没有说谎，带的路虽然坎坷了些，但却畅通无阻地找到了另外两面旗帜。最后一面旗帜被江蛟收入囊中，黄雄看了看前面，有些不确定地道："前面就是山顶了。"

禾晏点头："不错。"她往山下看了看，"我们抄的近路，一路上也没遇到比我们脚程快的别组。想来到山顶的，我们应当是第一个了。"

别的新兵忙着争夺旗帜，他们这一路上避开了其他人，只去找旗，十分便利的同时，也省了不少时间。

王霸在树下坐下来，拧开腰间水壶仰头喝了一大口水，道："一路上除了打死两条蛇，什么都没干，白拿两把斧子。我说我们这是来找东西，不是来抢东西的吧？"

就这么避开旁人找东西，偷偷摸摸，挺憋屈的。黄雄和江蛟虽然没说，看神情也是很赞同王霸说的话。

石头开口道："得胜就行，不必拘泥于方式。"

"还是石头兄聪明，"禾晏笑道，"想要比试的话，何不直接去演武场挑战。争旗考验的可不是个人身手。"

她拍了拍手，看着众人又笑了："不过，我可从没说过我们要一直藏在这里。"禾晏道，"都准备一下吧。"

"准备什么？"江蛟不解。

禾晏微微一笑："打劫。"

"打劫？"江蛟结巴了一下，"什、什么打劫？"

"我们已经先到此地，天时地利人和，这都不打劫岂不是辜负了天意？"她叫王霸："王兄，这回可干你的老本行了，还记不记得规矩？"

王霸有些恼怒："我当然知道！"

"那就先去踩盘子吧。"

"踩盘子是什么意思？"江蛟一头雾水。

"这个我知道，"黄雄解释，"绿林黑话，事先探风勘察旁周。"

王霸哼了一声，对禾晏道："你还知道行话啊。"

"我就知道这一句。"禾晏道，"诸位没有异议的话，就由我来安排一下如何？"

众人都瞧着他。

"此处地势高，我们来得早，想来等别的组来此地时，定然已经乏累，精神松懈。我们只需埋伏在这里，抢走他们的旗帜就行。我们一共五人，需一人上树勘察情况，其余人埋伏在周围。这个人就是我，"禾晏指了指自己，"我在树上。"

"待人前来时，王兄在前，将他们的人引入咱们圈中。江蛟兄弟和石头，你们一人持长棍，一人持长枪，分布左右。黄叔在阵后压阵，如此可将他们围在中间。此时我再从树上下来，我的九节鞭可趁机将他们的旗帜卷走。"

众人恍然大悟，难怪禾晏要选九节鞭。真打起来一片混乱，未必有机会近身，可鞭子只要隔着远远地一卷，便能将旗帜给卷过来。

"为什么我要当诱饵？"王霸不满，"我能压阵。"

"因为你最厉害，"禾晏面不改色地瞎诌，"若是换我们其他人拿着旗帜去引人过来，旁人定会怀疑，你就不一样了，你在新兵中本就厉害，抢到旗帜合情合理，由你拿着，最好不过。"

江蛟有点想笑，但忍住了。石头和黄雄默默地低下头去，唯有王霸一人深以为然，对禾晏安排的那点不满，顿时也就烟消云散。

"但这样安排果真能行？"江蛟有些怀疑，"若是他们身手在我们之上怎么办？"

"放心，我们已先到此地，比他们歇息的时间长，精力足。况且这样左右包抄，攻守兼备，他们只会自乱阵脚。再者，我们的目的也并非同他们打架，而是争旗。兵书云：'凡先处战地而待敌者佚，后处战地而趋战者劳。故善战者，致人而不致于人。'"[①]

这里头五人，唯有江蛟和禾晏是念过书的。其他几人还没反应，江蛟却是看向禾晏，神情复杂地问道："你读过兵书？"

"略懂。"禾晏答道。

黄雄看了看江蛟，又看了看禾晏，叹了口气："我记得你曾说自己读过什么《手臂录》，眼下又说读过兵书，你如此能耐，总有一日能驰名万里，同我们不在一处。"

"不敢当。"禾晏笑道。

"反正富贵了别忘了我们就成。"王霸小声道了一句，又补充道，"不过看你也不太像能富贵的样子。"

禾晏耸了耸肩，道："那现在大家就先各自找个位置藏起来吧，我先上树，你们吃点东西休息一下，江兄把旗子拿一面给王兄，等会儿听我哨音。我以鹧鸪哨声为信，哨声一至，王兄便拿旗帜去引人过来。"

众人没有异议，都四处散开，各自找了地方藏好。禾晏则找了一棵高大的樟树，仰头爬了上去。

禾晏这爬树的动作倒是灵活，王霸见状，嘀咕了一句："跟四脚蛇似的。"

禾晏一口气爬到树顶，找了最枝繁叶茂的一处坐了下来，此刻风来，吹得

---

① 引自孙武《孙子兵法》。

人满面清凉，说不出地舒适。这位置高，能将附近一览无余，见暂时还没别的新兵上来，她便从怀中掏出一小块干饼，啃了两口，又喝了点水。

等把这一小块饼吃完，又靠着树枝躺了几分钟，便听见附近往下一点的小路上，传来窸窸窣窣的动静。有一组新兵上来了。

禾晏登时坐直身子，藏在树叶中也没动弹，嘴里轻轻地发出鹧鸪哨声，连吹三下。她的哨声同鹧鸪声一般无二，若非提前打过招呼，江蛟一行人也分辨不出来。

藏在暗处的黄雄对王霸使了个眼色，王霸将水壶挂好，手里拿着那面旗帜站起身来，往外走。

也不知是不是他做这种打劫的营生做习惯了，装模作样起来，竟叫人看不出一点端倪。王霸每走两步还要左右看看，仿佛一个刚到此处正在探路的人。

他这走着走着，便同那上山来的新兵撞了个正着。

"你……"那新兵还没来得及说话，王霸便捂着腰往回跑。他不捂还好，一捂，便教人看到他腰间那面红色的旗帜。

新兵一愣，紧接着激动起来，对身后人道："他落单了，他有红旗，弟兄们，抢啊！"

那一群人闻言，立刻穷追不舍，王霸似是一人落单，并不恋战，只边跑边骂："呸，别跟着你爷爷！再跟小心剁了你！"

这群人视王霸手中的红旗为囊中物，便大笑着追来，道："那你来剁啊！这位兄弟，缴旗不杀！"

"我缴你奶奶！再追我就不客气了！"王霸警告道。

"到底是谁对谁不客气啊？"那群人一面笑着，一面追来，待跑到一处密林时，王霸突然停下来。

"怎么，是跑不动了？"为首的新兵笑了，学着匪首的模样，"此山是我开，此树是我栽，要从此地过，留下买路财！"

王霸本来还想逞逞威风，闻言直接被气笑了，他抽出腰间两把巨斧，转身喝道："野鸡闷头钻，哪能上天王山。抢到你爷爷我头上，我看你是猪油蒙了心，招子不昏！"

他这一连串山匪中语，谁也听不明白。对方也不欲与他在此多缠，举剑刺来，直向他腰间的旗帜。

正在这时，身后突然传来响动，左右两侧的草丛中，突然现出两名年轻男子，一人持长枪，一人持铁棍，正是江蛟和石头。又听得一声巨响，手持金背大刀的光头壮汉已然跃至身前。

方才还是五对一，王霸被追得屁滚尿流，如今情势急转而下，活像瓮中捉

219

鳖。四面八方皆是伏兵，不过是四个人，却弄出了十面埋伏的盛况。

那几人愣了片刻，笑意渐消，道："是埋伏！他们使诈！"

这一路上来，要么是真刀真枪直接开抢的，要么是埋伏在暗处直接冲出来一场恶战的。如这般跟唱大戏一样，还有个饵在前边做戏，实在是头一回。为首的新兵一咬牙："怕什么？人数相当，怕了他们不成，跟他们拼了！"

一扭头，几人便一起冲入了混战之中。

说实话，这几人虽然各有所长，倒也不至于说是万里挑一的地步，毕竟今日上山的所有新兵，都是凉州卫出类拔萃的人才。可怪就怪在，江蛟几人，一交手便占了上风。

一来是他们上来的时间长，早就在此休息吃过东西，养精蓄锐了许久，而另一支新兵刚刚经过跋涉，都没来得及坐下喝口水就陷入混战，自然处于被动。二来嘛，就是他们这布置的位置，很有些门道。

江蛟和石头分在左右两侧，使得从头到尾这几人都被围在中间。黄雄的大刀虎虎生威，倒和王霸的巨斧配合得天衣无缝。两长两短，攻守兼备，竟然让这支新兵找不出对方的一点错处，反而被频频压于下风。

江蛟一枪挑开对方的剑，将对方的兵器都给打落，有一个新兵就道："不行，抢不到旗，咱们还是快撤吧！"

"怎么撤？"为首的新兵没好气地道，"你给我找个空隙出来试试！"

他好几次都想突围，愣是找不到一个缺口。如此消耗下去，他们自己人先撑不住了。

"不对啊，"一名新兵避开黄雄的大刀，转头问，"他们怎么只有四个人，还有一个人呢？"

对啊，打了半天，不过是五对四，还少一人，但因他们被压制得太狠，竟也没注意到，这会儿经人提醒，立刻明白过来。新兵头领就道："有诈！注意保护旗帜！"

话音刚落，就听得王霸大吼一声："禾晏，你看戏呢！还不出来！"

但见那枝繁叶茂的樟树里响起一个少年轻快的声音："来了！"

密林里陡然现出一个赤色身影，少年言笑晏晏，如燕子掠过，姿态轻盈，看在对方眼中却如临大敌，最边上的一个男子还没来得及将包袱藏起来，猛然间一道长影朝自己面门扑来，他吓了一跳，下意识地松开手，长影如蛇，蜿蜒灵活，卷着包袱远去。少年收回九节鞭，笑盈盈地将手一抖，包袱皮飘落，他手里拿着一面旗帜，笑道："多谢！"一扭头便消失在丛林里，留下一声，"东西到手，撤喽！"

江蛟几人收到命令，方才还激战正酣，如今全不恋战，收起武器就跑。这几人本就爬山累得半死，一番激战后又精疲力竭，哪里赶得上，不过追了几百步便不得力，眼睁睁地看着那群人跑远了，再也没了身影。

"这是什么土匪……"有人累瘫在地，咬牙切齿地大骂，"真是无法无天！"

"没办法，贼不走空嘛。"另一头，禾晏正让江蛟把手中的红旗收起来，打了个响指道，"走。"

"去哪儿？"王霸问。

"打劫下一家。"

鸽子在窗户旁来回飞着，有人掌心里撒了些米粒，鸽子便落到他掌心，乖乖任由人从腿上取下铜管来。

肖珏看完字条，递给沈瀚，摇头一笑。

字条上写得很简单，就只说了一件事，禾晏在山上四处设下埋伏，干起打劫的营生，抢了好几支新兵队伍的旗帜。

争旗争旗，重在一个"争"字，但争得这样偷偷摸摸，又光明正大的，实在是绝无仅有。他们从开始就只想着旗子，全然不想和别的新兵发生争执，便是后来设下埋伏，也是以旗帜为重。没有旗帜的，抢都不抢，任由旁人走过。有旗帜的，就趁火打劫，劫完就跑。

到头来，损耗最小，得旗最多。

"他还挺会讨巧的。"半晌，沈瀚才憋出这句话。

"不仅会讨巧，也会用兵。"肖珏道。

"用兵？"

"以近待远，以逸待劳，以饱待饥。"他弯了弯嘴角，慢悠悠道，"凉州卫的新兵，都被他耍成了傻子。"

沈瀚无言，突然又想起一事："说起来这五人，竟都以他为首，且没有异议。"

其实争旗一事，除了同别的新兵争，每一支队伍里亦有争执。每个人的习惯和战法不同，未必就会和谐，有的小队甚至会争夺指挥权，以至于到最后一无所获。懂得配合和安排，也能看出新兵的能力，从这一点上说，禾晏已然具备了调兵遣将的能力。

这也是这少年的过人之处。

"这几人都不错，"沈瀚想了想，"江蛟他们同其他新兵交手，都略胜一筹。到现在为止，尚无败绩。都督看，这几人可否够格进前锋营？"

肖珏不置可否："不是他们能力强，是因为禾晏布阵。一个布了阵的小队和一群散兵，本就不可同日而语。"

"都督是说……"沈瀚似有所悟。

"左右张开如鹤翼，大将压阵中后，你没看出来吗？"肖珏道，"他用五个人，布了鹤翼阵。"

大约是这消息来得太过悚然，沈瀚一时没有出声。一个新兵若是会布阵，那几乎就可以说明，这个人确实有问题。沈瀚迟疑了一下："或许……是巧合？"

"是不是巧合，接下来就知道了。"肖珏道："飞奴。"

黑衣侍卫悄无声息地出现在他身后："公子。"

"传信给白月山上其他校尉，"他捧起桌上茶盏，浅浅啜饮一口，"下山路上，布阵。"

"都督！"沈瀚急了，"这样会让其他新兵下不了山的！"

"放心，"年轻男子放下手中的茶盏，转而捡起棋盒里的黑子落下，刹那峰回路转，他道，"会有人破阵的。"

白月山上，挨着石崖下，几个人藏在草丛里，正在数东西。

"一、二、三……六！我们一共拿了六面旗！"江蛟有些高兴。

"还不到一半儿，"王霸给他泼冷水，"高兴个什么劲儿。"

"六面已经很不错了，"黄雄开口，"况且有三面还是抢来的。"

这六面旗，三面是禾晏他们抄小路自己寻到的，三面是在山顶附近埋伏已经有旗的新兵，抢到手中的。

"还是不够，再去抢点。"王霸把斧子别好，"一半以上就算赢了。"

禾晏摇头："现在抢不到了。"

石头皱眉问："为何？"

"眼下其他新兵陆陆续续都上山了，之前被抢的那些新兵，定然到处跟人说被我们抢旗的事。想来我们此刻在这些人嘴里已经臭名昭著。那些有旗的新兵只会对我们多加提防，况且我们连续抢了三家，眼下体力已经不如方才。"

"谁说的？"王霸示意旁人看他有力的胳膊，"我完全不累！我还能再抢几家！"

禾晏道："哦？那若是几家联手呢？"

王霸愣了一下。

禾晏摊手道："我们手里，眼下有六面旗，相当于活靶子。我想山顶上的那些新兵，聪明的大概早已想到联手，抢到我们手中的旗帜瓜分。双拳难敌四手，咱们五个人，对上十个人、二十个人、三十个人……或者一百个人，你觉得，还有争抢的必要吗？"

众人哑口无言。

"那你说，怎么办吧？"半晌，王霸才不耐烦地开口。

"世上之事，再如何讨巧，有第一个就有第二个，我们刚刚已经为他们展示了如何趁火打劫。想来接下来那些新兵，也会如法炮制。我们不必与那些新兵一一比较，只要与剩下的新兵里，最强的那一支比就可以了。"

江蛟眼睛一亮："你的意思是，等他们鹬蚌相争，咱们渔翁得利？"

剩下的新兵们，任谁东风压倒西风，西风压倒东风都无妨，总有一支队伍胜出，他们要做的，就是打劫这支胜出的队伍，抢走他们的旗帜，这样一来，应当能有一半儿旗了。

"所以……"黄雄探询地看向禾晏。

"下山去。"

"现在下山？"江蛟有些踌躇。

"眼下下山，时间还早，又能抢占先机。藏在下山的必经之路上，无论抢没抢到旗帜的新兵，总要从我们眼前路过。探听到最厉害的那支队伍，就是我们的羊牯。"

"你说得倒简单，"王霸忍不住争辩道，"对方可不是羊牯，既然能得这么多旗帜，定然也是狠角色。咱们未必能胜。"

"你说得很有道理。"禾晏点头，"所以山下那一场，必然不会轻松。但也没关系，我们必定能赢。"

"为何？"

少年笑得意气扬扬："因为有我。"

第九章　胜出

一行人往山下走去。

六面旗帜都被江蛟好好地收在怀中，待走了些时辰，已然离山顶很远，大概快到山腰时，禾晏停下脚步，只道："先在这里休息下吧。"

众人原地坐下，禾晏却又爬上树，四处看了一看。王霸问："你干吗？"

"踩下盘子。"禾晏答道。

"打劫都这么熟了，还踩什么盘子。"王霸哼笑一声，"你故意装的吧？"

禾晏在周围观察了一圈，这才下树，跟着在石头上坐下来，道："这应当是最后一战，我们既然用的是巧计，就得一击成功，否则六面旗帜，未必能得第一。"

"他们真的会从这里过？"江蛟转身看了一眼身后，密林深深，一个人影也看不见，"山路这么多，倘若他们走其他山路怎么办？"

"白月山也就大路和小路可走，"禾晏笑了一笑，"身怀旗帜的人，总是要小心谨慎一些。若走大路，难免招眼，生怕别的新兵前来抢夺。是以他们一定不会走大路，而小路中，这一条是到达卫所最近的路，也是最好找的路。"

黄雄还挺爱听禾晏讲话，就问："这是不是你说的那个，那个兵法？"

"这个叫论势，"禾晏随手捡了根树枝，在地上画画给他们看，"旨非择地以待敌，而在以简驭繁，以不变应变，以小变应大变，以不动应动，以小动应大动。"①

王霸问："那咱们什么都不动？不是你说的吗，咱们的手法早就暴露了，别人不一定会上当。"

"你想对方既然夺了不少旗帜，必然连胜多场，士气大涨，真要对上我们，未必会输。"话虽如此，禾晏脸上倒也没有半分焦虑，"所以我们先下山养精蓄锐啊，顺便找个好地方埋伏。我想，到最后，可能还是要两方最厉害的人夺旗。

"不过这也是自然的，夺旗到最后，最优秀的人之间，总要分出个胜负。"

王霸斜睨他一眼，凉凉道："你怎么就是最优秀的人了？"

"我自封的。"禾晏答得诚恳。

王霸："……"

---

① 引自《三十六计》。

"总之，大家都先在此吃喝休息，完了还是照我们方才安排的埋伏。我已在此地看过，前方地势险要，道路狭窄，易守难攻，对我们有利无害，能借势，待我抢了旗后，便不要恋战，随我速速离开。以下山为界，离开白月山，旗帜就谁也抢不走了。"

"明白！"黄雄一口气灌了大半壶水下肚，"我已经迫不及待了！"

"旗帜给我。"禾晏道。

江蛟把旗帜交给禾晏，她揣在身上："想来最后出现的那支新兵队伍，旗帜也会在头领手中。届时我必然要与他恶战，你们只管缠住其他人，别让其他人靠近就行。"

"你一个人真能行？"王霸问，"这有六面旗，要不分散一点，也不至于都被人抢走。"

"你也太小看我了。"禾晏轻轻一跃，落于枝头，笑了起来，"至少在凉州卫，我的东西，谁也抢不走。"

王小晗正带着他们一支队伍往山下走。

他的衣服已经破得连上半身都遮不全了，好在裤头还是完好的。手中的刀已经被砍了个缺口，脸上也挨了一拳，眼圈黑黢黢的。他身后的同伴也没有比他好到哪里去，个个都是鼻青脸肿，衣衫褴褛。不知道的见了，还以为他们是城外来的难民。

王小晗感到很绝望。

凉州卫所的新兵争旗，一开始他们都是志得意满，热血沸腾。谁知道真正上了山，才知道根本不是那么回事。

要在崎岖的山路里找到被藏得乱七八糟的旗帜，要提防山里出现的蛇虫野兽，还有猎人布的陷阱、捕兽夹，要同别的新兵争夺，倘若遇上手段温和的还好，若是遇上手段凶残一点的，便直接被打得皮开肉绽。

虽然上山前教头说好不会伤及性命，但争夺打斗，也不可能完好无损，他们确实没有性命危险，不过……王小晗委屈地想，他长这么大，还是第一次被打得这么惨！

而且旗帜都被抢跑了，罢了，抢了就抢了，王小晗也看出来了，他们这支队伍是比不上别人的，能安全下山就好，前锋营谁爱进谁进吧，去他娘的前锋营，去他娘的争旗！

他正想着，一脚踏入枯枝丛中，有个什么东西打在他额头上，倒也不疼，吓了他一大跳，他抬眼一看，便见眼前的橡树上，正坐着个赤衣少年，手里抓着一把橡子，正作势瞄准他的额头。见王小晗看过来，那少年便一笑，与他打招呼:"嘿!"

少年眉眼清秀,神情灵动,本该是一幅好画面,王小晗却觉得如一盆冷水从头浇到脚,心都凉透了。他颤抖着声音,只来得及发出一声悲惨的呼号:"……是禾晏,快跑啊——"

同伴们闻言,撒腿就跑,王小晗也转身想跑,可他才一动,便觉得自己膝盖上飞来个什么东西,紧接着,双腿一麻,再也动弹不得。再看他的几个同伴,皆是如此。

禾晏从树上飞身掠下,手里还捧着那把橡子,方才就是用橡子打中了他们的穴道。这多亏王小晗一行人本就受了伤,且下山路陡,走到此处已是精疲力竭,才会这般轻易就被禾晏制住。

禾晏走到王小晗面前,王小晗不等对方开口,自己大叫道:"我们没有旗,一面都没有了!"

王霸几人也从暗中走出来,将他们几人搜了一遍,对禾晏摇头道:"没有。"

"既然没有旗,你看见我跑什么?"禾晏好奇地问。

"……我怕你打我。"王小晗艰难回答。

"谁告诉你我们打人?"禾晏更奇怪了,又看着他的眼睛,"这位兄弟,你们受的伤好像不轻啊,山上的争旗已经这么激烈了吗?"

他们从头到尾都避开了特别激烈的争执,也不知道是个什么情形,此刻看王小晗一行人的凄惨模样,皆是庆幸没有同新兵们正面交手。

"我们、我们听说你们抢了很多旗帜,"王小晗吞吞吐吐地道,"且手段阴诡,为人凶残……"

王霸不乐意了:"这谁他姥姥的胡说八道呢?我们要凶残能在这儿?谁到处败坏我们的名声?"

王小晗没敢说外头人说的比这过分多了,直把禾晏他们说成乌合之众,狗党狐群。

"你刚刚从山上下来是吗?"禾晏问。

王小晗点头。

"一面旗帜都没有,怎么就下山了?"

王小晗破罐子破摔道:"反正也抢不到,还不如早点回去洗澡歇息了。"

"我且问你,"禾晏笑眯眯地看着他,"除我们以外,如今山上手中旗帜最多的是谁?"

"是……雷候。"

"雷候?"黄雄蹙眉,"有听过这个名字吗?"

江蛟摇头："没有。"

"他很厉害？"禾晏问王小晗。

"很厉害，他手里有十几面旗了。我想除了你们手中的，都在他那儿了。"王小晗道。

十几面，禾晏挑眉，看来这个雷候并不是运气使然。她问："他是如何抢旗的，设下陷阱吗？"

"不，不是，"王小晗回答，"他就是看见谁有旗，直接同对方打，把对方打败了，就把旗抢走了。他的同伴都与我们差不多，但这个人实在太厉害了，一个人便能抵挡其他数人。"

如此说来，这个人不是一般的厉害了。禾晏问："你的伤就是被他打的？"

王小晗屈辱地点了点头。

禾晏啧啧摇头。

王小晗问："怎么了？"

"他打你，你怎么不知道打他？"

"我打不过！"王小晗气道，"我要是有你这样的身手，早就同他打了！"

"那也不是，身手不行，就动动脑子。"禾晏拍了拍他的肩，替他们解开穴道，"你送了我们这么多消息，无以为报，放心吧，他打你这仇，我替你报了。兄弟们，"她转身招呼江蛟他们，"别愣着，收拾收拾干活了。"

"你真要和他打？"王小晗小心翼翼地问，随即好心劝解道，"你们手中既然已经有了旗帜，还是先下山吧。雷候真的很能打，你若是打不过，就真的一面旗帜都没有了。现在下山，还能得个第二。"

"第二？"禾晏摇了摇头，"第二可就未必能进前锋营了。你放心，管他什么猴，到了我的地盘，就只能乖乖当虫。"

禾晏笑得张狂，一时间，王小晗也无话可说了。

王小晗几个人在被禾晏问了几句话后，自行下山了。

江蛟转头看向禾晏："听他所说，那个雷候身手很厉害。"

"放心，"禾晏道，"我更厉害。"

她如此自信，教众人也不知道能说什么了。禾晏估摸着时间，应当过不了多久雷候他们就会下山，便催促着大家赶紧藏起来。

才藏好，大概过了一盏茶的工夫，脚步声就逼近了。

这行人一共五人，其余四人在后，一人在前，在前的应当是这五人的首领，年纪大约二十来岁，生得高大瘦削，相貌堂堂，目光如炬。他走到密林前，突然停下脚步，一手制住身后同伴的动作，道了一声："且慢！"

"雷大哥？"同伴问道。

"前面密林,隐隐有杀气起,恐怕有伏兵在此埋伏。"

"埋伏?"同伴觉得很新奇,"怎会有人敢埋伏我们?"

他们一行人,凭借着雷候一人,将山上新兵手中的旗帜全都抢到了手里。旁人别说是埋伏,看见了都得绕道走。

"我们手中只有十四面旗帜。"雷候道,"剩下六面没有着落。"

"剩下的不是在禾晏手中吗?"

"不错。"雷候看着前面的密林,"所以在此地设伏的,多半就是禾晏。"

几人面面相觑,半响,有人问:"那我们该怎么办?"

禾晏此人,凉州卫无人不知,也算是个万里挑一的人才,虽然雷候也很厉害,可这两人交上手的话,结果是什么,还真不好说。

"来得好,"雷候突然笑了,"他在此地,恰好将他的旗帜全都夺过来,一面也不留给旁人。"

这话说得自信满满,令人热血沸腾,同伴们纷纷道了一声好,雷候又道:"你们去对付其他人,禾晏交给我。"

他不知道,很巧,禾晏也是这般想的。

雷候自己往前走了几步,此路狭窄,两边都是茂密丛林,他没有再上前,只是大声冲着前方道:"在下雷候,出来吧,禾晏,我知道你在这里。"

树上陡然响起少年的轻笑,雷候抬头往上看,少年半个身子靠着树干,一手撑着脑袋,似在小憩,他目光遗憾,道:"兄台眼神实在太好,藏都藏不住。"

"你藏得很好。"雷候也笑了,"只是你的同伴们,杀气太盛了。"

禾晏无奈地想,那能怎么办呢?一个山匪、一个绿林好汉、一个武馆少主,还有一个朔京土生土长的猎户,都是血雨腥风里过来的,难道还能平心静气的跟庙里的和尚一样不成?

"叫你的人出来吧,"雷候道,"我们来堂堂正正地争旗。"

他把"堂堂正正"四个字咬得很重。

"他们喜欢捉迷藏,"禾晏笑道,"让你的人自己去找吧。"

雷候的笑容转冷,看着禾晏片刻,突然间,一道冷光直逼禾晏而去,禾晏侧身避开,与那冷光擦肩而过,但见那道冷光又飞回了雷候手中,竟是一柄长剑。

这人,原是用剑的。

"兄台实在太心急了。"禾晏微微一笑,扬手抽出腰间的九节鞭,鞭子在空中碰撞,发出清脆的响声。少年自枝头跃下:"如此,我来跟你打!"

她朝雷候冲去。

雷候迎了上来,身后雷候的同伴们想要帮忙,可才一动身,便见从四面八方、草丛里、石头后、树干旁边、狐狸洞里钻出几人，大概是禾晏的同伴。他们出现得突然，掌握先机，雷候的人猝不及防之下，只得吃下这么一个闷亏，皆被揍了几下。

他们从上山到现在，一路所向披靡，何时被人揍过，一时间震惊大过愤怒。

王霸挥舞着他的斧子冲进人群："你爷爷我早就想出来大干一场了，来，战个痛快！"

禾晏笑道："悠着点啊王兄，要是结束得太快，就没得打了。"

"你还有心思说笑？"雷候下手丝毫不见手软，剑锋直朝禾晏前胸刺去。

禾晏微微蹙眉，看着雷候的神情也渐渐冷淡。

新兵上山，目的只是争旗，而不是打斗。是以教头也会百般提醒，不可伤及性命。可刚才同雷候一交手，她就知道，此人实在是没有顾忌。

想来山上同雷候交过手的，王小晗还不是最惨的那个。譬如方才要是换了个人，只怕已经被刺伤了。

他可真是一点都不手软。

见到禾晏神情变化，雷候眼中闪过一丝轻蔑，他道："你如果此刻认输，我便不打了。"

"怎会？"少年笑眯眯道，"我还想要你怀里剩下的旗呢。"

雷候脸色一变，所有的旗帜的确都在他怀里。一来是因为这些旗帜本来都是他抢来的，放在他这里，同伴也没有异议。二来是，放在他这里，旁人都不敢抢。

没想到被禾晏一眼看穿了。

他冷笑一声，手疾眼快，剑尖指向禾晏，就要挑开禾晏的前襟，去夺禾晏的旗帜。禾晏一扬手，九节鞭的尾端"啪"的一声甩开雷候的剑尖。禾晏脚尖轻点，退后几步。

她低头看了一眼自己的衣裳，还好还好，没有被挑开。心中掠过一丝不悦，她到底是个姑娘。

"雷兄这样，实在太无礼了。"禾晏挑眉道，"我有点生气。"

雷候笑了一声："禾兄，刀剑无眼，莫要迁怒。"

"那得要你伤得了我才行。"禾晏一笑，身子向后一翻，已经到了雷候身后，九节鞭如长蛇轻巧抡过，雷候躲开，那鞭子却如同长了眼，没被他甩开，反而擦过他的脸颊，霎时间，雷候的脸上便多了一条红印。

因是鞭尾划过，没有流血，即便如此，雷候的脸色也很难看了。

"雷兄，刀剑无眼，"禾晏冲他勾了勾手指，"莫要迁怒。"

雷候一言不发，手持长剑扑来。他动作娴熟，杀气暴涨，同演武场训练切磋的新兵全然不同。剑尖所指之处，不是禾晏的喉咙就是禾晏的心房，十分毒辣。

相比之下，少年的动作，就要温柔多了。他生得瘦小纤弱，腾挪间却丝毫不见疲乏，仿佛有无穷精力，且扫且缠，将雷候的剑尖制得无法上前一寸。

禾晏并不想伤雷候性命，奈何雷候却不是这般想的她。她心中思量几番，看来除非是把雷候彻底打倒，否则但凡雷候剩一口气，都不死心且追着她抢走旗帜。

不过，同雷候交手这番，也让禾晏生出一种异样的感觉，这异样的感觉说不清道不明，总归，让她觉得好似有什么东西被忽略了，浑身都不自在。

正想着，一道剑光从斜刺里刺来，禾晏一惊，后仰撤去，袖子霎时间被划了个口子，风漏了进来。

雷候盯着他，目光炯炯道："这个时候，好像不应该分心吧！"

"我只是在想，怎么才能让你安静下来，"禾晏道，"雷兄，没有人告诉你，你有点烦吗？"

这么明目张胆挑衅的话语，配着少年笑盈盈的神情，实在是能将普通人都气炸。雷候当即脸色一沉，举剑刺来。禾晏微微一笑，长鞭抛出，鞭花绕在身侧，如长蛇在四周翻飞，竟让剑尖不得进一寸。

她还在笑，边笑边道："其实你们不知道，我鞭子用得也不错。"

刹那，鞭花纵横交错，横扫前滚，时快时慢，教人眼花缭乱。

少年的声音带着爽朗笑意，仿佛并非剑拔弩张地争旗，而是演武场上与同伴随心的较量，她就在这翻飞的鞭花步法中开口。

"这个叫里外拐肘。

"这个叫左右骗马。

"这个，白蛇吐芯。

"扫地龙！"

禾晏动作越来越快，越来越快，王霸他们早已停下手中的动作，朝他看来，似被他的气势所惊。

原先在演武场上，已然觉得他十分厉害，然而眼下看来，却知他之前是收着的。

雷候咬牙，面色越发难看。

他并未将禾晏放在眼中，一个新兵再如何厉害，也不会面面俱到。禾晏的刀弓枪法出色，不代表他就能打败自己。然而眼下这少年用鞭招式信手拈来，仿佛早已用了千百回。这也罢了，一样兵器用得好，也不能说他就能在对战中得胜。

可禾晏,实在是太过狡猾,不过与自己交了几次手,似乎就能观察出他身上的弱点,专朝弱点进攻。这么短的时间,他却无法找到禾晏的弱点,无从下手,雷候感到心惊。

少年的笑意越发扩大,一鞭套一鞭,一鞭连一鞭。雷候觉得眼前的长鞭像是呼呼而转的车轮,又像是坚硬凶狠的钢棍,如虫如龙,变化无穷,他不由得有些眼花。

就在这眼花之间,但见那长鞭又朝自己面门而来,雷候下意识地拿剑去挡,下一刻,鞭子调皮地打了个弯儿,直探向他前胸。

雷候心中暗道不好,可是已经晚了,鞭子像长了眼睛,直接卷住他怀里的整整十几面旗帜,收了回去。

雷候想要用剑阻住长鞭,可长鞭可收可放,哪里会被他的剑所缠,滑不溜秋,落到禾晏手中。

"这个叫金丝缠葫芦。"禾晏掂了掂手中的旗帜,笑道,"多谢雷兄,还替我捆好了。"

见旗帜全都被禾晏收走,雷候再也绷不住,脸色阴沉,二话不说就朝禾晏扑来。

禾晏退开几步,笑盈盈道:"到了我手里,就是我的东西,我的东西,谁也不能抢。"

"若我偏要抢呢?"雷候杀气腾腾,剑如流星。

"其实我不喜欢打架,"禾晏叹息一声,"你偏要抢,那我就只好揍你了。"

两道身影霎时间碰撞在一起。

王霸他们与雷候的同伴,早已打累了。况且旗帜不在手中,打起来也没什么意思。早已都坐在树下,作壁上观。心头亦是清楚得很,这是禾晏同雷候的较量,谁赢谁就能带走旗帜。

"你能看出来他俩谁厉害点不?"雷候的同伴问。

江蛟摇头:"看不出。"

"这还用问,肯定是禾晏!"王霸回答得理所当然。

"哦?兄弟何出此言?"

"不知道,感觉吧。"

"……"

"吃松子吗?"黄雄还递一小把松子给对方。

"多谢多谢,嗯,真香!"

一小把松子还没吃完,听得"咚"的一声。

众人一同往前看去，两道身影已经分开了。雷候面色不动，少年笑盈盈地手握长鞭。

地上躺着一把剑。

"你输了。"禾晏道。

雷候脸色难看，没说话，片刻后，他沉沉道："你使诈。"

"兵不厌诈。"禾晏捡起地上的长剑还给他，认真道，"你的腿被我打伤了，在此原地休息半个时辰再动吧，否则你的腿会留下隐疾，日后练功再也进不得分毫。"

雷候把脸撇开，接过剑，不想看他。

"没事的，"禾晏拍了拍他的肩，语重心长道，"胜败兵家事不期，包羞忍耻是男儿。只是一场争旗而已，你已经很出色了，可惜遇到了我。"

她指了指自己："我更厉害。"

这话王霸他们听禾晏说过无数次，一开始都不屑，到如今，已然听得麻木了。况且，他说得也没错。

禾晏招呼江蛟："走吧。"又对雷候的同伴们道："你们就在此歇息歇息，顺便保护好雷兄。"

那些人不解地看着他。

"你们在山上揍了那么多新兵，一会儿新兵下山，瞧见雷兄此刻不好动弹，难免不会联手揍回来。所以我说，"禾晏义正词严道，"勿以恶小而为之。"

……

雷候一行人被甩在了身后，江蛟他们随着禾晏一道下山去了。

"他方才说你使诈，"黄雄忍不住问，"你如何使诈？"

"其实也不是使诈，不过是故意卖他几个破绽。"禾晏耸了耸肩，"他想要我的命，而我只想要他不能走，追不上我。他误解了我的意思，所以……"

"那个猴也不是很厉害，"王霸不置可否，"说得那么厉害，这么快就败了，好弱！"

"这你就错了，"禾晏摇头失笑，"他是真的很厉害。凉州卫的新兵里，若没有我，他当是第一人。"

她不知这人从前是做什么的，看他年纪不过二十来岁，但想来练武，至少也是十年。且功力深厚，手法娴熟，若说有什么不好，便是杀气太重。

"他果真不会跟来吗？"江蛟还有些怀疑，频频往后望去，"我看我们还是走快些，免得他等下跟上来。"

"放心，"禾晏道，"除非他日后不想继续练武了，否则不会跟来的。但你说得也有道理，我们最好早点下山。"

卫所的屋子里，一盘棋还没有下完。

沈瀚心里装着事，根本没什么心思下棋。对面的青年却好似一点也不着急，亦不关心争旗的结果，闲散地饮茶对弈，平静得令人发指。

黑衣侍卫从门外进来，走到肖珏身侧，轻声道："禾晏撞到雷候，同雷候交手，雷候不敌，此刻二十面旗帜，全部在禾晏手中。"

他没有避开沈瀚，因此这话也被沈瀚听到，登时倒吸一口凉气。

那雷候，从上山开始争第一面旗时就被他们留意到了。这个年轻人之前不显山不露水，若不是这次争旗，还不知道凉州卫里有这么个能打的。此人还是杜茂杜教头家中亲戚举荐的人，原先看无甚特别，眼下却知道还是有真本事的。

这人上山开始争旗，与人交手尚无败绩，又同禾晏那种藏在暗处的埋伏不同，只懂得直来直去，不懂得掩饰。不过好在身手极佳，打败了无数人，一口气拿走了十四面旗帜，比禾晏还多一倍。

原先对于雷候与禾晏的碰面，沈瀚还是十分期待的。他很想看这两人真的交手，谁会胜出。沈瀚以为禾晏惯会讨巧，这样直接上手，恐怕不敌雷候。不承想，雷候还是败在禾晏手中。

"禾晏一行人已经往山下走，"飞奴继续道，"再走半个时辰，可进入阵法。"

沈瀚看向肖珏。

一开始他以为，对一个新兵，大抵不必用阵法。现在沈瀚的心中却只有一个念头，这少年无所不会，无所不能，只怕这阵法，也困不住他。

肖珏一脸平静，垂下眼睛，将沈瀚的白子捡走。

沈瀚低声问道："都督……他会赢吧？"

肖珏勾了勾唇角："或许。"

太阳有渐渐西沉的势头了。

日光从白日里灿烂的金，变成了暖烘烘的红，从枝叶的缝隙中透下来，仿佛大块红霞，柔和明丽，像姑娘穿着的红纱。

丛林深处传来野鸟的啼叫，大约是因为旗帜已然全部到手，一行人心情都很好。王霸道："不知道这次回去，除了可能进前锋营外，会不会赏点什么。"

"应当有。"禾晏随口问，"你想要什么？"

"酒！当然是好酒！到这里来都没怎么喝酒，馋死我了。"王霸抱怨道，"若是能有酒喝，我当比现在更有力气！"

"那是酒，又不是药膳。"禾晏有些好笑。

"能送点好兵器吧。"江蛟道,"我投军时,不曾带家中兵器。演武场的长枪,用着不太顺手。如果能赏一杆好长枪,就好了。"

黄雄摸了摸脖子上的佛珠:"我只想吃顿热腾腾的牛肉。大碗喝酒大块吃肉,这才是过日子!"

石头沉思了许久,才道:"带小麦上山一趟,他一直想猎兔子。"

四个人里,三个人的愿望都跟吃喝有关,禾晏也不知道该不该称赞一声他们无欲无求。江蛟问:"你呢?你想要点什么赏赐?"

"我没什么想的,"禾晏道,"能进前锋营的话我就很开心了。"

"你还真是心心念念建功立业。"王霸酸溜溜地道。

"那是自然,我这么厉害,不建功立业岂不可惜?我还盼着能得到都督赏识,做个他身前的护卫什么的。"禾晏想,若是如此,日日与肖珏相对,总能打听到禾家的消息。

"你就想吧,"王霸翻了个白眼,"你要是成了,我叫你一声爹。"

禾晏:"……"

正说着,黄雄停了下来,道:"咱们是不是一直在此地打转,我怎么觉得我们好像来过这里?"

"拉倒吧,"王霸张口道,"你识路吗?"

"我也觉得我们好像刚刚来过这里。"江蛟也道。

禾晏没说话,石头从怀里掏出一根草绳,走到面前的一棵树前,伸手系了上去,道:"山路复杂,树木长得相似看错也寻常,再走走看。"

几人便又往下走去,待走了一盏茶工夫,看见眼前出现一棵树,树上正系着方才石头系上去的草绳。

这回,众人都安静了。

片刻,王霸才开口,声音含着一丝不易察觉的颤抖,他道:"咱们是不是碰到鬼打墙了?"

他还越说越来劲了,絮絮叨叨地道:"我听我们山头一个师爷说过,他从前夜里走山路,走到一处地方,怎么走都在原地兜圈,实在没法子,就只能原地坐下,和衣而睡。到了第二天早上,嗬,你们猜怎么了?"

他故意卖了个关子,不过没人接他的话,王霸便悻悻地讲:"他醒来一看,发现自己在一片坟地里!"

禾晏扶额:"王兄,现在好像不是说鬼故事的时候。"

"怕什么?"黄雄瓮声瓮气地道,"我有佛珠,妖魔鬼怪都近不了身。倒是你,"他转而看向禾晏,"是不是把路记错了?"

"不会。"禾晏道。

"那怎么会突然迷路？"江蛟也感到不解。

"我们确实在往山下走没错，"禾晏道，"但也确实在此地打转。"她心中掠过一个念头，走到那棵绑着草绳的树前，四处眺望了一下。

这是一处野地，树不及山顶那般茂密，地上杂草丛生，有几块散落的石头。

石头？

禾晏心中一动，再往前走几步，见一石堆。她弯腰细细看去，几块巨石胡乱堆在一起，没有形状，看起来像是山上猎户休憩时随意搬弄来的。

"你盯着这堆石头看什么？"王霸问，"上面有字？"

禾晏直起身子，道："这就是我们走不出去的原因。"

"什么？"江蛟几人也围过来，皆是看着那些石头，怎么也看不出花样。石头皱眉问："这是何意？"

"奇门遁甲，生、伤、休、杜、景、死、惊、开八门。有人在这里布阵，"禾晏道，"我们进了阵法，所以在原地打转。"

这话分开大家都听得懂，连起来就叫人不懂了。众人看着他，连问都不知道从何问起。

禾晏也很奇怪，四处没有看到王小晗的影子，说明王小晗他们已经下山去了。他们不可能会破阵，说明之前还没有，那怎么现在就有了？

谁在这里专门为她布的阵？沈瀚，还是肖珏？

半晌，王霸终于忍不住开口："你说的什么阵……是什么东西？"

"行军列阵，兵阵本就是跟着奇门遁甲而化改的。"禾晏道，"只是说来话长，不过眼下这个阵……"

"怎么？"石头问。

"并非兵阵，只是普通的八卦阵而已。"禾晏答道。

"那你……能走得出去吗？"江蛟盯着他的脸色，问道。

"当然。"

这下，黄雄也诧异了："你连这个都会？"

禾晏微微一笑："略懂而已。"

禾晏的"略懂"，一般都是"很懂"。众人都无话可说。禾晏知道，山上定然随处都有监员藏在暗处观察他们的情况，此刻她的言行想必也被暗处的眼睛盯着。或许肖珏特意为自己布阵就是为了考验她的水平？毕竟从没见过争旗到最后，还要破阵的。

她这么想着，便道："你们跟着我，我如何走，你们就如何走，千万别踏错一步。"

禾晏难得这般严肃，江蛟他们登时也不敢大意，便跟着禾晏的脚步，慢慢往山下走。

黄雄边走边道："禾老弟，你这手又是跟谁学的？"

禾晏笑道："师从高人。"

"我想也是，"黄雄点了点头，"你的师父一定是个绝世高手，要不你怎么什么都会？"

禾晏低头笑了笑，没有回答。事实上，世上从来不缺不畏死的英雄，她虽然身手不错，却也到不了天下第一的地步，更毋庸提以一人之力战群雄。飞鸿将军最擅长的，是排兵布阵。

她的师父，的确是个绝世高手，但她作为一个女子，体力与体格方面，到底天生及不上男子。人要懂得扬长避短，若学会排兵布阵，调兵遣将，比她一人去战场上厮杀能耐得多。她的师父最擅长奇门遁甲，她便学来同兵法相结合，终于成就一代名将飞鸿。

其实今日她也可以直接在此破阵，将阵法毁去，但禾晏并不敢确定这阵法究竟是不是为她准备的，万一是为别人准备的，她这般自作多情地毁去了，后来的人怎么办？

所以她便带着江蛟他们循着生门出去了。

这阵法于她不过易如反掌，驾轻就熟，落在暗中观察的监员眼里，可就是了不得的大事。

马大梅和梁平此刻正藏在暗处，见禾晏一行人远去，二人张了张嘴，对视一眼，都看出了对方眼中的惊异。

"他……他就这么走了？"梁平结巴了一下。

"视若无物……"马大梅道。

丛林茂密，半个太阳已经沉下山头，禾晏一行人也走出了阵法。她停下来，回头看去，那些用石头和枯枝搭成的阵法已经模糊得看不大清楚了。

"咱们这是走出来了？"王霸问。

"不错。"

王霸高兴起来："他姥姥的，这回可没什么拦我们的了吧？我估摸着再走小半个时辰，应该就下山了。"

江蛟也有些高兴："总算快结束了。"他看禾晏仍然张望身后，就问："有什么不对？"

"没有。"禾晏摇了摇头，她还是觉得这个阵法来得莫名其妙，之前雷候同她交手时，也有些许异样的地方。这些不适像是细小石子掉进了靴子，硌人得慌。

"天快黑了，咱们还是早些下山吧。"黄雄道。

禾晏收回思绪，只道："走吧。"

太阳没过白月山，坠入五鹿河。半个身子沉入江河中，水面被夕阳浸得如血色灿烂，泛着粼粼波光，仿佛女子的妆匣被打开，珠玉洒了整整一面。

屋子里一壶茶，已然凉透。

正是傍晚，风细帘青，秋色远近。对弈的二人，一人神情难掩焦灼，一人平静无波。

有人自门外走进，道："第一支走出阵法的队伍下山了。"

沈瀚朝飞奴看去，等着飞奴说出名字。

"是禾晏。"

三个字，沈瀚身子微微后仰，整个人松弛下来。

意料之外，又在情理之中。他一早就猜到是这个结果，如今总算证实了，一时间有些茫然。

黑子落定，面前的青年抬起头来，淡淡道："你输了。"

沈瀚："……都督棋艺高超，我自愧不如。"这半日，他就没赢过一次。

不知道肖珏如何有心情这般下棋的。

"都督，他们下山了，是否要现在论功行赏……"

"不必，"肖珏勾了勾唇，"杜茂看着办，中秋夜行赏。"

"前锋营，是不是就让禾晏进了？"沈瀚迟疑地问。禾晏已然夺得第一，自然该进前锋营。可他身份令人怀疑，眼下敌友未清，这样贸然答应，是不是有些不好？

"不，"青年站起身，看向窗外的桂树，桂树开了花，香气扑鼻，同他在一处，衬得君子如玉，良夜风情，他道，"让雷候进前锋营。"

过阵之后，从山上下来，到达卫所，也不过半个时辰。

演武场外晃着几盏火把，一切平静如往昔，没有守在门口的教头，不见心里想的那般热烈庆祝的画面，几人面面相觑。

"我还以为有庆功宴，"王霸有点不满，"怎么什么都没有？"

正说着，演武场里有人看到他们，往这头走过来，等走到跟前才看清楚，这人是杜茂。

杜茂神情很平静，看见他们就问："旗呢？"

禾晏从怀中掏出那一大把旗帜，递给杜茂，杜茂数了数："二十面？"

"不错。"江蛟有些激动，忍不住开口道，"我们应当是第一吧？"

"是第一。"杜茂点了点头,将旗帜收好,对几人道,"先回去洗个澡歇息,明日上午可多休息一个时辰再来演武场,今日辛苦了。"

王霸问:"就这样?"

杜茂看向他:"那还要怎样?"

这话王霸没法接,杜茂道:"我先回去跟总教头复命,别在这儿待着了,一身汗,洗洗吃点东西吧。"说罢,不顾他们几人,转身走了。

委实无情。

看着杜茂的背影,几人只觉得夜风都凉了几分。王霸见杜茂走远了,才敢指着他的背影问:"不是,他这是何意?就把我们撂这儿不管了?总得给个交代吧!合着咱们辛苦了整整一日,就是白忙活!"

黄雄和江蛟也有些失望,倒是石头说话了,他道:"许是不在今日论功,毕竟还有新兵没下山。"

"不错。"禾晏也是这样认为,"况且教头商量彩头,也要商量一阵子,不是立刻就能想得出来的。"

王霸看他一眼:"你当然不在乎,你的彩头——进前锋营肯定十拿九稳,自然能这么说。"

"等我进了前锋营,就去给你弄两坛好酒。"禾晏拍着他的肩膀安慰。

王霸把禾晏的手甩开,哼哼了两声:"管你怎么说,爷爷我要回去了!"

他们几人本就不住一个屋,在演武场就此分道扬镳。禾晏与石头回到屋里时,原本安静的屋子霎时间热闹起来。

小麦第一个冲上来,扑到石头面前:"哥!怎么样怎么样?得了几面旗?排得了第几?"

石头罕见地露出一丝笑意,道:"全部。"

屋子里怔然了一刻,陡然间欢呼起来。禾晏差点被抬起来丢到天上,听得洪山夸张地大喊:"全部?你们也太拼命了!阿禾,你可以呀,这次又是第一,我看再过不了多久,你就不住这屋里了。听说前锋营里的兵吃的睡的都比我们这儿好。哎,妒忌死我了!"

"石头、禾大哥,你快跟我们讲讲,你们是怎么夺旗的?"

"就是,山上那么多新兵,有没有打一架?打得痛快不痛快?"

"都拿了二十面旗,那能不打架吗?我看你们好像没怎么挂彩啊,其他人都这么弱的吗?"

吵吵嚷嚷得不行,禾晏只得道:"诸位兄弟,容我们先吃点东西,喝点水,慢慢跟你们说,莫急莫急。"

这一说,竟就说到了夜深。

外头又听得那些新兵陆陆续续下山了，一个都没少，禾晏心中才松了口气，待到深夜无人时，得了空偷偷跑到河边无人的地方沐浴。

漫长的夏季终是过去了，河水渐渐也开始透出凉意，身子没进去，禾晏忍不住打了个冷战。她心中有些担忧，如今夏秋日还好，到了冬日，她不好和新兵们一道去净房冲凉，这河水不知道会冰凉成什么模样。凉倒是其次，只是待到那时，又该用个什么借口，来解释不用热水偏要去河里洗凉水澡这件事呢？

旁人会觉得她脑子有病吧！

所以说，还是得尽快进九旗营才行。肖珏既不缺银子，又是少爷出身，想来不会亏待他的心腹，总归比现在方便一点儿。

身子渐渐适应了凉意，禾晏往身上扑点水，拿小麦给她的胰子抹了抹。

新兵都已经全部下山了，不曾听到有人落下的消息，这说明，下山路上的那个阵法，应当是在禾晏他们走后就被撤掉了。阵法果真是为自己准备的，禾晏心道。

还有今日那个雷候，同他交手，禾晏总觉得有什么地方不对劲，想着过几日找个什么理由再和此人切磋，或许能搞清楚症结所在。

但此人下手毫不留情，还得防着才是。

禾晏将沫子冲掉，拿布擦拭干净身体，才穿上衣服往屋走。自上次在五鹿河边撞到肖珏以后，禾晏每次沐浴，都要走很远很远，免得再撞上他。

第二日，所有前一日上山的新兵们都在帐中休息一个时辰。程鲤素来找禾晏了。

程小少爷给禾晏带来了两个圆溜溜的石榴，盘腿坐在她的榻上道：“我昨日到了晚上才知道你们去争旗了，我舅舅将我在屋里锁了一天抄书。我要是知道，就来看你们了。”他凑近禾晏，"我听说大哥你得了二十面旗帜，是凉州新兵里的第一。"

禾晏笑眯眯地掰开程鲤素带来的石榴，石榴又大又圆，里头已经熟透了，粒粒如红晶，看着就叫人口舌生津。禾晏捡了几粒吃，一边回答："不过是运气好，侥幸而已。"

"大哥你什么都好，就是太谦虚了！"程鲤素正色道，"这怎么能叫运气好呢？你本就厉害！"

"那我这样厉害，"禾晏有心想从他嘴里套个话，就看着他笑问，"你说能进九旗营吗？"

"那是……""当然"两个字，被程鲤素硬生生咽下肚子。

本来嘛，这是顺其自然的事，再正常不过了，可程鲤素还记得前不久，肖珏从他嘴里套出话时，对禾晏的态度，可不像是欣赏。

241

"我觉得，大哥你已经向所有人都证明了一件事，你是凉州卫第一，毋庸置疑。"程鲤素小心地斟酌着语句，"但凡普通人，都会选你进九旗营的。"

他话已经暗示得很明白了，"但凡普通人"，但肖珏可不是个普通人，所以结果是什么，谁也说不好。

禾晏并未察觉程鲤素话中的深意，是以也就没看出来，她越是表现得高兴，程鲤素就越是显得心虚。

"不过，你可知道论功行赏是在什么时候？"禾晏问，"昨日没有，今日没有的话，应该也就在近几日。你同你舅舅形影不离，总该知道一二。"

程鲤素松了口气，这个问题他能答得上，就道："不是快中秋了嘛，八月十五那一日夜里，军营里论功行赏。"

禾晏微微怔住："中秋？"

"是啊，"程鲤素叹了口气，"时日过得真快，我感觉自己来凉州也没多久呢，就到中秋了。"

禾晏看着他，这个向来神采奕奕的小少年脸上难得显出几分忧色，禾晏问："你是想回家了？"

那忧色迅速变淡，淡得让人怀疑它刚才究竟是否出现过，程鲤素一甩袖子，声音愤愤："怎么可能？是凉州的风景不好，还是舅舅长得难看？我为何要想家？我在这里简直太快活了！我才不要回去定亲！"

禾晏："……"

孩子在这个年纪，大约总是向往自由些。

程鲤素转向他，问："大哥，你呢？你想回去了？"

少年垂眸，教人难以看清楚他的神情，他的声音也是含笑的，带着一丝微不可察的惘然，道："还好，我不太想家。"

接下来几日一切如常，秋月一日比一日圆满，转眼间，中秋到了。

秋雁斜飞过长空，桂树飘香，暑夏的炎意终于退去，剩下初秋的霜露微凉。

一大早，禾晏方梳洗完，小麦就递过一个梨："我在演武场旁边树林里摘的，已经洗过了，尝尝看。"

禾晏接过来咬了一口，差点没酸掉牙，小麦不好意思地挠了挠头："野林里的，还不是很熟，等过阵子应该更甜。不过如今秋日，山林的野果多，我们每日操练完可以去偷偷摘几个。这种酸梨用糖腌一下，做冰糖雪梨，很好吃！"

这孩子成日里就想着吃，禾晏道："这里又没有糖。"

小麦愣了一下，有些失望道："也是。"

"也不一定，"一旁睨着他们说话的洪山插嘴道，"今日不是要论功嘛，阿禾你和石头上次争旗得了第一，今天指不定给你的赏赐里就有糖。说不定还有别的好吃的，还要甚冰糖雪梨！"

提到这个，小麦陡然间激动起来，道："不错，阿禾哥，今夜里就要论功了，你想好要什么了吗？"

"并非我想要什么就能给什么，"禾晏笑道，"卫所不是京城，物资短缺。"

"嘿，他就想进前锋营。"洪山也啃了一口梨，含糊道，"就这要求，肯定能满足。"

禾晏笑笑，这几日，虽然她表现得很平静，但到底是有些激动的。一旦进入前锋营，代表和肖珏的距离又近了一步，也就能更光明正大地着手禾家一事。

白日里还是同寻常一般，仍旧到演武场训练。只是到了晚上，众人都在演武场外靠近山脚的空地上一起赏月。凉州不比京城，所谓中秋，无非就是点起篝火，新兵们围坐一团，难得吃点好东西，或许会有黄酒。同伴们吹嘘吹嘘，闲话家常，一起喝酒吃肉，看看月亮，也就过了。

下午下了演武场，禾晏回屋背着人重新换了件干净衣裳。凉州卫里的新兵春夏秋冬都有劲装，春秋两季的衣裳可以通穿，共有两件，一件红色一件黑色，样式简单也耐脏。禾晏换了件红的，先去找程鲤素。

程鲤素上午来过演武场，让禾晏傍晚的时候去他屋子里找他。禾晏估摸着是要送她吃的，果然，见了程鲤素，小少年就把一个红木篮子递给她。

篮子做得十分精致，打开来看，是整整齐齐的月团糕点，香气扑鼻。

"禾大哥，这个送给你，"程鲤素小声道，"凉州卫发的月团太粗糙了，我把别人送我的这个给你。"

禾晏道："多谢。"她其实对糕饼什么的并不特别感兴趣，不过这篮子月团要是给小麦，这孩子大概会高兴得跳起来。

"你从前没吃过这种吧？"程鲤素眼里闪过一丝同情，又有些得意，"这个不算顶好的，朔京城醉玉楼的糕饼才是天下独绝。日后我们一道回京，我请你去醉玉楼吃饭，偷偷告诉你，"程鲤素献宝似的道，"我舅舅也喜欢醉玉楼的饭菜。"

等谢过程鲤素的秋礼，天色渐黑，禾晏提着这篮子点心出了门。此刻山脚下的野地里，已经燃起了篝火。篝火明亮，许多新兵已经到了，在篝火附近席地而坐。据说每个新兵都能领到肉饼和橘子。篝火附近还架起了木枝，上头串着兔子和鱼，一看就是从白月山上猎来的。

看来今日是有肉吃了。

禾晏心情极好，连篮子都甩得一前一后，烤野味的香气萦绕在附近，让人顿觉饥肠辘辘。她还看到每个篝火旁边，有一个挺大的酒坛子。

她来得算晚了些,先去寻小麦他们,路过其他新兵的时候,那些新兵都朝她看来,神情有些奇怪。

大约是在猜测她今日能得些什么好东西。

禾晏高高兴兴地往前走,走到靠近山脚的一处时,看到了小麦他们。小麦他们围在一处篝火旁,禾晏远远地同他招手打了个招呼,唤道:"小麦!"

少年听到声音,侧头看过来,却不如往常一般热情地与她回应,似是有些迟疑。禾晏走近,居然看到除了洪山与石头外,江蛟、王霸和黄雄也来了。这三人围在一起,禾晏将手中的点心篮放下,跟着盘腿坐下来,将篮子盖打开,笑眯眯道:"看我给你们带什么好东西了!"

她拣起一个精致的月团,递给小麦,这孩子惯来嘴馋,她道:"给!"

小麦愣了一下,慢慢地伸手接过来,抿了一下嘴唇,想说什么又没说。禾晏对其他人道:"想吃的自己拿。"

无人应她的话。

禾晏抬起头,见众人都直勾勾盯着自己,目光有些奇怪,连大大咧咧的洪山也沉默得异样。禾晏疑惑地问:"怎么了?你们怎么这副见了鬼的样子,是出什么事了?"

洪山别过头,江蛟眼里闪过一丝同情之色,他说:"禾兄,你别难过。"

"我难过什么?"禾晏一头雾水。

气氛又是令人窒息的沉默,禾晏看向黄雄,黄雄移开目光,摩挲着自己胸前的佛珠,一派世事与我无关的模样。倒是王霸忍不住了,开口道:"那个,你就算没进前锋营,也不要太伤心,事在人为。"

禾晏松了口气,道:"我以为是什么事,怎么可能没进前锋营,我……"她的话语倏而止住,再看向众人,众人面含不忍,她动了动嘴唇,听见自己的声音,像是飘浮在空中似的,"真没进?"

"你不在的时候,沈总教头去那边了,雷候进了前锋营,没……没有提到你。"小麦小心翼翼地斟酌着词句。

"是不是漏掉了?"禾晏心里还存着一丝侥幸,"许是因为我刚刚没来。"

"我替你问过总教头了,"石头轻声道,"这次争旗,咱们都没进前锋营。其他人里,除别人外,那个雷候侥幸进了。"

禾晏沉默下来。

"没事,咱不气,"洪山宽慰道,"不就是个前锋营嘛,咱不稀罕,咱们去别的营,步兵营,骑兵营?只要有本事,何愁无人赏识。阿禾这种千里马,就得伯乐来赏识,他们不要你,是他们没眼光!"

"不错。"江蛟也替他感到惋惜。禾晏这样的人做对手,远远比雷候做对手更令人服气，"你这样厉害，烈火见真金，日后总会让人知道的。"

众人七嘴八舌地安慰着，但见那向来开眉展眼的少年郎，第一次低着头一言不发，浑身上下都写着委顿和丧气，便渐渐安静下来。

洪山捅了捅小麦的胳膊，示意小麦说几句，小麦绞尽脑汁正想要说话，禾晏突然站起身来，一言不发，就要往外走。

"哎哎哎，你去哪儿？"黄雄一把拽住他。

少年恨恨地道："我去找肖珏问个清楚，为何选雷候不选我？我究竟是哪点比不过雷候？前锋营里竟然没有我的姓名！"

洪山吓了一跳，没想到禾晏气得都直呼都督大名了，他忙拦住禾晏的动作："你可不能这样冲动！现在去找肖都督，只会令都督不喜，日后更没可能去前锋营了。"

"是啊是啊，"小麦笨拙地劝解，"阿禾哥，肖都督许是刻意留着你，想让你去做点别的，譬如去别的营。你这么厉害，没道理不选你的！"

"我本就厉害，"禾晏气得脸都青了，"让肖珏站在我面前，我们打一架，我看他也不一定打得过我！"

江蛟连忙去捂禾晏的嘴，这话都说了出来，可见是真的气得不行。

众人生怕他一怒之下去找肖珏的麻烦，便七手八脚地把他拉回原位坐了下来。黄雄道："少年人不要这么心急，留得青山在，不愁没柴烧，他如今是都督，你是新兵，哪里能平等说话，等你日后封了官，当了将军，且再看他！"

"那还得等个十年八年，"王霸嘀咕道，"还不定能当得上。"

江蛟也道："这肖都督也真是的，分明咱们就是第一，雷候还是禾兄手下败将，怎会弃禾兄而选雷候？"

"我听说，"王霸想了想，"那个雷候，好像同这里的一个教头有点关系，可能是亲戚，指不定就是走后门。我看这些贵人，有权有势，便顾不得下等人。"

小麦忍不住开口："肖都督不是那样的人！其中一定有什么误会。"

王霸白他一眼："你到底是哪边的人？"

小麦诺诺地不说话了。

"诸位，"禾晏忍着气道，"我头疼得厉害，能不能容我安静一会儿？"

众人立刻噤声。

篝火在面前跳动，火苗映得夜色也成了红色。禾晏无论如何都想不明白，肖珏为何会点雷候进前锋营，只觉得气得肝疼。

不承想这居然还不是最令人生气的。又过了片刻，沈总教头走了过来。众目睽睽之下，他令人抬了一个小箱子过来，只对众人道："你们都在这儿，刚好，此次争旗得了第一，今夜亦是中秋，这是你们的彩头。"

小麦过去将箱子打开，但见里面有一小坛酒、几锭银子。

"这是十八仙，就这么一小坛价值百两，"沈总教头满意地道，"今夜可饮，切莫贪杯。"

"十八仙啊，"王霸砸了咂嘴，"没想到在这里还能喝到十八仙，老子这辈子算是值了！"

他刹那就忘记了方才是谁在骂"有权有势的贵人"。

黄雄也咽了咽口水。如小麦这般年纪小不爱酒的，抓了一锭银子咬了一口。

这彩头说大不大，但绝不算小。一片欢喜中，禾晏就显得尤为独特了。

她只是看了一眼那箱子，蓦地发出一声哂笑，道："看来咱们的都督，过得也不怎么样嘛。"

沈瀚愣住。

"穷死了。"少年看也不看他一眼，话里的阴阳怪气谁都能听得出来。

洪山对沈瀚赔笑道："这孩子喝醉了，喝醉了……胡言乱语，总教头莫跟小孩子一般见识。"

沈瀚莫名其妙地走了。

待沈瀚走后，禾晏看着那个在地上的箱子，忍不住冷笑一声："这点东西，打发叫花子呢。"

"老弟，这点东西不错了。"黄雄耐心地道，"你这是迁怒。"

禾晏正憋着火，不想说话。

黄雄在禾晏身边坐下来，揽着他的肩，望着面前跳动的火苗，沉声道："年轻人，别丧气，不过是遇到个坎，你看我，"他指了指自己，"你如今只是没了一个进前锋营的机会，我当年，可是什么都没了。"

他没舍得去动那坛十八仙，只拿旁边那坛黄酒倒了两大碗，一碗给禾晏，一碗自己拿着，他尝了一口，道："好烈的酒！"

见禾晏没说话，他指了指自己脖子上的佛珠，道："这个，是我娘的。"

佛珠黝黑，闪着温润的光，同他彪悍的体格极不相称，却从未见黄雄拿下来过。他又指了指自己身边的刀："这把刀，杀了十九个人。"

一时间，王霸几人都朝他看来，禾晏眸光微动。

见他总算有了反应，黄雄瓮声瓮气地道："当年我也如你一般年纪大，我们家有一本刀谱，祖传下来的。有人得知后，上门来买，我爹不肯卖。

"我当时和同伴在外消暑，回来之后，我们家满门被人灭口，屋中财物俱在，少了那本刀谱。"

小麦惊呼一声："这是……"

"有人为了刀谱，灭了我黄家满门。"黄雄说到此处，神情很是平静，"我报了官，地方官员根本管不了此事，于是我散尽家财，独自一人提刀千里，寻贼人踪迹而去。整整三年，我才找到他们在的地方。

"我怕寻仇不成，反搭上自己性命。我不怕死，只是不想白白地死，黄家就剩我一个，我死了，就没人替他们讨回公道。所以我假装做苦力的长工，进到那家府上。白日里观察地形和他们平日里的习惯，夜里就苦练刀法。一年半，我找了个机会，在一个夜里，替我们黄家报了仇。"

这个故事惊心动魄，却被他讲得云淡风轻，光头大汉眼中只有平静，他看向禾晏："君子报仇，十年不晚，我若当时就拼着性命去跟他们讨要公道，最后也不过是鱼死网破，但你看现在，仇人死了，我还活着，还能在这里同你喝酒吃肉，你说，谁赢了？"

他是想借着自己的事同禾晏说，切莫逞一时意气。

禾晏笑了笑，正要开口，却见江蛟伸手，也给自己倒了一碗黄酒，仰头灌了一大口，他不如黄雄擅饮，脸被辣得通红，伸手抹去唇边酒渍，脱口而出："就是，谁还没个难过的时候，你这算什么，你看我，武馆少东家，听着不错，我还有个未婚妻，本来今年我该同她成亲的，可是她死了。"

小麦瞪大眼睛，就要发问，被石头捣了一下，才安静下来。

"你知道她是怎么死的？"江蛟的眼睛有些发红，闷声道，"她是殉情死的。她喜欢别人，不肯跟我成亲，就跟那个书生殉情了！你说，你和我比起来，是不是我更惨？"

难怪江蛟如此相貌身手，却来从军，怕是经过此事，心灰意冷，干脆远离家乡，眼不见为净。

众人都看向王霸，王霸莫名其妙，随即羞怒道："都看我干什么？我没甚故事！你们都有毛病吧？好端端地说这些干吗，你们是来比谁更惨的？"

第十章

醉问

月白露坠,山野清旷。篝火映着酒香,风雅疏豪。新兵们低头喝酒吃肉,抬头谈天赏月,成了凉州卫独有的风景。

火星顺着秋风飘了过来,让人疑心会不会燃到衣裳。不过片刻就成了火烬,伴着人低低的呜咽。

小麦抽泣着道:"我都忘了我爹娘长什么样子了……"

"我更惨,"王霸面无表情地道,"我生下来就没见过我爹娘。"

禾晏:"……"她一抬手,灌下一大口酒,试图让自己冷静冷静。

本是为了宽慰她,众人才拿自己不如意的事来对比,说到最后,俨然成了互相比较谁更惨。这下好了,旁的新兵都是欢声笑语,只有他们这头,一片愁云惨淡,凄风苦雨。

望着抱头痛哭的小麦和王霸,再看看独自喝闷酒眼眶红红的江蛟江少主,禾晏无言以对,好嘛,也不知道是谁在宽慰谁。

黄雄看他一眼,道:"禾老弟,你酒量不错嘛。"

禾晏一怔,低头看向自己,不知不觉,她都喝第三碗了。她不知道原先的禾大小姐酒量如何,但对于从前的飞鸿将军来说,这很寻常。

寒冷的时候,感到惧怕的时候,心情难受的时候,腹中饥饿的时候,倘若手边有酒,便可暂时抵御艰难的时刻。酒可以驱寒,可以壮胆,可以充饥,也可以浇愁。

她在朔京的时候滴酒不沾,生怕露馅,到了抚越军里,在漠县,却渐渐喝成了习惯,将酒量也练出来了,帐中的小将新兵们,无一人能喝得过她。有时候庆祝大捷,宴上喝到最后还能保持清醒的,也就只有她一人。

让她诧异的是石头,还以为石头在山中长大,瞧着又结实,当是酒量不错,没想到一碗酒还没喝到半碗,便仰面倒下去呼呼大睡——这就醉了?

他剩下的半碗酒被他弟弟小麦拿走,同王霸一起干着碗道:"没想到大家同是天涯沦落人,如此,日后就是一家人了。"说罢,一口喝干,被辛辣的酒呛得鼻子通红,紧接着,不过一炷香工夫,也随他长兄一般,仰面躺倒,醉了。

禾晏:"……果真是亲生兄弟了。"

王霸霎时间失去了这么一个酒友,便又去揽江蛟的肩,递给江蛟一串烤兔肉，道："别只喝闷酒，来，吃点肉。你未婚妻不选你，是你俩没有缘分。"这还是他第一次说话像人话，"人生在世，聚散都是缘，不必强求。"

江蛟接过他的兔肉，仍旧闷不吭声地喝酒。黄雄见状，笑了一笑，他看着天上的月亮，自语道："我想我的家人了。"

禾晏从程鲤素给她的点心篮里，拿出一个月团来。月团做得小小一个，形状如菱花，上头写着红色的"花好月圆"。她咬了一口，尝到了芝麻和桃仁的甜味。

"倘若他们在世，我应该不会在这儿，就在老家。"黄雄道，"我娘做的饭菜很可口，我想吃她做的饭菜。"

禾晏低头默默吃饼，黄雄问："你呢？"他转过头，看向禾晏，"往常这个时候，你怎么过的？"

往常的中秋吗？禾晏有些恍惚。

她没投军之前，在禾家，中秋当是和旁人一起过的。只是身份特殊，走到哪里都有人盯着，不甚自由。她其实也喜欢祭月时候热热闹闹的，但因戴着面具，便也不方便。她在禾家是一个尴尬的存在，论身份，是名正言顺的嫡女，但另一方面，她既不属于大房，也不属于二房。

到了漠县从军那几年，一开始每日都过得提心吊胆，不知哪一日自己就会死在沙场，中秋团圆，想都不要想。

再后来回京，嫁到许家，也就是去年这个时候吧，她已经瞎了。

满心的同那人花好月圆的期盼还没达成，自己就陷入了一片黑暗。那时候她以为自己走不出来，一辈子也就这样了。八月十五那一日，她请求许之恒带她上山拜佛，希望菩萨保佑，能让她重见光明，许之恒同意了。

其实，那一日，她也并不是真的要去求菩萨保佑的。

舌尖一痛，她不小心咬到了自己的舌头，甜腻的滋味霎时间被刺痛覆盖，禾晏回过神，避开黄雄的目光，若无其事道："就这样过呗，同现在差不多。"

"我看到你，就像看到当年的自己。"黄雄饮一口酒，"你就像当年的我。"

禾晏笑了笑："老哥，我家人活得好好的。"

"但你不甘心。"她听见黄雄的声音，侧头去看，光头大汉摸着佛珠，"你大仇未报，心中不甘，所以时时苦恼，反将自己困住了。"

禾晏心中一动，没有说话。

"不知道你是什么仇，"他看着月亮，"有时候你的眼神，和我当时一样。"

禾晏有些茫然，她有吗？她一直以为自己掩饰得很好。

"总有一日会好的。"大汉低下头，拍拍禾晏的肩，"你要相信这一点。"

禾晏没说话，默默端起酒碗来喝。黄雄不再言语，自顾自地吃肉喝酒。王霸也有些许醉意，扶着脑袋坐在原地痴痴傻笑。而江蛟，将头埋在膝盖上，不知道是哭了，还是睡着了。

　　教头们亦聚在一起，就着篝火吃肉喝酒，连日来的辛苦训练，如今在这批新兵身上，总算看到成效，俱是轻松不少。程鲤素也混在这里头，他是京城来的小少爷，不曾领略过这种新奇玩法，就连那只撒了粗盐的烤兔腿也觉得美味无比。原本还想得了空闲去找禾晏说话，才喝了一口酒，便觉得双腿发软，走不动，一屁股又坐了回来。

　　教头们善意地大笑起来，有人道："程公子还得多练练酒量才成，这点酒量，可不能做我凉州卫儿郎！"

　　"我本就不是你们凉州卫的。"程鲤素嘟囔。

　　这孩子总能把自己的"不行"说得理直气壮。"不过程公子，"梁平问他，"都督真不跟我们出来同乐？"

　　"舅舅不喜欢太吵的地方，"程鲤素答道，"定然是不会来的。"

　　众人都有些遗憾，马大梅嘿嘿一笑："要不还是给都督送点酒菜过去，大过节的，一个人难免难受。"

　　"没必要，"程鲤素道，"这种劣质的黄酒，我舅舅是不会喝的。"

　　众人："……"

　　好嘛，那毕竟是朔京肖家出来的二少爷，喝酒也绝不肯勉强。

　　杜茂好奇地问："程公子，你知道都督的酒量如何吗？我听闻飞鸿将军千杯不醉，不知都督与飞鸿将军比起来，是好是差？"

　　教头们闻言，顿时目光炯炯地朝程鲤素看来。但凡有关飞鸿将军和封云将军谁更厉害的话头，总是教人新鲜。从剑法到酒量，从身高到性情，人们都要一一对比。

　　"那当然是我舅舅了。"程鲤素想也不想地回答，"我长这么大，就没见我舅舅喝醉过。"

　　"去去去，别在背后说人。"沈瀚挥了挥手，"喝酒喝酒，怎么跟婆子一样碎碎叨叨的！程公子，来，我敬你一杯……程公子？"

　　程公子面颊酡红，已经喝醉了。

　　是夜，青帘拢住明月，榻上人影萧疏。秋声静谧，有人正抚琴。

　　月上木兰有骨，凌冰怀人如玉。墙上挂着长剑如霜如雪，披着外裳的青年姿容俊秀，神情平静，双手抚过琴弦处，情动飞音，令人沉醉。

　　他弹的是《流光》。

琴音悠远，如珠玉落盘，这中秋夜，本该是团圆时分，纵然凉州卫的教头、新兵同家人远在千里，亦是欢聚一堂，高歌畅饮，不如他清寂。他似也毫无所觉，只是认真拨动琴弦，束起的青丝垂于肩头，被月色镀上一层冷清色泽。

从春到秋，从暑到寒，似乎也不过是眨眼而已。

月色被他的琴音衬得更冷寂了些，夜空澄澈如水，琴音仿佛要无止境地在长空里飘散下去，听得人想要落泪。

忽然间，有什么东西砸在院子里，发出清脆的响声，将这冷寂的琴音打断。肖珏动作一顿，抬起头来，透过窗，可见院墙外，有个什么东西又抛了进来。

他顿了片刻，站起身，推门而出，这时，第三个东西砸了进来，恰好落在他旁边，他弯腰拾起，发现是一颗石子。

飞奴从身后显出影子来，低声道："少爷，外面……"

肖珏将院门打开了。

外头站着个红衣少年，手里提着一小坛酒，酒塞已经被拔掉，香气馥郁，正是十八仙。

他倒是大方，就那么一小坛酒，寻常人都要藏个许久才舍得喝一小口，看他这模样，当是已经喝了不少。

这人是禾晏。

肖珏漠然看着对方，禾晏瞪大眼睛，似乎才看清楚他的模样，道："肖珏？"

身后的飞奴忍不住看了禾晏一眼，竟是直呼少爷姓名，果真胆大。

"你在这里做什么？"肖珏问他。

"我想了又想，"少年不知道喝了多少酒，浑身上下都是酒气，不过神色如常，倒也看不出来是醉了还是没醉，他道，"你选了雷候去前锋营，我很不服气，所以肖珏，"他嘴角一弯，"我们来打一架吧！"

话音未落，身子便直扑肖珏而去！

身后的飞奴见状，就要上前，听得肖珏吩咐："别动。"登时不敢动弹。

少年飞身上前，朝肖珏扬起拳头，肖珏侧身避开，拧眉看向他。

禾晏没有武器，赤手空拳就来了。若说是刺客，也实在太蠢了些。可他言辞清晰，目光清明，看着又不像是喝醉了发酒疯。肖珏索性好整以暇地看着他，看这人究竟想做什么。禾晏一击不成，掉头又来。

少年身姿灵活，倒是真心实意地想要来打架，只不过用的办法拙劣而粗糙，乍一眼看去，像是哪家学馆里的学子们打架，只知道拳脚往对方身上招呼，却不顾准头如何。

肖珏侧身再次避开，接连两次偷袭不成，禾晏疑惑自语了一句："我的身手何时这般差了？"

一边待着的飞奴："……"

难道这少年真以为自己打得过右军都督吗？少爷还真是好脾气，没把这口出狂言的小子直接给撂出门外。

她屡败屡战，屡战屡败，丝毫不觉气馁，马上再次前来，这回仍旧被肖珏躲开，肖珏正要开口，忽然见身后有一黑物朝自己直扑而来，眉头一拧，想也不想，抽出一边的饮秋剑横劈过去。

"哗啦"一声，那东西应声而碎，他退后几步，并未被沾到。随那东西前来的禾晏却躲避不及，从头到脚被浇了个透。

月色圆满，风露娟娟，桂子初开，酒香四溢。地上散着十八仙的碎片，每一片都清冽馥郁，少年衣带沾香，皱眉看来。

禾晏像是被这满地的酒坛碎片给惊醒了，看向肖珏，上前一步，活像在花市里被踩坏珠钗的小娘子，道："摔坏了，你赔！"

飞奴瞧了瞧，觉得这少年果真是喝醉了，否则说话定不会这般理直气壮，颠三倒四，就低声对肖珏道："少爷，要不要属下带他走？"

肖珏抬手制止，轻轻摇头。

主仆二人多年，一个神情便知对方心中所想。飞奴顿时明白，肖珏之所以没有在第一时间把禾晏给扔出去，不是因为脾气好，只是想要试一试禾晏而已。这少年如今身份可疑，浑身上下都是疑点，若是能借着酒醉问出些东西，便能省去大力气。若今夜是假装醉酒，实则做点别的，那就其心可诛，更加不可饶恕。

飞奴便隐于树上，不再言语。

肖珏转身往屋内走，边走边道："我为何要赔？"

少年闻言，一头跟着冲进肖珏的屋子，跑得极快，脚步还跟跄了一下，抢在肖珏前头，堵住肖珏的路，道："你知道我是谁吗？"

肖珏笑了一声，眼神很冷："你是谁？"

禾晏一拍大腿："大丈夫行不更名，坐不改姓，我，禾晏！凉州卫第一！"

"凉州卫第一？"肖珏似笑非笑地看着他，"谁告诉你的？"

"还需要人告诉吗？"也不知道醉没醉的少年，语气带着令人惊叹的理所当然，"我心里有数。"

肖珏侧身绕过对方，放下剑，拿起桌上的茶壶给自己倒茶喝，才走了一步，那少年又尾巴一样地黏上来，站到他面前，问他："你说，我矮不矮？"

肖珏瞥一眼他刚到自己胸前的发顶，点头："矮。"

禾晏："我不矮！"

肖珏："……"

禾晏又问他："我笨不笨？"

肖珏停下手中倒茶的动作，盯着他，慢悠悠地道："笨。"

禾晏："我不笨！"

肖珏突然有些后悔自己没有第一时间将禾晏扔出院子，反而自讨苦吃套他的话。除了在这里听他胡言乱语，似乎并没有得到什么有用的消息。要么就是禾晏太蠢；要么，就是此人精明到滴水不漏。

"你还有什么想要夸自己的，一起。"他垂着眼睛，不咸不淡地开口。

禾晏："我高大威武，凶猛无敌，英俊脱俗，义薄云天。如此仁人志士，为什么，为什么没人喜欢我？你可知我素日有多努力？"

肖珏："……"

"因为你，这个中秋夜我很不高兴，我问你，"她上前一步，同肖珏的距离极近，仰头看着他，殷切地问，"你喜欢我吗？"

肖珏后退一步，拉开与他的距离，掸了掸被他扯得变形的袖子，平静回答："我不是断袖。"

"我也不是。"禾晏喃喃了一句，猛地抬起头，神情悲愤，大声质问，"那你为何喜欢雷候不喜欢我？！那个人除了比我高一点，哪里及得上我？论容貌、论身手，还是论你我过去的情分，肖珏，你太过分，太没有眼光！我很失望！"

此时正走到屋外，打算送点烤兔肉给肖珏的沈瀚，一把捂住嘴，神情惊诧。就在刚刚，他好像听到了什么了不得的秘密。

屋内，只穿着月白里衣的年轻男子无言看着面前人，少年仰头看着自己，目光亮晶晶的，丝毫不见畏惧和犹疑，坦然得让人怀疑他脑子里究竟在想些什么。

什么叫过去的情分？不过是之前给了他一个鸳鸯壶的伤药，就成了过去的情分，这人未免太过自来熟。

"不过也没什么，"少年突然扬起嘴角，狡黠地一笑，低声道，"你挑雷候进前锋营，我就每天找雷候切磋，十次切磋十次败，让满凉州卫的人都知道你肖珏是个瞎子，什么破眼光。到时候看你怎么办？"

肖珏："……"

此话说完，禾晏打了个酒嗝，身子一歪，倒在肖珏的软榻上了，倒下去的时候，半个身子歪倒在横放着的晚香琴上，将琴弦压得发出一声刺耳的铮鸣，"哐当"一下，掉地上了。

肖珏站在屋子中间，眉心隐隐跳动，只觉今日这个趁醉酒套话的主意，实在是糟糕得不能再糟糕了。

一瞥眼见门边还有个人影踌躇不定，他冷冷道："不进来，在外面做什么？"

沈瀚一惊，抖抖擞擞地过来。方才他在门口听到了秘密，进院子又被飞奴看到，真是进也不是退也不是，此刻都督心情不好，莫要拿他开涮才是。

"属下拿了些刚刚烤好的兔肉，想着都督可能没用晚饭，特意送来。"沈瀚将油纸包好的烤肉放到桌上，"都督慢用，属下先下去了。"

"慢着。"肖珏不悦地开口，"这么大个活人，你看不见？"

沈瀚一看，心中一动，这少年就这么大方地睡在软榻上，那可是肖都督的软榻！凉州卫中，怕是有胆子这么做的，只有这一个人了。

他们二人的关系，果真不一般！

肖珏走到软榻前，用手拎着禾晏后颈的领子将他提起来，丢到沈瀚面前："你的人，带走。"

"不敢，不敢。"沈瀚道。

肖珏："什么？"

沈瀚忙道："属下的意思是，凉州卫的新兵都归都督管，怎么能说是属下的人呢？是都督的人。"

肖珏气笑了："沈瀚，你今日话很多。"

"属下明白，"沈瀚一凛，"属下这就带他离开！"转身走到一半，似又想起什么，沈瀚问，"都督以为，属下该将这少年送到哪里去？"

肖珏平静地看着他："要不要送到你家？"

"不、不必了！"沈瀚头皮发麻，"禾晏……还是送回他原先的房间吧！"

沈瀚走后，飞奴走进了屋子。

肖珏已经将地上的晚香琴捡了起来，承蒙禾晏那么一压，琴弦断了一根，望着断了的琴弦，青年忍不住捏了捏眉心。

"少爷，"飞奴望着沈瀚远去的方向，"沈总教头今日有点怪。"

"他经常很怪。"肖珏答道。

"少爷以为，今日的禾晏，究竟有没有醉？"

肖珏将琴放好，方才被禾晏打断喝茶，茶盅里的茶已经凉掉了。他将冷茶倒掉，重新倒了一盏，浅酌一口道："不确定。"

不确定禾晏醉没醉，因为正常清醒着的人，大概不会这样同自己说话。但观他步伐、言辞和神情，又无一丝混沌。最重要的是，今夜他除了在这里压塌一把琴、打碎一坛酒、说了一通疯话以外，什么都没做，包括透露他究竟是哪边的人。

这就叫人费解了。

"他好像对雷候能进前锋营的事颇有微词。"飞奴道,"他想进前锋营。"

肖珏嘲道:"岂止前锋营,他是对我九旗营势在必得。"

"那……"飞奴问,"可要将他送到前锋营,将计就计?"

"不必,"肖珏道,"我另有安排。"

飞奴不再说话了,肖珏想到方才禾晏说的,要每日都找雷候切磋,来证明他眼光不好。这等无赖行径,此人做得还真是得心应手。

再看看屋子里一片狼藉,院子里碎片到处都是,还得寻个空闲去凉州城里请师傅补琴,禾晏居然还有脸说"因为你,这个中秋夜我很不高兴",真是没有道理。

青年站在屋里,秀逸如玉,如青松挺拔,半晌,嗤道:"有病。"

……

外头背着禾晏的沈瀚也很不高兴。

旁人看见了,都很惊讶地看着沈瀚,道:"禾晏喝醉了,总教头怎么还背着他?"

沈瀚沉着脸一声不吭,若不是撞破了禾晏与肖珏的关系,他至多找人将禾晏拎回去。可如今知道了他们二人关系匪浅,沈瀚怎么敢怠慢。

禾晏方才可是说,同肖珏有"过去的情分",看来他们从前就认识了,那都督为何要假装不认识禾晏,还要暗中调查禾晏身份?莫非他们二人原先是好的,只是中途生出诸多变故,才成了如今这副模样?

难怪大魏人都知道肖都督不近女色,长成这个样子,又是数一数二的英勇出色,那么多女子眼巴巴地往上扑,无数绝色在前亦不动心,原来……

在肖珏门口的时候,禾晏那一句"你为何喜欢雷候不喜欢我",语气凄厉,真教闻者落泪。可惜都督心硬如铁,完全不为所动。沈瀚胡思乱想着,越是紧张,想起来的那些奇怪故事就越多。

譬如,禾晏同肖珏从前的确是认识的,也交好过一段时间。只是后来肖珏发现禾晏身份有异,便斩断联系,与对方划清界限。禾晏呢,年纪小,心有不甘,知晓肖珏要来凉州,便投军入营,找肖珏来讨个说法,甚至努力操练,想要进入前锋营让肖珏刮目相看。

禾晏确实做得也不错,可惜肖珏为了避嫌,竟然点了雷候的名。禾晏伤心痛苦,忍不住借酒消愁,酒后吐真言,来找肖珏要个说法。

心硬如铁的肖都督断然拒绝,不过到底是念在一丝旧情,才让禾晏睡在了自己的软榻上。

很好,沈瀚在心里为自己鼓掌,非常合乎情理,应当就是如此,八九不离十了。

中秋过后的第二日，是个雨天。禾晏醒来的时候，其余人都在铺上大睡，大概是昨夜酒还未醒。她从床上爬起来，将屋子里的人一一叫醒。

"我头好晕。"小麦年纪小，禁不住这等宿醉，仍觉后劲儿未过，"阿禾哥，你在干吗？"

禾晏把水袋递给他："赶快喝两口，洗把脸，该行跑了。"

小麦接过水袋大口喝水，洪山见状，笑道："小麦，你和你哥还得多练练，这点酒量怎么行？还不如阿禾哥。"

小麦瞅了一眼禾晏，道："阿禾哥，你酒量这么好啊？"

"马马虎虎吧。"禾晏敷衍道。她眼下倒是不觉得头疼，反而神清气爽，只是已经忘记究竟是何时回的屋子了。只记得自己在篝火前同黄雄喝酒，多喝了几碗，好像还开了十八仙……对了，十八仙呢？

"肖都督赏的那坛子酒怎么没看到？"洪山也想起来了，"那可是好东西，别弄丢了。"

"可能在王霸那边。"禾晏回答。

她原先喝酒，有"千杯不醉"之称。其实倒也不是真的千杯不醉，只是禾晏与旁人喝醉酒时不同。她喝醉了面上丝毫不显，看起来还格外清明，之前在军中的时候，有一次喝醉了，还同帐中军师论了一夜的兵法，看起来神采奕奕。军师第二日夸赞禾晏果真是世间罕见的好汉英雄，事实上，禾晏根本不记得昨夜做了什么。

便是喝醉了，旁人也看不出来，亦不会脚步虚浮，胡乱说话。所以，当是不会被人看见失态的一幕，但她昨夜究竟做了什么呢？

再想也想不出来，便随着众人赶紧洗脸收拾，去外头领了干饼行跑了。

下雨后，地面湿漉漉的，不能跑太快，免得滑倒。禾晏跑着跑着，觉得有人在看自己，循着目光一看，便见总教头沈瀚站在马道尽头，一眨不眨地盯着自己，神情复杂。

见禾晏看过来，沈瀚移开目光。这就很奇怪了，她再看向沈瀚，沈瀚已经走开。

大概是禾晏望着沈瀚的目光太过明显，旁边行跑的一个新兵就道："总教头看着凶，对你还是挺好的。你俩什么关系，他怎么这样照顾你？"

"照顾我？"禾晏莫名其妙，"我怎么不知道。"

"昨天夜里，我们回去的时候，可是看着沈总教头亲自把你背回屋的。"那新兵似是不满，"你这人也太忘恩负义了吧。"

禾晏愣住，问："你昨晚看到沈总教头将我背回去了？"

"是啊，"新兵奇怪地看着禾晏，"你不记得了？你可能是不记得了，你喝醉了嘛。"说罢，因前面的同伴在招呼他快些赶上，便也顾不上禾晏是什么神情，径自赶去前方了。

禾晏一个人落在后面，心中难掩惊异。她喝醉了？沈瀚竟将她背回去了？

这是什么道理。她早晨问过洪山他们，洪山他们早早地就醉了，是同屋新兵们将他们拖回去的，禾晏回来的时候谁也没醒，都不知道禾晏是何时回来，如何回来的。

禾晏可不觉得沈瀚是个体贴的人。

她想来想去，都没想清楚到底是怎么一回事，便打定主意，等到行跑结束，操练开始前去找找黄雄他们，或许黄雄知道，倘若黄雄也不知道，她就直接去问沈瀚。

等行跑结束，大家纷纷跑到挡雨的草棚或是帐篷底下躲雨喝水的时候，程鲤素来了。

这少年打着一把油纸伞，伞上面还画着几条红白锦鲤，颇有意趣。他找不到禾晏，便四处去问，总算在草棚底下找到了人。

"禾大哥！"他喊道。

禾晏没料到程鲤素来找她，起身走到他那头，奇怪道："下这么大雨，你怎么不在屋里好好待着？"

"这里不是说话的地方。"程鲤素拉着禾晏躲在伞下，找了半天，找到演武场背着旗台的长架边，才停下脚步，看着他道，"我昨日喝醉了，今儿早上听到舅舅同飞奴大哥说话，才知道昨夜你去找我舅舅了。"

"我去找你舅舅了？"禾晏大惊。

"不错。"

禾晏有点不敢相信，她居然去找了肖珏？如今她对肖珏颇为不满，也是为了前锋营一事，找肖珏定然不会是叙旧喝茶，那么……

"我找你舅舅，是去作何？"禾晏缓缓问道。

程鲤素欲言又止："昨夜你，可能喝醉了……"

禾晏："……"

她竭力使自己绽开一个如常的微笑，道："你但说无妨。"

"你找我舅舅打了一架，还压坏了他的琴。"程鲤素老老实实地答。

禾晏闭了闭眼睛。

"谁赢了？"她问。

程鲤素没料到禾晏在这个时候竟还关心结果，他挠了挠头，道："大概是我舅舅吧，听说他让沈教头将你带回去了。"

禾晏："……"行吧，她趁着酒醉果真去找肖珏较量了一番，还输了，这下肖珏岂不是对她更无好感，离她进九旗营又远了一步？

程鲤素同情地看着他，努力地安慰着："禾大哥，其实你也不必灰心。我舅舅……我舅舅其实也没那么斤斤计较。我来是想告诉你，这些日子，你最好不要去我舅舅跟前，省得他生气。那把晚香琴很贵，他没有让你赔，已经很网开一面了。"

"我也赔不起。"禾晏沮丧地答。

"你看，事情也还不是很糟糕。"程鲤素又补上一句，"你不用太难过，我会在舅舅面前替你说好话的！"

禾晏无精打采地道："那多谢你了。"

程鲤素走了，禾晏望着那几条红白锦鲤远去的影子，只觉一阵无力。才来凉州醉了一次，便捅了娄子。

沈瀚为何要亲自背着她回屋？想来是因为见证了这般混乱的一刻，知晓她日后再无可能得到肖珏的青睐，仕途无望，对她心生同情才如此作为的。

禾晏心道，要不，还是找个机会去找肖珏负荆请罪吧，诚恳些道歉，或许还能挽救一下？

此刻凉州卫右军都督的屋子里，肖珏坐在桌前，看着手中的帖子。

帖子是凉州知县孙祥福下的，说是过几日，京城来的监察御史袁宝镇就要抵达凉州。知县在府中设宴，一同邀请的，还有肖珏的外甥程鲤素。

飞奴站在肖珏身后，道："少爷，去城里不便带着程公子，许是鸿门宴，恐有威胁。"

"袁宝镇同徐敬甫私下有联，早已是徐敬甫的人，"肖珏把玩着手中的帖子，看向窗口的桂花树，"此次本就是冲着我来的，不过，我恰好也想知道徐敬甫在凉州安插的是什么棋。"

"少爷的意思是？"飞奴迟疑地问道。

"袁宝镇是徐敬甫的人，孙祥福未必就不是。"肖珏道，"凉州的知县，早就该换一换了。"

"少爷是打算赴宴，属下想跟着一起去，可程公子留在卫所需要人保护，若是有人图谋不轨……"他没有说完，指的是禾晏。如今凉州卫身份不明、极度危险的，也就是禾晏了。

"况且程公子十分信任禾晏，少爷不在的话……"

"鸾影何时到凉州？"肖珏问。

"鸾影眼下还在楼郡。"飞奴答道，又看向肖珏，"少爷，不如拒了帖子？"

"不行，"肖珏垂下眼眸，"此宴，非去不可。"

……

程鲤素回来的时候，见肖珏坐在他的桌前看书，书是他悄悄花银子在教头手里买的乱七八糟的话本，他吓了一跳，二话不说就上前，道："舅舅！"

肖珏正随手翻着他的书，闻言手一抖，看向他，蹙眉道："叫什么？"

"我……我错了！"程鲤素道。

"错在哪里？"肖珏平静地看着他。

好像没生气啊？程鲤素诧异肖珏居然没骂他不好好练字看这些乱七八糟的话本，估摸着肖珏今日心情不错，便觍着脸上前："我没错，我是代我大哥跟你认个错，听闻昨夜我大哥找你打架……不，切磋了，舅舅，你没生气吧？"

想到昨夜某个发疯还压倒他晚香琴的疯子，肖珏眸色黯了下，语气一如既往地漠然："没有。"

"没有就好！舅舅你还是如此大度！"程鲤素赶忙拍马屁。

肖珏瞥他一眼，从怀中掏出个帖子扔到他脸上："自己看。"

"这是何物？"程鲤素捡起来看，"这不是帖子吗？有人给舅舅你下帖子啊，这还有我的名字。这是去凉州城？太好了！成日在卫所，我都快长蘑菇了。我看看，监察御史袁宝镇……这人名字怎么听着有点耳熟？"他狐疑地看向肖珏，"舅舅，袁宝镇是谁？"

"不记得了？"肖珏弯了弯唇角，提醒他，"你和宋二小姐的亲事，就是这位袁大人同你父亲建议的。宋慈曾是袁大人的上司。"

"宋、宋家？"程鲤素拿着帖子的手一松，帖子掉在脚边，他仿佛没瞧见，只呆呆地看着肖珏，神情不定，"宋家怎么会来凉州？"

"不是宋家，"肖珏淡淡道，"是袁宝镇。"

"那不都是一样的……"程鲤素喃喃道，"他们来凉州，特意请我过去赴宴，不会是为了将我抓回朝京吧？我不想娶她……我不想成亲……"他像是突然回过神，一把抓住肖珏的袖子，"舅舅，你可不能眼睁睁看着你的亲外甥往火坑里跳啊！"

"与我何干？"肖珏将袖子从他手里抽出来，漫不经心地翻书。

"与你干系很大！"程鲤素绕过桌子来到肖珏身边，"舅舅，你知道我不喜欢宋二小姐！要是和她成亲，我宁愿去死，成亲当日我就上吊！舅舅你不会见死不救的吧？！"

肖珏停下手中的动作，抽出腰间长剑，搁到桌上。

程鲤素结巴了一下："这、这是做什么？"

"你现在就可以自尽，看看我会不会见死不救。"

程鲤素瞪着那把剑，哭丧着脸道："舅舅，我真的不想回朔京，我同你都一起待了半年了，早已习惯凉州卫所的日子，我真的不能没有你。"他抱着肖珏的腿号啕大哭起来。

肖珏按了按眉心，似是忍无可忍，道："起来。"

程鲤素没动。

"再说一次，起来。"

程鲤素仍旧抱着肖珏的腿，眨巴着眼睛看他："除非你答应我不把我交给宋家。"

"你不是待腻了卫所，想去凉州城吗？"

"我现在不想了！"

青年的声音淡淡："那可是监察御史袁宝镇。"

"舅舅你还是封云将军肖怀瑾呢！"

"袁宝镇见过你，知道你在凉州避而不见，同宋家告状说你怠慢如何？"

程鲤素立刻回答："他怎么可能见过我？我从未和他见过面，我这副样子，我爹娘藏都来不及。若真是见过，他就不会同宋大人推荐我了，我和宋二小姐，一看就完全不般配嘛！"

"是吗？"肖珏眸光微动，看着正悲愤着的少年，"去是一定要去的，既然他没见过你，倒也不是全无办法。"

程鲤素瞪大眼睛。

"找一个人代替你，去赴宴。"

程鲤素愣了愣，半晌终于明白过来，这下不干号了，也不抱着肖珏的腿假哭了，站起身来一拍巴掌："妙啊！舅舅所言极是，反正他没见过我，随便找个人代替不就得了！"

"你可有人选？"

程鲤素看着他："我……"

"凉州卫里，似乎没有与你年纪相仿、身材相似的少年。"肖珏道，"若差得太远，会被发现。"

整个凉州卫所的兵营里，大多是五大三粗的汉子，便是年少一些的，也多结实黝黑。程鲤素是打朔京来的小少爷，金尊玉贵地养着，细皮嫩肉，同兵营里的新兵一看就不同。

"找不到的话，你还是亲自去算了。"肖珏若无其事地道。

"谁说找不到的！"程鲤素急了，灵机一动，"我大哥，我大哥就和我差不多！"

肖珏挑眉，不以为然："禾晏？"

"不错，就是我大哥。我大哥同我年纪相仿、身材相仿，而且人又聪明，定能随机应变，应付好袁宝镇。袁宝镇能带走我，不一定能带走我大哥。"

　　程鲤素对禾晏倒是十分信任，在他看来，禾晏是除了他舅舅以外，最无所不能的人了。

　　见肖珏并不作声，程鲤素心中一紧，正想着如何才能说动肖珏，就见他年轻的舅舅一合手中书卷，淡淡道："好啊。"

　　程鲤素一腔劝解的话堵在喉咙里，只来得及发出一个"啊？"。

　　肖珏看向他："你若能说动你的大哥，就让他代替你去。"

　　下午操练结束后，禾晏坐在演武场外休息时，黄雄几人找来了。倒是没说别的，先把昨夜里沈瀚送过来的银子分给禾晏一锭，接着就问禾晏那坛十八仙去哪儿了。

　　"我记得最后你拿走了。"黄雄问，"我今日去寻了几个空酒坛，弟兄们一人分一点，你觉得如何？"

　　"我觉得很好，"禾晏道，"只是可能要等下次争旗的彩头下来了再说。"

　　"你这话是什么意思？"王霸有些不耐，忽然间明白了什么，看向禾晏，"你、你该不会是……喝光了吧？"

　　迎着众人灼灼的目光，禾晏点了点头，道："真是对不住了，我一不小心，就给喝光了。"

　　"禾晏！"王霸高声道，"你太过分了！那可是我们一道的彩头，你自己喝光了，山匪都没你这么霸道！"他挽起袖子，想揍禾晏，挽到一半，又想起面前这人自己是打不过的，动手也不是，不动手也不是，一时间非常尴尬。

　　江蛟和石头倒是不觉得有什么，他们二人并不贪杯，对酒不甚感兴趣，都没说什么。黄雄虽不如王霸激动，眼神中也充满指责。

　　若是平日里，禾晏当为自己的行为感到抱歉，不过这几日接二连三的噩耗听得她也有些麻木了，实在无力应付眼前这几人的心思，便坐在此地，一语不发。

　　见他一声不吭、垂头丧气的模样，几人面面相觑。想着此次未进前锋营对禾晏的打击果真是大，昨夜借酒浇愁，今日竟还这般颓然。可转念一想，他这愁浇得委实值得，旁人只舍得用几贯钱的黄酒，他用的可是几百两的银子，就这样还没把愁浇下来，这愁得多费银子。

　　正当几人不知如何是好时，有人的声音打破了沉默。

　　"禾大哥……禾大哥，原来你在这里！"程鲤素气喘吁吁，额上还带着汗珠，当是一路跑过来的。

禾晏一日之内，这都是第二次见到他了。可一见到他，就想起自己昨夜得罪了肖珏的事，顿觉头疼。禾晏抬起头，蔫蔫地问："你怎么来了？"

"我来找你是有要事相商。"程鲤素看了看周围的人，拉起禾晏道，"这里不是说话的地方，禾大哥，你跟我来。"

他是肖珏的外甥，旁人自然不敢说什么，纵然还有十八仙的账没算，也只得眼睁睁地看着程鲤素把禾晏拉走，留在原地大眼瞪小眼。

禾晏被程鲤素拉着一路小跑，到了程鲤素住的地方。禾晏走到此地便不想进去，知晓程鲤素的隔壁便是肖珏，这要是进去了，倘若撞见，四目相对，岂不尴尬。

程鲤素见禾晏面露难色，站在原地不肯动弹，便贴心地道："你放心，我舅舅出去了，这里没人！"

禾晏闻言，才同他走了进去。

一进去，程鲤素就左右张望了一番，接着把门窗都关好，活像是要商量杀人放火的勾当。

"你来找我，不会又要说你舅舅的事吧？"禾晏提前打招呼，"程弟，承蒙关怀，但我最近真的不想听到有关他的消息。"也请给她留点脸吧。

她刚说完这话，便觉得肩膀被人一按，程鲤素将她转了个身，一把抓住她的手紧紧握着，抵着自己的前胸。

禾晏差点下意识将这人一拳揍飞。

眼前的小少年却是一脸天真，丝毫不觉自己的举动会引起误会，不过在他眼中看来，两个男人如此，也确实无甚好避讳的。

"大哥，求你救救小弟吧！"程鲤素惨然道。

"……你这是发生何事了？"禾晏问。

"你先答应我帮小弟一把，否则大哥你日后，恐怕再也难以看到小弟了！"

"这么严重？"禾晏问道，心中却不以为然，程鲤素这孩子素来爱夸张，丁点大的事都能说得惊心动魄。她问："你先告诉我是何事，我才能帮你想办法。"

"大哥可还记得我曾与你说过的，我是逃婚出来的？"程鲤素一派凄然，"如今我家里人居然还不放过我。他们为我挑的那家老爷的同僚，如今来到凉州，下帖子给我舅舅，让我舅舅和我一起去赴宴。苍天哪，我一个又无官职又无名气的小子，何以帖子上还特意写上我的名字。分明就是算计我，想趁着我到了地方，好将我掳走！"

他这说得跟强抢民女似的，就差没去衙门门口击鼓鸣冤了。

"这也不至于吧，"禾晏道，"你若不想走，你舅舅自然会保你。他们还能当着你舅舅的面将你强行带走不成？"

程鲤素不好说肖珏可能真的会眼睁睁地看着人将他带走，指不定还高兴甩走他这个拖油瓶。他轻咳一声，道："大哥，你也知道我娘本就对我舅舅颇有微词。倘若他替我出面，岂不是又将自己陷于不义之地。我娘会恨死他的，我可不愿意给他招来麻烦！"

"那你想要我如何？"禾晏问，"让我帮你打走那位大人吗？殴打官员是犯律令的。"

"你想到哪里去了，大哥！"程鲤素松开禾晏的手，"我是想，那位大人其实并没有见过我，也不知道我长得是何模样。大哥，咱俩年纪差不多，长相都飘逸英俊，身材相仿，你不如代替我去赴宴。倘若那位大人要让他的手下抓我，以大哥你的身手，完全能轻松逃走。这样他们抓不到我，是他们的问题，怨不得我舅舅。"

"我代替你？"禾晏道，"不行不行。"她转身就想走，心中莫名生出一股抵触。

"大哥——"程鲤素叫得撕心裂肺，"你真的不能见死不救！你想想，你和舅舅去赴宴，跟在舅舅身边，朝夕相对，你做得好一点，舅舅看到你如此体贴周到，定会对你改观。况且你是为了他外甥挺身而出，舅舅为了感激你，说不定……说不定会让你去九旗营！"

禾晏："……"

程鲤素真是为了不去赴宴，什么鬼话都说得出。肖珏可不是个会买卖人情的人。说不准她日夜跟在肖珏身边，反倒会勾起肖珏的怒气。

见他态度坚决不肯帮忙，程鲤素瘫倒在地，一手指向头顶，边骂边号："天也，你为何如此对我！袁宝镇，我上辈子与你究竟有何深仇大恨，你要这般一而再，再而三地推我入火坑！"

禾晏本来已经走到了门口，闻言脚步一顿，回头看来："你刚才说……袁宝镇？"

"是啊，"程鲤素看着他，下意识地答道，"那位害我定亲的大人，就是当今监察御史袁宝镇。"

禾晏眉心一跳，片刻后，她快步走向程鲤素，朝瘫坐在地的少年伸出一只手。

"别号了，不就是去赴宴吗，我帮你。"

乍然得到允诺，程鲤素还有些不敢相信自己的耳朵。一直等禾晏重复了好几次，程鲤素才敢相信。

他给禾晏倒了一杯茶，双手奉上："好大哥，你可真是救了弟弟的命！日后要是有什么用得上我的地方，上刀山下火海，小弟也肝脑涂地，在所不辞！"

禾晏刚想开口，他又立刻接道："我知道，大哥的愿望就是进九旗营建功立业，放心，等此事一过，我定然每日都在我舅舅跟前美言，哪怕让我日日抄书，我也要帮大哥把此事办妥了！"

"……我是想说，"禾晏制止了这孩子的狂喜，"我代替你去赴宴这事，我是答应了，可你还得说服你舅舅才行。"

"这你放心，"程鲤素喜滋滋地凑上来，"我之前已经跟我舅舅说过了，我舅舅同意了我才敢来找你的。"

"肖珏同意了？"禾晏一愣。

"许是觉得之前没让你进前锋营心中有愧吧，给你个表现自己的机会。"程鲤素诚恳地看着禾晏，"所以你看，天时地利人和，大哥你代替我去赴宴，这就是上天的安排。"

禾晏心中诧异，肖珏竟然这么容易就答应了，这可不像是他的做事风格。莫不是又有什么陷阱？

见禾晏沉默，程鲤素又急了："大哥，你可不是反悔了吧？"

"没有。"禾晏无奈道，"我只是在想如何假扮你，毕竟我同你又不一样。"

"你放心，那个袁宝镇没见过我的模样，不会被拆穿的。不过我还需跟你交代一些，免得被看出来了。我最爱吃口蘑肥鸡，最讨厌吃的是粳米粥。不喜欢人跟着，吃了花生脸上会长疹子。我日日都要洗澡，衣裳也要勤换，熏香也要用一用……"

程鲤素说了一炷香时间，直说得自己口干舌燥才罢休："大哥，我刚才说的你都记住了吗？"

禾晏："……记住了。还有什么要交代的，一起说了吧。"

"差点把重要的事忘了！"程鲤素一拍脑门，"你穿成这样可不能去赴宴。等着。"他"噔噔噔"地跑到里屋去，不知道在捣鼓些什么，不多时，便提着一个包袱出来。

"这是我挑的一些衣裳，你拿着穿。纵然是假的，大哥，你也得穿得好看些。我这人除了长得好看些，再没旁的优点，若是连这点长处都被湮没了，岂不是一无是处？"

他居然能把"绣花枕头"说得如此清新脱俗，理直气壮，禾晏叹为观止。

他又转身去抽屉里拿了个匣子，装了点东西递给禾晏，道："这里都是些发簪，还有扇子、玉坠什么的，做戏要做得足，这些可不能少。"

禾晏："你还真是想得周到。"

程鲤素不好意思挠了挠头："过奖，过奖。"

禾晏将包袱和匣子都收好，又问："你果真已经同你舅舅说好，没有骗我吧？"

"没有没有，"程鲤素道，"明日辰时你到这里来，大概就可以出发了。"

"这么急？"禾晏一惊。

"本来是要过几天的，袁宝镇还没到凉州，只是舅舅要先去城里找工匠修他的晚香琴，所以去早些。"

禾晏想到被自己压坏的那把琴，不作声了。

程鲤素拍了拍禾晏的肩："禾大哥，此次就全靠你了，多谢！"

禾晏带着满满一包袱东西回到新兵们的通铺屋。见禾晏回来，手里还提着东西，王霸酸溜溜地道："哟，又去受孝敬啦？"

"程公子又送你吃的了吗？"小麦目光盯着禾晏手里的包袱，口水都要流出来了，"这么大一包，是什么好吃的？"

禾晏将包袱重重往桌上一搁，众人一看，不是食物，而是一些衣裳、饰品。

半晌，洪山迟疑地问道："阿禾，程公子送你衣服干什么？咱们在军营里，也不能穿常服啊。"

"我明日要随肖都督去城里办事，"禾晏道，"大概怕我穿得太寒酸丢了肖都督的脸面，程公子才特意送了我几件衣裳装点门面。"

"你和肖都督？"黄雄看着他，"这是好事啊，你怎么看着不大高兴。"

"我这是欢喜得不知道作何表情了。"她答。

众人又围着她问了好些，好不容易将人全部打发走。到了夜里，禾晏上榻前，都还想着这件事。

她之所以答应帮程鲤素去赴那个劳什子宴，是因为听到袁宝镇的名字。

袁宝镇此人，禾晏曾经见过。她得封飞鸿将军，禾如非替她领赏，禾晏恢复女儿身后，曾在禾家见过此人一面。袁宝镇当时与禾元盛父子站在一起，禾晏还同他行过礼。

瞧禾如非同他说话的语气，也是很熟稔。禾晏当时还想，禾如非刚刚"领赏"，在朔京朝廷里，同别的同僚也不曾多亲近，没想到这么快就有了相熟的友人。

如今这位禾如非的友人来到凉州，恰好和"程鲤素"还有一丝关系，若是能趁此机会靠近，打听一些禾如非的消息，或许对她未来的路有帮助。毕竟凉州远隔京城千里，很多消息传不过来。

袁宝镇抵达凉州，也算是瞌睡送枕头吧。只是不知肖珏又是何意，居然会同意程鲤素这般匪夷所思的做法。

旁边传来洪山打呼噜的声音，禾晏翻了个身，闭上眼睛。罢了，既然想不出来结果，亲自跟上去不就得了。这一路朝夕相对的，有的是时间研究肖珏究竟是何考虑。

同禾晏的潇洒不同，凉州卫所屋子里，沈瀚一脸诧异，片刻后，脸上的诧异又变成了焦急。

"都督，您怎么能带禾晏去城里呢？他身份尚且不明，跟在您身边，若是对您出手……"

"我还不至于被他威胁。"肖珏道。

"可是……"

桌上银灯盏里的烛火被风吹得跳动，险些要熄灭，他拨了拨灯芯，屋子里重新明亮起来。

"如果他是徐敬甫的人，此次随我赴宴，也许会露出马脚。放他在卫所，真有异动，你们未必招架得住，不如放在我身边安全。"

"况且，"他唇角微翘，"禾晏自诩身手不凡，此次鸿门宴，恰好可以做踢门砖。"

沈瀚心中一凛，肖珏这是要拿禾晏当替死鬼。

肖都督果真还是那个肖都督，连往日旧情都不念，也不知当初禾晏究竟是如何惹怒了肖珏。想到此处，沈瀚心中竟对禾晏生出一丝同情。

肖珏道："明日我走后，你保护好程鲤素，别让他到处乱跑。卫所大小事宜，暂且就交给你了。"

沈瀚收起心中遐思，道："是！"